***Michel Lacombe** a toujours écrit, et le succès lui vient dès son premier roman,* Le Retour au mas, *couronné par le prix des Automnales en 2004. Depuis, ce passionné d'histoire, d'archéologie, de préhistoire, de nature et de sciences a publié une quarantaine de livres. Ces « romans de vie », comme il les appelle, où il s'attache à faire ressentir au plus près ce que vivent ses personnages, lui ont valu la reconnaissance d'un lectorat fidèle.*

La Panse-bêtes

Du même auteur

Aux éditions De Borée

L'Heureuse providence
La Berceuse de sang
La Bonne École
La Rebouteuse
La Sauvageonne des Maures
La Vagabonde de Saint-Ours
La Vengeance de Jean sans Dieu
Le Domaine des Rochettes
Le Filon du hasard
Les Brûlots de paille

Autres éditeurs

L'Inconnu du Vaccarès
La Cagnotte de Cyprien
La Campagne de Baptistin
La Caverne de vie
La Dévoilée
La Fille de la rivière folle
La Grimace du givre, prix Lucien-Gachon 2002
La Mer à boire
La Noire Tourmente
La Sansouïre du Toquadou
La Vengeance de Jean sans Dieu, prix du roman historique de Saint-Bonnet-le-Château 2007
Le Mécréant de Saint-Poutouzat
Le Mystère du mas du Païen
Le Retour au mas, prix des Automnales 2004
Le Sans Gueule
*Les Charpentiers du fer *, L'Équerre au cœur*
*Les Charpentiers du fer **, Le Compas du ciel*
Les Fachines
Les Fourches écarlates
Les Jumeaux de Malatresque, prix Cabri d'Or 2004
Les Larmes du désert
Les Sarments d'Hippocrate

TERRE DE POCHE
45, rue du Clos-Four – 63056 Clermont-Ferrand cedex 2

Michel Lacombe

La Panse-bêtes

de Borée
TERRE DE POCHE

I

Une timide blancheur laiteuse finit par se faufiler au travers d'une fente du volet protégeant la vitre ternie et poussiéreuse de la fenêtre, et une pauvre lueur balbutiante vint lécher les lames du parquet dans la pénombre de la pièce. Pas un bruit, hormis celui du balancier de l'horloge qui mâchonnait le temps de ses cliquetis lancinants, mais que les oreilles finissaient par ne plus entendre. Dehors, le vent malmenait les branches des derniers chênes encore assez courageux pour planter leurs racines à cette altitude. Dans la cheminée, le feu garni de bûches la veille au soir s'était endormi et, si les braises ne crépitaient plus, on pouvait encore deviner un faible rougeoiement sous les cendres et le bois noirci. Ainsi qu'il en était chaque nuit depuis des années, Guilhemot Arangou avait ouvert l'œil depuis longtemps, et il comptait les minutes avant de se lever aussi fatigué qu'il s'était couché. Il est un âge où le sommeil fuit d'autant plus que les années passent, et le vieil homme n'échappait pas à la règle. « Quelle heure peut-il bien être ? » Il soupira et se tourna sur sa couche, les yeux dans le vide. Une fois de plus, il allait gamberger en vain avant de se décider à sortir du lit. Même la lassitude du labeur accumulé n'arrivait plus à l'assommer… La clarté se faisant rapidement plus vive en cette saison, son regard se posa machinalement sur l'angle de la pièce, et il eut un maigre sourire en distinguant la forme assoupie qui occupait le petit lit dans l'angle. Clarmonde, sa petite-fille…

Clarmonde… Presque dix ans ! Dix ans, et le seul vrai rayon de soleil pour éclairer encore le peu de vie qui lui restait. Mais avec toujours en tête cette angoisse qui le minait : que deviendrait cette malheureuse gamine, s'il venait à décéder avant qu'elle fût capable de se débrouiller seule ? Une de ces épaves pitoyables emportées par le torrent de l'existence ? Pauvre petite ! C'était là une question qui le rongeait de plus en plus au fur et à mesure qu'il sentait le peu de forces qui lui restaient fuir son corps comme l'eau d'un vase fêlé. Qu'elle était déjà loin, la vigueur de son âge mûr !

— Quelle saloperie que de vieillir…

Oui, Clarmonde était tout ce qui lui restait ! Le destin s'était trop acharné sur lui… Tout d'abord Engevine, sa si belle et tendre femme, il y avait si longtemps. Engevine, trop tôt disparue, emportée par la maladie en lui laissant un fils unique, son Aloys. Abattu par ce coup du sort, jamais il ne s'était remarié. Durant quelques années, il avait cru malgré son deuil connaître un certain bonheur lorsque Aloys avait convolé en justes noces avec Isabèu, cette charmante journalière qui avait loué ses bras au village voisin de Bilhères. Une brave jeunette qui venait d'en bas, de la plaine, d'un hameau près d'Escout. Une jeune femme courageuse qui avait su s'adapter aux rudes conditions montagnardes de la région. Douce, enjouée, et dure à la tâche ! Ah, durant quelques années, mais quelques années seulement, il avait cru en la perspective de voir à nouveau prospérer les propriétés et les biens des Arangou dans leur petite ferme de la Hérère, en bordure de Bélesten. Oui, mais… mais la sale guerre avait effacé ces espoirs naissants de l'impitoyable coup d'éponge du malheur : moins d'un an avant l'armistice, Aloys était tombé sous les balles allemandes, dans ces régions du Nord ou de l'Est dont on ne connaissait rien, ici. Aloys, qui n'avait même pas eu la joie de serrer dans ses bras sa fille Clarmonde, née quelques mois avant sa mort… En femme forte, Isabèu avait subi ce coup du sort avec courage, mais deux ans plus tard n'avait pu que succomber face à cette autre ennemie qu'on avait à tort appelé la « grippe espagnole ». Car on savait, ici, ce qu'étaient les Espagnols, avec la frontière toute proche ! À cette seule pensée trop souvent ressassée, Guilhemot soupira :

— Ouais… Tu as bien mal commencé dans la vie, pauvre gamine !

À peine née et déjà orpheline…

Le vieil homme ne s'était jamais occupé d'un enfant, surtout en bas âge, et il avait dû apprendre par lui-même ce qui était généralement du domaine des femmes. Finalement, malgré le chagrin et ces multiples drames, il avait tout fait, des années durant, pour élever cette gosse et en faire une vraie Arangou. En dépit de la pauvreté, grâce à lui la petite avait grandi décemment, suscitant l'admiration de tous. Car l'argent manquait toujours, à la Hérère ! Le rapport des terres et l'élevage ne permettaient pas de louer des bras supplémentaires, et Guilhemot avait dû vendre des parcelles, se séparer d'une partie de ses bêtes, et n'avait pu garder qu'un journalier, Jules, qui n'était plus lui non plus de première jeunesse… Quel courage ne lui avait-il pas fallu pour ne pas baisser les bras ! Enfin, Clarmonde lui apportait tellement de fierté… Clarmonde, désormais son unique raison de vivre. Pour elle, il avait trimé jour et nuit, s'était privé de tout pour lui offrir le peu qu'il pouvait, et le résultat était là : une fillette aimable, polie, serviable, et toujours souriante. Jamais jalouse des autres malgré ses vêtements grossiers et élimés. Jamais envieuse des tenues plus élégantes des fillettes de son âge, à Bélesten, gamines qui parfois se moquaient pourtant d'elle et de ses nippes… Et puis, à la grande satisfaction de son grand-père, elle se montrait douée à l'école, bien qu'elle ne la fréquentât qu'épisodiquement lorsque les travaux de la ferme auxquels elle aidait à la mesure de ses forces lui en laissaient le loisir. Déjà, elle savait lire et écrire mieux qu'il n'avait jamais su le faire… Contrairement à d'autres régions de France, en Béarn on attachait beaucoup d'importance à l'éducation, et rares étaient les bergers qui n'amenaient pas en estive quelques livres pour meubler leur solitude. D'ailleurs, l'institutrice ne tarissait pas d'éloges sur Clarmonde et regrettait même qu'on ne pût l'inciter à se consacrer davantage aux études…

Car le travail ne manquait pas à la Hérère ! Oh, bien sûr, après tous ces malheurs l'exploitation n'était plus que l'ombre d'elle-même, et le vieux paysan laissait encore en jachère plusieurs champs qu'il n'avait pas vendus, ce qui n'empêchait pas que la tâche quotidienne dépassât désormais son courage. Rien que pour survivre, que ne fallait-il pas d'efforts et de sueur, tout au long de l'année, pour gagner une misère ! Dans ce pays où chaque année il y avait plus de jours de pluie que de jours de soleil, l'herbe poussait vite, verte et drue, et il fallait bien la couper lorsqu'il en était temps si l'on voulait avoir du fourrage pour l'hiver, lequel durait souvent près de six mois… Malgré un faible rendement, Guilhemot avait conservé quelques espaces bien exposés pour y semer un peu d'orge et de sarrasin, et il tenait aussi à cultiver quelques arpents de pommes de terre. Il fallait aussi s'occuper de ce coin de potager qui fournissait salades, choux, poireaux et carottes pour les besoins quotidiens, et des quelques arbres fruitiers encore présents sur la propriété, pruniers, pommiers, et un cerisier qui bien souvent ne donnait pas de fruits à cause de la rudesse du climat. Le plus pénible, à son âge, c'étaient assurément les fenaisons, même si l'on s'entraidait de ferme en ferme. Sur les pentes abruptes de ces prairies de montagne, tout devait se faire à la main, et son dos comme ses bras devenaient de plus en plus rétifs au maniement de la faux…

Heureusement, même s'il avait fortement diminué son troupeau, Guilhemot se félicitait de ce que les brebis qu'il avait gardées lui fournissent assez de lait pour confectionner ces tommes qu'il arrivait à vendre sur les marchés proches : à peu près la seule rentrée d'argent, à la Hérère. Des heures de labeur supplémentaires, mais des heures qui étaient nécessaires... Enfin, depuis plus d'un an que Clarmonde avait mis la main à la pâte, tout allait un peu mieux. Et elle se débrouillait plutôt bien, la petite, même s'il fallait l'aider là où il fallait des muscles qu'elle n'avait pas encore !

*
* *

La fillette s'éveilla tôt et s'étira en cherchant du regard la couche de son grand-père, mais ce dernier était déjà debout, comme tous les matins, et préparait le café sur le vieux fourneau à rondelles de fonte... enfin, un café mélangé par économie avec des glands torréfiés et concassés. Comme toujours joyeuse à son réveil, Clarmonde se leva vivement et trottina vers son aïeul en souriant :

— *Adishatz*[1], mon papet... Tu as bien dormi ?

— Oui, oui, mentit-il en acceptant l'embrassade de la petite, ce qui autrefois n'entrait pas dans ses mœurs.

En homme endurci du terroir de cette contrée âpre et rude, sauf désormais avec sa petite-fille, il n'étalait ni ses sentiments ni ses émotions, et se montrait volontiers bourru par pudeur. Mais Clarmonde savait si bien faire fondre son cœur racorni...

— Bonjour, *petiòta*... Et file vite te laver le museau et t'habiller, pendant que je prépare ton

---

1. *Bonjour.*

café au lait ! Avec un bout de pain et un morceau de fromage, bien sûr…

— Merci, papet !

Sans plus hésiter, après avoir gratifié le brave chien de la maison Gaujòs[1] de caresses attendries, elle sortit promptement de la pièce pour affronter l'air encore vif. Une impression revigorante en cette saison, ce qui était impensable en hiver. Près de la porte, elle se pencha sur l'espèce d'abreuvoir creusé dans un tronc d'arbre et alimenté par un chéneau constitué de tuiles renversées pour s'asperger le visage. L'eau de source était plutôt frisquette et lui mit le rose aux joues. Elle frissonna en la sentant dégouliner le long de son dos et s'ébroua comme un jeune chiot. Les jours de semaine, elle se contentait de cette toilette sommaire, se réservant comme il en était d'usage un récurage plus complet pour le dimanche, à l'intérieur et près du feu. Puis, après s'être séchée, elle réintégra le pauvre logis sombre pour passer ses vêtements. Comme il en était d'usage encore, en cette approche de l'été elle se contenta d'un sous-vêtement de coton, d'un corsage taillé dans de vieux habits d'adulte, une jupe de laine, des bas de laine aussi, des sabots à sa taille, et se couvrit la tête d'une modeste coiffe sans dentelle. Puis ce fut le moment de s'asseoir à table devant son casse-croûte matinal.

Ce premier repas de la journée était un véritable rituel entre ces deux êtres si différents, mais si complices… Avec l'odeur du café fumant et ce silence riche qu'on s'imposait, seulement troublé

1. *Joyeux.*

par le bruit des mastications. Avec ces regards échangés qui disaient tellement plus que les mots. Un calme qui se prolongeait jusqu'à ce que Jules arrivât. Un homme grand et maigre, un peu voûté, avec la peau tannée et craquelée par la vie au grand air, qui occupait une petite dépendance du bâtiment près de la bergerie.

— *Adishatz, lou mèste*[1] *!* Et bonjour, petite ! s'exclama-t-il en esquissant un geste vague en direction de son béret chiffonné.

— Bonjour, Jules !

Le vieux valet s'installa en bout de banc, tailla une tranche de pain dans la miche, se découpa un bout de lard, avant de se servir au pichet un verre de vin rouge. Invariablement, Guilhemot lui demandait :

— Tu as jeté un coup d'œil aux bêtes ?

— Oui, bien sûr… Même que la brebis boiteuse semble aller mieux !

Laissant les deux hommes discuter des travaux du jour, Clarmonde s'éclipsa pour se rendre à l'écurie. Ainsi que chaque matin, elle fut suivie comme son ombre par Gaujòs. Un bas-rouge[2] fidèle et affectueux qui se faisait vieux et bénéficiait d'une retraite bien méritée depuis que Jules, le valet, n'avait plus assez d'énergie et de vitalité pour monter en estive aux beaux jours.

---

1. « Bonjour, patron… »

2. Chien de race berger de Beauce doué naturellement pour être dressé à la conduite des troupeaux, tout comme le border collie, le kelpie ou le berger des Pyrénées (labrit).

Elle adorait nourrir et bouchonner Masclut[1], le cheval à tout faire de la Hérère. Une belle bête de race mérens, assez petite, noire, généreuse, endurante et surtout dévouée à ses maîtres, qui ne rechignait ni aux travaux des champs ni au débardage. L'animal était particulièrement affectueux avec la petite, qui manifestait bruyamment son contentement lorsqu'elle lui flattait l'encolure. Il frémissait des naseaux et piaffait de plaisir à ses visites quotidiennes, et la jeune fille lui rendait bien cette amicale confiance en le gratifiant, en plus de sa ration d'avoine, d'une carotte ou d'une pomme.

— À ce soir, mon beau Masclut…

Pour toute réponse, le brave animal poussa, comme chaque jour en montrant les dents, un long hennissement dont la petite n'aurait su dire si c'était là une manifestation de contentement à la suite de sa visite ou de la déception à la voir repartir si vite. Quel que fût le temps, c'était presque un rituel : la gamine se dirigeait ensuite vers l'étable attenante pour y saluer Bitalis et Goalard, les deux vieux bœufs de la maison dont son grand-père n'avait pu se séparer, même s'ils n'étaient plus souvent mis sous le joug. Entre leur abri et les prairies proches, ils passaient plutôt une meilleure retraite que leur maître ! Une caresse sur les mufles, quelques paroles apaisantes et Clarmonde trottina jusqu'à la bergerie, un bâtiment bas en prolongement de la maison d'habitation. Elle aimait l'odeur de la paille et des animaux ! Une trentaine de brebis s'y trouvaient, des bêtes tranquilles au regard doux qui

1. *Balèze, costaud.*

connaissaient bien la jeune fille. Elle s'y attarda un peu, cajolant ici ou là l'un ou l'autre des ovins. Elle tenait surtout à s'assurer qu'aucun d'entre eux ne présentait de trouble inquiétant : périodiquement, trop d'épidémies ravageaient les élevages de la région, et il fallait rester vigilant !

Clarmonde, après une soigneuse inspection, réintégra les murs du logis familial, plus alerte que jamais. Son grand-père et le valet interrompirent leur discussion en patois béarnais pour la poursuivre en français : bien que la petite comprît le dialecte de ses ancêtres, le vieil homme tenait, éducation oblige, à ce qu'elle s'habituât à continuer à s'exprimer dans la langue officielle ! C'était là le gage de la réussite, tellement les choses avaient changé depuis la guerre… Clarmonde jeta un œil à l'horloge et s'exclama :

— Il est temps que je file à l'école, si je veux arriver avant la cloche ! *Adiù*[1], Jules, à ce soir, papet…

Sur ces mots, elle passa par-dessus ses épaules la chaude capeline encore nécessaire en cette fin de printemps et elle se dirigea vers la porte.

— Eh ! N'oublie pas ton casse-croûte de midi…

1. *Au revoir.*

II

COMME CHAQUE FOIS, Clarmonde avait le cœur en fête à l'idée de rejoindre la salle de classe du village de Gère-Bélesten. Elle compensait son manque d'assiduité par une bonne volonté d'apprendre qui suscitait même l'admiration de son enseignante, Mlle Pouet. En s'éloignant de la Hérère par le chemin tracé à mi-pente, au travers d'une prairie bordée plus haut par les premiers bois des forêts grimpant à l'assaut de la montagne, elle respira à grandes goulées l'air grisant du climat pyrénéen. Elle était née ici et adorait sa région malgré ses hivers si longs et la rudesse de la vie en ces reliefs escarpés. Par habitude, elle jeta un regard sur les falaises et les rochers du Pène de Béon, juste en face, de l'autre côté de la vallée du gave d'Ossau, un spectacle dont elle ne se lassait pas. Cette éminence proche n'était que la base des montagnes qui s'élevaient devant elle, arborées d'abord puis plus haut envahies de landes et de prairies. D'ici, on n'en devinait pas les crêtes, mais la jeune fille savait qu'un peu plus loin elle apercevrait le pic de Ger et son contour caractéristique sur fond de ciel. Pour l'instant, les brumes montant du gave de l'Ossau occultaient encore le fond de la vallée, mais au-dessus de cette mer de mèches cotonneuses le panorama qui se découpait sous le soleil matinal l'emplissait de bien-être. Qu'elle se sentait petite face à la majesté de ces cimes à la fois lointaines et si proches ! Combien de fois n'avait-elle pas parcouru les pentes abruptes de la région ! Pour simplement admirer la nature se dresser en murailles et en tours dans un entassement de strates vertes ou nues, et parfois encore neigeuses. Les versants vertigineux qui plongeaient sur des ravines encaissées riches d'ombres et de mystères. Les torrents dévalant de prairies en forêts ou cascadant de parois entaillées en rochers couleur de flamme. Et, à certaines heures, le spectacle fascinant de cette luminosité si particulière aux Pyrénées, avec aux beaux jours les cimes s'illuminant de lueurs éclatantes sur fond d'horizon pâle…

Il ne fallut à la jeune fille qu'une maigre course pour parvenir en vue de la rivière et voir les toits d'ardoise du bourg de Bélesten. Après avoir trottiné dans la rue de terre battue jusqu'au centre du village, elle ralentit le pas en approchant de l'école. De tempérament réservé, elle n'appréciait que peu l'agitation et l'exubérance de ses camarades de classe à l'entrée comme à la sortie des cours, et préférait rester à l'écart. Non qu'elle eût honte d'être orpheline et de milieu fort modeste, mais parce qu'elle ne se reconnaissait pas dans ces jeux futiles ou ces discussions enflammées d'intérêt mineur, ces cris, ces rires et ces plaisanteries puériles dont elle avait horreur. Les autres élèves ne s'en formalisaient d'ailleurs plus. Clarmonde était à part et resterait à part ! Ce ne fut que lorsque la cloche tinta qu'elle se décida à franchir le portail de la cour. La maîtresse apparut sur le pas de la porte et frappa dans ses mains. Aussitôt, jeunes et moins jeunes se mirent en rang par deux, la classe étant mixte et unique pour les cinq à douze ans. Et qu'importait si on ne marchait pas vraiment au pas ! Avec toujours le même rituel : accrocher la capeline au portemanteau, enlever ses sabots et rester en chaussons, saluer l'institutrice « Bonjour, mademoiselle ! » et se rendre au pupitre qu'elle partageait avec Emma, une gamine de son âge qui habitait Gère. Clarmonde s'entendait d'ailleurs bien avec elle, d'autant plus que cette voisine de table était plutôt de tempérament timide… Une fois tout ce petit monde installé, les garçons d'un côté, les filles de l'autre, Mlle Pouet haussa la voix :

— Hier, c'était instruction civique, aujourd'hui ce sera leçon de morale… Nous allons traiter du respect dû aux vieillards…

Clarmonde ne put s'empêcher de sourire intérieurement. Elle qui vivait auprès de son grand-père ne pouvait qu'apprécier ce thème, et il lui était tellement naturel de respecter les personnes âgées que ce choix lui apparaissait tout à fait inutile ! Pouvait-il en aller autrement ? Enfin, il fallait bien obéir à Mlle Pouet…

Contrairement à nombre de ses petits camarades, l'école ne lui était nullement une corvée ! Habituée qu'elle était au grand air et aux travaux de la ferme, se retrouver au sein de cette salle de classe lui semblait un havre et presque un délassement. L'odeur du bois des vieux pupitres, celle du plancher lessivé, le parfum des livres et celui de la craie, tout cela contribuait à l'impression de se trouver dans un monde différent, totalement coupé de la vie quotidienne des « autres », de ceux qui trimaient au village ou dans les champs. Un isolement propice à l'étude, et la jeune fille se démarquait par sa soif d'apprendre. Si elle maîtrisait depuis sa première année scolaire la lecture et le calcul, elle était aussi passionnée par les autres domaines que survolait la maîtresse : les sciences naturelles, la géographie, mais surtout l'histoire. En fait, sa curiosité naturelle lui facilitait grandement les choses, et Mlle Pouet n'avait de cesse de l'encourager. L'institutrice avait fort à faire pour enseigner de la meilleure façon possible dans cette classe de vingt-huit élèves, tant filles que garçons, les plus jeunes n'ayant environ que cinq ans, les plus âgés en passe de tenter l'épreuve du certificat d'études à douze ou treize ans. Ayant une haute opinion de la fonction qui était la sienne, elle avait un œil aiguisé pour juger des possibilités de chacun. Aussi avait-elle un faible pour cette gosse défavorisée qui faisait des efforts louables, alors même que ses conditions de vie l'obligeaient très souvent à déserter les bancs de l'école afin de consacrer ses faibles forces pour aider son grand-père et le journalier de la Hérère au travail de la ferme. L'enseignante n'hésitait pas à lui accorder une attention particulière pour l'aider lorsqu'elle en avait besoin, tant sa bonne volonté était touchante. « En voilà une qui mérite, au moins ! » La brave institutrice se doutait bien pourtant que Clarmonde Arangou n'irait pas plus loin que le certificat, si encore les activités de la ferme lui en laissaient le loisir : la petite forcissait, et ses muscles seraient bientôt plus utiles là-haut, auprès du vieux Guilhemot ! « Au moins aura-t-elle les bases pour mieux réussir dans l'existence ! »

Bien sûr, l'école était obligatoire… Mais, comme la plupart du corps enseignant en milieu rural, elle savait fermer les yeux sur les absences répétées d'un certain nombre de ses élèves : comment pouvait-il en être autrement, après cette guerre où tant de pères de famille avaient laissé la vie ?

— Bien, décida-t-elle. Pour les petits, ce sera d'abord dessin. Prenez votre ardoise : le thème en sera les animaux de la maison. Pour les moyens, vous attendez un peu que je m'occupe des grands pour un problème de calcul qu'ils devront résoudre en une demi-heure. Pendant ce temps, nous ferons un exercice de lecture… Benoît ! En silence, j'ai dit… Et ici, on parle français, hein ? La prochaine fois, ce sera une punition. C'est compris ?

— Oui, maîtresse…

Ah ! Ce n'était pas évident de s'occuper de ces gosses d'âges différents, dont certains se montraient plus doués que d'autres… Comment consacrer assez de temps pour conduire au certificat d'études ceux que guettait l'examen en fin d'année scolaire, et en même temps apprendre à lire et à écrire aux plus jeunes, tout en inculquant les notions essentielles du programme aux classes intermédiaires ? De plus, il fallait veiller aux exercices physiques pour les garçons et former les jeunes filles aux travaux ménagers, à la couture, et autres activités plus spécifiquement féminines… Comment amener les plus ignorants à un niveau satisfaisant sans handicaper les progrès des plus studieux ? Au fil des années, l'institutrice avait appris à jongler plus ou moins parmi ces différentes contraintes avec un résultat à peu près honorable, mais il lui fallait sans cesse se remettre en question face à des élèves chaque fois différents. Le plus dur lui avait été d'imposer son ascendant en faisant preuve d'autorité sans pour autant sacrifier une certaine complicité bienveillante avec son petit troupeau turbulent. Tolérance ne voulait pas dire faiblesse, et Julia Pouet savait allier une certaine rigueur à une attitude plus amicale envers ses élèves, lesquels lui vouaient en retour une affection qui n'empêchait pas la crainte.

— Maîtresse, maîtresse, j'y arrive pas !

— Alaïs, on lève le doigt avant de parler !

— Oui, maîtresse…

— Je donne l'énoncé du problème aux grands et aux grandes et j'arrive… À nous, maintenant ! Prenez vos porte-plume et notez à l'encre bleue : « Un marchand de vaisselle achète… » Enguerrand, « marchand » ne s'écrit pas avec un « t ». « Un marchand de vaisselle achète 1 500 assiettes au prix de 2 800 francs le mille. Il en casse 12 et revend le reste 180 francs la douzaine. Calculez son bénéfice… » Pendant ce temps, la classe moyenne ouvre son livre *Lectures primaires* à la page 40 : « Les Deux Renards »… Jacin, tu commences…

— « Les Deux Renards, par Fé… Féne… lon. Deux renards entrèrent la nuit dans un pou… lali… poulailler ; ils étranglèrent le cou… »

— Le « coq » ! rectifia Julia. À toi, maintenant, Feliça…

Ainsi en allait-il chaque jour de semaine lorsque l'effectif était complet ou presque. Malgré les difficultés, l'institutrice du village adorait son métier. Encore avait-elle la chance, en ce pays de Béarn et plus spécialement dans les villages reculés de montagne, que la population tînt à l'éducation de ses enfants ! Dans trop de régions rurales en France, cette préoccupation était bien souvent le dernier souci des parents : « Une bouche à nourrir, ça doit travailler ! » Julia Pouet prenait sur elle-même pour parfois sacrifier son jeudi de pause pour inciter ceux et celles qui avaient des difficultés à rattraper leur retard, ainsi que pour pousser les plus doués à parfaire leurs connaissances et leur donner plus d'armes pour réussir leurs études. Elle devait pourtant avouer que ces derniers étaient rares, même si son taux de succès au certificat était loin d'être honteux. Honnêtement, cette année-là, seuls deux garçons pouvaient éventuellement prétendre à aller au-delà de ce diplôme, si toutefois leurs parents leur en laissaient la possibilité, ce dont elle doutait. Et puis il y avait cette malheureuse gamine si gentille et discrète : la petite Clarmonde… Une enfant éveillée, vive et à l'intelligence aiguë, que les drames de la vie n'avaient pas épargnée, mais qui faisait preuve d'une insatiable curiosité dans tous les domaines. « Quel dommage qu'elle ne soit pas destinée à poursuivre ses études ! Je gage qu'elle aurait fait une excellente institutrice… » Mais il ne fallait pas rêver : orpheline et élevée par son grand-père, dans une ferme qui vivotait, avec une existence quotidienne faite de labeur et de privations, ce n'était certes pas la voie qui lui était promise !

La maîtresse jeta un regard attendri sur cette gosse penchée sur son cahier, le porte-plume bien calé entre ses doigts, qui s'appliquait à tracer soigneusement lettres et chiffres en respectant les pleins et les déliés. Nul doute qu'elle avait déjà trouvé la réponse au problème, entre vaisselle cassée, douzaines, soustractions, divisions et multiplications ! Une solution qui pour beaucoup de ses camarades resterait une énigme… Et ce avec plus d'une année d'avance, car Julia Pouet avait jugé bon, au vu de ses résultats, de la laisser se mêler aux plus grands.

— Maria ! On ne copie pas sur sa voisine !

Clarmonde aimait cette ambiance qui la changeait de celle de la bergerie et de l'étable de la Hérère. Un peu comme une récréation dans la grisaille de sa routine, même si le travail à la ferme ne la rebutait pas, tout au contraire ! Mais voilà, elle découvrait à l'école un univers qui n'était pas son quotidien, et le savoir inculqué aiguisait sa curiosité pour nombre de domaines qui lui étaient étrangers. Elle adorait apprendre ce qu'elle ne savait pas et s'ennuyait lorsque la maîtresse abordait des sujets qu'elle connaissait bien. Aussi, quelle découverte, durant les leçons de géographie, à imaginer d'autres régions de France avec d'autres paysages et d'autres climats ! À se rendre compte que la Terre était si vaste et pouvait abriter des populations si diverses avec des modes de vie si étranges ! L'Afrique, l'Asie, les Amériques, l'Australie… Le monde était si vaste qu'elle n'arrivait pas à en concevoir vraiment l'étendue, elle dont l'univers se résumait à ces quelques vallées enserrées au cœur de ces sommets pour certains encore enneigés. L'histoire également, qui lui faisait prendre conscience de la durée des temps, avec ces mille anecdotes que savaient si bien inculquer les ouvrages scolaires, des fiers Gaulois aux rois fainéants, de Charlemagne à Napoléon, de Jeanne d'Arc au Roi-Soleil. Clarmonde aimait aussi s'attarder, en dehors des cours, auprès de son institutrice lorsque cette dernière consacrait, pour les plus curieux, un peu de son loisir pour expliquer les choses de la nature : les plantes, les roches, les insectes et les animaux sauvages… Une foule de notions qui la passionnaient.

À midi, elle avait mangé son casse-croûte sous le préau, un peu à l'écart de ses jeunes camarades qui pensaient plus à jouer qu'à se nourrir. L'hiver, ce repas se prenait dans un coin de la classe où Mlle Pouet faisait réchauffer les gamelles sur le poêle, mais la relative douceur de cette fin de printemps laissait toute liberté aux élèves pour se défouler dans la cour. Une fois restaurée, la jeune fille préférait se plonger dans la lecture des « grands ». Leurs livres scolaires, bien sûr, mais surtout ceux de la bibliothèque de l'école, une armoire vieillotte et vitrée derrière les portes de laquelle étaient rangés des alignements d'ouvrages encore mystérieux pour elle. Elle avait ainsi suivi les aventures d'André et Julien Volden, au fil des pages du *Tour de la France par deux enfants*, un récit qui l'avait d'autant plus émue que les héros de cette histoire étaient orphelins comme elle… Elle entendait bien désormais aborder des lectures plus mûres, mais sans doute moins en rapport avec son jeune âge. Aussi devait-elle en demander l'autorisation à Mlle Pouet. Clarmonde sourit à cette idée : elle savait bien que la maîtresse lui confierait volontiers un roman de Jules Verne !

— À condition que tu ne l'abîmes pas chez toi, hein ?

— Mais bien sûr, mademoiselle…

*

* *

Le retour en direction de la maison ancestrale de la Hérère s'accompagnait ensuite de sentiments plus mitigés. Si Clarmonde avait toujours la tête emplie de ce qu'elle avait appris durant sa journée, elle se sentait un peu à l'écart des préoccupations plus terre à terre qui l'attendaient à la ferme. Elle savait qu'il lui faudrait tenir son rôle en effectuant les tâches qui lui étaient dévolues et ce ne lui était nullement une corvée, mais ce sentiment d'entrer dans un autre monde se révélait pour elle un peu déstabilisant. Enfin, il fallait bien les forces et l'obstination de tous pour éviter de sombrer définitivement dans la misère… et ils n'étaient que trois ! Son grand-père, Jules, le valet, et puis elle à la mesure de ses faibles capacités. Aussi, fierté oblige, il n'était pas question qu'elle baissât les bras : elle saurait bien prouver que, du haut de ses presque dix ans, elle pouvait se montrer plus utile qu'on ne semblait le croire !

III

DERRIÈRE LA FRONTIÈRE FLOUE des cimes au loin, les nuages menaçaient, mais le soleil baignait encore les flancs de la montagne à laquelle était adossé le village.

— Espérons qu'il ne pleuvra pas d'ici le soir ! grommela Esteban Nabarre en harnachant Fiérotte, la jument qui était son unique compagnie.

Une brave bête avec laquelle il entretenait des liens affectifs très forts ! Sa seule famille... Il se redressa, jaugea de l'avance des effilochements noirâtres qui se râpaient la panse sur les sommets à l'horizon, estima la direction et la force des vents, puis se rassura : la pluie ou l'orage, ce n'était pas pour aujourd'hui !

— Allons, ma Fiérotte ! En route... Il ne nous faut pas traîner, car on nous attend, ma belle !

Moins d'un quart d'heure auparavant, un gamin d'une douzaine d'années était entré comme une tornade dans la cuisine que le vieil homme occupait :

— S'teban, S'teban... C'est le père Benedit qui m'envoie !

— Le vieux Trancade ? De dessous les Hourcades ? Et qu'est-ce qu'y me veut, ce vieux grigou ?

— Pour ses brebis, S'teban… Qu'y en a cinq ou six qui ont la colique, deux de plus qu'hier ! Et que le Trancade, il a peur de l'*épiotémie*, je crois…

— Épidémie, Jeannet… Eh bien, file le prévenir que je fais au plus vite ! Et qu'il te donne une pièce pour la course, mon garçon. Ce n'est pas à moi de te payer ce service puisque ce n'est pas moi qui t'ai demandé de faire le « va-t'en-dire » !

— Je sais, S'teban… je sais !

— Et ne traîne pas en route, hein ? Moi, je prépare ce qu'il me faut…

Une fois le gamin reparti en courant, Esteban partit fureter dans l'arrière-salle attenante à sa cuisine. Il entreposait là toute une pharmacopée récoltée dans la montagne ou acquise auprès des colporteurs qui sillonnaient la montagne entre France et Espagne. Il s'approvisionnait aussi régulièrement en médicaments et autres produits nécessaires aux foires de Pau, de Soumoulou, ou plus près encore de Laruns. Issu d'immigrants venus de Catalogne, ce sexagénaire encore alerte, nourri de la science de sa grand-mère maternelle, s'était fait un nom dans la région en soignant les animaux, vaches, chevaux, moutons, chèvres ou petit bétail, ce qui lui valait d'ailleurs la méfiance et les tracasseries des vétérinaires officiels de la région, qui qualifiaient son activité de charlatanisme et d'illégalité. Esteban se souciait peu de ces attaques mesquines : il avait fait ses preuves, lui, et si les gens préféraient faire appel à lui plutôt qu'à eux, c'était bien parce qu'il se montrait bien souvent plus efficace que ces diplômés qui se faisaient appeler « docteurs » !

« Voyons, voyons… Dysenterie ? En général, les remèdes les plus simples suffisent à en venir à bout ! Je vais vite trouver ce qu'il me faut… »

*

* *

Le « soigneur de bestiaux » habitait une maison perchée en haut du village de Béon, au pied des premières pentes montant à l'assaut de la montagne. Assis sur la banquette de son cabriolet, il pressa Fiérotte de trottiner dans la descente menant au petit bourg. Quand on l'appelait, Esteban préférait ne pas lambiner ! Il en allait de sa réputation et de son sérieux… Au cœur de la vingtaine d'habitations qui formaient le noyau de ce minuscule écart assimilé à la commune d'Aste, il passa devant la petite église et son clocher-tour avant de suivre le cours de l'Ossau afin de rejoindre le pont franchissant le torrent. La propriété des Trancade se situait en effet juste en face, de l'autre côté du cours d'eau, au sein de prairies abruptes qui s'étiraient au-dessus du bourg de Bélesten. Un trajet beaucoup plus court à vol d'oiseau que par les chemins, tant il fallait de virages en épingle à cheveux pour s'élever jusqu'aux Hourcades.

— *Hilh de puta*[1] ! s'écria-t-il soudain en descendant de sa carriole au milieu de la montée.

1. *Fils de pute.*

Vraiment, ce n'est pas le jour ! *Mèrda...* Encore cette foutue clavette qui fait des siennes !

Ce n'était pas la première fois que le blocage de l'écrou de l'essieu gauche finissait par tomber au gré des cahots. Esteban soupira : quel hasard pour qu'il n'y eût pas prêté attention, car une fois l'écrou complètement dévissé le danger eût bien été de perdre une roue ! Heureusement, l'expérience aidant, il avait toujours sous son siège quelques outils et clavettes d'avance. Cette banale intervention eut tout de même le don de l'agacer.

— La qualité n'est plus ce qu'elle était ! Avec les frottements, ça s'use trop facilement, ces trucs-là...

Une paire de tenailles pour arracher le restant de tige abîmée, un marteau pour mettre en place la nouvelle, et il ne lui fallut que quelques minutes pour venir à bout de l'incident.

— J'ai eu la chance de m'en apercevoir, n'est-ce pas Fiérotte ?

La brave jument hocha la tête comme si elle approuvait, tandis que son maître remontait sur son siège pour prendre les rênes en main.

— Allez, c'est reparti, ma belle !

L'attelage s'ébranla à nouveau en cahotant au fil des ornières du chemin. Une côte assez raide qui se tortillait sans fin au travers des bois et des herbages jusqu'à la frontière de la forêt. Esteban se remit à siffloter, bercé par le balancement des roues et les secousses au gré des cailloux. Il avait la réputation d'être un homme peu bavard, mais aimable avec tout le monde. Nul ne pouvait lui donner d'âge, mais chacun savait qu'il avait allègrement dépassé les soixante ans. Volontiers solitaire sans pour autant se montrer ours, il se contentait de vivre dans sa bâtisse isolée, une ancienne ferme en hauteur et bien à l'abri des crues de l'Ossau. Depuis l'avant-guerre, sa demeure avait été raccordée à l'électricité, mais pas à l'eau au robinet. Que lui importait d'ailleurs, les nombreuses sources dévalant de la montagne étant assez abondantes pour qu'il pût user sans compter du précieux liquide... La seule avancée moderne qu'il regrettait un peu, c'était de ne point avoir les moyens de se faire installer le téléphone à domicile : cela eût été tellement plus facile pour le prévenir en cas d'urgence. Mais Esteban s'en était depuis longtemps consolé en pensant que les paysans ayant besoin de ses services n'étaient pas mieux lotis et que, moyennant quelques piécettes, il ne manquait pas de gamins prêts à courir de droite et de gauche pour porter tel ou tel message... On a les jambes vigoureuses, à cet âge-là ! Et le vieil homme ne manquait pas d'ouvrage : au fil des années, sa réputation de guérisseur de bétail avait largement dépassé les limites du canton, et les paysans et éleveurs de la contrée préféraient pour beaucoup faire appel à ses talents plutôt qu'à ceux des vétérinaires de Laruns !

— Encore un peu de nerf, Fiérotte ! Plus que cette dernière côte, et nous arrivons... on voit déjà le toit des Hourcades...

Ils arrivèrent enfin devant les murs de cette propriété qui transpirait une certaine aisance : les Trancade étaient loin d'être les plus pauvres de la paroisse ! Ils avaient même été parmi les premiers à bénéficier de l'électricité alors que leur domaine se trouvait parmi les plus éloignés du réseau... Il était vrai que Benedit Trancade était un homme connu et respecté, et qu'il avait le bras long. On lui donnait même l'intention, malgré son âge, de se présenter contre le maire actuel aux prochaines élections ! Dès que les roues de la carriole chuintèrent dans la boue de la cour, ce fut d'ailleurs lui qui sortit de sa demeure pour s'avancer :

— Ah ! Esteban… Tu as fait bien vite ?

— Et encore, il a fallu que je sois encore embêté par un essieu dans la montée de Labadie.

— Avec les trajets que tu fais, tu pourrais peut-être investir dans une automobile, non ?

Esteban pouffa :

— Pff… *Gran coun !* Tu me vois, à mon âge, passer le permis ? Et puis, avec les routes que j'emprunte et les mauvais chemins, comme pour venir chez toi, je ne crois pas que ce serait la meilleure solution…

— Eh ! Il faut bien prévoir… Par les temps qui courent, toutes les voies rurales ou presque seront vite bitumées ! Même celle qui mène ici : c'est prévu pour l'année prochaine…

— Ma Fiérotte, elle, ne risque pas de tomber en panne d'essence et elle n'a pas d'ennuis mécaniques ! Et de toute façon, même le moindre tacot d'occasion serait au-delà des possibilités de ma bourse… Mais dis-moi plutôt quel est ton problème, Benedit ?

— Pour cela, mieux vaut que je t'appelle le Gelibert ! Comme tu sais, c'est lui qui s'occupe du cheptel…

Accoutré comme il l'était dans sa tenue bleue de chantier, le béret chiffonné enfoncé jusqu'aux sourcils, Gelibert pouvait facilement passer pour le simplet du coin. Grand, maigre avec de longs bras dont il ne savait que faire, il semblait même assez inquiétant pour ceux qui le rencontraient pour la première fois. Et pourtant... Il était loin d'être bête, et même assez cultivé pour un garçon de ferme. Depuis le temps, Esteban le connaissait bien, et il lui administra une frappe amicale sur l'épaule.

— Alors, mon Gelibert... Qu'est-ce qui se passe avec tes bêtes ?

— Je me fais du souci, l'Esteban ! Deux brebis avant-hier, trois autres hier, une autre aujourd'hui... Toutes la colique, *boudiou !* J'ai peur pour le troupeau tout entier, tu comprends ?

— Bien, bien... allons voir ça ! Elles ne sont pas en pâturage, au moins ?

— Non, non... J'ai gardé les bêtes malades à la bergerie !

— Tu as bien fait, Gelibert... Mais si elles sont contagieuses il faudra les isoler des autres, hein ?

— Bien, je vous laisse, tous les deux... décida Benedit. Tu passes me voir après, Esteban ?

— Bien sûr, bien sûr... Je ne vais pas partir sans être payé !

— Eh ! À condition que tu m'aies soigné tout ça, hein ?

Esteban se montrait toujours si doux et si calme avec les animaux que ceux-ci lui accordaient d'emblée leur confiance. Il est ainsi des choses qui ne s'expliquent pas : comme si des ondes inconnues s'établissaient entre les bêtes et lui, comme si lui et les bêtes communiquaient sans mots, d'un seul regard, d'un seul geste... Comme si un étrange magnétisme s'installait entre eux. Laissant Gelibert un peu à l'écart, il s'avança dans la bâtisse basse et sombre. En s'approchant, malgré la senteur prenante du foin, des excréments et du suint de la laine, il perçut d'emblée l'odeur peu agréable des troubles digestifs des ovins concernés. Doucement, il s'approcha d'une brebis, la caressa pour la rassurer, puis lui palpa attentivement la panse avant de lui examiner les yeux, la bouche, la langue... Au seul contact de la paume, il jugea :

— Pas de fièvre, c'est déjà ça...

Il continua son auscultation, passa à une seconde bête, puis il se redressa, fit quelques pas.

— Alors ? s'inquiéta le valet.

— Alors tu me fais un bien piètre pasteur, mon gars...

— Tu te moques, Esteban ! Depuis le temps que je fais le berger, je commence à connaître le métier, non ?

— Peut-être, mais on a vite fait d'oublier un détail... Tu sais que de chez moi, on voit tout ce versant ! Aussi, ce seraient pas tes bêtes qui broutent sous le Pène Hourcade ?

— En attendant l'estive, oui ! Mais je les rentre le soir pour la traite...

— Mais dis-moi... Il y a bien quelques *cujalas*[1], là-haut ?

— Oui, des cabanes de pierre, mais vides pour l'instant...

— Et elles servent de nos jours plus à remiser le foin avant de le descendre à la ferme qu'à abriter les bergers, non ?

1. *Cabane de berger en pierres sèches.*

— C'est vrai, mais qu'est-ce que ça a à voir avec…

— Cela a à voir que je ne serais pas surpris s'il restait encore un peu de foin dans certaines d'entre elles ! Et le foin moisi, c'est toxique pour les bêtes, grand benêt ! Et à mon avis, c'est ce qui leur donne la *cagèra*[1], tu comprends ? Dans un troupeau, il y a toujours quelques dissidentes pour aller goûter aux choses défendues ! Ce n'est pas la première fois que ça se produit, tu sais…

— Tu crois ?

— J'en suis presque certain !

— Et… c'est grave ?

— Si rien n'est fait, ça peut l'être… Mais le traitement est assez simple : il te faut leur donner du thym ou du serpolet, ainsi que des plants de menthe sauvage… Avec des rations d'ail entier haché mélangé à du son, ça devrait faire l'affaire ! En deux jours, il n'y paraîtra plus !

— Vrai ?

— Puisque je te le dis…

Bien qu'il n'eût pas accompagné Esteban et son valet jusqu'à la bergerie, Benedit Trancade n'en était pas moins inquiet. Perdre une demi-douzaine de bêtes, c'était malgré tout un coup dur, même pour une exploitation prospère comme la sienne !

— Alors… elles sont bonnes à vendre au boucher de Laruns ?

— Mais non, mais non… Rassure-toi ! Seulement des troubles digestifs à cause sans doute d'un peu de paille moisie qu'elles ont dû brouter je ne sais

---

1. *Diarrhée.*

où. J'ai expliqué à Gelibert comment les soulager au plus vite !

— Alors merci, « docteur » ! Je savais bien que je pouvais compter sur toi…

— Arrête de m'appeler « docteur », je t'en prie ! Ça m'énerve.

— Dans la rue ou au bistrot du coin, je veux bien… plaisanta le maître des lieux. Mais quand tu viens soigner les bêtes, je préfère « docteur » ! Le respect, tu comprends ?

— Arrête de te moquer de moi, vieux grigou !

— À propos de grigou, entre donc boire un verre, histoire de te régler la course et le diagnostic !

— Je n'ai pas fait grand-chose ! Donne-moi ce que tu veux…

Il était ainsi, Esteban… Il ne courait pas à tout prix après l'argent et se contentait de laisser sa clientèle juger de sa rémunération. Combien de fois n'intervenait-il pas gratuitement, pour les paysans et éleveurs les plus modestes ? Il ne s'en plaignait nullement, sa réputation faisant qu'on se montrait généralement généreux envers lui. Quelquefois, il s'en félicitait : s'il avait fixé lui-même le montant de ses prestations, il aurait sans doute moins gagné ! Il n'en était pas riche pour autant, mais vivait correctement avec pour seule passion celle de soigner les animaux, un art qu'il tenait de sa grand-mère Rosa. Benedit lui glissa un billet dans la paume, et il protesta :

— C'est trop, voyons !

— Mais non, tu le mérites bien ! Tu fais toujours au plus vite quand on a besoin de toi… Pas comme ces diplômés qui viennent de la ville pour qui le bétail n'est qu'une source de revenus. Toi, tu les aimes, les bêtes, et tu les soignes mieux qu'eux avec des remèdes naturels bien plus efficaces que les médicaments qu'ils nous vendent et qui valent une fortune sans qu'ils se révèlent meilleurs que tes traitements !

— Arrête, Benedit, que tu vas me faire rougir !

— Allons, tu le sais aussi bien que moi, même si tu tiens à faire le modeste… *Adishatz*[1], Esteban…

— *Adiù*, Benedit. Et merci !

*

* *

Avant de remonter dans son cabriolet, Esteban flatta gentiment sa jument en lui parlant comme à un humain :

— Et si nous faisions un petit détour par la Hérère ? Il y a déjà quelque temps que l'on n'a pas fait une petite visite à ce vieux Guilhemot ! Et si la petite est là, je suis sûr que ça te plaira, ma Fiérotte… Elle aime tant te câliner !

---

1. *Au revoir.*

IV

Clarmonde ne traînait jamais pour rentrer à la Hérère après la sortie de l'école. Même si son grand-père et Jules ne comptaient pas sur elle pour les travaux de la ferme, elle savait se rendre utile à la mesure de ses forces. Après les soins apportés aux brebis et aux animaux en compagnie de Gaujòs, elle aimait à participer à l'élaboration du fromage. Dans l'annexe réservée à cet usage, l'odeur particulière du lait caillé persistait, et la jeune fille trouvait ce parfum délicieusement enivrant. Oh, bien sûr, elle ne pouvait prétendre à participer à toutes les étapes, mais elle prenait plaisir à entretenir le feu sous le chaudron de cuivre, à surveiller la température du lait entre vingt-cinq et trente degrés, y ajouter quelques gouttes de cette présure obtenue à partir de la caillette de l'agneau, regarder le caillé se former petit à petit, juger de sa consistance du bout de l'index. Pour briser le caillé à la main, ou en maniant le tranche-caillé en bois en cinq brins, ou encore à l'aide de la *batadère*[1], elle faisait appel à Jules, car il y fallait des muscles plus puissants

1. *Le fouet.*

que les siens. La suite des opérations se résumait à une nouvelle chauffe à quarante degrés pour séparer le grain du petit-lait, puis à l'égouttage, la mise en moule et le pressage de la pâte obtenue. Il fallait bien cinq à six litres de lait pour fabriquer un kilo de fromage ! S'ensuivaient le salage, puis l'affinage…

L'affinage, c'était là sa partie, et elle était fière que lui soit dévolue cette tâche essentielle ! Légèrement à l'écart de l'habitation, la cave voûtée en pierre à demi enterrée au flanc du coteau était devenue un peu son domaine. Elle y observait scrupuleusement la manière de faire traditionnelle à la région.

— Tu comprends, lui avait expliqué son grand-père, chez les Basques, jusqu'à l'affinage on procède de la même façon. C'est alors que nos méthodes diffèrent ! Chez eux, ils ont des caves sèches et ils brossent les tommes. Chez nous, on préfère laisser mûrir le fromage dans l'humidité, et on enduit la croûte d'eau salée avec un torchon humide. C'est pour cela que le nôtre est meilleur, même si eux prétendent le contraire…

Clarmonde se souciait peu de ces innocentes querelles chauvines et se contentait de faire comme on le lui avait appris. Tous les jours ou tous les deux jours, elle s'occupait de cette tâche et retournait les tommes une à une. Deux à trois kilos pour les petites, quatre à cinq pour les grosses en forme de cylindre. Et il fallait bien compter trois à six mois au moins avant de pouvoir prétendre les vendre à l'étal d'un marché.

Alors que le soleil commençait à décliner de l'autre côté de la vallée, elle ressortait de son antre souterrain lorsqu'elle perçut le bruit des roues cerclées provenant du chemin menant à la ferme. Gaujòs redressa son museau brun qui contrastait avec son pelage noir, puis il courut sans aboyer au-devant d'une carriole s'arrêtant dans la cour. « Une visite à la Hérère ? » Voilà qui n'était guère courant… Poussée par la curiosité, elle courut à son tour et sauta de joie en reconnaissant le cabriolet d'Esteban. Elle adorait ce vieil homme placide et doux presque autant que son grand-père !

— Esteban ! Que je suis contente de te voir ! s'exclama-t-elle en lui sautant dans les bras.

— Moi aussi, petite… Moi aussi !

Guilhemot n'était pas sourd, et il abandonna à Jules la traite des brebis pour sortir de la bergerie.

— Ah, c'est toi, le *metge*[1] du bétail ? Tu viens sans doute me pirater d'un ou deux verres de jurançon ?

— Ce sera pas de refus, l'ancien ! Et puis, pour deux ours solitaires comme nous, ça fera l'occasion de discuter un peu de tout et de rien, non ?

— T'as raison, entre donc… Et d'où tu viens, comme ça ?

— De chez le Benedit des Hourcades. Il avait des *oelhas*[2] qui dépérissaient à cause de *cagèras*…

— Elles avaient bouffé de l'herbe pourrie, non ?

— Oui, mais il préférait s'assurer que ce n'était pas plus grave ou contagieux.

— Moi, dans ces cas, je leur impose de bonnes rations d'ail pilé, et ça passe.

---

1. *Médecin.*

2. *Brebis.*

— C'est bien ce que j'ai prescrit… avec quelques autres ingrédients.

— Je sais, je sais… Les vertus des plantes de montagne, comme le serpolet, puisqu'on ne trouve guère de thym à nos altitudes !

— Eh ! Tu n'aurais pas dans l'idée d'empiéter sur mon boulot, non ? plaisanta Esteban.

— J'ai déjà bien assez de mal à m'occuper de la Hérère ! Et j'avoue que je pâtis de plus en plus à assumer les travaux pénibles… T'aurais pas un remède pour les vieilles bêtes comme moi ?

— Non, non… Tu oublies que nous avons à peu près le même âge, et que je me retrouve avec les mêmes problèmes. Qu'elle est loin l'énergie de nos vingt ans !

— Oui… soupira Guilhemot. Qu'elle est loin… mais il faut bien que je tienne le coup, pour la petite !

— Elle le mérite, c'est une brave gosse.

— Heureusement, sinon je n'aurais plus aucune raison de me battre pour vivre, avec tous mes malheurs…

— Il vaut mieux ne pas y penser, mon pauvre ami. Et savourer la joie que ta petite-fille amène en ces murs !

— Je sais… Mais ce n'est pas tous les jours facile !

— Je m'en doute…

Clarmonde était aux anges. Si elle avait des affinités particulières avec Masclut, elle ne pouvait nier le plaisir que lui procurait cette belle jument de race sorraïa originaire du Portugal. Une belle bête acquise trois ans auparavant par Esteban, qui avait d'emblée été séduit par son maintien, sa robe isabelle, sa grosse tête au profil busqué. Il avait seulement remarqué ses membres un peu trop grêles, mais le vendeur l'avait rassuré :

— Cette jument est une occasion rare, je vous assure ! Il n'en restait que quelques exemplaires vivant en troupeaux sauvages près du Tage, mais dans le temps ils étaient utilisés tant pour la monte que pour les travaux de la ferme. Si l'ossature des jambes semble faible, ce n'est qu'une apparence : ces chevaux ont les pieds les plus durs et les plus sains qui soient !

Esteban s'était laissé convaincre et ne le regrettait pas. Bien que ne pesant pas plus de trois cents kilos, Fiérotte était d'une endurance rare et pouvait être utilisée aussi bien pour la monte que pour la randonnée, l'attelage ou le travail du bétail.

— Alors, ma belle… Il y avait longtemps que je ne t'avais vue ! Ça me fait vraiment plaisir, tu sais ?

Un plaisir partagé, tant la jument manifestait sa satisfaction en soufflant des naseaux, hochant la tête et trépignant avec des hennissements réprimés ressemblant à des miaulements de chat. Comme elle en avait coutume, Clarmonde s'empressa pour lui offrir quelques gourmandises, un morceau de pomme, une ou deux carottes vite croquées et englouties, ainsi qu'un quignon de pain sec. Elle ne se priva de lui murmurer des mots doux à l'oreille, avec le sentiment secret que la brave bête comprenait tout ce qu'elle lui disait. Un moment de bonheur parfait comme elle les aimait !

— Dommage que tu sois attelée, ma pauvre… Je t'aurais bien mise en compagnie de Masclut ! Il ne rencontre que rarement des copains de sa race, et encore moins une copine aussi belle et gentille que toi. Ce sera pour une autre fois, je te le promets.

Le temps passait pourtant vite, et les ombres avaient déjà envahi la vallée lorsque Esteban se décida à rejoindre Béon et sa demeure de Saubajot. La fillette en fut un peu contrariée et eut presque les larmes aux yeux en faisant un signe de la main pour prendre congé de Fiérotte et de son maître alors que le cabriolet s'éloignait. Elle se secoua et, pour chasser cette brève nostalgie, se décida à faire un peu de ménage et mettre la table à l'intention de Jules et de son grand-père. Elle tenait à ce que le repas ne s'éternisât pas, histoire de se consacrer à ses devoirs de classe et de poursuivre la lecture d'*Un capitaine de quinze ans*, qu'elle avait emprunté récemment à la bibliothèque de l'école. C'était le second ouvrage de Jules Verne qu'elle avalait en moins d'un mois, et elle se régalait de la description de ces régions inconnues dans des pays d'ailleurs. Qu'il lui était difficile d'imaginer des paysages plats, sans pluie, sans neige, avec un soleil accablant, ou des mondes d'icebergs et de glaces étincelantes qui jamais ne fondaient ? Des peuples sauvages où l'on vivait nu, avec des couleurs de peau si différentes… Des mœurs encore barbares ou primitives. Tout cela était-il bien réel ou bien seulement de la pure fiction ? Grâce à ses leçons de géographie, elle savait désormais que les peuples terrestres étaient si variés, avec des modes de vie tellement étranges, qu'elle ne pouvait que l'admettre même si cela choquait souvent sa conscience. Elle chassa ces pensées et surveilla le bouillonnement dans la casserole avant de crier :

— Allez, à table ! La *broye*[1] est prête…

Déjà une vraie petite maîtresse de maison ! Qui savait économiser et utiliser les restes… Tout en aspirant de larges cuillerées de ce brouet odorant à grand renfort de chuintements gourmands, Guilhemot dressa le nez en sa direction :

— T'as pas école, demain ?

— Non, papet ! C'est jeudi…

— Alors, si Jules veut bien s'occuper seul de la ferme, peut-être viendras-tu avec moi au marché de Castet ? Il serait peut-être temps que tu te formes à la vente de nos fromages, non ?

— C'est vrai, papet ? Tu veux bien ? s'écria-t-elle, soudain exubérante.

Il y avait si longtemps qu'elle lui demandait cette faveur pour montrer ce dont elle était capable, pour prendre une part de la responsabilité des adultes, et surtout pour le plaisir de voir des gens, se mélanger à la foule, et sortir de l'isolement de la Hérère.

— Mais il va falloir se lever tôt, hein ?

— Bien sûr, papet… Oh, que je suis contente !

— Tu le seras moins lorsqu'il faudra sortir par temps de pluie ou de neige, à te geler les doigts et le reste devant l'étal ! Alors autant en profiter alors que l'été n'est plus loin : il ne dure jamais très longtemps, ici…

*

* *

1. *Soupe du pauvre confectionnée avec du petit-lait, du pain rassis, du fromage et de l'eau.*

De très bonne heure, Clarmonde était déjà debout lorsque son grand-père se leva. Excitée à l'avance, elle avait déjà mis le café à chauffer sur le fourneau réanimé et sorti sur la table la tourte de pain, le fromage et le jambon. Guilhemot fit mine de s'en étonner, même s'il n'était pas dupe :

— Comment ? À croire que tu ne t'es pas couchée, ma belle…

— Mais non, mon papet ! Mais je ne veux rien perdre de cette journée…

— La fougue de la jeunesse ! Crois-moi, quand tu auras fait autant de marchés que moi dans ta vie, cela commencera à te lasser et représentera plus une corvée qu'un amusement… mais tu te forceras à y aller quand même, car il faut bien gagner sa vie !

— On n'en est pas là, heureusement !

— Oui, heureusement…

*
* *

Masclut lui aussi était impatient. Il ne rechignait jamais à tirer la carriole, lorsqu'il s'agissait de se rendre à un des marchés de la région. Privé de compagnie à la ferme, il semblait prendre un véritable plaisir à se retrouver dans l'animation de la foule en ces jours si particuliers. Aussi ne se fit-il pas prier dès que son maître eut pris les rênes. Même si la vallée était encore à l'ombre, la journée s'annonçait belle, et Guilhemot espérait bien que le soleil à venir déciderait les gens à se rendre plus nombreux devant les étals. Ils passèrent le pont de Béon pour suivre vers le nord l'autre rive de l'Ossau, en contrebas du ventre massif de montagnes hérissées de résineux. Moins de cinq kilomètres seulement le long de la rivière avant d'atteindre leur but : Castet… Un fort joli village, pas plus gros que Bélesten, avec une église perchée sur un piton et un vieux donjon qui ajoutait au charme du bourg. De la place, on pouvait voir au loin les cimes aiguës du pic d'Ossau sur lesquelles subsistaient des lambeaux de neige. Le marché se déroulait devant la mairie et, si la commune comptait moins de trois cents habitants, cette manifestation hebdomadaire attirait les clients de tous les bourgs environnants. Lorsqu'ils arrivèrent, quelques étalages étaient déjà en place, et le vieil Arangou ne se priva pas d'aller saluer les gens qu'il connaissait pour entamer des conversations. Clarmonde fut d'ailleurs assez contrariée d'avoir à l'attendre pour dresser les tréteaux et poser le plateau, qu'elle recouvrit aussitôt d'un vieux drap réformé, mais propre. Elle se fit ensuite une joie de décharger elle-même les fromages pour les disposer à son goût.

— Juste à temps, dirait-on ! Les premiers clients arrivent…

Gamine encore, Clarmonde découvrait avec curiosité cette ambiance qui lui rappelait les jours de fête au village. Le marché était un rendez-vous régulier qui arrachait hommes et femmes à la routine quotidienne. On y trouvait tout ce qui était nécessaire, même si ce n'était là qu'un modeste lieu de vente par rapport aux plus gros villages comme Laruns, Arudy ou Buzy. Moins d'une vingtaine de paysans et camelots… Mais on y trouvait à volonté des œufs, du beurre, des volailles, et bien sûr des fromages. Il y avait aussi un rémouleur, les paniers d'un vannier, et un boucher ambulant, le seul possédant un véhicule à moteur. C'était l'occasion aussi de se rencontrer, de traiter des affaires et, entre hommes, d'en profiter pour trinquer à l'auberge en y sirotant quelques verres.

— Alors, Guilhemot... Tu t'es trouvé une belle vendeuse, tu sais ?

— C'est ma petite-fille ! clamait-il en réponse, manifestement fier de cet intérêt.

Il s'aperçut d'ailleurs vite que la fraîche mine et le sourire de Clarmonde attiraient plus les gens que son allure sévère de paysan bourru. Après quelques hésitations, il décida alors :

— Je te confie l'étalage, petite... Et essaye de faire tes preuves et de ne pas te tromper sur la monnaie à rendre ! Vu ton jeune âge, y en a certains qui n'hésiteraient pas à te rouler dans la farine en essayant de te berner de quelques francs, tu sais...

— Eh ! Je sais compter, papet...

Ah ! Le plaisir de voir toutes ces personnes lui jeter des regards amusés. Il n'était guère courant de voir une si jeune gamine s'occuper seule de ce petit commerce, et Clarmonde savait jouer de son minois, de son sourire et de sa voix claire :

— Allez, monsieur... Ou bien madame ! Les plus belles tommes de la région, en direct de notre ferme de Bélesten... Préparées et affinées avec le plus grand soin ! Vous n'en dégusterez jamais de meilleures pour un prix aussi faible... Vous pouvez tâter, elles sont à point pour être mangées ! Ne vous privez pas, elles sont incomparables !

D'où lui venait cette assurance devant tous ces gens qu'elle ne connaissait pas, elle qui voyait si peu de monde tout au fil de l'année ? Elle n'aurait su le dire… Toujours fut-il que, soit pour lui faire plaisir, soit par curiosité, soit encore parce qu'on avait déjà goûté aux fromages de la Hérère, on se pressa bientôt devant son étal.

— Je vais en prendre une, mais une petite…

— Moi aussi ! Mais plutôt celle-ci de cinq kilos…

Une vieille dame hésita :

— Moi, je ne sais pas… C'est que je la connais pas, cette petiote !

— Mais non, Irenèu… précisa son voisin, un colosse bourru au faciès rougeaud. C'est la petite-fille du père Arangou, de Bélesten !

— Ah ! Ce bon Guilhemot ? C'est différent, alors ! Je vais lui prendre celui-ci… Quel est ton petit nom, ma belle ?

— Clarmonde, madame…

— C'est bien, c'est bien… Continue comme ça, alors !

*

* *

Il n'était pas encore midi lorsque Clarmonde osa franchir le pas de la porte de l'auberge-café de la place. En la voyant apparaître, Guilhemot abandonna la conversation qu'il tenait avec deux anciens de son âge. Il reposa son verre et fronça les sourcils.

— Mais qu'est-ce que tu fais là, petite ? Faut-il que tu sois folle pour laisser l'étal sans surveillance !

N'importe qui peut se servir et emporter ce qu'il veut, boudiou… Allez, file vite, je te rejoins !

La jeune fille baissa la tête, ne s'attendant pas à être rabrouée de la sorte.

— Mais… mais justement… il n'y a plus rien à vendre ! On vient de m'acheter la dernière tomme ! Plus rien, je te dis…

Son grand-père la considéra d'un œil incrédule. Non, elle n'avait pas l'air de plaisanter…

— Comment ça, plus rien ? Ce n'est pas possible ! Je rapporte toujours environ la moitié d'invendus, dont je ne charge la carriole que par précaution… Tu es bien certaine d'avoir annoncé le juste prix ?

— Allons, papet ! Je suis grande, maintenant, et je sais compter…

Elle lui tendit alors la boîte à biscuits métallique dans laquelle elle avait rangé sa recette.

— Tiens, voilà…

Le vieil homme y jeta brièvement un regard, souleva les billets, soupesa les pièces, puis referma le couvercle en se tournant vers ses compagnons de tablée.

— Celle-là alors, elle m'étonnera toujours !

— P't-êt' ben qu'elle est plus douée que toi… souligna malicieusement l'un des buveurs en mâchonnant sa pipe.

V

Il y avait quelques jours que la fin des classes avait clos l'année scolaire et Clarmonde passait de plus en plus de temps auprès de Jules et de son grand-père. Pour la plus grande joie de la gamine, Guilhemot l'emmenait désormais sur les marchés de la région, sur lesquels il se montrait de plus en plus présent. Il n'avait pas été long à s'apercevoir que le fait de confier la vente à la « petite » avait un impact considérable sur les ventes ! À croire que la jeune fille, sans rien faire et en toute humilité, avait le don de charmer la clientèle attirée par sa fraîcheur juvénile, son naturel et sa spontanéité. Oui, grâce à elle, le petit commerce de la Hérère prospérait plus que le vieil homme ne l'avait jamais espéré, et Clarmonde en ressentait une réelle fierté. Pour être honnête, il fallait ajouter que si la production de la ferme restait modeste, grâce à ses méthodes ancestrales elle se traduisait par une texture et une saveur rares qui ne pouvaient être égalées dans les grosses fermes où la quantité nuisait à la qualité ! En ce début juin, Guilhemot avait donc décidé d'abandonner le marché du jeudi de Castet pour se rendre à celui Laruns, le plus gros village à proximité, six à sept kilomètres seulement. Malgré sa réticence première à faire une entorse à ses habitudes, il avait fini par se ranger aux arguments de la fillette qui, avec une logique surprenante pour son âge, lui avait affirmé un soir :

— Tu comprends, papet. Laruns est le terminus de la voie ferrée qui vient de Buzy et Pau… En été, elle est empruntée par les touristes et les curistes qui vont aux stations thermales des Eaux-Bonnes et des Eaux-Chaudes !

— Et alors ?

— Tu ne les as pas vus, tous ces gens bien habillés qui assistent aux courses de l'hippodrome ici même, à Gère ? Ils ont de l'argent et en dépensent sans compter à Laruns, où il y a beaucoup de commerces… et ils aiment acheter des produits de la campagne !

— Comment sais-tu cela, toi ?

Clarmonde avait baissé le nez.

— C'est Mlle Pouet qui en a parlé, à l'école…

— Ah ! Mlle Pouet…

L'idée avait fait son chemin et, ce matin-là, de bonne heure, le grand-père et sa petite-fille étaient sur le départ…

— Allez, Masclut… En route !

*
* *

Laruns, chef-lieu de canton… Plus de deux mille habitants. Plusieurs quartiers. Un village délimité à l'ouest par le gave d'Ossau et au sud par l'Arrec de Lars, avec en arrière-fond le magnifique panorama des sommets des Pyrénées faisant frontière avec l'Espagne. Laruns, dominé par le pic de Ger, avec à perte de vue des reliefs rudes et tourmentés, à leur base envahis par la palette des verts des pâturages et des forêts, puis plus haut surmontés de landes rases et de crocs rocheux dont les creux abritaient encore quelques langues de neige. Laruns, avec les rues étroites du cœur du bourg et la place face à l'église. Ses commerces, ses cafés et ses hôtels… Malgré l'heure matinale, des gens circulant à bicyclette pour aller acheter un pain ou quelques denrées dans une épicerie, d'autres pressés de rejoindre leur lieu de travail, et déjà la place encombrée d'étals en cours de montage, les marchands qui s'affairaient pour présenter leurs produits dans l'attente des premiers badauds. Pendant les beaux jours, nul n'avait tendance à se calfeutrer chez soi très longtemps, et on profitait au mieux d'un climat plus serein… Guilhemot s'approcha d'un homme faisant apparemment commerce de casseroles et autres ustensiles ménagers :

— *Adiù*, l'homme… Y a-t-il des règles pour s'installer, ici ?

— Non, non… À condition de laisser le passage libre !

— Je peux me mettre à côté de vous alors ?

— Bien sûr, l'ancien ! Comme ça, en retrait, votre cheval pourra tenir compagnie à mon brave Paturon…

Tout en disposant ses tommes de la façon la plus avantageuse, Clarmonde remarqua :

— Tu vois, papet ? *Hôtel des Touristes, Hôtel des Voyageurs*, et j'en passe… Avec tout ce monde, on devrait faire un bon marché, non ?

— Ne te réjouis pas trop vite, petite ! Il y a aussi beaucoup de concurrence… Tout le monde veut vendre ses tommes, et les gens d'ici doivent avoir leurs habitués. Nous, nous sommes inconnus de tous sur cette place…

— Peut-être, mais les curistes n'ont pas ce genre d'habitudes, eux ! Ils ne connaissent pas plus les autres marchands que nous-mêmes, et ils ne feront pas la différence. À nous de les appâter en sacrifiant un fromage pour leur en faire goûter !

— À toi, plutôt ! rétorqua Guilhemot. Quant à moi, je préfère te surveiller depuis le café, là, juste en face… J'ai déjà constaté que ma présence à tes côtés ne peut que nuire à l'intérêt que te portent les chalands. Je dois avoir l'air trop vieux et trop bourru…

— Mais non, papet… mais non !

La jeune fille sourit en voyant des automobiles se garer aux abords de la place. « Voici sans doute les premiers touristes citadins des stations qui viennent prendre un bon bol d'air rustique au contact des gens du coin… » Avant de prendre la direction du bistrot, son grand-père se pencha sur elle pour lui intimer à l'oreille :

— Je veux bien que tu offres du fromage, petite… Mais pas trop gros les morceaux, hein ?

Alors que le jour devenait de minute en minute plus lumineux, Clarmonde fut surprise par l'affluence sur la place de plus en plus envahie par une foule diverse. Ne connaissant que les marchés plus restreints de Castet, Bielle ou Bilhères, elle ne s'attendait pas à voir autant de monde se presser entre les étals. Des paysans, agriculteurs et éleveurs, bien sûr, mais aussi des habitants de la petite agglomération, quelques personnes dont la vêture trahissait plus d'aisance, des commerçants et notables du coin, des hommes et des femmes de tous âges, et ces gamins qui profitaient de cette animation bruyante pour courir entre les jambes des adultes. Le brouhaha se faisait de plus en plus vif, mais la jeune fille ne s'en souciait guère : déjà, quelques clients éventuels se bousculaient devant ses fromages, et il fallait bien les renseigner et vanter le produit ! Depuis son installation, elle avait déjà effectué quelques ventes, mais elle se demanda soudain si cette multitude était ou non un avantage : ne risquait-elle pas de passer inaperçue, perdue au milieu de tous ces étals ? Ces gens qui défilaient sans cesse devant elle ne masquaient-ils pas d'éventuels acheteurs ? Et entendait-on seulement sa voix, au milieu du tumulte ambiant ? Elle se força à crier plus fort :

— Allez, vous pouvez goûter, messieurs ! Oui, madame, prenez donc un dé de cette tomme… Je peux vous assurer de son bel affinage, c'est moi qui m'en occupe ! Oui, monsieur, vous désirez celle-ci ? Trente-trois francs les trois kilos, c'est la meilleure affaire du marché ! Et vous, madame ? Celle-ci ? Tout de suite, je finis de servir monsieur…

Subitement, tout s'emballait devant elle ! Surtout, ne pas se montrer dépassée… Un instant, elle souhaita que son grand-père qui l'observait de loin vînt un peu l'aider, mais à la réflexion elle préférait avoir la fierté de se débrouiller seule ! Un sexagénaire à l'embonpoint conséquent et sa femme se ménagèrent une place devant l'étal. Costume impeccable, gilet et chapeau à la mode pour lui, tenue coquette et mine affectée pour elle... « Tiens ? Des pensionnaires des Eaux-Bonnes ou des Eaux-Chaudes, sans doute ? Ils sont plus lève-tard que les gens d'ici ! » Le curiste se servit dans la corbeille et porta un morceau de fromage à la bouche d'un air presque dédaigneux, puis afficha une expression de surprise :

— Mais il est excellent ! s'exclama-t-il. Qu'en pensez-vous, ma chère ?

Son épouse goûta à son tour et l'approuva d'un hochement de tête.

— Je vais donc acheter celle-ci ! décida-t-il en désignant une tomme de cinq kilos. Non, non, gardez la monnaie, jeune fille...

Décidément, les affaires s'annonçaient bonnes, ce qui ne fit que redonner un regain d'énergie à la jeune vendeuse :

— N'hésitez pas, messieurs dames, et servez-vous, vous m'en direz des nouvelles ! Un instant s'il vous plaît, il faut que remplisse à nouveau l'étal.

Heureusement qu'elle avait insisté pour que Jules chargeât à bloc la charrette de Masclut !

Les nouvelles devaient circuler vite entre touristes et curistes, car Clarmonde eut peu à peu davantage de personnes manifestement citadines et étrangères à la région devant son stand. Intérieurement excitée par le succès de son petit commerce, elle jubilait et s'affirmait de plus en plus hardie dans son discours, ne rechignant pas à vanter les mérites des exploitations modestes, le savoir-faire ancestral, les méthodes traditionnelles, la façon dont il fallait bichonner ces fromages pour arriver aux plus subtiles saveurs. Elle n'avait d'ailleurs nul besoin de se forcer tant elle connaissait bien la confection de ses tommes, ayant depuis ses plus jeunes années participé à toutes les étapes de la fabrication et de l'affinage ! Le temps passa si vite qu'elle n'entendit pas sonner les douze coups de midi et qu'elle fut surprise, alors que la place se dépeuplait à vue d'œil, de voir réapparaître son grand-père qui, le sourire aux lèvres, mit fin à son ardeur :

— Ce serait peut-être le moment de remiser tout ça dans la carriole, non ? Il est déjà près de 13 heures, et tous les gens rentrent chez eux, maintenant… Regarde, tous les exposants sont en train de remballer !

— 13 heures déjà ? Dis… tu as vu ? Jamais je n'aurais cru en vendre autant ! Il en reste moins d'une douzaine à rapporter… Pour un peu, je n'en aurais pas eu assez !

— J'ai vu, j'ai vu… Et c'est bien pourquoi je t'ai laissée faire !

Guilhemot Arangou était manifestement satisfait et admiratif, mais ne désirait pas trop le montrer : que n'avait-il osé lui-même s'attaquer à un si grand marché ? Cette première participation à celui de Laruns à elle seule avait dû rapporter plus que sa présence hebdomadaire aux trois autres qu'il avait l'habitude de fréquenter ! Clarmonde ne fut pas sans remarquer son œil brillant et sa fébrilité peu ordinaire.

— Toi, tu as déjà fêté cette réussite au café, on dirait ?

Il ne le nia pas et eut une petite moue d'excuse.

— Bien... Regarnissons la carriole, et ensuite viens donc boire un sirop en ma compagnie, tu l'as bien mérité !

La jeune fille ne lui en voulut nullement de cette entorse aux règles. Il était rare que son grand-père se laissât aller à boire plus que de raison, et elle se félicitait lorsque cela arrivait : il était tellement plus gai qu'à ressasser les malheurs de sa vie ! Et ce jour était un grand jour, pour la Hérère et sa petite fromagerie !

*
* *

Deux jours s'étaient écoulés depuis cette aventure mémorable, et dimanche était là. Un dimanche qui, à la Hérère, ne différait guère des autres jours de la semaine, sinon par un repas amélioré, Guilhemot ayant renoncé à se rendre à l'église depuis la mort de son fils et de sa bru. Et il n'avait nul remords d'avoir élevé sa petite-fille hors de la religion catholique, malgré les remarques peu amènes de beaucoup de villageois. Ne pouvaient-ils comprendre qu'après ces coups du sort il ne pouvait qu'en vouloir à Dieu, si toutefois il existait, ce dont il doutait bien souvent ? Au diable les baptêmes, les communions, les messes et autres cérémonies ! Au diable l'Église et ses « curetons » ensoutanés ! Ce dimanche-là, Clarmonde finissait de mettre la table en se régalant à l'avance du poulet tué la veille qui mijotait derrière la porte du four, lorsqu'elle dressa l'oreille en percevant un bruit de moteur : une voiture à moteur, sur ce mauvais chemin défoncé ? Voilà qui était plus qu'étrange ! Gaujòs semblait être de son avis et il se mit à aboyer, ce qui était rare de sa part. Le grand-père de Clarmonde n'était pas sourd, et il s'approcha lui aussi de la porte pour l'ouvrir. Un homme élégant descendit du véhicule fringant, une Citroën type B2 manifestement neuve... Guilhemot fronça les sourcils en scrutant cet inconnu en costume des pieds à la tête : ce genre de visite n'augurait généralement rien de bon ! Il s'avança néanmoins d'un pas :

— Monsieur ?

— Vous êtes sans doute monsieur Arangou, n'est-ce pas ?

— Oui... grommela rudement le maître de maison. C'est pour quoi ?

L'homme ôta son chapeau et Clarmonde eut l'impression de l'avoir déjà vu... « Ah, oui ! Ce client un peu froid qui lui avait acheté une tomme sans même un sourire, l'autre jour, à Laruns. »

— Permettez-moi de me présenter... Alfred Mandoire. Je suis intendant de l'*Hôtel des Princes* aux Eaux-Bonnes, et je suis là pour vous faire une proposition.

« Une proposition ? Qu'est-ce que cela pouvait bien signifier ? »

— Bon... Entrez donc, monsieur M...

— Mandoire... Alfred Mandoire.

À l'intérieur de cette pièce rustique qui était à mille lieues du luxe des palaces de la station thermale, le visiteur préféra rester debout. Appuyé sur une canne dont il n'avait nul besoin sinon pour se donner une attitude, il toisa Guilhemot puis en vint au fait :

— Voilà l'affaire... Il se trouve que j'ai acquis jeudi dernier un de vos fromages de brebis à Laruns.

— Y aurait-il eu un problème ? s'affola Clarmonde.

— Nullement, ma petite... Il se trouve que je l'ai testé, en compagnie d'autres clients de l'établissement, et qu'il a été fort apprécié !

— Et alors ? marmonna le vieil Arangou, plus méfiant que jamais.

— Notre clientèle adore déguster les produits locaux, et trouvait jusqu'ici le fromage de notre vallée d'Ossau très à leur goût. Nous nous servons habituellement auprès de plus grosses fermes, et nous n'avons d'ailleurs jamais été déçus. Mais votre tomme était si exceptionnelle qu'elle a été véritablement plébiscitée ! C'est pourquoi je suis venu vous suggérer, sinon de nous réserver l'exclusivité de votre production, tout au moins de nous livrer prioritairement ce dont nous aurons besoin. Je n'en discuterai pas le prix, et suis même prêt à vous en donner un peu plus : nos pensionnaires sont assez aisés pour ne pas regarder à la dépense lorsqu'on leur présente des produits de qualité ! Et puis cela vous économisera du temps, de la force et de l'argent, plutôt que de courir de marché en marché. Qu'en pensez-vous, monsieur Arangou ?

Guilhemot se laissa choir sur son banc. Il ne s'attendait certes pas à une telle opportunité ! Et tout ça grâce à une initiative de la petite vis-à-vis de laquelle il était resté tout d'abord plus que sceptique... Mais n'était-ce pas trop beau pour être vrai ? Pouvait-on vraiment faire confiance à cet homme qui évoluait dans un autre monde, un autre milieu, au sein d'une élite de rupins trop souvent dédaigneux du « petit peuple » ? Il n'était pas question de se laisser gruger !

— C'est à voir... concéda-t-il pourtant. Et comment ça se passerait, pour le règlement ?

L'intendant sourit. Il devait avoir l'habitude de ce genre de transactions avec les gens de la terre.

— Ne vous inquiétez pas, monsieur Arangou... À l'*Hôtel des Princes*, nous tenons à notre réputation et nous nous attachons à entretenir les meilleurs rapports avec nos fournisseurs ! Voici comment je vois les choses : pour vous, une livraison par semaine, le samedi matin par exemple. En fonction de l'écoulement de ce que vous nous aurez apporté, je vous donnerai chaque fois le nombre de fromages à nous fournir le samedi suivant. Et vous serez payé chaque fois à réception de la marchandise !

Comment refuser une telle embellie ? Le vieil homme n'entendait pas céder aussi facilement, mais par principe il ergota encore un peu avant d'accepter :

— Et pas de papier à signer entre nous, hein ? On tope de la main, parole de Guilhemot !

— Bien, bien, voilà qui est fait, alors ? Pour aujourd'hui, je vais vous en prendre déjà une douzaine que j'emporterai dans ma voiture et que je vais vous régler sur-le-champ !

— Une douzaine ? De trois, ou de cinq kilos ?

— Cinq kilos, bien sûr !

— Clarmonde ! Appelle vite Jules, qu'il charge cela dans l'automobile de monsieur… Quant à vous, monsieur Mandoire, vous boirez bien un petit verre de jurançon pour sceller cet accord ?

— Non, ce n'est pas vraiment utile et…

— Si, si, j'insiste ! imposa le vieil homme en lui sortant un verre. Asseyez-vous, je vous prie…

VI

Si quelques bêtes étaient déjà montées à mi-estive pour le pacage intermédiaire en attendant un mois plus tard de brouter l'herbe de haute altitude, d'autres pâturaient encore dans les pacages proches des fermes, au fil des prairies en pente. Tout le canton était pourtant en émoi à l'approche du 15 août, un événement qui prenait d'année en année toujours plus d'ampleur. Cette fête patronale qui, depuis que la région accueillait de plus en plus de curistes et de touristes l'été, était devenue ainsi une manifestation incontournable. Dans toutes les communes de ces hautes vallées, on avait remis au goût du jour les pratiques antiques, ressuscité les costumes d'antan, et les défilés en costumes attiraient chaque année plus de public et plus de participants. Chacun, dans le moindre hameau, s'était préparé à se montrer au mieux dans ce rassemblement qui faisait renaître des traditions presque oubliées… Une fête catholique, bien sûr, mais à laquelle on se rendait plus pour le folklore que par piété, ce qui faisait que Guilhemot ne rechignait pas à célébrer ce jour de réjouissances, avant tout pour faire plaisir à sa petite-fille.

Ah ! Quelle ambiance, dans les rues surpeuplées de Laruns, sur la place devant l'église ! Avec la population rassemblée, la foule dense et les bousculades, les cris de joie et la liesse populaire. Oui, cette fête ancestrale qui tombait un peu dans l'oubli avait retrouvé une seconde jeunesse grâce au tourisme thermal ! Et nul ne s'en plaignait, tant les occasions de s'amuser restaient rares, en ces contrées que les gens d'ailleurs jugeaient trop souvent rudes, austères et inhospitalières à cause d'un climat trop volontiers hivernal pour le commun des mortels. Il fallait s'y trouver tôt le matin pour les aubades, à voir défiler les musiciens vêtus de noir, accompagnant les baladins en tenue rouge. Le plus surprenant, pour les gens venus d'ailleurs, était de découvrir que la plupart des habitants des villages de la vallée se plaisaient à se montrer fiers du costume ossalois riche et coloré qui le différenciait de celui des autres vallées. Les femmes portaient un bonnet rond de mousseline surmonté d'un capulet orné de soie, un cotillon d'étoffe sous une jupe froncée en tuyaux d'orgue, une chemise longue descendant jusqu'aux genoux, avec par-dessus une guimpe appliquée sur le corsage fait de dentelles. Elles se chaussaient de mi-bas en laine, avec des chaussons à l'intérieur de leurs sabots ornés de sculptures. Quant aux hommes, en guêtres, ils arboraient un pantalon court de drap brun s'arrêtant aux genoux, serré à la taille par une large ceinture de laine rouge à franges, ainsi qu'une chemise blanche boutonnée au cou, un gilet à large revers, et une veste rouge assez longue et large avec des fronces. Comme tous les enfants, Clarmonde vivait ces moments exceptionnels avec intensité, et ses yeux comme ses oreilles s'emplissaient du spectacle. La grand-messe de l'Assomption, d'abord, à laquelle ni son grand-père ni elle ne participaient, mais dont ils attendaient la sortie que magnifiaient des chants polyphoniques. Un cortège spontané s'organisait alors sur le parvis de l'église et parcourait les rues de la ville, ouvert par les musiciens. Après avoir traversé la place, ils s'installaient sur le podium et le bal commençait par un solennel *branlò baish*[1]. Ce n'étaient là que les prémices d'un arrêt prolongé à la buvette ou aux cafés les plus proches, avant de sortir les paniers et prendre en commun son repas autour de longues tables, tout en entonnant des chansons en langue béarnaise.

Le temps se maintenant au beau, la *passa carrèra*[2] se déroula ensuite dans la bonne humeur, chaque quartier convergeant à grand renfort de chants vers la place centrale. Le soir et dans la nuit, d'autres bals étaient prévus pour les plus endurants et les plus acharnés, et l'ambiance bruyante des cafés allait se renouveler jusque tard dans la nuit ! Clarmonde appréciait beaucoup ce genre de manifestations, trop rares à son goût, qui la dépaysaient de la vie à la ferme. C'était une journée avant tout conviviale, propice au rassemblement de toute la communauté de la haute vallée, ainsi qu'aux retrouvailles familiales, aux rencontres amicales, à l'occasion de renouer des liens avec des connaissances des villages voisins…

1. *Branle (danse) bas.*

2. *Passe-rues.*

Peu accoutumée à ces festivités, la jeune fille ne s'aventura pas à danser, car, n'ayant jamais eu quelqu'un pour lui apprendre les pas, elle avait peur de se montrer d'emblée ridicule. Ce qui ne l'empêchait pas de battre des mains au rythme de la musique ! Une fois de plus, son grand-père lui proposa de lui offrir une friandise ou quelques bonbons auprès des charrettes des confiseurs en bordure de la place, et elle allait s'y élancer lorsqu'elle tomba en arrêt devant un homme engoncé dans un costume traditionnel tout neuf :

— C'est toi, Esteban ? Je ne te reconnaissais pas, habillé comme ça !

— Il faut bien respecter les coutumes ! D'ailleurs, tu es très belle dans ces atours de princesse…

— Ne te moque pas de moi, je t'en prie !

— Mais non, tu es charmante, ainsi.

Si Clarmonde s'était habillée au mieux, elle se rendait bien compte que sa tenue ne se révélait pas comparable à celles des filles de son âge issues de familles bien plus aisées ! Elle s'était contentée de revêtir sa plus belle robe, un châle et un tablier brodé, une ceinture rouge et une coiffe à capuchon de soie. Avant de se redresser pour tenir conversation avec Guilhemot, Esteban lui glissa une pièce dans la main, et elle fila vers la boutique ambulante pour y acheter une belle gaufre bien chaude. L'après-midi était loin d'être terminé et elle savait que, ce soir-là, elle se coucherait tard et la nuit tombée depuis longtemps. Elle ne put s'empêcher d'avoir une pensée pour Jules, qui une fois de plus se sacrifierait en rentrant plus tôt pour s'occuper des bêtes et les traire. Et elle eut un peu honte à savourer le plaisir de s'amuser encore alors que le travail à la Hérère demandait une attention et un travail quotidiens qui ne souffraient pas d'exception… Mais que c'était bon tout de même, cette liesse populaire, ce défoulement général, cette communion de toute une vallée dans une joie partagée, en laissant pour un jour tous les soucis derrière soi ! Une manifestation à laquelle se mêlaient volontiers, par curiosité ou par désœuvrement, nombre d'estivants des hôtels de Laruns ou des stations thermales des Eaux-Bonnes et des Eaux-Chaudes. Ici ou là, au travers de la foule, elle retrouva sans la moindre contrariété quelques camarades de l'école et se mêla même à eux pour entamer une sarabande folle au milieu des gens. Qu'il faisait bon se défouler, après tous les efforts qu'elle avait fournis entre ses études en pointillé et le labeur de la ferme !

*
* *

Dès le lendemain, le souvenir de ces festivités s'était vite estompé face aux contraintes de la vie quotidienne à la ferme. Il y avait tellement de choses à faire, avant la montée des brebis en estive ! Des brebis de plus en plus turbulentes, comme si elles pressentaient déjà ce périple qui les amènerait là-haut, toujours plus haut, là où une herbe fraîche et neuve avait pour elles une saveur incomparable… Oui, Clarmonde en était persuadée, elles savaient que le moment était proche… Aussi la jeune fille profitait-elle de ces beaux jours où les averses se faisaient plus rares pour se donner à fond dans le travail. À commencer par récurer avec soin la bergerie, la loge aux cochons, la grange et la fenière, réparer les grilles du poulailler et les portes du clapier. Et puis elle prenait de plus en plus à cœur de s'occuper du potager, le désherber, le biner, ramasser ce qui était mûr. Pour prendre le relais de son grand-père, elle s'efforçait aussi de prouver ses talents culinaires, et se lançait à concocter des plats plus sophistiqués que d'ordinaire. Avec plus ou moins de bonheur d'abord, puis de mieux en mieux réussis. Ce jour-là, elle eut droit aux félicitations de son grand-père et du valet de la Hérère :

— Mais tu nous as trop gâtés, ma belle ! Ces *graisserons*[1] d'abord, qui fondaient dans la bouche. Et puis ces pommes de terre en tranches moelleuses dans la crème si finement gratinées ! Je n'en avais jamais mangé ! Tu t'es surpassée, Clarmonde ! Mais comment as-tu déniché ces recettes ?

— J'ai emprunté des livres de l'école à Mlle Pouet. Les graisserons, j'en avais déjà mangé, mais je n'en avais jamais cuisiné ! La recette des pommes de terre, ce n'est pas de chez nous : c'est un gratin dauphinois…

— En tout cas, c'était un délice ! Et tu as trouvé le temps de nous concocter tout ça ?

— L'école est finie, papet ! Et comme nous n'avons plus à nous rendre sur les marchés depuis que nous réservons nos tommes pour l'*Hôtel des*

1. *Mélange de viande de porc et de canard gras assaisonné, cuit longuement dans de la graisse frémissante (autrement appelé chichon).*

Princes, ça me laisse du loisir pour m'exercer au fourneau...

— Eh bien, continue comme ça et tu deviendras un véritable cordon-bleu ! Et peut-être même que tu as un bel avenir comme cuisinière dans un grand restaurant, non ?

La jeune fille éclata de rire.

— Je n'en ai aucune envie, tu sais ? C'est seulement pour m'entraîner à faire autre chose que notre garbure ! Un amusement, en quelque sorte...

— Alors continue à t'amuser ainsi ! se permit de complimenter Jules, qui ne parlait que rarement. Je me suis régalé !

Guilhemot insista :

— J'espère que tu nous trouveras quelque chose d'aussi bon pour le jour de la transhumance ! C'est un événement annuel qui mérite d'être fêté, lui aussi !

— J'y penserai, papet ! J'y penserai...

*

* *

Ce fameux 15 août était déjà oublié, mais l'effervescence était de nouveau à son comble dans toute la vallée. Le grand jour était là et chacun se mobilisait dans une ambiance de fête et de labeur. À la Hérère, Jules avait un peu de nostalgie à ne plus accompagner le troupeau dans cet exil saisonnier en direction des sommets. Une tâche rude, pénible, mais si riche pour qui aimait les bêtes et la nature, la solitude et le grand air... Rattrapé par l'âge, il y avait presque dix ans qu'il avait renoncé à cette vie solitaire, ses jambes récalcitrantes étant devenues de plus en plus rebelles à grimper les versants abrupts et caillouteux des montagnes de Biou, d'Arre, de Séous, de Pombie, d'Ers ou de Gasies, mais la même émotion l'étreignait toujours à l'imminence de ce départ. Aussi redoublait-il d'attention en examinant les brebis une à une, à s'assurer de leur état de santé, de leur robustesse. Il avait briqué et accordé les sonnailles, *esquires, esquirous, trucs, toupies*[1], toutes à battant en cœur de sapin, afin de les répartir selon l'âge de l'animal. La plus grosse, la *métale*, étant attribuée à la brebis dominante qui mènerait le troupeau. Clarmonde adorait entendre, au loin, la musique de ces sonnailles au gré des mouvements des bêtes. Ce n'était d'ailleurs pas une coutume futile, mais un ustensile de grande utilité pour repérer les bêtes lorsque le brouillard enveloppait les coteaux de ses mèches opaques et qu'on ne voyait pas au-delà de quelques mètres…

Depuis le matin, on entendait le son caractéristique de ces cloches plus bas, tout au long du cours du gave d'Ossau. De partout en aval montaient les troupeaux pour ce grand départ pour l'altitude. Le premier point de rendez-vous se situait à Gère-Bélesten, près de l'hippodrome de Monplaisir, où vaches et chevaux étaient marqués, et les ovins peinturlurés aux couleurs de leurs propriétaires. L'occasion pour les hommes de partager quelques moments autour d'une buvette improvisée. Dans

---

1. Noms des différents types de cloches constituant les sonnailles.

une ambiance festive, les femmes discutaient par petits groupes, les enfants couraient, et les jeunes gens s'isolaient un peu pour conter fleurette. On reconnaissait à leur tenue les ouvriers travaillant à l'érection du barrage d'Artouste, ceux procédant à la construction de l'usine hydroélectrique, ceux encore qui terminaient l'électrification de la voie ferrée de Buzy à Laruns, et des hommes employés par les dernières carrières de marbre. Clarmonde se sentit un peu triste à la pensée de voir la bergerie déserte durant au moins trois mois, mais elle s'en consola vite au son des flûtes, des tambourins à cordes, violons et accordéons des musiciens accompagnant les troupeaux.

— Et pour nos fromages, papet ?

— Comme l'année dernière et les années auparavant, Clarmonde. Les bergers le préparent eux-mêmes le soir après la traite, dans leurs cabanes de montagne. Ils y ont des saloirs et s'en occuperont aussi bien que toi ici. Et n'oublie pas que les meilleures tommes sont fabriquées là-haut, grâce à l'herbe d'estive ! Les brebis retrouvent une seconde jeunesse à trottiner dans les pâturages…

— Et pour l'hôtel des Eaux-Bonnes ?

— Je crois que nous en avons assez en affinage pour satisfaire les commandes jusqu'au retour des bêtes, non ?

— Si M. Mandoire en veut toujours autant chaque semaine, nous n'en aurons plus d'affinées de cinq à six mois en cave…

— C'est vrai que les tommes sont meilleures dans cet âge-là, mais elles sont au pire déjà acceptables après deux mois d'affinage. En livrant celles de quatre mois, voire de trois, le client ne devrait pas être déçu…

Il n'y avait pas que les troupeaux locaux à se rassembler, mais aussi des vaches, des chevaux et des brebis venant des vallées plus basses, et la route encaissée comme le village était la proie d'un énorme encombrement d'animaux et de gens qui affolait la jeune fille autant que cette situation l'amusait. Les bergers se rassemblaient et plaisantaient, entourés par leurs chiens, des patous pyrénéens pour la défense des troupeaux et d'autres principalement de race labrit[1] pour conduire et regrouper les bêtes. Puis ce fut un long cortège en musique pour accompagner ce long défilé à pied jusqu'à Laruns, où la fête se poursuivit. Les vaches laitières ou d'élevage et les chevaux partirent les premiers vers les sommets, suivis dans les premiers kilomètres par les jeunes des villages et les curieux. Pour une fois, Guilhemot se permit d'offrir à Jules et à sa petite-fille un repas sur le coin d'une des tables installées en bordure de la place par les auberges et restaurants du centre : de la bonne charcuterie, une omelette aux champignons et une belle tranche de viande de bœuf grillée. Il lui fallait bien récompenser, mine de rien, l'initiative de Clarmonde qui avait amené l'écoulement facile et lucratif des tommes de la Hérère ! Les animations se poursuivirent l'après-midi dans l'ambiance bruyante des musiques et du tintamarre des sonnailles, et ce ne fut que vers 16 heures que les premiers troupeaux de brebis quittèrent le village pour emprunter les sentes et

1. *Berger des Pyrénées.*

les chemins s'élevant vers les sommets. Des bêtes rustiques adaptées à ce mode de vie rythmé de déplacements saisonniers, presque toutes de race pyrénéenne : des basco-béarnaises élevées dans les vallées de la région, et des manechs à tête noire ou rousse originaires des coteaux et vallées basques. L'expérience de générations et de générations de pratique de ces transhumances expliquait que l'on évitait de faire marcher les bêtes en pleine chaleur, et leur long trajet se ferait de nuit pour arriver aux pâturages de mi-estive sur le matin. En regardant depuis la place disparaître les dernières bêtes, la jeune fille soupira : il allait y avoir un grand vide à la ferme, désormais, et ce n'était pas la musique de ce jour de fête qui y changerait quelque chose…

les chemins s'élevant vers les sommets. Ces bêtes rustiques adaptées à ce mode de vie nomade de déplacements saisonniers, presque toutes de race manech ou des basco-béarnaises élevées dans les vallées de la région, et les moutons de tête noire ou rousse originaires des coteaux et vallées basques. L'expérience de générations et de générations de pratique de ces transhumances expliquait que l'on évitait de faire marcher les bêtes en pleine chaleur et leur long trajet se faisait de nuit pour arriver aux pâturages de mi-estive sur le matin. En regardant depuis la place disparaître les dernières bêtes, la jeune fille soupira : il allait y avoir un grand vide à la ferme désormais, et ce n'était pas la musique de ce jour de fête qui y changerait quelque chose.

VII

Depuis deux semaines que les troupeaux avaient abandonné les villages de la vallée pour paître les prairies des montagnes, le rythme de vie avait changé dans les fermes, même si le travail n'y manquait pas. D'abord, on avait entendu au loin le chant des sonnailles du matin au soir, et provenant des pâturages de moyenne altitude, se répercutant de versant en versant. Mais depuis quelques jours, plus le moindre son de cloche. Les pasteurs s'étaient, comme il en était coutume, décidés à procéder à la marche de la *devette*, laquelle consistait à faire transhumer les bêtes de mi-estive jusqu'aux hauteurs où l'herbe neuve et tendre avait enfin fini de pousser. Là-haut, ni la pluie, ni le vent, ni les brouillards n'empêchaient un mode de vie éprouvé par des générations et des générations de bergers. Surveiller les troupeaux en ces terrains accidentés, soigner les animaux fragiles ou blessés, les emmener sur les pacages les plus gras, rejoindre les enclos de pierre sèche pour la traite, puis les *cujalas* pour y chauffer le chaudron et fabriquer les tommes d'estive. Et enfin essayer d'y dormir de la façon la plus inconfortable qui fût. Une rude vie, mais dont les acteurs étaient fiers ! Comme dans le cas de Jules, il n'y avait que l'âge pour les arracher à ces périples annuels en montagne, et Clarmonde savait bien que le vieux pasteur souffrait toujours de ne plus y avoir sa place. Pourtant, les bergers n'étaient pas totalement isolés : de temps à autre, d'étranges et lointains sifflements se répercutaient de versants en vallées, relayés par d'autres plus proches. Clarmonde n'en comprenait pas le sens, mais savait que c'était là un langage spécifique à la région d'Ossau, plus particulièrement du village d'Aas, au-dessus des Eaux-Bonnes : une manière de faire remontant à la nuit des temps et qui n'avait guère d'équivalent en Europe. Depuis les sommets et les flancs des vallées élevées, les gardiens de brebis communiquaient entre eux, doigts dans la bouche, pour en sortir ces sifflements qui arrivaient à transposer voyelles et consonnes de la langue béarnaise. Il fallait être initié pour parvenir à émettre ainsi et déchiffrer les exactes modulations si subtiles qu'elles portaient, et qui correspondaient à des phrases complexes, avec leur syntaxe et leur grammaire ! De siffleur en siffleur, le son se propageant en montagne sur au moins deux à trois kilomètres, des messages et des nouvelles parvenaient ainsi jusque dans les villages d'en bas, qui pouvaient répondre de même façon.

En ce début d'après-midi, son grand-père et Jules s'absentèrent pour grimper dans les bois sur des parcelles appartenant aux Arangou afin d'y marquer les arbres à abattre. N'étant plus d'âge à le faire eux-mêmes, ce travail serait dévolu à des forestiers qui se louaient de ferme en ferme. Cela coûtait, bien sûr, mais la vente des grumes restait d'un bon rapport. Quant aux branches, une fois débitées, elles fourniraient les bûches indispensables pour se chauffer l'hiver. Clarmonde, restée seule à la Hérère, décida d'en profiter pour sortir un peu.

— Dis-moi, Gaujòs... Si nous allions voir ce brave Esteban ? S'il est chez lui, bien sûr ! J'ai l'impression que tu aimerais bien te dégourdir les pattes... et moi aussi.

Le vieux chien bâilla, puis se mit à frétiller de la queue en émettant des grognements de satisfaction. Sa plus grande joie était de se balader avec sa petite maîtresse, événement sans doute trop rare à son goût. Si dans la nuit une pluie passagère avait laissé ses traces dans les ornières, il faisait beau depuis le matin et le soleil avait dissipé les brumes s'élevant au-dessus du gave et des rivières. Tout en jouant avec son compagnon à poil, la jeune fille gagna le bourg de Bélesten puis passa le gave d'Ossau au pont de Béon. Elle se régala une fois de plus les yeux en les gorgeant du panorama sublime des crêtes dénudées se découpant sur fond de ciel pâle, traversa les quelques maisons de la minuscule agglomération, puis attaqua la grimpette menant à Saubajot, la demeure d'Esteban, à l'écart et en bordure de forêt.

Dans le dernier raidillon, Gaujòs abandonna la jeune fille pour foncer vers le logement du guérisseur d'animaux. Il connaissait bien les lieux et aimait la compagnie du vieil homme, lequel sortit aussitôt de chez lui pour accueillir sa jeune visiteuse :

— Ah ! Que voilà une bonne surprise ! Je suis vraiment content de te voir, ma petite princesse... Alors, tu as bien participé aux fêtes de la vallée ? Et au départ des troupeaux ?

Clarmonde lui sauta dans les bras, posa deux bises sonores sur les joues mal rasées, puis répondit par un rire :

— C'est déjà loin, tout ça ! Les brebis ont déjà fait la *devette* !

— Je sais, je sais... Mais que me vaut le plaisir de ta présence ici ?

— Papet et Jules sont partis choisir les sapins à couper sur nos parcelles, et comme je n'avais pas grand-chose à faire j'ai eu envie de te voir, Esteban.

— Comment ? Un presque vieillard comme moi ? Ne ferais-tu pas mieux de t'amuser avec les gosses de ton âge ?

— Je n'aime pas trop. Avec eux, je m'ennuie vite... Je préfère ta compagnie, tu m'apprends toujours beaucoup de choses, tu sais ? Alors, comme j'ai plus de temps libre depuis que nous ne faisons plus les marchés parce qu'un grand hôtel des Eaux-Bonnes nous achète presque tous nos fromages, je préfère passer un peu de temps avec toi...

— C'est très gentil de ta part, petite ! apprécia Esteban, visiblement ému. Je m'apprêtais justement à sortir...

— Ah... soupira Clarmonde, un peu déçue. Tu dois partir ?

— Oui, mais je crois que tu n'hésiteras pas à m'accompagner ! Prends donc ce panier, nous allons à la cueillette des champignons...

— Oh, oui ! s'enthousiasma-t-elle. Quelle bonne idée !

— Il faut profiter de ce mois de juillet, en montagne ! C'est là que cèpes et girolles montrent le bout de leur chapeau... En cette saison, l'alternance pluie-soleil est un climat idéal pour de bonnes récoltes !

Le vieil homme et sa jeune compagne traversèrent une prairie pour rejoindre un chemin qui naissait à Aste, juste au-dessous, pour partir à l'assaut des pentes. Ils furent bientôt sous le couvert des ramures des sapins de la forêt du Lamay, et ils s'écartèrent de la voie tracée pour errer entre les arbres, l'œil rivé sur le sol, les mousses et les fougères.

— Pas la peine de trop nous attarder ici ! prévint Esteban. Ce sera mieux plus haut...

— Non, attends ! Ici... Té ! *Lo cep que possa sus mossa*[1] *!*

— Tiens ? Tu causes notre langue, maintenant ?

— C'est que j'ai grandi avec ! Et je tiens à ne pas l'oublier en ne parlant que le français comme à l'école...

— C'est bien, c'est bien... Même si la langue de la République est la nôtre, ce n'est pas pour autant qu'il faut négliger nos racines et nos traditions !

Gaujòs avait un regain de jeunesse, courant de l'un à l'autre, s'ébrouant dans les feuilles, sautant comme un cabri en poussant de petits aboiements heureux.

---

1. Le cèpe qui pousse sur la mousse ! (se prononce : Lou cèp que pousso suss mousso.)

— Il avait vraiment besoin de sortir dans les bois et les prés, on dirait ?

Se conformant aux intuitions d'Esteban, ils montèrent lentement entre les troncs accrochés à la pente, et quelques paillettes orangées brillantes d'humidité se laissèrent deviner, émergeant des aiguilles sèches de résineux qui parsemaient le sol.

— Ah ! Les voici, nos girolles ! Elles ont beau se cacher, elles semblent déjà abondantes... Je gage que, d'ici que nous rentrions, nos paniers seront pleins !

— Tu crois, Esteban ?

— J'en suis pratiquement sûr ! Regarde : il y en a encore ici, et là, et puis là... Je crois que tu vas pouvoir régaler ton grand-père et Jules, à la Hérère !

— Ils adorent cela ! Et moi aussi...

— Alors ramasse ! Et coupe soigneusement le pied pour ne pas rapporter de la terre...

Une cueillette qui représentait pour Clarmonde un véritable plaisir ! Un moment rare, avec ce brave homme qu'elle aimait beaucoup, son chien, une température agréable, au milieu des bois, avec les senteurs mêlées des résineux et de l'humus... En se déplaçant lentement à fleur de pente, ils ramassèrent encore une flopée de jolis cèpes et découvrirent de belles niches à girolles, ce qui fit que leurs deux paniers furent assez rapidement emplis aux trois quarts. Esteban proposa :

— Il y en a plus qu'assez pour garnir plusieurs plats, non ? J'ai bien envie de monter plus haut, dans les pacages. Les champignons des prés ont dû sortir, eux aussi... Nous en avons encore le temps !

— Oui, bien sûr ! s'enthousiasma la jeune fille.

Calquant son allure sur le pas régulier et cadencé du vieil homme, elle gravit avec lui la pente jusqu'à s'extirper du milieu forestier pour pénétrer dans une prairie crevée ici ou là par les rochers. En remarquant les bouses qui parsemaient l'herbe, elle supposa :

— Il y avait des vaches il n'y a pas très longtemps, hein ?

— Oui… Elles ont fait ici une halte de quelques jours avant d'être conduites plus haut en estive, à partir du port d'Aste, juste en face, là où s'élèvent des granges pour la halte de mi-estive. Maintenant, elles doivent pacager plus haut, sur les flancs du Coutchet ou ceux de la Gangue de Lers ! Mais regarde plutôt : quelques rosés-des-prés… Ils sont plus fréquents en automne, mais ceux-ci doivent se plaire, ici ! Mais il y a beaucoup plus de coulemelles… Ne prends que les plus jeunes, elles restent fermes et sont bien meilleures !

— Je sais, je sais…

La récolte faite et les paniers bien garnis, ils prirent encore le temps de contempler le paysage. Sur ces hauteurs, la vue sur les montagnes était superbe, avec ce beau temps ! Esteban tendit la main :

— Tu vois ? Là, le pic de l'Ourlène, ici, l'Oulenotte et la roche d'Aran, puis le Lauriolle, le Mailh Massibé et le pic Montagnon…

Un magnifique spectacle de cimes crénelées dont certaines gardaient précieusement des écrins de neige étincelante. Plus bas, les quelques granges du port d'Aste, et en dessous la vallée d'Ossau…

— Mais il nous faut redescendre, petite ! Le temps va rapidement fraîchir, à cette heure-là…

— C'est vrai ! Allez, Gaujòs, en route…

À l'orée des bois, Clarmonde se pencha soudain :

— Eh, Esteban ! Il y a même des *broquichous*[1], ici…

— Tu crois donc avoir encore assez de place dans ta *tistèra*[2] ? Fais attention à ne pas tout écraser !

— Juste quelques-uns, pour le plaisir…

Contente de son après-midi, la jeune fille et son compagnon rentrèrent en usant d'un chemin empierré qui dévalait la pente en lacets serrés, précédés par le chien qui gambadait et faisait des allées et venues avec une énergie retrouvée. Une fois la maison d'Esteban réintégrée, ce dernier soupira :

— Je commence à avoir très soif, pas toi ?

— Pendant la balade, j'ai mangé des fraises des bois ! C'est rafraîchissant…

— Pour moi, ce sera un bon verre de vin. Tu en veux un peu ?

— Un peu seulement alors, mais coupé d'eau.

Bizarrement, elle se sentait déjà un peu triste à l'idée de quitter le bonhomme. Mais enfin, elle avait passé une si belle journée !

— À bientôt, Esteban…

— Passe quand tu en auras envie, petite…

*

* *

---

1. *Pieds-de-mouton.*

2. *Panier.*

De retour à la Hérère, Clarmonde gratifia Gaujòs d'une bonne pâtée, puis elle s'affaira à trier ses champignons. « Eh ! Il y en a plus que je ne pensais… » Le jour déclinait lorsque Guilhemot et Jules rentrèrent enfin, l'air harassé. En pénétrant dans la pièce, son grand-père s'exclama :

— Quoi ! Des *camparòus*[1] ? Nous en avons ramassé, nous aussi !

— Oui, confirma le valet. Comme nous travaillions en plein bois, mieux valait en profiter ! Et il commençait à y en avoir un peu, mais pas autant que ce que tu as cueilli, ma belle… Où es-tu donc allée ?

— Au-dessus d'Aste et de Béon, avec Esteban…

— Ah ! dit Guilhemot en hochant la tête. Je comprends mieux, ce vieux grigou connaît les bons coins ! Et même pour une gamine comme toi, il faut qu'il t'aime beaucoup pour te conduire là où ça pousse le mieux… En tout cas, il y a là de quoi se faire de bonnes fricassées et de bonnes *moletas*[2] !

— Oh ! Il y a mille manières de les préparer ! affirma Clarmonde, fière d'avoir consulté et étudié plusieurs livres élémentaires de cuisine empruntés à la bibliothèque des grands à l'école.

— Je compte sur toi pour nous régaler, alors ?

— Promis, je ferai de mon mieux !

— Comme d'habitude, petite… Comme d'habitude !

---

1. *Champignons.*

2. *Omelettes.*

*

* *

Les meilleurs jours de l'été coulaient trop vite au goût de chacun, mais on en profitait au mieux, tant pour les travaux que pour s'offrir un peu de bon temps. Heureusement, comme dans toutes les régions au climat hostile, les gens de la vallée d'Ossau savaient s'entraider ! Aussi, si Guilhemot Arangou et Jules se rendaient chez divers voisins pour participer aux fenaisons afin de garnir les granges pour nourrir les bêtes l'hiver, c'était bien parce que ces derniers leur rendaient la monnaie de leur pièce en apportant à leur tour leur faux sur les parcelles de la Hérère. À eux seuls, ni l'un ni l'autre n'eussent été capables de faucher les prés abrupts, de râteler, rassembler le foin en meules, puis le rentrer dans la fenière. « Et dire que dans notre jeunesse ce n'était presque qu'un amusement ! » Il y avait tellement de choses à faire... Faire appel aux forces du vaillant Masclut pour tirer les sapins abattus et ébranchés jusqu'aux chemins les plus proches, puis aux bœufs pour les descendre jusqu'à la vallée afin de les vendre plus tard au négociant en bois le plus offrant. Ensuite, remettre le joug à Bitalis et Goalard pour ramener le tombereau rempli des tronçons à débiter en bûches. Curer les rigoles des champs et des prairies pour éviter qu'ils ne fussent inondés à la sortie de l'hiver, lors de la fonte des neiges. S'occuper du jardin et du potager. Un labeur constant et sans cesse renouvelé, de saison en saison, d'année en année, de décennie en décennie... C'était cela, une vie d'homme, au sein de ces montagnes sauvages !

En ce mois de septembre, les premières neiges étaient tombées sur les sommets les plus élevés, incitant bergers et troupeaux à quitter les pâturages d'altitude pour redescendre en moyenne montagne et y faire paître vaches et brebis encore quelques semaines avant de regagner la vallée en attendant l'hiver. Dans beaucoup de propriétés s'organisait alors la transhumance d'hiver. Depuis des temps immémoriaux, les troupeaux se rassemblaient près d'Arudy, au débouché de la vallée, avant de poursuivre leur route jusqu'aux landes marécageuses s'étendant entre la plaine du gave de Pau et le Luy de France, ou alors jusqu'à la plaine de Gers, un énorme trajet auquel se greffaient parfois les cadets de famille. Comme d'autres éleveurs, Guilhemot préférait garder ses bêtes dans les pacages proches lorsque le temps le permettait, puis en bergerie pendant les grands froids, ce qui imposait d'amasser suffisamment de foin pour les nourrir.

— En outre, affirmait volontiers le grand-père de Clarmonde, on peut ainsi avoir des agneaux mieux portants à la mise bas en automne, et vendre au printemps les petits mâles pour la viande à Laruns... Et surtout continuer à produire les fromages sur place, sauf pendant la lactation, bien sûr !

Et voici qu'enfin la quarantaine de brebis de la Hérère venaient de réintégrer les lieux, au grand plaisir de la jeune fille, qui aimait leur présence, leur contact, leur chaleur. La ferme était tellement plus vivante, lorsque le troupeau était là, avec son odeur, le bruit des piétinements, les bêlements !

VIII

Un matin de novembre, Clarmonde s'éveilla avec une sensation qu'elle connaissait bien. Ce calme presque oppressant dans la nuit, cette impression étouffante, ces sons plus ouatés qui étranglaient le silence… Oui, la neige ! La neige était là, bien présente, lourde, envahissante. Depuis plusieurs jours, une petite pluie fine et glaciale l'annonçait d'autant plus que la chape blanche envahissait peu à peu le piémont des massifs environnants. La neige ! Elle l'excitait, mais elle la craignait également… Si elle en aimait le charme virginal lors des premières chutes, elle savait aussi qu'elle ne facilitait pas les choses. Que tout était plus compliqué, en hiver. Que cette couverture opaline allait devenir craquante et glissante, dans cette vallée où le gel sévissait près de trois mois dans l'année. Il allait falloir se couvrir chaudement, se protéger les mains pour les travaux en extérieur, déneiger les abords, faire la trace, puis anticiper les dangers du verglas, protéger les bêtes durant les assauts de la froidure. Une saison à la fois difficile et palpitante pour ceux qui étaient nés ici…

— Bon ! Pas question d'aller à l'école aujourd'hui… soupira-t-elle avec un peu de regret.

Depuis la rentrée des classes, elle était plus assidue au cours de Mlle Pouet : le seul fait de ne plus être obligée d'aller de marché en marché lui laissait assez de temps libre pour continuer à s'instruire, à la grande satisfaction de l'institutrice, qui vouait une affection particulière à cette élève sérieuse et douée. Mais, ce jour-là, la maîtresse avait de fortes chances de se retrouver pratiquement seule dans sa salle de classe ! Tous les enfants, après s'être brièvement amusés des flocons, boules de neige obligeaient, allaient se mettre au manche de la pelle pour déblayer les abords des habitations et aider les parents à s'organiser face à cette première attaque de l'hiver. Contrairement aux gamines de son âge qui s'obstinaient à multiplier bas de laine et jupons, chemises et châles, Clarmonde préférait dans de telles circonstances climatiques s'habiller en garçon, même si cela choquait parfois dans le village. C'était tellement plus pratique pour aider au travail de la ferme ! Tandis qu'elle enfilait un pantalon mi-court et remontait sur lui d'épaisses chaussettes qu'elle laça soigneusement aux mollets sous l'œil amusé de son grand-père, celui-ci se mit à rire.

— On dirait que j'ai un vrai *gojat*[1] à la maison ! plaisanta-t-il.

— Pour ne pas qu'on me prenne ainsi, je vais passer sur la tête un gros foulard de laine entouré sur le cou en guise de coiffe ! rétorqua-t-elle.

1. *Garçon.*

— Tu es bien pressée de sortir, ce matin ?

— J'ai envie d'aller à la bergerie. Il me semble qu'une brebis était sur le point d'agneler, hier...

— Ne t'angoisse pas ainsi ! Jules va bien y jeter un œil en venant prendre son casse-croûte au chaud...

— J'aime tellement m'occuper des agneaux nouveau-nés !

— En attendant, découpe-toi une tartine et sers-toi ton bol de café ! Il ne se fait pas de sortir le ventre vide le matin, surtout en hiver !

Quel plaisir que de fouler la neige craquante, avec les sabots calfeutrés de foin qui s'enfonçaient dans la couche moelleuse ! « Demain, je mettrai mes galoches en passant deux paires de chaussettes l'une sur l'autre. Comme ça, j'aurai au moins les pieds plus secs le soir ! » Que lui importait de se plier ou non aux traditions et habitudes des autres ? Garçon ou fille, le froid et l'humidité savaient aussi bien mordre l'un que l'autre ! Malgré ce qu'elle avait prétendu à son grand-père, sa priorité comme chaque jour fut de se rendre auprès de Masclut, qui ne semblait nullement souffrir des rigueurs du climat : tout comme les moutons, le brave cheval craignait plus le chaud que le froid ! Au contraire, il semblait impatient de fouler cette neige fraîche, et Clarmonde lui promit :

— Je te ferai faire quelques pas tout à l'heure, ne serait-ce que pour t'atteler au racloir et dégager la neige du chemin...

À la bergerie, elle fut un peu déçue de constater que la brebis qu'elle avait repérée la veille n'avait pas encore mis bas. Mais il y avait déjà eu deux naissances depuis le début de la semaine, et la jeune fille s'attarda auprès des agnelets.

— Ça va, les petits ? Vous tétez bien votre mère ? Rassurez-vous, on vous laisse le lait ! Pas question de vous le voler pour en faire des fromages...

En cette saison, il fallait faire une pause de la traite afin que les mères pussent nourrir leurs petits, et le travail à la fromagerie s'en trouvait d'autant soulagé. Ce qui n'empêchait pas Clarmonde de prendre à cœur le soin de tourner et retourner les tommes, les essuyer de son linge humide, vérifier leur salaison, les bichonner... Elle surveillait particulièrement l'affinage des tommes fabriquées à l'estive et redescendues de la montagne à dos de mulet : grâce à l'herbe et aux fleurs broutées là-haut par les bêtes, elles prenaient une saveur particulière, tellement appréciée des gourmets qu'elles se vendaient plus cher que celles élaborées à la ferme ! Aussi, en se retrouvant dans la pièce commune en compagnie de Jules et de son grand-père, elle s'inquiéta :

— Tu crois qu'on pourra livrer l'*Hôtel des Princes* avec les congères qui se forment ?

Guilhemot sourit.

— Autrefois, cela aurait peut-être été impossible, mais la neige n'est plus une fatalité depuis que les gens de la ville se sont pris de passion pour le ski et les sports d'hiver ! Grâce à eux, qui font vivre tant de monde ici, quoi qu'il se passe, les grands axes sont toujours dégagés jusqu'aux Eaux-Bonnes et même Gourette...

— Enfin une bonne chose que nous apportent ces maudits touristes ! grogna Jules.

— Je te rappelle que ce sont quand même eux qui, pour le moment, mangent la totalité des fromages que M. Mandoire nous achète… répliqua son patron. Et il nous achète presque tout !

— En tout cas, le train de Laruns est bel et bien bloqué, depuis hier soir !

— Et ce à peine électrifié ! s'offusqua Guilhemot. Je gage bien que ce n'est pas cela qui aurait arrêté nos bonnes locomotives à moteur…

Toute la journée, de nouvelles bourrasques neigeuses continuèrent à gifler la vallée et les montagnes, accumulant sous le vent à certains endroits des épaisseurs considérables, ce qui n'affolait nullement les gens de la région : on était tellement habitué, ici, aux caprices de l'hiver ! Une situation plutôt normale pour la saison… Mieux valait s'en tenir à la magie du blanc, à la pureté des paysages, le calme et la sérénité ! Et oublier un peu le froid et le gel, la mélasse et la boue…

*
* *

Entre la fin des beaux jours et ces premières chutes de neige, la demande de tommes de brebis de la part de l'hôtel des Eaux-Bonnes que fournissait régulièrement la Hérère avait fortement diminué. L'automne souvent maussade et les températures qui baissaient n'étaient favorables ni aux curistes ni aux touristes ! Mais désormais, depuis que le train fonctionnait à nouveau, les voitures regorgeaient d'arrivants : dans la bonne société, il était de bon ton, l'hiver, de s'adonner au plaisir de monter sur des planches pour glisser au flanc des versants enneigés des montagnes, de préférence en un lieu offrant toutes les possibilités d'hébergement confortables, des commerces de luxe, y compris un casino ! La station de la haute vallée offrait tous ces avantages. Depuis le début du siècle et surtout depuis la guerre, elle était de plus en plus renommée dans cette région des Pyrénées. Une opportunité pour beaucoup d'habitants de Laruns et de ses environs, même si le monde des agriculteurs et des éleveurs n'était guère concerné par cet engouement nouveau des citadins aisés. Aussi M. Mandoire revoyait-il chaque semaine à la hausse ses besoins en fromages, et Guilhemot se félicitait des rentrées d'argent que représentait l'accord qui liait la Hérère à l'*Hôtel des Princes*. Les tommes choyées par les petites mains de Clarmonde avaient la meilleure réputation qui fût, surtout celles confectionnées en estive et qu'elle avait pris soin d'affiner au mieux à la ferme.

— Ce n'est pas la richesse, se félicitait Guilhemot Arangou, mais nous pouvons vivre bien mieux, maintenant, sans tirer la ficelle par les deux bouts…

Mlle Pouet, quant à elle, revoyait avec joie les élèves réinvestir les murs de son école. Les chemins désormais régulièrement déblayés en fonction des chutes de neige n'entravaient plus les déplacements. Au cœur de l'hiver, la montagne s'engourdissait peu à peu, l'activité ralentissait, et les parents n'ayant guère d'occupation à donner à leurs fils et filles les poussaient à retrouver leurs pupitres sous la houlette de leur maîtresse. L'institutrice ressentit même un certain plaisir à voir Clarmonde reprendre sa place. Cette petite l'étonnait par son allant, son courage, sa vivacité d'esprit et l'acharnement qu'elle mettait à apprendre du mieux qu'elle le pouvait ! D'ailleurs, la dernière rédaction qu'elle avait rendue avait grandement interpellé l'enseignante, tant par son contenu que par son style, et de plus presque sans une faute d'orthographe... Clarmonde en avait été la première surprise : comme le demandait le sujet, elle n'avait fait que coucher sur son cahier les impressions qu'elle avait ressenties lors de la fête du 15 août à Laruns !

— C'est parfait ! l'avait complimentée Julia Pouet devant tous les autres élèves.

La jeune fille avait été gênée par ces compliments. Elle n'aimait pas être mise en valeur aux yeux de ses camarades, préférant la discrétion. Elle se sentait tellement différente des autres, et ressentait une légère honte à les côtoyer attifée de vêtements modestes et souvent usés jusqu'à la corde... Ses craintes se révélèrent d'ailleurs vaines, car depuis ce jour elle n'eut plus à en subir les moqueries, et elle bénéficia de leur part d'une certaine estime larvée. Pas question de lui témoigner directement ce jugement caché, peut-être à cause d'une certaine jalousie, mais elle fut de ce fait moins mise à l'écart et mieux acceptée au sein de la classe, d'autant plus que l'institutrice lui faisait déjà suivre le niveau des « grandes » avec plus d'un an d'avance, en nourrissant le secret espoir de la présenter au certificat d'études.

Lorsqu'elle le pouvait, Clarmonde rendait visite à Esteban Nabarre, dont elle aimait la compagnie et la placide gentillesse, se souciant peu que l'on insinuât qu'elle préférait les « vieux » aux gamins de son âge. Elle apprenait tant de choses, auprès de lui ! Sur la nature, sur l'histoire du pays, les traditions de la vallée… Et Esteban avait tellement plus de patience que son grand-père pour lui narrer les anecdotes concernant la vallée d'Ossau ! Guilhemot Arangou n'avait guère la parole facile, et la jeune fille restait toujours sur sa faim lorsqu'elle lui posait des questions. Aussi adorait-elle quand le soigneur d'animaux lui contait les nombreuses légendes s'attachant à la région : les bergers jumeaux Pierre et Jean brandissant leurs épées de feu pour embrocher les envahisseurs barbares et pétrifiés, devenant les indissociables Grand Pic et Petit Pic de l'Ossau ; la procession des squelettes de l'Ayguelade ; la sirène d'Izeste ; le géant farouche et vindicatif du pic d'Anie, qui maniait les ouragans, la grêle et le tonnerre, dont les habitants de Lescun avaient une sainte terreur ; et bien d'autres histoires encore…

Pourtant, ce jour-là, Clarmonde avait d'autres soucis, et Esteban ne fut pas long à s'en apercevoir :

— Qu'est-ce qui ne va pas, aujourd'hui ?

Sa jeune amie baissa la tête.

— Ben… Ce matin, nous avons eu une brebis qui est morte avant même sa mise bas, et le petit était mort aussi !

— Ma pauvre, ce sont là des choses qui arrivent…

— Papet avait bien vu qu'elle était mal, depuis deux jours. Elle ne mangeait plus, avait des tremblements et toujours la bave à la bouche, mais il n'a rien pu faire !

— Quand on a un élevage, il y a toujours de la mortalité, tu sais... Et puis les jeunes remplacent les vieux !

— Mais toi... tu aurais pu les sauver ?

— Je ne suis pas magicien, mais j'aurais peut-être pu essayer, en étant prévenu dès les premiers symptômes.

— Et comment ?

— En sacrifiant l'agneau, ce qui aurait éventuellement sauvé sa mère. Pour cela, il fallait provoquer l'expulsion du fœtus avant terme.

— Et c'est possible ?

— En principe, avec des plantes abortives...

— Abortives ?

— Oui, ça veut dire qui provoquent l'avortement.

— Et ça existe ?

— Bien sûr... Le gui, l'achillée millefeuille, et bien d'autres. Mais c'est surtout cette plante qui pue, la rue, qui montre une certaine efficacité, mais il faut bien savoir la doser, car elle est extrêmement toxique !

— Dis, Esteban... Tu pourras m'apprendre tout ça ?

— Comment ? L'école ne te suffit pas ?

— Ce n'est pas la même chose ! Mais si j'en savais un peu plus sur les plantes que tu dis, ça pourrait peut-être me servir pour le troupeau, non ?

— Tu ne crois pas qu'il serait plus simple de faire appel à moi, quand il y a un problème ?

— Si, bien sûr... Mais ce serait bien si tu m'expliquais dans les grandes lignes, et si tu me donnais des conseils !

Comment lui refuser ? Esteban lui sourit.

— Tu as raison, Clarmonde... Parce que, même sans qu'une bête soit malade, il est des plantes à connaître pour qu'elles soient en meilleure santé, pour qu'elles mettent bas plus facilement, pour qu'elles donnent plus de lait, aussi...

— C'est vrai ?

— C'est vrai, puisque je te le dis ! Alors, promis : je te ferai découvrir les vertus des herbes et des fleurs, des plantes et des feuilles que je connais, et je t'en expliquerai les dangers et les avantages...

— Merci, Esteban ! Oh, merci...

Tout heureuse, elle lui sauta au cou, et le vieil homme masqua son émoi en prenant un ton bourru :

— Mais tu as vu l'heure ? Il serait peut-être temps que tu files, non ?

— Je file, je file ! Mais je reviendrai bientôt...

— Ça, je m'en doute, figure-toi !

*

* *

Elle essuyait machinalement les tommes et les retournait une à une, mais les quelques enseignements que lui avait donnés Esteban ne cessaient de lui tourner dans la tête. Lorsque les brebis étaient en pacage, elles ne pouvaient brouter que l'herbe présente, moins riche que celle d'altitude en ces terres rétives, mais Clarmonde commençait à se persuader qu'on pouvait enrichir leur nourriture en prenant le temps de leur cueillir des plantes bénéfiques à leur santé... et à leur productivité en lait ! « Il n'en est pas question en cette saison, mais l'année prochaine il faudra que je me mette en quête de ces fleurs, feuilles et racines. » Oui, il était important qu'Esteban lui confiât les espèces qu'il lui faudrait récolter, en lui détaillant les effets de chacune, et dans quels cas elle devrait les utiliser. Certaines étant par essence mortelles, la jeune fille devinait qu'il lui faudrait arracher au savoir du vieil homme à quelles doses il était bénéfique d'en user, mais elle misait sur son pouvoir de conviction pour glaner quelques miettes de ses méthodes curatives pour les brebis…

— Tu n'as pas fini de me voir chez toi, Esteban ! Je saurai bien obtenir de toi ce que je veux…

— Qu'est-ce que tu dis ? la fit sursauter une voix derrière elle.

Elle se retourna en reposant une tomme.

— Rien, papet… Je réfléchissais seulement à… à… à je ne sais quoi, d'ailleurs !

— Toujours dans tes leçons d'école, je suppose ?

— Oui, sans doute… mentit-elle.

— Continue ainsi, alors ! Je serais tellement fier si tu décrochais ton certificat à ton âge, bien qu'ayant manqué trop de cours, depuis la maternelle…

— Je ne sais si je l'aurai, ton certificat ! Mais j'essaye sans cesse de faire du mieux que je le peux…

— Comme d'habitude, alors ! Tu te donnes toujours à fond dans tout ce que tu entreprends, et c'est ma plus grande satisfaction, tu sais ?

Pour toute réponse, elle se nicha dans les bras protecteurs de ce grand-père si tolérant et si rassurant.

— Même si je suis une fille, ne trouva-t-elle qu'à répondre, je tiens à être une vraie Arangou !

— C'est bien, petite… Je te reconnais bien là !

IX

Le temps s'était subitement fortement radouci, et depuis deux jours la neige tombée précocement commençait à fondre, ce qui était surprenant en cette fin novembre. On ne s'en plaignait d'ailleurs pas, tant ce répit permettait de se consacrer de nouveau à des travaux d'extérieur. Tour à tour avec Jules, Guilhemot abattait la hache avec hargne pour fendre les bûches qu'il mettrait ensuite à sécher pour l'année suivante. Il y avait à la Hérère assez de réserve pour l'hiver, mais il fallait anticiper pour les saisons à venir ! Au bout d'une bonne heure d'efforts incessants, il repoussa son béret en arrière et s'essuya le front.

— Il serait peut-être temps de faire un sort à cette bouteille, non ? Parce que je crois qu'une pause est nécessaire, tant pour toi que pour moi…

— Ce sera volontiers, *mèste* !

— Arrête donc de m'appeler patron, voyons ! Depuis le temps que nous partageons les mêmes misères… Tu fais depuis longtemps pratiquement partie du peu de famille qui me reste, non ?

— L'habitude, c'est tout… l'habitude…

Le maître de la Hérère but à longues gorgées à même le goulot, qu'il essuya de la paume de la main avant de le tendre au valet. Puis il regarda le ciel et fronça les sourcils. Au plus loin que la vue portait, l'horizon crénelé des cimes semblait d'un coup étrangement ensoleillé, alors que depuis des semaines un plafond obscur semblait étouffer la vallée. À la frange des sommets, des nuages en lentilles s'empilaient comme des piles d'assiettes. Les brumes du soir qui s'élevaient au-dessus de la crête de ces montagnes lointaines se torsadaient sous les turbulences de l'air. Le vieil homme s'humidifia l'index et leva la main.

— Le vent d'autan… diagnostiqua-t-il en paysan expérimenté. C'est l'annonce du fœhn, et ça ne me dit rien qui vaille !

— Tant que cela nous amène de la douceur, il n'y a pas à se plaindre !

— Ça ne me plaît pas, je te dis… Je ne sais pas pourquoi, mais ce n'est pas normal !

— Mais le temps s'éclaircit, depuis le milieu d'après-midi… Presque qu'on aurait pu voir du ciel bleu !

— Non, non, y a quelque chose qui me turlupine dans tout ça…

Quelques appréhensions vite oubliées devant la garbure préparée par Clarmonde, qui s'inquiéta :

— Pas trop fatigués, avec le bois à fendre ?

— Pff ! fanfaronna le grand-père. Depuis le temps qu'on le fait, ce n'est plus que routine… Pas vrai, Jules ?

— Si, si, bien sûr !

La jeune fille n'était pas dupe, et ce fut avec un sourire masqué qu'elle emplit leurs assiettes de deux bonnes louches chacun. Elle était bien consciente que ces travaux quotidiens surpassaient peu à peu les forces des deux hommes, même si leur fierté les empêchait de l'admettre. Pas question pour autant de le leur faire remarquer, c'eût été les vexer inutilement ! Aussi n'insista-t-elle pas, et elle se servit à son tour en disant :

— En tout cas, on peut se réjouir qu'il fasse moins froid, depuis hier ! La neige du toit a bien dégelé, et même l'herbe commence à être à découvert au bas des prés…

Cette appréciation ne fit que raviver les craintes de Guilhemot, mais il évita d'en faire part à sa petite-fille. Elle avait sans doute bien d'autres choses à penser, et il préférait qu'elle pût dormir tranquille et apaisée…

*

* *

Dans la nuit, la forte pluie qui crépitait sur les lauzes finit par réveiller Clarmonde. Bien sûr, elle était habituée à ces intempéries, mais après la neige qui avait recouvert la plaine et encapuchonné les montagnes, elle ne s'attendait pas à de telles trombes d'eau. Rarement elle avait été témoin de si violentes rafales dont les gouttes serrées claquaient comme des grêlons ! Elle haussa les épaules, puis remonta la couverture sur sa tête pour essayer de replonger dans le sommeil. Pourtant, cette situation anormale avait fait éclore en elle une sourde angoisse qui ne s'atténua pas lorsqu'elle se leva au matin. Son grand-père était déjà debout, et son air préoccupé ne fit qu'accroître ses appréhensions.

— Bonjour, papet ! Il pleut aussi fort que durant les pires orages d'été, non ?

— C'est vrai, rétorqua le vieil homme, l'œil rivé derrière la vitre de la porte d'entrée. On ne voit même pas le bout de la cour, tellement ça tombe ! Ce n'est pas normal, en cette saison… Non, pas normal !

— Ça vaut mieux que le gel et les tempêtes de neige ! Il ne fait même pas froid, ce matin…

— Peut-être, peut-être…

Son ton n'était guère convaincu, ressuscitant l'inquiétude de la jeune fille :

— Qu'est-ce que tu crains, alors ?

— Je ne sais pas… Mais je n'aime pas quand le temps se détraque contre nature ! Ce n'est pas dans l'ordre des choses, ce redoux et ces averses du diable… Enfin, on verra bien. Que cela ne t'empêche pas de manger un bout, je te fais chauffer ton café…

— *Merci hèra*[1], papet…

Jules pénétra alors en courant dans la pièce et claqua la porte derrière lui en jurant :

— *Hilh de puta !* En quelques pas seulement, je suis trempé ! Jamais vu ça…

— Je t'avais bien dit hier que le ciel n'annonçait rien de bon ! lui rappela Guilhemot.

1. *Merci beaucoup.*

— Je sais, je sais… Mais ce n'est que la pluie, après tout ! Enfin… *lo mau temps passa, e s'en torna lo bon*[1]… comme on dit.

— C'est vrai, mais ça me contrarie tout de même… Allez, assieds-toi, et taille-toi un bout de pain et de charcuterie ! Et prends la place près du fourneau. C'est pas bon pour des vieux os que de rester mouillés…

— Il va pourtant bien falloir sortir, pour les bêtes…

— *Grand bòbo*[2] *!* Tu n'auras qu'à prendre un parapluie…

— Un *paraploja* ? Mais c'est pour *las hemnas*[3] !

— Comme tu veux, *capborrut*[4] que tu es…

À les entendre tous deux, Clarmonde sourit : si en sa présence les deux hommes faisaient généralement attention à s'exprimer en français, dès qu'ils se chamaillaient ils préféraient recourir à leur béarnais natal. Mais, comme elle était là, elle s'amusa à les entendre mélanger les deux langages, et elle coupa court à leur conversation :

— Moi, la pluie ne me fait pas peur ! Je vais de ce pas donner sa pitance à Masclut…

— Fais attention tout de même ! Entre la neige fondue et la neige, ça doit glisser…

*

* *

1. *Le mauvais temps passe, et le beau revient…*

2. *Benêt.*

3. *Les femmes.*

4. *Têtu.*

De bien tristes heures… Avec un ciel bas et l'impression que la nuit s'éternisait tout au long du jour. Les violentes précipitations continuaient à s'acharner sur les massifs des Pyrénées, toujours plus serrées, toujours plus tourmentées. L'eau, en gerbes poussées par les bourrasques, giflait les portes et les fenêtres, et de véritables cataractes déferlaient sans répit sur les vitres. À croire qu'une digue avait cédé au creux des nuages ! À croire que toutes les écluses du ciel s'étaient ouvertes !

— Vraiment, c'est impensable ! grogna Guilhemot.

Lui comme son valet ne pouvaient rien faire avec une telle intempérie, et l'inaction était leur pire ennemie. Le vieil homme n'avait rien trouvé de mieux que de sculpter un morceau de bois avec le couteau basque qui ne le quittait jamais. À le voir ainsi enlever avec patience de la pointe et du tranchant de la lame de fins copeaux, on aurait pu le croire imperturbable, mais il bouillait de l'intérieur. Il avait horreur d'être ainsi réduit à l'impuissance par les caprices du climat ! Quel que fût le temps, d'ordinaire il s'obstinait comme tous les paysans du coin à poursuivre ses tâches, quitte à se tremper, mais là c'était tout bonnement impossible… À peine était-il sorti une minute qu'il s'apercevait que le pré en contrebas de la bergerie vomissait en cascades des flots ininterrompus, tel un large torrent étiré sur toute la surface de la parcelle. Quant à la cour, elle n'était plus qu'un lac boueux battu par les ondées. Non, mieux valait rester à l'intérieur, même si l'ennui en était le prix !

Dans l'obscurité prématurée, la lumière de l'ampoule vacilla, et le grand-père de Clarmonde pesta :

— Il ne manquait plus que ça ! Tu vas voir que cette tempête va nous couper l'électricité !

— Tant pis ! se permit de répliquer sa petite-fille. Il nous restera la lampe à pétrole…

Elle ne songeait pas à se plaindre de ce soudain événement climatique et s'était réfugiée dans la lecture d'un livre que lui avait confié Mlle Pouet. Pour la jeune fille, la neige disparue ne lui manquait pas, car elle était plongée dans un récit se déroulant dans le Klondike et l'Alaska : *Le Grand Silence blanc*, de Louis-Frédéric Rouquette. Un roman du temps de la ruée vers l'or, avec toute l'hostilité du Grand Nord, une histoire qui émouvait la jeune fille. Elle trouvait si touchante la relation du héros avec son fidèle chien husky ! Pourtant, même en s'étant attardés bien plus longtemps qu'à l'ordinaire au repas de midi, que le temps semblait long… L'horloge s'évertuait à ralentir son tic-tac et retenait les minutes, comme avare à se délester d'heures qu'elle voulait garder à l'intérieur de sa caisse sonore ! Peu de propos échangés durant cette triste journée, comme si la moindre parole pouvait réveiller de sombres démons. Sans se le dire, chacun n'attendait que le moment de se mettre au lit pour échapper à cette terrible oppression. Ce que l'on fit d'ailleurs sitôt que la soupe du soir fut avalée…

*

* *

Une nuit agitée… Avec ce martèlement continu, l'atmosphère saturée d'humidité, avec cet air lourd qui rendait la respiration pénible. Qu'il avait été dur de s'endormir, après cette journée d'inactivité forcée ! Clarmonde s'éveilla d'un coup alors que son grand-père dormait encore. Quelque chose avait changé, et elle mit un moment à définir quoi. Ah, oui ! On n'entendait presque plus les battements de la pluie… Cet épisode dérangeant était donc terminé ? Un coup d'œil sur Gaujòs qu'elle devinait près de la cheminée dans les derniers éclats des tisons agonisants l'en dissuada : le chien semblait inquiet, immobile, les oreilles dressées. Ce ne fut qu'alors qu'elle prit conscience de ce grondement sourd provenant de la vallée… « Le gave est en crue, pensa-t-elle. Il fallait bien s'y attendre ! » Ce n'était pas la première fois que le torrent sortait de son lit, mais ce n'était pas alarmant pour autant. On y était habitué, dans la vallée ! Ne voulant pas réveiller Guilhemot, elle se força à rester au lit jusqu'à ce qu'elle l'entendît remuer, tousser, puis se redresser sur sa couche.

— Papet ? Tu entends, je crois bien que le gave d'Ossau déborde…

— Après la tempête d'hier, ce n'est pas étonnant ! Espérons seulement que ça va se calmer…

— Oui, on n'entend presque plus la pluie ! Ça s'est calmé, heureusement…

— Te, te, te… tempéra son grand-père en rabattant les pans de sa chemise pour enfiler son pantalon avant de le serrer de sa ceinture de flanelle. Te, te, te ! Tu ne t'en souviens sans doute pas, mais il y a seulement trois ans, à peu près à la même époque, la crue a été torrentielle, et elle a particulièrement sinistré nos voisins du village de Bielle ! Et Bielle, tu le sais bien, n'est qu'à quatre kilomètres en aval…

— Tu crois que…

— Je ne sais pas ! Mais il ne faut pas oublier que si la pluie s'est calmée ici, ça ne signifie pas qu'elle s'est aussi calmée dans les montagnes, qui sont toujours plus arrosées que la vallée. Et pour savoir, il faut attendre que tout ce qui est tombé hier sur les versants d'altitude descende par les torrents jusqu'à la rivière qui gronde en dessous.

— Ah ?

— Il faut bien que tu comprennes que l'eau qui passe en ce moment juste en dessous est bien la même que celle qui est tombée hier sur les sommets et les crêtes qui nous séparent de l'Espagne !

Le vieil homme comme sa petite-fille étaient curieux de voir ce qu'il en était, mais il leur fallut attendre les premières lueurs de l'aube pour se décider à sortir et se rendre jusqu'au chemin pour observer la vallée sous une petite averse à peine dérangeante. Aussitôt sortis en compagnie de Jules, ils se trouvèrent assourdis par le fracas du cours d'eau en furie, et ce ne fut qu'en s'approchant qu'ils purent évaluer la gravité de la situation. Pour le peu qu'ils pouvaient en juger dans la clarté naissante, des flots boueux et rageurs se bousculaient entre les rives submergées, charriant des troncs d'arbre et des gravats à une vitesse incroyable. Clarmonde resta tétanisée face à ce spectacle qu'elle n'attendait pas si violent.

— Mais c'est effrayant ! hurla-t-elle en essayant de couvrir la rumeur du torrent.

— Espérons que ça ne montera pas plus haut ! cria à son tour Jules. La route est déjà submergée, là, plus bas !

Guilhemot intervint :

— Et vous ne remarquez rien d'autre ?

Clarmonde suivit du regard le vaste mouvement de main de son grand-père et s'exclama :

— Si ! On ne voit même plus de neige !

— Si cela a autant fondu en altitude, cette fonte va s'ajouter aux ruissellements et à toute la pluie qui s'est abattue en si peu de temps ! J'ai bien peur que ce ne soit pas fini…

*
* *

Cette crainte n'était pas vaine. Faute de pouvoir faire autre chose, cette seconde journée de grisaille et d'averses intermittentes se déroula de façon aussi pénible que la veille, avec au ventre une angoisse sournoise. Non que l'on fût vraiment inquiet pour la ferme, qui trônait largement au-dessus de la vallée, mais on ne pouvait s'empêcher de penser aux lieux plus menacés par la colère du gave… Régulièrement, les trois occupants de la Hérère quittaient le bâtiment pour juger de l'évolution de la crue et des inondations, et revenaient un peu plus inquiets. Le niveau ne cessait de monter, toujours plus destructeur, au fil d'un gave d'Ossau plus tumultueux d'heure en heure…

— Tous les ruisseaux de montagne doivent en gonfler les flots…

De retour dans la pièce commune, Clarmonde n'arrivait plus à lire plus de deux pages d'affilée de son livre, trop contrariée par le côté dramatique que prenait l'événement. Elle finit par y renoncer et préféra se mettre à cuisiner. Après avoir mangé, ils finirent par se coucher sans presque s'être dit un mot, tant chacun brassait des idées sombres. À tel point que, le sommeil ne venant pas, ils avaient laissé la lumière allumée… jusqu'à ce qu'en pleine nuit elle s'éteignît d'un coup.

— C'est bien ce dont j'avais peur ! grogna Guilhemot. Il y a sans doute des pylônes qui ont été emportés…

— Nous verrons ça demain !

— En attendant, essaye de dormir, petite…

— Toi aussi, papet !

*

* *

Ils avaient pris leur café et leur casse-croûte dans une semi-obscurité, à la lueur de la lampe à pétrole, en n'échangeant que peu de mots. Chacun attendait le lever du jour pour juger de l'étendue des dégâts causés par cette subite inondation. Il ne pleuvait presque plus et la température était anormalement clémente pour la saison. Lorsque l'horizon s'éclaircit enfin, il n'y eut pas besoin de concertation pour décider d'aller se rendre compte sur place. Il y avait une part de curiosité, bien sûr, mais aussi le besoin inconscient de se rassurer, avec la crainte de découvrir une catastrophe pire que celle qu'on imaginait.

— Je crois qu'on n'a même pas besoin de parapluie, décréta Guilhemot. Et il y a moins de cinq kilomètres pour voir ce qu'il en est à Laruns…

— Oui, mais si j'en juge à ce que l'on peut constater de la vallée d'ici, je doute qu'on puisse s'y rendre par la route, même à pied !

— Nous marcherons donc au travers des prairies s'il le faut…

X

Il leur fallut plus d'une heure pour parvenir au chef-lieu de canton, les oreilles emplies du vacarme de la rivière déchaînée. La vision des flots enragés ne pouvait qu'être effrayante et insufflait un sentiment de malaise au creux des tripes. Même si le gave commençait à se retirer, il laissait en maints endroits la route ouverte par des trous béants, des parapets emportés, des langues d'épaisse boue gluante, des amoncellements de graviers, de troncs, de branchages et de rochers. Les talus arrachés. Les arbres déracinés qui entravaient le passage. Un spectacle rendu plus sinistre encore avec ce ciel bas, cette bruine incessante, et ces brouillards montant de la rivière et des forêts, ces brumes qui occultaient les montagnes. Même la voie ferrée était impraticable… L'âme en vrac, ils arrivèrent à Laruns avec des idées éparpillées, et s'arrêtèrent devant une scène apocalyptique de désolation. Comment reconnaître la ville au cœur de ce chaos invraisemblable de débris enchevêtrés, de glacis de boue, avec l'eau qui continuait à ruisseler de partout, les poteaux couchés ou brisés, une partie du pont écroulée, des maisons éventrées ?

Clarmonde porta les mains à ses yeux sans savoir si elle y essuyait la pluie ou ses propres larmes. Même la place principale avait subi des dégâts considérables et était jonchée de gravats et d'ordures amenés par l'eau. Ici ou là des meubles fracassés, des cadavres d'animaux noyés… Partout, hommes et femmes erraient, certains en imperméable ou le parapluie à la main, d'autres en habit de tous les jours, mais tous avec la même expression hébétée. Devant cette foule qui errait sans savoir quoi faire contre le destin, le plus impressionnant restait ce silence, seulement brisé par la rumeur des rouleaux de vagues de la rivière. On ne se parlait qu'à voix basse, comme par crainte de réveiller la colère des éléments.

Guilhemot glana tout de même quelques précisions en interpellant ici ou là des gens qu'il connaissait :

— C'est incroyable ! Hallucinant… Nous avons connu bien des crues, mais je ne m'attendais pas à cela.

— Mon pauvre ami… Mais regarde, même la boulangerie du père Sanchette a été emportée, ainsi que sa grange et sa maison d'habitation ! Tout s'est produit si vite qu'il était à son fournil quand l'eau l'a envahi !

— Pauvre Jacques…

Un autre expliqua :

— C'est l'Arriusec qui descend de la montagne qui est le premier responsable de la montée des eaux ! Le notaire a même dû partir de chez lui… Beaucoup d'immeubles sont menacés d'effondrement !

— Oui, mais pas seulement. Les Eaux-Bonnes et surtout les Eaux-Chaudes ont aussi été dévastées !

— Comme le parc et le jardin de la villa *Beau Séjour*, ici sur la rive gauche : ils ont tout bonnement été mangés par les eaux… Il n'en reste rien, et la villa est encore menacée !

— Et la centrale du Hourat qui alimente le chemin de fer en électricité. Inondée elle aussi ! Au moins soixante centimètres de flotte. Même que les pylônes menacent de s'effondrer…

— Pas seulement le train ! Nous n'avons plus de courant depuis hier soir…

— Nous non plus, à Bélesten, assura Jules.

— Un peu plus haut, les baraquements des ouvriers ont été évacués. Il y a aussi le canal des moulins et la prise d'eau de l'usine de Barthèque qui ont été emportés, tout comme la route au-dessus de la cascade de Gers…

— Oui… et ce n'est pas près d'être réparé, même si on y met tous du nôtre !

— En tout cas, ce n'est pas cette année que l'on verra les touristes d'hiver skier sur nos pentes…

— Et dire qu'« Arriusec », ça veut dire « rivière sèche » !

— Ce qu'il est d'ailleurs généralement en été… Au plus fort, il devait bien faire soixante mètres de large !

— Il paraît que le préfet et tout un tas d'ingénieurs doivent venir se rendre compte sur place…

— Pff ! Le préfet… Mais que veux-tu qu'il fasse de plus que nous ?

— Il se dit que l'on va nous envoyer en renfort un contingent du 18e régiment d'infanterie…

Tous ces commentaires résonnaient encore sous le crâne de Guilhemot, de Jules et de Clarmonde lorsqu'ils se décidèrent à regagner la Hérère, avec les poings serrés et des larmes d'impuissance au coin des paupières. Que pouvait-on faire contre ces sautes d'humeur de la nature ? Sinon se rendre compte que l'on était bien petit face à des forces qu'on ne maîtrisait pas… Un bien triste retour ! D'autant plus que les jours qui suivirent apportèrent de nouvelles et dramatiques informations. La route principale entre Aste et Laruns entièrement détruite au niveau d'Isale. Une pile du pont de Béon anéantie par les flots. À Bielle aussi, l'Arriumage descendant des pics Loriolle et Montagnon avait gonflé le gave d'Ossau et avait même changé de lit, causant d'innombrables dégâts dans le village et grossissant la crue jusqu'à dévaster les environs d'Arudy et même Oloron. Au bas du village, le fond de la vallée avait été transformé au plus fort de la crue en un véritable lac de trois cents mètres de large ! Oui, des images qu'il serait bien difficile de gommer des mémoires…

*

* *

Il fallait bien que la vie reprît son cours et, malgré les traces laissées par ce cruel épisode, l'hiver s'était déroulé tant bien que mal, et le printemps commençait timidement à annoncer des signes de son retour. Sans négliger pour autant le travail de la ferme, Clarmonde faisait des progrès considérables à l'école, et Mlle Pouet se montrait de plus en plus optimiste quant à ses chances de réussir l'examen du certificat. Petit à petit, la vente des fromages reprenait un peu de vigueur après une période décevante. Par chance, l'*Hôtel des Princes* anticipait la reprise et commandait à nouveau des tommes à la Hérère.

— Heureusement que nos grumes n'ont pas été emportées par le gave, car leur vente nous a permis de tenir le choc ! rappelait volontiers Guilhemot Arangou. Tout comme celle des agneaux, qui a été d'un bon rapport, cette année !

Voilà qui permettait d'envisager l'avenir sous un jour meilleur…

— Clarmonde… On va peut-être profiter de ce que les brebis broutent dans le pré d'à côté pour racler la bergerie, non ?

— Bien sûr ! Plus c'est propre, moins il y a de risques d'épidémie…

— Comment sais-tu ça ?

— C'est Esteban, qui m'en a parlé. Il m'a même expliqué toutes les maladies et troubles des bêtes dans un endroit mal nettoyé !

— Ah ! Esteban… Tu l'aimes bien, hein ?

— Oui… Mais aussi tout ce qu'il m'apprend ! Il connaît tellement de choses sur les bêtes…

— C'est normal, il en a fait son métier ! Et c'est vrai qu'il sauve souvent bien des cas que les vétérinaires jugent désespérés… Et que les traitements qu'il préconise ne coûtent pas cher, bien qu'ils se révèlent neuf fois sur dix bien aussi efficaces, sinon plus !

Depuis une bonne heure, la jeune fille et son grand-père ôtaient la paille souillée du logis des brebis et raclaient le sol à l'aide d'une sorte de râteau en bois sans dents. Bien que l'air fût encore frisquet, tous deux transpiraient abondamment sous les efforts fournis. Cela n'y paraissait pas, mais c'était tout de même un travail physique !

— Ah ! Ces *oelhas*… Qu'est-ce qu'elles peuvent semer de *cagalhetas*[1] derrière elles !

Clarmonde pouffa. C'était là un besoin naturel aussi bien pour les animaux que pour les humains ! Elle s'interrompit soudain en entendant Guilhemot gémir, puis haleter péniblement. Un peu affolée, elle lâcha le manche de son outil :

— Ça ne va pas, papet ?

Le vieil homme porta les mains à sa poitrine pour la comprimer avant de répondre péniblement :

— Si, si… Ne… ne t'inquiète… ne t'inquiète pas !

Ne pas s'inquiéter ? Il en avait de bonnes, l'ancien ! Comment ne pas remarquer sa grimace de souffrance, son visage crispé et soudainement écarlate, sa respiration saccadée ?

— Papet ! Papet ! Mais qu'est-ce qui t'arrive ?

— Rien… Non, ce n'est rien… je… je t'assure…

Sur ces mots, le vieil homme vacilla, puis s'affala en travers du tas de paille souillée qu'il avait amoncelée. Clarmonde se précipita, se pencha sur lui, claqua ses joues de ses mains encore menues.

— Papet ! Mais réponds-moi, papet !

Seul un râle pénible et continu en écho à son appel désespéré. Et ces yeux égarés qui fixaient le plafond de la bergerie. Clarmonde sortit en trombe du bâtiment pour courir vers le pré en hurlant :

---

1. *Crottes.*

— Jules ! Jules ! Viens vite ! Papet nous fait un malaise !

Au ton de la jeune fille, le valet comprit aussitôt que quelque chose de sérieux se passait. Il jeta son bâton de berger pour se précipiter vers la bergerie et, sitôt sur place, se pencha sur le corps allongé.

— Eh ! Patron... Ça va pas, *lou mèste* ?

Aucune réponse, sinon ce sifflement qui s'échappait des lèvres du malheureux.

— Je crois que c'est grave ! Vraiment grave... Il lui faut un docteur ! Un médecin ? Le plus proche étant à Laruns, il allait encore falloir bien du temps avant qu'il pût intervenir sur place !

Sans plus réfléchir, Clarmonde fila vivement vers l'écurie, passa le mors et les brides à Masclut, puis l'enfourcha d'un bond. Le cheval ne s'y attendait nullement, et il se cabra nerveusement. Il y avait déjà longtemps qu'on ne le montait plus que rarement, et c'était la première fois qu'on ne le sellait pas pour ce genre d'exercice. Sentant peut-être l'angoisse de sa petite maîtresse et confiant à cause de l'étrange complicité qui les unissait, il se plia à ses ordres et trotta vers le chemin.

— Allez, Masclut ! Au galop ! Il faut faire vite, tu sais...

D'abord hésitant, l'animal adopta une allure forcée, puis se mit à galoper à un train d'enfer jusqu'à la vallée, avant de remonter la route de Laruns. Ce n'était pas la première fois que Clarmonde montait le cheval de la Hérère, mais cela avait toujours été avec une selle et correctement harnaché. Et jamais avec un tel galop ! À cru, sans équipement et sans étriers, elle avait d'ailleurs bien du mal à rester sur son dos ! Agrippée et couchée sur l'encolure, elle ne cessa pourtant d'inciter sa monture à continuer son effort :

— Plus vite, Masclut ! Plus vite !

Il ne fallut qu'une poignée de minutes pour parvenir à la place de Laruns, qui portait encore quelques stigmates des crues de fin novembre. La jeune fille sauta à terre et s'engouffra dans l'allée d'une maison pour grimper quatre à quatre les marches jusqu'à l'étage et pénétrer dans une salle d'attente où ne patientaient que deux femmes âgées.

— Docteur ! Docteur Lescoupe… Eh, docteur !

Une porte s'ouvrit et un homme grand et sec en costume strict apparut dans l'encadrement, visiblement irrité.

— Qu'est-ce que c'est que ce chambard ? Je suis en consult…

— Docteur, c'est mon grand-père ! Il vient de se sentir mal et de s'effondrer dans la bergerie. Il respire mal, se tient les côtes et… et il ne peut plus parler !

Aussitôt alerté par les symptômes décrits, le médecin s'enquit :

— Ton grand-père, ton grand-père, je veux bien… Mais où ?

— Chez Guilhemot Arangou, à Bélesten, la ferme de la Hérère ! Vous y êtes déjà venu, mais il y a longtemps…

— Je vois, je vois…

Il entrouvrit la porte de son cabinet et déclara :

— J'en ai fini avec vous, monsieur, vous pouvez vous rhabiller ! Pour mes honoraires, nous verrons plus tard !

Puis, s'adressant aux patientes de la salle d'accueil :

— Quant à vous, désolé mesdames, mais j'ai une urgence. Soit vous patientez, mais je ne peux vous dire combien de temps, soit vous repasserez me voir plus tard ! Allez, jeune fille, on y va !

*

* *

Au retour, Clarmonde poussa si ardemment sa monture qu'elle parvint à la Hérère quelques minutes seulement après la voiture neuve du Dr Lescoupe. Abandonnant Masclut en sueur et écumant dans la cour, elle se rua vers la bergerie juste à temps pour voir le médecin se relever du corps de son grand-père, stéthoscope à la main.

— Je ne le cache pas, je crois que c'est très grave, en effet ! Le cœur, à mon avis... Et je ne peux rien faire, sinon administrer provisoirement un stimulant. Il faut le faire hospitaliser, et comme c'est sérieux il n'y a d'autre solution que celle de le conduire à l'hôpital de Pau ! Pour ne pas perdre de temps, je vais téléphoner depuis Bélesten afin de faire venir une ambulance. En attendant, prenez une couverture et couvrez-le bien ! Mais ne le bougez pas, surtout. Moi, je file...

— Et combien on vous doit, docteur ?

— Nous verrons cela plus tard, il y a plus urgent pour l'instant !

Catastrophée, des larmes dans les yeux et des sanglots dans la gorge, la jeune fille regarda s'éloigner sur le chemin cahoteux la superbe Peugeot type 176 neuve et sa carrosserie bleu océan disparaître au détour du virage. Puis elle se secoua et courut vers la porte du logis.

— Oui, la couverture !

Que faire ensuite, sinon attendre ? Attendre en tenant la main de son grand-père, avec les tripes torsadées par l'angoisse et cet étau qui lui broyait la poitrine… Jules non plus ne trouvait rien à dire et se contentait de poser une main qu'il voulait apaisante sur l'épaule de Clarmonde. Attendre… Avec des minutes interminables qui rechignaient à s'écouler plus vite, comme gelées par l'ambiance dramatique qui oppressait ce refuge d'animaux…

Ce bruit de moteur, enfin, et ce gros fourgon clair qui grimpait poussivement vers la ferme, secoué par les ornières. Ces deux hommes en casquette qui portaient de longues blouses blanches et qui accoururent aussitôt vers le corps allongé du propriétaire des lieux. Puis le transport du malade sur une civière, les portes arrière qui se refermaient sur lui… Clarmonde tira sur la manche d'un des infirmiers.

— Je… je peux monter avec vous ?

— Pas question ! Pour le voir, il faudra vous rendre à l'hôpital… Nous n'avons pas le droit, vous comprenez ?

— Mais…

— Il n'y a pas de mais… et il y a urgence ! Plus vite nous serons arrivés à Pau, mieux ce sera pour votre grand-père, demoiselle…

En regardant partir l'ambulance, la jeune fille se sentit subitement très seule et, le chagrin reprenant le dessus, elle s'effondra en pleurs sur la marche de l'entrée. Aussi bouleversé qu'elle, le vieux valet s'assit à ses côtés et tenta de la rassurer :

— Allons, petite... Ce brave Guilhemot, il s'en sortira, tu sais ! Les Arangou, ce sont des solides, crois-moi !

Il avait beau dire, il n'en était pas vraiment convaincu, et Clarmonde perçut son trouble. Elle s'essuya vivement les yeux en reniflant, puis se dressa sur ses jambes encore tremblantes.

— On ne va tout de même pas rester là sans rien faire !

— Mais que pourrions-nous faire pour lui venir en aide, ici ?

— Tout d'abord, je vais filer jusqu'à la gare de Gère-Bélesten !

— La gare ? Mais pourquoi ?

— Pour y prendre les horaires de train pour Pau, bien sûr !

— Pour Pau ? Mais qu'irions-nous mettre les pieds dans cet hôpital ? Nous ne sommes pas médecins et nous ne pourrions que les gêner... Et ça n'aidera en rien ton grand-père !

— Mais alors...

— Alors n'oublie pas que dans une ferme, quoi qu'il s'y passe et quels que soient les malheurs, il faut traire les bêtes, les sortir, les nourrir ! Le mieux pour les Arangou, c'est que nous faisions en sorte que Guilhemot retrouve la Hérère plus belle qu'il ne l'a laissée... Et nous avons du pain sur la planche, crois-moi !

Clarmonde soupira :

— Tu as peut-être raison, Jules...

— Et puis ça nous empêchera de nous ronger les sangs pour rien. Allez, au travail !

*
* *

Le soir était tombé, lugubre… Dans la grande salle de la ferme, Jules et Clarmonde avaient mangé sans appétit, épuisés par des heures et des heures entièrement consacrées à l'entretien des bêtes et au récurage des locaux. La jeune fille avait même remis la cuisine en ordre, nettoyé et fait la poussière comme pour un jour de fête ! Silencieux, ces deux êtres désemparés demeuraient prostrés sans se décider à regagner leur lit. Ils allaient s'y décider lorsque Gaujòs se mit à aboyer férocement en fonçant sur la porte. Intrigué, Jules se leva du banc pour aller ouvrir et tomba en arrêt en reconnaissant son visiteur.

— M… Monsieur le maire ?

Voilà qui n'annonçait rien de bon… Ce que confirma la mine sombre du premier magistrat de la commune, qui ôta son béret pour annoncer :

— Je suis désolé… Et ce n'est pas de gaieté de cœur que je suis ici, croyez-le ! Je viens de recevoir un coup de téléphone de Pau et…

— Et ?… demanda Clarmonde d'une voix étranglée.

— Et j'ai malheureusement appris que ce pauvre Guilhemot est décédé à l'hôpital en fin d'après-midi sans avoir repris connaissance. Toutes mes condoléances à vous deux…

La jeune fille resta figée, muette… Décédé ? Trois syllabes qui n'arrivaient pas à pénétrer sa conscience. Durant quelques secondes, trois syllabes dénuées de sens. Trois syllabes qui explosèrent ensuite en cette cruelle évidence : mort ! Non, papet ne pouvait être mort ! Son papet ! Non, non et non ! Vidée de toute énergie, elle se laissa tomber sur le coin du banc sans avoir même la force de pleurer. Le maire précisa :

— Pauvre Guilhemot… Le cœur qui a lâché ! Il faut dire que c'était un homme bien usé, avec ses malheurs…

Jules se fit violence pour contenir son émotion, et il fit un pas en arrière.

— Mais finissez donc d'entrer, monsieur le maire… C'est la pire des nouvelles que nous redoutions d'entendre, mais que ça ne nous empêche pas de respecter l'usage : asseyez-vous, nous allons ouvrir une bouteille et boire un coup en son honneur…

— Puisque tu insistes, accepta le maire en ne trouvant rien d'autre que de poser la main sur la tête de Clarmonde pour la consoler. Ma pauvre petite, il va te falloir être bien courageuse, tu sais…

Oui, elle le savait et, au-delà de la peine atroce qu'elle éprouvait, l'avenir lui parut soudain bien effrayant…

XI

UNE NUIT... Une nuit sans dormir, à se tourner et se retourner sur sa couche, seule avec Gaujòs près d'elle, Gaujòs qui semblait avoir tout compris du drame de la maison et qui semblait plus triste qu'il n'avait jamais été, avec ses grands yeux emplis de compassion. Clarmonde se sentait si seule dans cette grande pièce vide ! Si perdue... Elle avait bien demandé à Jules de rester auprès d'elle, mais il s'était refusé à dormir dans le lit de son patron et avait préféré rejoindre la remise qui lui servait de logement, tout en s'excusant auprès de la jeune fille :

— Non, je ne peux pas... pas dans son lit, voyons ! Ça me brise le cœur, mais il va falloir que tu dormes seule !

Dormir ? Tout habillée sur sa couche, elle en avait été bien incapable ! Elle avait même laissé l'ampoule électrique allumée, mais n'avait pu fermer l'œil, avec des sanglots secs qui la secouaient régulièrement et l'impression d'être vide de l'intérieur. Elle ne se posait même pas la question de savoir ce qu'elle allait devenir, trop dévastée, trop brisée par la peine... Les yeux grands ouverts, elle fixa longuement le plafond avant de se résigner à se lever sur des jambes qui semblaient se refuser à la porter. Assise sur le banc, les coudes sur la table et la tête entre les paumes, elle resta longtemps immobile sans pouvoir rassembler ses idées. Jules devait avoir eu les mêmes insomnies car il pénétra dans la pièce bien plus tôt que d'habitude.

— Déjà debout, ma *prauba*[1] ? Et tu n'as rien mangé, je parie…

— Je crois que ça ne passerait pas !

— Si tu veux tenir le coup, il ne faut pas avoir le ventre vide ! Ce n'est pas en te laissant crever de faim que tu ramèneras ton grand-père, tu sais ? Et s'il te regarde de là-haut, vaut mieux qu'il soit fier de toi, tu ne crois pas ? Comme on dit chez nous, *lo Biarnes non cap-baisha*[2] !

Le jour à peine levé, une fois de plus il avait fallu nourrir les deux porcs de l'année, les poules et les lapins, donner de l'avoine à Masclut et du fourrage aux bœufs, s'occuper des brebis et faire un tour à la fromagerie. Une tâche effectuée pour une fois de façon mécanique, sans même y réfléchir, et avec l'impression que c'était quelqu'un d'autre qui agissait. Conscient de la peine de Clarmonde et infiniment triste lui aussi, Gaujòs ne quittait pas la jeune fille d'une semelle. Les animaux comprennent souvent beaucoup plus de choses qu'on ne croit… Il dressa soudain l'oreille, puis abandonna sa maîtresse pour sortir de la cour et filer en courant sur le chemin.

---

1. *Pauvre.*
2. *Le Béarnais ne baisse pas la tête !*

— Mais où va-t-il, comme ça ?

Le chien avait l'ouïe plus fine que les humains, car ce ne fut qu'une à deux minutes plus tard que Jules perçut l'avance d'une charrette dans la côte.

— Je crois qu'on a de la visite ! annonça-t-il d'une voix lasse.

Clarmonde soupira. Qui cela pouvait-il bien être ? Elle n'avait pas envie du tout d'entendre la litanie des condoléances ! Enfin, Gaujòs n'avait pas aboyé, et ce devait donc être quelqu'un de connu. Cette conclusion s'avéra la bonne, et elle fut soulagée de voir apparaître Fiérotte tirant le cabriolet d'Esteban Nabarre. Elle ne fit pourtant pas un pas vers lui, interdite, et ce fut le brave homme qui sauta aussitôt de sa carriole pour la prendre dans ses bras et la serrer fortement contre lui en la berçant doucement :

— Ma petite... Ma pauvre petite ! Je suis venu dès que j'ai su, les nouvelles courent vite, par ici, et surtout les plus tristes...

Clarmonde fit des efforts désespérés pour ne pas pleurer à nouveau, et elle se contenta de cacher sa tête contre le torse d'Esteban. Jules s'approcha pour le saluer, mais les deux hommes ne prononcèrent pas un mot. Il est des regards plus éloquents que de longs discours ! Le vétérinaire empirique tenta de s'éclaircir la voix :

— Bien... Je suis venu par amitié, mais certainement pas pour que nous nous lamentions à n'en plus finir ! Notre Guilhemot n'aurait pas aimé ça...

— Tu as raison, Esteban ! admit Jules. Allons donc boire un verre ou deux à sa mémoire...

— N'est-ce pas un peu tôt pour cela ?

— Pour l'honneur des Arangou, il n'y a pas d'heure !

— Alors d'accord…

Une fois réunis dans la pièce commune du bâtiment de ferme, les deux hommes trinquèrent devant une bouteille de jurançon, et Clarmonde eut droit à un fond de verre pour marquer ce triste événement qui allait bouleverser sa vie. Un moment intense d'émotion durant lequel le sentiment de la présence du défunt était presque palpable. Esteban, après avoir respecté par décence un instant de silence recueilli, préféra ensuite entrer dans le vif du sujet :

— Chez nous, pleurer sans fin ne sert à rien ! affirma-t-il. Je sais bien qu'il faut en dépit de ce malheur s'occuper des bêtes et de la ferme, mais il va falloir aussi penser au triste moment des funérailles…

Clarmonde n'avait surtout pas envie d'y penser, mais son vieil ami avait raison.

— Le maire nous a dit que le corps devrait nous être ramené demain…

— Et pour le cercueil ?

Jules expliqua :

— Le maire sait bien que la Hérère vivote dans la pauvreté, et il a pris l'initiative de demander que l'on nous ramène notre Guilhemot dans un de ces cercueils réservés aux indigents qui décèdent à l'hôpital.

— On aurait tout de même pu faire mieux, ne serait-ce que par respect pour le représentant d'une famille qui fut influente dans la commune !

Anticipant la réponse du valet, Clarmonde sembla sortir de sa léthargie pour assener :

— Jules a raison, Esteban ! Mon grand-père se moquait bien de ce genre de détails et avait pris en horreur l'Église et ses curés depuis la mort de mes parents ! J'ai beau me sentir maintenant doublement orpheline, je crois qu'il faut respecter ses volontés.

— Je sais que ton papet avait perdu la foi, petite… Et je ne suis pas loin de partager son avis. Je sais aussi qu'il ne t'a pas élevée dans le dogme de la religion, mais ce n'est pas une raison pour choquer les gens de la région ! Un enterrement civil serait très mal vu, et mieux vaut se conformer aux traditions, tu ne crois pas ?

Elle hésita :

— Je… je ne sais pas ! Tout cela me dépasse tellement…

— Le contraire serait étonnant, ma belle ! Mais je crois que le curé ne sera pas trop regardant. Après tout, jusqu'à cette foutue guerre, ton grand-père allait bien à la messe et à confesse… Si tu veux, c'est moi qui irai lui en parler, et il saura bien fermer les yeux !

— Oh, oui ! Je veux bien…

Même avec Jules, elle ne se voyait pas entreprendre une telle démarche !

— De plus, je veux bien me charger des formalités des paperasses nécessaires… Ce n'est pas drôle, mais il faut bien y passer…

— Merci, Esteban. Oh, merci !

— Ce n'est rien, Clarmonde. J'aimais bien ton grand-père, et je t'aime beaucoup aussi. Alors c'est bien normal ! Il faut s'entraider dans la vie…

*
* *

On eût dit que le ciel lui-même était en deuil tant les nuages s'épanchaient ce matin-là en larmes de pluie. Clarmonde marchait tête basse… Surtout, ne pas montrer cette déchirure en elle qui lui tiraillait le ventre et lui coupait les jambes ! Elle s'était habillée sobrement, comme si elle devait se rendre à l'école, et avançait d'un petit pas mécanique en tenant la main de Jules, qui portait gauchement un costume étriqué, trop court et trop serré pour lui. Pour respecter les opinions de Guilhemot, il n'y avait pas eu à la Hérère la veillée traditionnelle qui voyait défiler voisins, amis et connaissances dans la chambre du mort pour un recueillement de circonstance, et le cercueil avait été déposé la veille à l'église même. La jeune fille s'en était félicitée, car elle aurait eu bien du mal à supporter ces visites à répétition sans s'effondrer et, ne fût-ce qu'en l'honneur de son grand-père, elle tenait à rester forte et digne aux yeux de tous. Stoïque, elle avait assisté à cette messe si nouvelle pour elle sans comprendre vraiment le sens de ce rituel. Elle avait pourtant été un peu impressionnée par l'intérieur de ce petit édifice religieux dont elle ne connaissait que l'architecture extérieure de style roman. Ces voûtes, ces statues de saints, ces restes de fresque, mais surtout l'autel, son tabernacle et son majestueux retable peint datant de plus de cent cinquante ans. Élevée en dehors des principes de la religion, elle s'était tenue en retrait en imitant maladroitement les gestes des fidèles, mais ne s'était pas déplacée pour communier, ce qui avait suscité chez certains quelques haussements d'épaules. Et voici qu'elle suivait ce pauvre cercueil porté sur une civière par quatre hommes qui avaient été autrefois très liés aux Arangou, du temps où ce seul nom évoquait encore une famille influente dans le canton. Pas question de louer les services d'un corbillard, d'autant plus que le cimetière ne se situait guère à plus de cent mètres de l'église !

Il y avait tout de même beaucoup plus de gens pour accompagner le défunt à sa dernière demeure qu'elle ne l'avait cru ! Derrière Jules et elle suivait d'abord Esteban, la mine grave et la tête baissée, puis les proches voisins, les villageois du petit bourg, mais aussi des personnes venues depuis Bielle ou Laruns... Quelle épreuve pour la jeune fille, au sein de ce défilé devant les tombes et jusqu'à cette fosse ouverte ! La descente du cercueil, les signes de croix, le goupillon qui passait de main en main, une dernière prière du curé, la première pelletée de terre symbolique, puis la corvée des condoléances. Si Clarmonde avait subi ces manifestations de sympathie avec une indifférence forcée pour ne pas pleurer en public, elle fut surprise de constater la présence de Julia Pouet à cette cérémonie funèbre. L'institutrice ne lui dit d'ailleurs pas un mot, et elle se contenta d'un pauvre sourire d'encouragement en lui posant la main sur l'épaule avant de s'éclipser discrètement. Sans doute faisait-elle aussi le deuil de la voir revenir en classe, se doutant bien que ce drame l'écartait définitivement du circuit scolaire… Puis chacun se sépara, Esteban n'ayant pas voulu sacrifier à la tradition d'inviter tous ceux qui s'étaient déplacés au domicile du mort pour y offrir une collation de circonstance :

— Vous comprenez, la petite Clarmonde souffre bien assez comme cela pour ne pas lui imposer cette contrainte…

Il avait bien fait, car la jeune fille se trouva exténuée à la fin de l'office mortuaire, et le chemin du retour jusqu'à la Hérère en compagnie de Jules et d'Esteban lui parut interminable !

Enfin s'asseoir autour de la vieille table, en se regardant sans se voir, avec encore en tête le souvenir amer de cette matinée. Sans parler… Sans même penser… En projetant les yeux autour d'elle, Clarmonde eut l'impression que la demeure elle-même portait le deuil. Elle la trouvait si triste, soudainement, avec ses murs desquamés, l'antre de la cheminée noirâtre, la fumée qui maculait le plafond, et ces meubles usés ou bancals. Jamais jusqu'ici elle ne s'était aperçue à quel point elle avait vécu dans le dénuement ! Qu'allait-elle devenir, maintenant ? Et Jules ? Esteban semblait avoir suivi le même raisonnement et, tout en ouvrant une bouteille, il se posa la question à voix haute :

— Et maintenant ? Ce ne sont pas un vieux commis de ferme comme toi et une gamine comme elle qui pourront faire tourner la Hérère !

Jules hocha la tête avec une lueur désespérée au fond des yeux.

— C'est bien ce que je me dis... Je ne gagnais pas beaucoup, ici, mais je m'étais attaché à la maison, depuis le temps ! Je me sentais un peu de la famille, avec *lo mèste*... J'ai partagé ses deuils, et j'ai vu naître la petite... Mais c'est bien fini, maintenant. Et à mon âge, mieux vaut que je retourne au pays, chez moi, à Estialescq, près d'Oloron... C'est là que j'ai vu le jour et j'y ai encore quelque famille, même si cette vallée et ces montagnes sont devenues un peu miennes !

— Ce doit être un déchirement pour toi, je m'en doute... Mais j'ai bien réfléchi, cette nuit, et j'ai pensé à quelque chose...

— Il n'y a rien à réfléchir, ma place n'est plus ici...

— Pas si sûr ! affirma Esteban, toujours songeur. Tout d'abord, je ne me vois pas abandonner notre Clarmonde à un orphelinat, et je vais entreprendre les démarches pour devenir son tuteur légal.

La jeune fille sembla s'éveiller de son affliction :

— C'est vrai ?

— Ai-je le cœur à plaisanter en ces tristes moments ? Et puis ça me redonnera un peu de vigueur d'avoir une jeunette à la maison !

— Mais... et la Hérère ?

— J'y viens, petite... Notre brave Jules ne peut seul continuer à s'occuper de tout ce qu'il y a à faire ici, et il a bien besoin d'arrêter de trimer... C'est pourquoi je crois qu'il n'y a pas d'autre solution que de vendre...

— La ferme ? s'indigna aussitôt Clarmonde.

— Mais non, tout au moins pas dans un premier temps. Mais les bêtes ! À quoi servirait un troupeau de brebis si on ne peut les nourrir, les traire, les soigner et faire le fromage ? À quoi serviraient ces deux bœufs qui s'ennuient déjà, faute d'avoir une grande utilité dans un domaine devenu si petit ? Quant à la ferme en elle-même, bien que tu en sois l'unique héritière, je ne pense pas qu'il faudra t'en défaire : dans quelques années, tu seras peut-être en mesure de la reprendre en main, une fois mariée, qui sait ?

Mariée ? Voilà une éventualité qui n'avait pas traversé son esprit de petite fille de presque onze ans ! Précocement mûrie, elle n'était plus une gamine et objecta :

— D'ici là, si cela doit se produire, ces vieux murs seront depuis longtemps en ruine !

— Et c'est bien là que je vois l'opportunité pour Jules de rester ici !

— Comment cela ? grogna le vieux valet, intrigué.

— En t'occupant justement de l'entretien de cette demeure ! Entre les porcs, les poules, les lapins, le potager et le verger, tu auras déjà de quoi te nourrir pour l'essentiel. Quant aux menus frais d'habillement et autres petits plaisirs, comme le vin, le fromage, quelquefois de la viande rouge chez le boucher ou un verre entre amis au café du bourg, l'argent de la vente du bétail devrait y suffire… Sinon ce ne me sera pas ruineux d'avancer ces petites sommes !

Jules devint écarlate, sans qu'on sût si c'était de confusion ou de colère.

— Et en quel honneur ferais-tu ça, Esteban ? Je ne demande pas la charité !

— Ne te vexe pas, il ne s'agit pas de charité ! C'est Clarmonde et moi qui te demandons de rester ici pour garder les bâtiments de la Hérère en état, voire y apporter des réparations et des améliorations pour t'occuper ! Je n'ai pas envie de voir le domaine des Arangou être dispersé ou réduit à un tas de pierres éboulées ! Et je suis convaincu que cette solution t'arrangerait tout aussi bien qu'elle arrangera notre Clarmonde... Sans parler que tu ne seras pas vraiment isolé : de chez moi jusqu'à la Hérère, il n'y a pas deux kilomètres, de quoi passer te voir presque quotidiennement !

L'ancien berger repoussa son béret en arrière pour se gratter nerveusement le crâne.

— Ben... Vu sous cet angle, ça demande un peu réflexion, admit-il.

Satisfait par ce premier pas, Esteban jeta un clin d'œil complice à la petite-fille de Guilhemot, laquelle ne se rendait pas encore vraiment compte de la portée de ce que venait de proposer cet ami qu'elle ne savait pas aussi proche. Un tourbillon d'émotions contradictoires la brassa soudain, et elle ne trouva rien de mieux pour les exprimer que de se jeter dans les bras d'Esteban en réprimant des sanglots de reconnaissance.

— Merci... murmura-t-elle d'une petite voix hachée. Merci !

— Ne crois pas que je fais cela pour toi, petite, mentit-il avec pour contredire son propos une petite lueur amusée dans l'œil. Mais parce que la solitude à Saubajot me ronge petit à petit dans ma grande maison trop vide ! Et ma Fiérotte aussi sera contente d'avoir un compagnon tel que

Masclut... Enfin, je crois que ton Gaujòs ne sera pas mécontent de changer de maison, pourvu que tu sois près de lui !

Clarmonde se pencha vers son fidèle chien et lui caressa tendrement la tête.

— C'est vrai, ça, Gaujòs ? Et qu'est-ce que tu en penses, toi ? Mais peut-être préfères-tu rester avec Jules, non ?

XII

BIEN SÛR, elle s'éveillait chaque matin avec cet immense vide au plus profond d'elle à ne plus jeter un œil en direction du lit de son grand-père. Un lit qui n'existait pas, d'ailleurs, dans la pièce qu'Esteban lui avait aménagée en chambre. Bien sûr, chaque matin, elle ne se reconnaissait plus en ces murs qui n'étaient pas les siens. Elle s'estimait pourtant chanceuse de se retrouver ici, à Béon, dans cette demeure de Saubajot, auprès de ce vieil homme qui l'avait prise sous son aile. Clarmonde lui en était reconnaissante, et si son amour pour lui était différent de celui qu'elle portait à son grand-père jusqu'à son décès, il n'en était pas moins sincère. Elle savait bien que, sans lui, elle se fût retrouvée dans une institution austère, soumise à une discipline sévère, mal nourrie, en compagnie de gosses perdus pour la plupart voués à la misère ou à la délinquance. Ou alors auprès de familles où elle n'aurait été que l'esclave de la maison, une domestique au rabais qui ne coûtait pas cher, avec réprimandes et vexations à la clé... Heureusement, avec l'appui du maire de Béon et de celui de Gère-Bélesten, le brave homme n'avait pas été long à obtenir le droit d'être le tuteur légal de la jeune fille et, comme gérant des biens de sa protégée, il avait tiré comme il l'avait suggéré un bon prix de la vente des brebis et des deux bœufs Bitalis et Goalard :

— Une petite cagnotte où puiser pour aider ce bon Jules !

Jules… Il ne se passait guère de jour sans qu'elle montât à la Hérère pour retrouver la vénérable demeure familiale, mais surtout pour tenir compagnie à ce valet vieillissant qu'elle avait toujours vu en ces murs depuis sa naissance. Un homme un peu taciturne, mais au cœur chaud comme du bon pain, ainsi qu'on disait… La jeune fille l'aimait beaucoup, même si elle n'avait jamais fait preuve envers lui de ces élans démonstratifs qu'elle réservait à son grand-père. L'ancien berger se faisait peu à peu à sa nouvelle vie, et son seul problème restait celui de savoir comment remercier son bienfaiteur :

— Mais dis-moi donc, petite ! Qu'est-ce que je pourrais bien faire, pour l'Esteban ? Sans lui, je vivrais aux crochets de neveux ou de petits-neveux que je ne connais pas et qui ne m'ont jamais vu ! Me feraient-ils seulement l'aumône d'un coin de table ? Ou seulement d'un coin d'étable pour dormir dans la paille ? Oui, sans Esteban, je serais sans doute un miséreux n'attendant que la mort…

— Ne parle pas de la mort, Jules ! Mais je vais te dire ce qui ferait le plus grand plaisir à Esteban. Que tu continues petit à petit à rénover la Hérère… Pas des grands travaux, bien sûr ! Mais consolider les murs, arranger quelques tuiles, nettoyer, changer les lames faibles du plancher, badigeonner à la chaux, entretenir les extérieurs, faire en sorte que la bergerie, l'étable, l'écurie, la grange et la fromagerie ne tombent pas en ruine… Et tout un tas de choses de ce genre ! Pas par obligation, mais quand tu en auras envie, pour t'occuper.

— C'est bien ce que je tente de faire…

— Alors continue, Jules ! Et prends cette bouteille de vin ainsi que ce paquet de tabac… Moi, je file ! Ah, j'oubliais… Esteban et moi-même t'attendrons dimanche à midi à Saubajot pour le repas !

— Mais… il ne faut pas !

— Et pourquoi donc ? Si tu préfères manger seul, nous, nous préférons avoir de la compagnie…

Durant quelques jours, Clarmonde avait réintégré la classe de Mlle Pouet, mais ne mettait pas le même entrain pour apprendre. L'ombre de son grand-père ne cessait de la poursuivre, mais ce n'était pas la seule raison. Par gratitude pour Esteban, elle désirait plus que tout se rendre utile à Saubajot. Elle devait bien ça à son bienfaiteur ! Lorsqu'elle s'en ouvrait au guérisseur de bêtes, ce dernier secouait la tête avec une moue éloquente :

— Mais que veux-tu faire, chez moi ? À part donner un coup de main au ménage et à la cuisine, il n'y a pas de brebis à traire, ici ! Pas de fromages à fabriquer ni de tommes à tourner… Non, petite ! Vis ta vie, j'aurai toujours ton sourire pour récompense…

Brave Esteban ! Mais Clarmonde, malgré son jeune âge, se rendait bien compte à quel point elle lui était redevable, et cela la gênait… Aussi, comme elle ne pouvait vraiment se rendre utile, elle essayait d'imaginer mille façons de gagner un peu d'argent. Mille chimères qui n'avaient aucune chance d'aboutir… Il n'empêchait que ce dilemme la minait. Après tout, qu'importait le certificat d'études ! Elle avait assez de connaissances scolaires comme cela pour se dire loin d'être illettrée, et estimait qu'elle pouvait apprendre bien autant au fil de lectures édifiantes qu'au sein d'une salle de classe !

Et puis, un beau matin, l'idée fut là. Comme une évidence ! Ici, dans la vallée, l'existence était dure, et il n'était pas rare de voir des gosses de onze ou douze ans trimer à la mesure de leurs forces, pour les petites charges de la ferme, nettoyer les écuries, faire la lessive, donner la pitance aux animaux, briquer les sols des maisons de notables, charger et décharger les chariots pour le marché, et bien d'autres services plus ou moins à leur portée. Tout cela pour quelques piécettes, mais c'était toujours ça ! Clarmonde voyait plus loin, et elle attendit un jeudi pour tenter de mettre son projet à exécution. Et celui-ci était propice : Esteban venait d'être appelé pour aider une vache à vêler dans la plaine près de Bilhères, et il avait prévenu qu'il ne serait pas de retour avant le soir. Oui, c'était l'occasion ou jamais !

*

* *

Il y avait longtemps qu'elle n'avait sellé Masclut. La dernière fois qu'elle l'avait monté, c'était à cru, le sinistre jour où elle s'était rendue à Laruns pour prévenir le Dr Lescoupe du malaise de son grand-père. La petite taille d'un mérens lui avait permis de s'initier très jeune à cet exercice… Le cheval sembla fortement apprécier la perspective de cette balade, et le manifesta bruyamment en trépignant sur place.

— Ne bouge pas ainsi, voyons ! Comment veux-tu que j'y arrive, si tu ne cesses de bouger ?

Le temps était assez agréable, avec seulement un petit vent frais qui venait des montagnes. Clarmonde se hissa sur sa monture et la guida sur le chemin descendant à Béon.

— Allez, Masclut !

Au trot, elle suivit alors la route damée en direction d'Aste, le bourg jumeau de Béon qu'elle traversa sans ralentir, puis remonta le long du cours du gave d'Ossau. En le voyant aussi calme, elle se demanda une fois de plus comment il était possible que ce cours d'eau pût se transformer en quelques heures au point de tout dévaster sur son passage ! En arrivant à hauteur de Béost, elle préféra ne pas passer par Laruns et poursuivit sa route jusqu'à suivre le cours du Valentin avant d'arriver en vue des Eaux-Bonnes.

— Voilà ! Nous y sommes…

Les Eaux-Bonnes, à l'entrée de la gorge étroite de la Sourde, avec sa rue principale montant par une pente assez raide jusqu'à l'établissement thermal. Mais nul besoin d'aller si loin, si elle se rappelait ce qu'en avait dit son grand-père. À l'entrée de ce village dont la plupart des maisons étaient récentes, elle repéra d'emblée le jardin Darralde, autrement appelé Jardin anglais, sous une partie duquel passait la Sourde canalisée. D'après Guilhemot

Arangou, l'*Hôtel des Princes* prenait place au-dessus de cet espace arboré, après le casino. Elle n'eut d'ailleurs pas à chercher, tant l'établissement était visible, étalant sa vaste façade tout au long de la rue. C'était la première fois que Clarmonde mettait les pieds dans la station thermale, et elle jetait des regards étonnés tout autour d'elle. Quel monde différent de celui qu'elle connaissait ! Tellement moderne, tellement neuf ! Avec ces immeubles à l'architecture si bizarre qui s'élevaient en alignant des rangées et des rangées d'étages. Elle trouva un coin d'herbe contre les rochers de la pente à droite du palace, hésita un instant, puis se présenta devant les marches de la porte d'entrée. Un dernier coup d'œil sur les hautes fenêtres arrondies du rez-de-chaussée, sur les files d'innombrables autres fenêtres rectangulaires, toutes semblables, qui s'empilaient sur trois étages, toutes ceintes d'un encadrement de pierres de taille blanches sur le fond rose des murs, puis elle poussa le large battant de la porte. Elle déboucha sur un sas vitré derrière lequel s'étalait un hall d'accueil aux moulures de bois élégantes. Intimidée, elle fit quelques pas sur les tapis moelleux qui recouvraient le sol, jeta des regards étonnés sur les décors et les glaces, tout en sentant ces odeurs étranges de bois ciré.

À son entrée, un homme en livrée vint à sa rencontre, la mine sévère sous sa casquette aux motifs dorés. Elle se sentit aussitôt moins assurée devant cet uniforme strict. L'employé jugea d'un coup d'œil en voyant sa tenue que cette gamine n'avait rien à faire dans ces lieux, et il la prit par le bras. Tout en restant courtois, il la pria de sortir en usant d'un langage ampoulé :

— Vous voyez bien que vous ne pouvez rester là, mademoiselle. Vous avez dû vous tromper et mieux vaut que vous sortiez...

— Non, non ! protesta-t-elle. Je voulais voir M. Mandoire... Alfred Mandoire ! J'ai déjà eu affaire à lui...

— Ah ! M. l'intendant... mais je doute qu'il puisse vous recevoir à cette heure !

— Dites-lui seulement « fromages Arangou », alors...

— Comment cela ? Fro... fromages Arangou ? Si c'est une plaisanterie, ce n'est pas dr...

— Fromages Arangou ! répéta-t-elle. De Bélesten... Jusqu'à ces derniers temps, c'est votre hôtel qui achetait toutes nos tommes ! M. Mandoire me connaît.

Bien qu'il fût étonné de voir une gosse vouloir traiter en adulte avec le responsable de l'hôtel, du personnel, de la gestion et des achats, le préposé à l'accueil céda :

— Bien, mais pas ici, alors... À cause de notre clientèle, vous comprenez ? Plutôt dans cette arrière-pièce, alors. Je vais faire prévenir M. Mandoire par un de mes grooms, mais je ne promets rien...

Complètement désarçonnée, Clarmonde se demanda si elle avait bien fait d'oser s'adresser à un tel établissement. Mais aurait-elle pu deviner, en entendant parler du grand hôtel, qu'il s'agissait d'un palace aussi luxueux ? Jamais elle n'aurait cru que cela pouvait exister ! Elle faillit même s'enfuir sans demander son reste, mais se força à attendre. Après tout, elle ne risquait rien, sinon se faire éconduire ! Elle eut tout de même la surprise de voir s'ouvrir la porte sur le responsable qu'elle souhaitait, lequel s'approcha d'elle dans son costume tiré à quatre épingles.

— Je te reconnais, petite… Et je m'apprêtais même à envoyer quelqu'un chez toi, à la Hérère, car cela fait plus d'un mois que nous n'avons plus eu de livraison, ce qui n'est pas ce dont nous étions convenus, entre ton grand-père et l'*Hôtel des Princes* !

Elle baissa la tête.

— Mon grand-père est mort, monsieur. Et les brebis ont été vendues. Nous ne fabriquons plus de fromages, et il ne nous reste que quelques tommes qui arrivent au terme de l'affinage…

Alfred hocha la tête d'un air faussement compatissant.

— Mort, tu dis ? Voilà qui est fort dommageable… C'est très gentil à toi de nous en prévenir, et je t'en remercie, jeune fille.

Clarmonde rassembla son courage pour répondre :

— Mais… mais ce n'est pas pour cela que je voulais vous voir, monsieur…

— Ah ! Et pourquoi donc ?

— J'espérais que… qu'il y aurait peut-être du travail pour moi, ici ? Avec le décès de mon grand-père, et comme je n'ai plus de mère ni connu mon père mort à la guerre, je n'ai pas le choix. Pour l'instant, je suis mise sous tutelle à Béon, mais il faut que je gagne un peu d'argent si je ne veux pas être placée dans un orphelinat…

L'intendant toussota, un peu gêné.

— Et pourquoi une petite paysanne comme toi viendrait-elle travailler dans un hôtel de prestige comme celui-ci, qui a même accueilli en ses murs l'impératrice Eugénie et son entourage ? N'aurais-tu pas plutôt ta place à garder les brebis pour un éleveur de la région ? Car tu es à mon avis bien trop jeune pour prétendre avoir la moindre place en ce lieu ! Que saurais-tu faire, d'ailleurs ?

Tiens ? La question la prit au dépourvu. Elle n'avait songé qu'à se trouver un engagement, même petit, mais ne s'était nullement préoccupée de la fonction à laquelle elle pouvait prétendre. Vivement, elle se défendit pourtant :

— Je ne prétends pas à grand-chose, vous savez… Mais je suis courageuse et je ne suis pas longue à apprendre ! Je peux aider au ménage, à la lingerie, aux cuisines, à faire les chambres, pourvu qu'on me montre…

Alfred Mandoire réfléchit un moment. Il lui revint en mémoire que c'était cette gamine qui avait incité son grand-père à tenir marché à Laruns, et que c'était grâce à cela qu'il avait pu établir une collaboration avec cette petite ferme, misérable peut-être, mais qui lui avait fourni les plus délicieuses tommes de la région ! Et puis il fallait un certain culot pour oser cette démarche…

— Et quel âge as-tu ?

— Presque douze ans, monsieur… répondit-elle en trichant un peu. Et je sais lire et compter !

Finalement, cette petite paysanne avait l'esprit éveillé, et elle s'exprimait mieux que beaucoup d'adultes de la vallée ! En outre, elle se montrait polie, agréable et modeste, ce qui n'était pas le cas de tout le personnel…

— Tu vas à l'école ?

— J'y allais quand je le pouvais, et je devais passer le certificat d'études cette année avec de l'avance, mais depuis la mort de mon grand-père, j'ai compris qu'il valait mieux me trouver un emploi…

— Bien ! décréta-t-il. Voici ce que je te propose… Un mois à l'essai, comme aide-femme de chambre, sous la conduite de deux employées expérimentées. Elles sauront vite me dire si tu fais l'affaire ou pas. Tu seras payée deux francs de l'heure pour commencer, pas plus !

Honnêtement, elle n'en espérait pas tant, pour un début !

— Je vous remercie beaucoup, monsieur…

— Doucement, il y a des conditions ! Premièrement, nous te fournirons une tenue appropriée. Nous exigeons de tous ici une mise parfaite, même pour le petit personnel, car il peut à tout moment être amené à croiser ou rencontrer la clientèle. Aussi, propreté parfaite ! Ensuite, j'exige que tu ne travailles en cette maison qu'une semaine sur deux…

— Mais…

— Mais à condition que tu consacres la deuxième semaine à étudier pour avoir une chance de réussir ton examen, ce dont je doute d'ailleurs ! Pour les horaires, ils seront calqués sur ceux des trains, comme le sont les ouvriers de la centrale : tu pourras donc faire matin et soir le trajet depuis Bélesten jusqu'à Laruns par la voie ferrée. Ne t'inquiète pas, tu auras une carte payée par l'hôtel pour emprunter la ligne… Et n'oublie pas que c'est un accord oral et que je peux le résilier à tout moment si tu ne fais pas l'affaire !

— Je m'efforcerai de faire de mon mieux…

— Alors tu repasseras d'ici deux jours sur les 8 heures du matin pour rencontrer les deux dames qui te prendront en charge, ainsi que pour réceptionner ta tenue. Et tu pourras commencer lundi prochain ! Ça te va, comme ça ?

— Oh, oui, monsieur Mandoire !

— Alors file, maintenant, avant que je ne change d'avis !

En lui tournant le dos et en disparaissant dans l'escalier, l'intendant secoua la tête, un peu mécontent de la faiblesse qu'il avait eue envers cette gamine. Mais enfin, il avait l'impression d'avoir commis une bonne action, et cette petite orpheline avait l'air courageuse et déterminée !

— Enfin, on verra bien…

XIII

ESTEBAN RESTA UN MOMENT silencieux après l'annonce de Clarmonde, et il se prit la tête à deux mains :

— Mais qui m'a donné une *becada*[1] pareille ! Qu'est-ce qui t'a donc pris d'aller déranger les gens du « beau monde » pour une demande aussi stupide ? Crois-tu vraiment qu'ils aient envie, dans ton foutu hôtel de luxe, de s'encombrer d'une petite paysanne mal dégrossie de ton âge ? Une gamine ! Mais tu rêves, ma pauvre fille…

Elle baissa la tête.

— M. Mandoire veut bien me laisser quand même une chance…

— Il oublie sans doute que l'instruction est obligatoire de six à treize ans !

— À l'école, chez nous, à la campagne, ce n'est pas aussi strict, et tu le sais bien ! Et je serai un peu comme une apprentie… Et puis l'intendant de l'*Hôtel des Princes* tient à ce que je suive les cours une semaine sur deux. C'est mieux que rien, non ?

1. *Bécasse.*

— Mais bon Dieu ! Pourquoi tiens-tu tellement à travailler ? N'es-tu pas bien, ici ? De quoi te plains-tu ?

Confuse devant la colère de son tuteur, elle marmonna :

— Je ne veux pas être une charge pour toi, Esteban !

— Mais que vas-tu imaginer là ? C'est une joie pour moi de t'avoir à Saubajot ! Mon petit rayon de soleil, tu comprends ?

— Je suis aussi très contente d'être avec toi... Mais ce n'est pas une raison pour q...

— J'en ai assez entendu comme ça ! Tu te plais bien à l'école et tu as de bons résultats... Tu ferais mieux de continuer dans cette voie ! D'autant plus que Mlle Pouet s'intéresse beaucoup à toi...

— Mais je suis une fille, Esteban. Que ferais-je de mieux, avec le certificat ? Je sais bien que je ne poursuivrai pas mes études plus loin ! Alors qu'il m'est plus utile d'apprendre à faire les lits, tenir une chambre, nettoyer les tapis, laver et repasser les vêtements comme on le fait chez les « gens bien »... Ou bien disposer les couverts et servir à table.

— Pourquoi ? On fait si mal que ça, nous, au quotidien ? Nous ne sommes peut-être pas des « gens bien », pour toi ?

— Ce n'est pas ce que je voulais dire, tu le sais bien ! Mais une fois que je saurai faire tout ça en m'y prenant jeune, je trouverai facilement une place correcte quand je serai plus grande, avec le nombre de grands hôtels qu'il y a tout près, à Laruns, les Eaux-Bonnes ou les Eaux-Chaudes !

Le vieil homme hocha dubitativement la tête et grimaça.

— Toi, quand tu as une idée en tête ! Tu es bien une femelle, va…

— Rien ne m'empêche d'essayer ! J'ai tout de même un mois d'essai… Et puis, si je ne fais pas l'affaire, M. Mandoire peut me renvoyer quand il le souhaitera !

— Fais donc comme tu veux, mais ça ne me plaît guère ! Je crois même que tu ne mettras pas beaucoup de temps à t'en apercevoir, et que ce sera toi qui fuiras au plus vite ta condition de bonniche !

— Nous verrons bien, Esteban… Nous verrons bien !

*

* *

Lundi, enfin… Le grand jour était là ! Comme le lui avait ordonné l'intendant, Clarmonde s'était présentée trois jours auparavant à l'hôtel, ou Mme Siguier, une des gouvernantes, lui avait trouvé une tenue à sa taille.

— Tu as de la chance que nous en ayons quelques-unes, ma fille ! Celles de ce genre servent surtout aux enfants de notre clientèle aisée, lorsqu'ils veulent se déguiser pour un soir de fête…

Longue robe noire aux manches ornées aux poignets d'une dentelle festonnée, ample tablier blanc à bretelles, sobre coiffe à godrons, et ces petits souliers vernis avec lesquels elle avait du mal à marcher… La gouvernante, une imposante dame d'âge mûr à la mine sévère, avait pourtant pouffé en la voyant ainsi habillée :

— Une vraie poupée jouet ! Je me demande bien quelle lubie a eue M. Alfred pour nous encombrer d'une gosse à peine sortie de ses langes ! Enfin, ça amusera un peu tout le monde, ici, mais je gage que ça ne durera pas…

La jeune fille n'avait rien rétorqué à ces moqueries, mais s'était juré de prouver qu'elle saurait tenir sa place aussi bien qu'une « grande » !

Bien qu'elle l'eût entendu passer bien souvent le long du gave, juste au-dessous de la Hérère, Clarmonde n'avait jamais eu l'occasion de mettre les pieds dans la voiture d'un chemin de fer. Il n'y avait pas si longtemps, il circulait encore sur ses rails avec le bruit infernal de ses chuintements et crachotements, mais s'était fait beaucoup plus discret depuis que la ligne était électrifiée. Il n'empêchait qu'elle ressentit une certaine appréhension en montant en voiture. Pas vraiment de la peur, mais cette étrange excitation qui vous submerge à faire l'expérience de quelque chose de nouveau et d'inconnu. De la petite gare de Bélesten jusqu'au terminus de la ligne à Laruns, le trajet était court, mais la jeune fille fut tout de même impressionnée par le vacarme saccadé des roues sur les rails, les à-coups du convoi, et la façon dont le compartiment oscillait à chaque virage. À cette heure matinale, la majorité des voyageurs était composée d'ouvriers des villages en aval du gave qui travaillaient à la station électrique, aux différents barrages hydroélectriques, ou aux infrastructures du domaine skiable. Elle fit mine de ne pas s'apercevoir des regards intrigués que lui adressaient les voyageurs à la vue d'une si jeune gosse seule, à cette heure-ci, dans ce train et avec ses nippes de paysanne. Une fois descendue sur le quai de la gare, un peu étourdie, elle se pressa de parcourir la route pour rejoindre les Eaux-Bonnes, car Laruns n'était pas son but… Pas question d'arriver en retard pour son premier jour ! Elle savait qu'elle avait encore cinq à six kilomètres à faire à pied avant d'atteindre l'hôtel, et elle hâta le pas pour franchir le pont de l'Arriusec et avancer sur la route sinueuse qui grimpait doucement en direction de la station thermale. Le site touristique attirait beaucoup de monde, tant maraîchers que commerçants ou éleveurs, tant modestes employés des restaurants et palaces que promeneurs et curieux, et rares étaient ceux qui usaient leurs semelles jusqu'à atteindre la petite ville. Il y avait toujours une ou deux places libres sur le banc à côté d'un cocher, au cul d'un chariot ou d'un quelconque véhicule, et l'entraide traditionnelle des gens de la montagne faisait que les conducteurs prenaient volontiers en charge les marcheurs. Aussi, Clarmonde n'avait pas fait plus de quelques centaines de mètres qu'une charrette s'arrêta à sa hauteur :

— Allez, grimpe, gamine ! Tu ne tiendras pas beaucoup de place…

Quand elle fut installée, et quelques épingles à cheveux plus loin, le paysan lui demanda :

— Mais où vas-tu, comme ça, à l'aube ? À l'heure où une petite de ton âge devrait encore dormir en attendant de se rendre à l'école ?

— On vient de m'embaucher à l'*Hôtel des Princes* comme petite main... Enfin, pour aider aux chambres !

— Eh bien, ma pauvre, tu ne sais pas ce qui t'attend ! Ton hôtel, c'est cent cinquante ou cent soixante-quinze chambres, un restaurant gastronomique, un salon de thé, des salles de réunion, de lecture, de concert, un court de tennis, et j'en passe... Et tu nous viens d'où, petite ?

— De Bélesten, où mon grand-père avait une ferme...

— Eh bien, bon courage ! Tu vas entrer dans un monde que tu ne t'imagines même pas !

*

* *

Contrairement à sa première venue, et comme on le lui avait indiqué, elle se présenta à l'hôtel par l'entrée du personnel, à l'arrière du bâtiment. Dans une atmosphère bruyante et remuante, un nombre impressionnant d'hommes et de femmes s'y trouvaient, causant de tout et de rien en se préparant pour leurs tâches quotidiennes. Clarmonde s'affola un peu au cœur de cette cohue, et son égarement attira bientôt l'attention d'une femme dont la tenue laissait supposer qu'elle était affectée aux cuisines.

— Qu'est-ce que tu fais là, ma petite ?

— Euh... Je devais rencontrer Mme Siguier ! Je dois commencer aujourd'hui.

— Si jeune ? C'est étonnant, ici... Prends ce petit escalier, là, à gauche ! Tu la trouveras dans la première salle. Mais elle n'est pas commode, tu sais : toujours à chercher le petit détail qui fâche !

Sur cette appréciation qui était loin d'être un encouragement, elle grimpa les marches et se trouva en présence d'une douzaine de femmes de tous âges, toutes vêtues de façon standard en noir et blanc, sauf la gouvernante du secteur qui était vêtue à la mode des bourgeoises parisiennes telles qu'on les voyait dans les publicités des journaux. Elle semblait avoir l'œil à tout, et elle interpella d'emblée la jeune fille :

— Ah ! Te voilà, toi ? Je doutais un peu de te voir aujourd'hui… De bien plus aguerries que toi n'osent pas mettre les pieds ici, même après avoir postulé ! Enfin, passe dans la pièce à côté enfiler ta tenue. Quant aux nippes que tu portes, tu les mettras dans le placard numéro 57. En voici la clé… Tu ne la perds pas, hein ? Et tu ne traînes pas non plus… Je veux te voir ici dans pas plus de trois minutes !

Trois minutes… Clarmonde fit au plus vite pour se débarrasser de ses vêtements de ferme et pour passer ces habits dans lesquels elle se sentait si mal à l'aise. Tout comme ces souliers étriqués qui lui martyrisaient les orteils ! Fut-elle dans les temps ou non ? Elle ne le sut pas. Dès qu'elle réapparut, la gouvernante l'observa d'un œil critique. Sans un mot, elle rectifia la position de sa coiffe, remonta une bretelle de son tablier blanc, puis elle la prit par la main pour la conduire auprès de deux femmes de chambre.

— Émilie ? Savina ? Voici la dernière trouvaille des caprices de M. Alfred dont je vous ai parlé ! À vous la charge de la dresser pour en faire une chambrière acceptable… Si vous le pouvez, bien sûr ! Et filez, maintenant : pour vous, ce matin, ce seront les chambres 113 à 120, qui doivent être prêtes à temps. Les clients arrivent dans l'après-midi !

La jeune fille trottina aussitôt dans les pas des deux femmes de chambre. Si elles étaient restées imperturbables durant la tirade de Mme Siguier, toutes deux, après avoir monté un étroit escalier, se montrèrent immédiatement plus amicales et attentionnées dès qu'elles atteignirent le couloir :

— Ne t'inquiète pas, petite, elle est toujours comme ça, la Siguier ! Pète-sec, c'est vrai, mais pas si méchante que ça, quand on la connaît… Alors, comme ça, c'est bien Clarmonde, ton petit nom ?

Sur un signe de tête affirmatif de la nouvelle arrivante, la plus jeune des chambrières lui tendit la main :

— Alors viens, Clarmonde… Nous commençons par la 113 ! Mais il nous faut d'abord prendre seaux, bidons, balais, chiffons, brosses… enfin, tout ce qu'il nous faut !

Savina était une femme brune d'une quarantaine d'années, de petite taille, et dotée d'une poitrine plus que généreuse. Émilie, sa collègue, ne devait pas avoir plus de vingt-cinq ans et semblait plus vive et alerte, toujours gaie, et volontiers souriante.

— Allez, du nerf, on file !

En parcourant l'interminable couloir sur lequel s'ouvraient les dizaines de portes des chambres, la jeune fille écarquilla les yeux : plafond blanc mouluré, long tapis au sol, moulures d'encadrement, loquets en céramique ou poignées dorées, foison de peintures et miroirs encadrés : oui, un autre monde que le sien, comme l'en avait prévenue le brave homme qui lui avait économisé ses semelles le matin. Elle fut plus éblouie encore en découvrant la fameuse « 113 » : une avant-pièce équipée en petit salon, avec bergère et fauteuils, une vaste chambre avec un lit immense à ses yeux, une grande salle de bains avec baignoire, évier, bidet, un cabinet de toilette indépendant. Les fenêtres avec tentures et rideaux. Les murs tapissés de tissus armoriés, ornés de tableaux, et avec à la base des cimaises de bois verni. Un plafond stuqué aux contours arrondis. Des lustres à pendeloques de verre. Des cheminées richement moulurées à tablette de marbre. Oui, un autre monde !

— Allez ! Tout d'abord, ramasser tout ce qui traîne ! Papiers, mouchoirs, déchets de nourriture, tout ! Dans la poubelle… Ne pas oublier de regarder sous le lit ! Nous, on enlève les draps et couvertures.

Clarmonde se décida alors à bouger à son tour. Elle récolta tout ce qu'elle put, étonnée que les gens ayant occupé cette chambre eussent pu abandonner derrière eux autant de choses par terre : jusqu'à des pommes à demi croquées !

— Savina ! Et ce mouchoir ? Il n'est même pas déplié et encore repassé…

— Jette-moi ça ! Si nous avions gardé tout ce que les clients laissent ou oublient, on pourrait monter un magasin ! Pas vrai, Émilie ?

La jeune débutante fut vite dépassée par les événements, et elle regarda plus qu'elle ne participa au ballet des deux femmes. Le plumeau d'abord, puis le chiffon pour la poussière. Le balai partout, sous les meubles et le lit. La brosse pour les tapis. Briquer les marbres. Cirer les boiseries... Puis cette danse réglée d'Émilie et de Savina pour, d'un commun mouvement coordonné, déplier les draps, les border sur le matelas, ajuster la couverture, bien marquer les rabats, avant de disposer traversin et oreillers. Et enfin l'eau chaude, le savon en paillettes, le lessivage du sol en tommettes, la serpillière, le retour en marche arrière pour sortir de la pièce... Émilie estima :

— Une demi-heure environ ? En voici une de faite. À la suivante !

*

* *

Quelle expérience nouvelle pour la petite paysanne qu'elle était ! Vive et éveillée, au bout de deux ou trois chambres nettoyées, elle assimilait déjà la façon dont il fallait s'y prendre pour agir de façon rapide et efficace. Auprès de ces deux femmes rompues depuis des années à ces travaux quotidiens et répétitifs, elle ne pouvait qu'apprendre vite ! Avec tout de même un handicap, sa taille ne lui permettant pas de manier le plumeau pour épousseter les plafonds, la hauteur des cheminées l'empêchant de lustrer les marbres, ainsi que quelques autres opérations, comme lorsqu'il fallait repousser un lit plus ou moins déplacé... Tour à tour avec Savina ou Émilie, elle commençait même à acquérir le tour de main coordonné nécessaire pour gonfler un drap comme une voile pour le faire retomber en bonne position sur le matelas, afin d'avoir ensuite plus de facilité pour l'ajuster. À la sortie des chambrières, tout devait être impeccable, selon des normes établies comme le positionnement des descentes de lit, la longueur du repli du drap sur la couverture, la disposition des parures de lit... Toutes choses qui lui paraissaient d'une inutilité et d'une futilité sans nom ! Mais enfin, s'il ne suffisait que de ces détails pour gagner quelques pièces, cela valait le coup pour qu'elle fît preuve de persévérance... Pourtant, malgré ses jeunes jambes, à l'heure de la pause de midi, elle se surprit à se sentir plus fatiguée qu'après des travaux à la ferme. Plus fatiguée qu'après de longues courses sur les pentes et les rochers de la montagne.

— Viens, petite Clarmonde... Le repas nous attend dans la salle du personnel !

Le repas ? M. Mandoire avait oublié de lui parler de ça, et elle se reprocha d'avoir apporté le casse-croûte qu'elle avait laissé dans son placard.

— Allez, vite, petite ! Nous n'avons qu'une demi-heure si nous voulons terminer à temps les autres chambres dont nous avons à nous occuper cet après-midi ! Pas question de lambiner...

Bien qu'il fallût manger debout autour de la longue table commune, Clarmonde fut incrédule à voir à volonté du poisson, des cuisses de poulet ou de chapon, des tranches de rôti, des veloutés de légumes, des pâtés en croûte... Elle demeura interdite devant ce genre de crustacés à carapace qu'elle n'avait jamais vus ni mangés. Et ces parts de fromage, ces fruits ! Elle tira Savina par la manche :

— C'est vraiment pour nous, tout ça ?

La question eut l'air d'amuser la femme de chambre.

— C'est là un de nos petits avantages ! Au restaurant d'un hôtel comme le nôtre, il est hors de question de resservir des plats déjà présentés à table… Les restes et tout ce qui est entamé nous sont dévolus, et c'est tant mieux, car après ça part aux déchets pour nourrir les cochons ! Le soir, il nous est même permis d'en rapporter à la maison s'il en reste, à condition de ne pas abuser…

C'était là une bonne nouvelle de plus pour la jeune fille, qui jugea néanmoins outrancier le gaspillage que se permettaient les nantis familiers de ces établissements de luxe ! La pause s'avéra brève, certes, mais elle put ainsi goûter à des mets qui lui étaient inconnus, certains qu'elle n'apprécia guère, d'autres dont elle se régala. Alors qu'elle finissait d'avaler une pâtisserie dont elle eût bien été incapable de dire le nom, Émilie la bouscula du coude.

— Cela suffit, il faut nous remettre au boulot, maintenant !

XIV

FINALEMENT, même à contrecœur, Esteban acceptait peu à peu le choix de Clarmonde. Au moins cette activité nouvelle l'arrachait-elle à la tristesse si bien camouflée qu'elle éprouvait à la suite de la perte de son grand-père, bien qu'il s'efforçât au mieux de combler ce vide affectif. Il comprenait le besoin de responsabilités qui la motivait dans ce nouveau défi qu'elle s'était lancé. Une façon de s'affirmer face à un destin trop cruel ! Les quelques mois passés l'avaient endurcie, et elle faisait de plus en plus preuve d'assurance. Le mois de juin était là, et une fois de plus elle décida d'une visite à Jules, ce qu'elle faisait régulièrement les semaines où elle suivait les cours de l'école de Bélesten. Elle se rendait alors à la Hérère, autant pour rencontrer le vieux valet que pour renouer avec les souvenirs l'attachant à ces vieux murs qui étaient propriété des Arangou. Elle savait être la dernière héritière du nom et ne voulait pas se sentir définitivement déracinée de la longue lignée de ce domaine devenu modeste, certes, mais qui avait autrefois été envié par des générations paysannes.

— Ah ! Ma petite visiteuse… Comment se passent les choses, Clarmonde ?

— Pour le mieux, mon bon Jules ! Et je t'ai rapporté aujourd'hui du coq au vin cuisiné d'hier…

— Mais quelle idée ? J'ai bien assez ici pour manger à ma faim, tu sais…

— Serait-ce mieux de voir cette bonne nourriture être jetée, ou donnée en pâture aux cochons ? Et mes amis cuisiniers ne sont pas des gâte-sauce ! Ils sont triés parmi les meilleurs et sont payés à prix d'or pour satisfaire les plus fins palais des millionnaires qui s'attablent à l'*Hôtel des Princes*… Et ce n'est pas du vol, mais une petite libéralité qui nous est accordée par la direction.

— Bien, bien, merci, Clarmonde… C'est vrai que c'est meilleur qu'un vieux bout de lard ! Mais dis-moi : ton certificat, c'est pour bientôt, non ?

— Pas la semaine qui vient, mais celle qui suit ! Mais je ne le vois plus comme quelque chose d'important…

— Ah ! Voilà qui est nouveau… Et pourquoi ?

— Parce que pour une fille comme moi qui n'a ni le but ni l'envie ni les moyens de quitter la région et poursuivre ses études, avoir ou non ce diplôme ne changera rien ! Non, ce n'est vraiment plus mon souci.

— Ne me dis pas que tu renonces à le passer ?

— Mais non… Je me présenterai à l'examen, bien sûr, mais je t'assure que je n'attache plus la même importance au résultat : ça ne changera rien pour moi !

— Sauf une légitime fierté personnelle de réussir, peut-être ?

— Peut-être…

*

* *

À l'*Hôtel des Princes*, au fil des semaines, les sourires amusés et les petites moqueries des premiers jours à l'encontre de cette gosse qui voulait jouer les adultes s'étaient estompés. Clarmonde prenait son travail tellement à cœur ! La jeune fille acceptait les remarques, apprenait de ses erreurs, et sa volonté de bien faire s'avérait si touchante qu'elle s'était vite attiré la sympathie des chambrières de l'étage. Ne ménageant pas ses forces, elle devenait une experte de la propreté, savait plier les draps, agencer les taies d'oreiller, dresser les parures de lit au cordeau, et pas le moindre grain de poussière ne lui échappait. Hormis ce que lui interdisait sa petite taille, elle devenait jour après jour une parfaite femme de chambre, ce qui lui avait valu les félicitations de Mme Siguier, pourtant si avare de compliments. Comment ne pas craquer devant les sourires et la gentillesse de cette gosse volontaire et travailleuse ? Oui, elle méritait bien ses pauvres deux francs de l'heure ! De modestes gages, peut-être, mais quelle fierté n'avait-elle pas éprouvée le jour où elle avait étalé sur la table devant Esteban sa première paye !

— Tout ça ? avait-il plaisanté.

— Deux francs de l'heure, ça fait quand même vingt francs par jour ! Et au bout de six jours, cent vingt francs !

— Je vois que tu as au moins appris à compter, à l'école !

— Ne te moque pas, je suis tellement contente !

Esteban n'avait pas eu le cœur de la décourager. Pouvait-il lui dire qu'il n'avait nul besoin de cette rentrée d'argent pour s'occuper d'elle, qu'elle n'avait nullement besoin de travailler pour rester auprès de lui ? Mais elle semblait si enthousiaste ! Il avait souri.

— Et que comptes-tu faire de cette petite fortune ?

Clarmonde avait été surprise par la question.

— Mais… te les donner, bien sûr !

— Je t'ai déjà dit que je ne le voulais pas ! Tu ne dois pas te sentir obligée envers moi… Ta seule présence en ces murs fait même que c'est moi qui me sens redevable. Tu as changé ma vie, et je m'en félicite chaque matin !

— Bon, alors je vais mettre ces sous de côté ! Quand il y en aura assez, je pourrai envisager des travaux à la Hérère pour améliorer la ferme, non ?

— Allons, Jules fait déjà du bon travail, là-haut, et sans rien débourser ou presque !

— Ça ne fait rien…

Esteban n'avait rien répondu, mais avait été surpris par cette détermination. Naïvement, il avait pensé que la petite profiterait de ses premières économies pour s'acheter une robe, de nouveaux souliers, ou une de ces fanfreluches dont les jeunes filles sont friandes, mais non : cette gamine était vraiment à part… et elle avait son caractère !

*

* *

— Non, Émilie ! Pas cette taie, elle a un accroc…

— Merci, Clarmonde, je ne l'avais pas vu ! Et Mme Siguier m'aurait encore passé un savon… Elle vérifie chaque chambre à la loupe avant de la remettre à la clientèle ! Tu as de bons yeux, toi…

Savina entra avec seaux et balais et s'adressa à la jeune aide :

— Ah, Clarmonde… M. Mandoire souhaiterait te voir. Il t'attend devant la réserve à linge !

— M. Mandoire ? Mais que me veut-il ?

— Ça, je n'en sais rien. File vite, il n'aime pas attendre…

La jeune fille s'exécuta, les sourcils froncés et l'appréhension au ventre : avait-elle fait une quelconque bêtise ? L'intendant lui avait bien dit qu'il pouvait la renvoyer n'importe quand et sans avertissement ! C'était la première fois qu'elle allait le revoir depuis son engagement, et elle s'attendait à tout.

Contrairement à ses craintes, Alfred Mandoire l'accueillit avec le sourire :

— Alors, mademoiselle Arangou… Comment se passent ces premières semaines ?

Elle baissa le front, les mains dans le dos comme devant le tableau de l'école.

— Pour le mieux, je crois, monsieur…

— C'est ce que j'ai entendu dire, en effet. En t'acceptant un peu par jeu parmi le petit personnel de cet établissement, je m'étais parié que tu ne ferais pas l'affaire ou que tu abandonnerais au bout de quelques jours, mais non... Tu tiens bien le coup, hein ?

— Je m'y efforce, monsieur.

— Avec succès, dirait-on ! Mme Siguier me dit le plus grand bien de toi, et elle n'a pas la réputation d'être d'une tolérance extrême, bien au contraire... D'après ce qu'on m'a dit, tu as l'esprit éveillé, la comprenette vive, tu apprends vite, tu fais preuve de beaucoup de bonne volonté et ne rechigne pas à la tâche ! Toutes qualités essentielles pour le travail, mais qu'il est rare de trouver réunies, surtout chez un petit bout de femme comme toi...

Clarmonde rougit, trop confuse pour répondre.

— Aussi, reprit l'intendant, j'ai décidé de te changer de poste. Comme tu l'as sans doute constaté, les chambres auxquelles tu as été affectée ne sont pas les plus prestigieuses. Elles ne sont pas très grandes et peu lumineuses, leurs fenêtres donnant directement sur la paroi rocheuse de la montagne à laquelle l'hôtel est adossé.

Où voulait-il en venir ? Alfred Mandoire la prit par le bras.

— Tu ne connais encore presque rien de l'*Hôtel des Princes*, et je vais te le faire découvrir.

Étonnée par ce qu'elle considérait comme un privilège, elle bafouilla :

— Mais... mais pourquoi moi ?

— Parce que j'ai l'œil, petite, et que j'aime former les meilleurs en jugeant à la base de leurs capacités ! Et tu me sembles avoir beaucoup de possibilités, pour autant que je puisse en juger, bien que tu n'aies qu'à peine douze ans. À mon avis, tu es capable de devenir dans la vie autre chose qu'une simple femme de chambre, et je me trompe rarement… Allez, suis-moi !

Encore abasourdie par cette entrée en matière et ne sachant trop à quoi elle devait s'attendre, elle s'attacha aux pas de l'intendant en se posant mille questions auxquelles elle ne trouvait pas de réponses. Ils descendirent alors tous deux jusqu'au sous-sol, qu'elle ne savait même pas exister. Son guide reprit :

— C'est là le véritable cœur de l'hôtel, celui qui nous fait vivre et vivre cet établissement. Là que se prépare tout ce qui fait notre réputation auprès de la clientèle. Ici, les locaux techniques qui gèrent tout le fonctionnement de la maison, de l'électricité à la distribution d'eau, de la menuiserie à la peinture, des plus petits bricolages aux gros travaux toujours indispensables dans une structure aussi vaste et aussi exigeante que la nôtre… Et ici les cuisines, avec des chefs de grande réputation, leurs commis et apprentis. Il va de soi qu'au-delà de la préparation des plats, une brigade hautement qualifiée assure le service en table ! Chez nous, le personnel doit être à l'écoute des moindres désirs du client, et si possible les anticiper.

À quoi rimait ce discours qui dépassait son entendement ? L'intendant remonta avec elle au rez-de-chaussée, où ils traversèrent successivement les salons de réception somptueux et la grande salle de restaurant, l'homme ne cessant de vanter chaque pièce, son luxe et son confort. Puis, retournés tous deux à l'accueil, ils empruntèrent l'escalier monumental en bois de chêne foncé montant au premier étage, qu'elle avait quitté un quart d'heure plus tôt.

— Laissons l'ascenseur Ledoux à ses usagers, et prenons cet escalier qui donne accès, à chaque niveau, à un palier autour duquel se déploient deux galeries donnant accès aux chambres. La partie centrale abrite celles réservées à notre clientèle la plus fortunée : des suites princières, on peut le dire, d'une grande surface, comprenant souvent un salon particulièrement douillet. Je vais t'en faire visiter une…

Si Clarmonde avait jugé les chambres où elle avait œuvré en compagnie de Savina et d'Émilie d'un luxe outrancier, celle que lui montra l'intendant dépassait tout ce qu'elle pouvait imaginer ! Le salon feutré, avec canapé et fauteuils, tentures aux murs, menuiseries à moulures et plâtre façonné au plafond, ainsi que de magnifiques meubles et consoles. Jamais elle n'avait vu de tels objets ! Des lustres, des candélabres, des vases extravagants, et nombre de détails subtils qui lui échappaient…

— Mais pourquoi me montrer tout ça, monsieur ?

— D'abord pour que tu connaisses les lieux où tu travailles, mais aussi parce que c'est là que tu vas travailler désormais ! Auprès de notre plus pointilleux personnel de service…

Devinant que c'était là une énorme responsabilité, Clarmonde objecta d'une voix à peine audible :

— Mais… mais je ne sais si… Je ne suis qu'une débutante ! Et bien trop petite pour…

— Pour dresser un bon cheval ou une bonne jument, il faut les prendre jeunes ! rétorqua Alfred Mandoire. Et quand je pense trouver un bon élément, je fais tout pour le former aux rouages de cet établissement prestigieux.

Écarlate, infiniment troublée, la jeune fille sentit un sournois affolement la gagner.

— Je n'ai pas encore douze ans, vous savez ?

— Et alors ? C'est un âge où l'on est encore assez malléable pour être susceptible d'acquérir peu à peu ce qui fera plus tard l'excellence d'un bon métier ! Ce qui va dans l'intérêt et le profit communs de l'*Hôtel des Princes* et de la personne en question lorsque l'occasion s'en présente, et je crois que c'est le cas... Ça ne te tente pas de grimper quelques échelons ?

— Si... admit-elle. Je ne souhaite que devenir une bonne chambrière !

Bien que comprenant l'embarras de Clarmonde, l'intendant soupira et se plaça devant elle en la prenant par les épaules.

— Je crois que tu n'as rien compris, petite... M'occuper d'une gamine comme toi pour en faire une bonne femme de chambre serait le dernier de mes soucis ! Ne peux-tu voir un peu plus loin ? Je devine que tu as les possibilités pour prétendre à mieux, mais pas du jour au lendemain. Plutôt au fil des années !

— Des années ?

— Oui ! Si tu confirmes les aptitudes que je soupçonne en toi, j'ai dans l'idée de te confronter à d'autres métiers que celui de bonniche ! Le service de luxe pour les suites, c'est vrai, mais peut-être ensuite à la lessive et au repassage, plus tard aide-cuisinière, puis servante en salle, voire au salon de thé, puis peut-être à l'accueil, ou adjointe aux récitals et animations musicales que nous proposons à la clientèle. J'avoue que c'est anticiper sur le très long terme, mais j'attendais cette opportunité depuis longtemps, et par expérience je sais qu'il ne me faut pas porter mon choix sur des personnes plus âgées, trop peu ouvertes à se former à des activités qu'elles considèrent comme étrangères à leurs compétences.

— Alors ?

— Alors, à l'âge adulte, j'espère que tu seras assez au courant de tout ce qui fait fonctionner l'immense machinerie que représente le fonctionnement d'un tel hôtel, non de façon théorique, mais de façon pratique puisque tu auras ainsi touché à tous les corps de métier de l'établissement !

Clarmonde ferma les yeux pour s'assurer qu'elle ne rêvait pas. Tous ces propos lui tourneboulaient la tête, et elle ne voyait toujours pas le but de ce long entretien qui la désarçonnait. Malgré sa timidité naturelle, elle s'énerva :

— Mais qu'est-ce que ça veut dire, à la fin ?

— Cela veut dire, si je ne me trompe pas, que je sens en toi les possibilités pour, lorsque l'âge ne lui permettra plus de poursuivre son activité, être à même de remplacer Mme Siguier à son poste de gouvernante du petit personnel. Et pourquoi pas, à plus long terme encore, me remplacer dans ma fonction lorsque je prendrai ma retraite…

— Vous plaisantez, monsieur ?

— Ai-je donc l'air de plaisanter ? La preuve, c'est que je double ton salaire dès aujourd'hui, et que si tu te montres à la hauteur tes gages seront vite multipliés par trois, cinq, dix ou plus ! Cela te convient-il ? Et je ne serai pas avare de primes si tu fais l'affaire…

Comment répondre par la négative ? Tout cela était tellement inespéré !

— Bien sûr, monsieur Mandoire… Mais j'ai tout de même beaucoup de peine à y croire !

— Fais-moi confiance : si tu m'écoutes, les années à venir te prouveront que j'avais raison ! Et maintenant, file vite retrouver ton travail. Mme Siguier t'affectera dès demain à l'entretien des suites…

Abasourdie, la conscience en vrille, avec l'impression d'évoluer sur un nuage avec des jambes en coton, la jeune fille retrouva ses collègues de travail alors qu'elles finissaient la chambre 127. Émilie remarqua immédiatement la drôle de mine qu'arborait Clarmonde :

— Qu'est-ce qui se passe, ma belle ? Aurais-tu eu droit à des réprimandes ? Ne t'en formalise pas, c'est normal, ici !

— Non… L'intendant veut que je me forme à travailler dans les chambres de luxe et les suites !

— Comment cela ? En cinq ans, ni Savina ni moi-même n'avons eu droit à ce privilège ! Le père Mandoire, il doit tomber un peu fou, non ? Que veut-il de toi, alors ?

En souriant malicieusement, Clarmonde clama :

— Que je prenne la place de Mme Siguier !

Les deux chambrières éclatèrent d'un rire inextinguible à cette affirmation prononcée sur le ton de la plaisanterie. Puis Savina tapota la joue enfantine :

— Toi, au moins, tu ne manques pas d'humour !

À quoi bon répéter tout ce que lui avait dit l'intendant ? Cela n'aurait fait qu'allumer et alimenter polémiques et jalousies ! D'autant plus que la jeune fille elle-même hésitait encore à y croire…

XV

Avec les encouragements de M. Mandoire, Clarmonde avait été contrainte de s'absenter de son travail, en cette fin juin, pour affronter les épreuves écrites et orales du certificat.

— Bon courage, petite…

Elle s'était donc rendue à l'école primaire de Laruns, qui accueillait ce jour-là tous les candidats dépendant du canton. Contrairement à ses camarades, qui avaient du mal à cacher leur anxiété à l'idée de la redoutable dictée, du casse-tête des participes, des conjugaisons, des exercices d'arithmétique, des questions d'histoire, de géographie ou de solfège, elle s'était présentée assez sereine. Non qu'elle fût sûre de réussir, mais parce que son éventuel succès n'était plus son but prioritaire : elle était déjà entrée prématurément dans la vie active et ne le regrettait pas. Ne lui avait-on pas promis un bel avenir, aux Eaux-Bonnes ? Elle s'était pourtant pliée de bonne grâce, après la dictée, à répondre aux énoncés de calcul, lequel avait concerné les difficultés d'un restaurateur à servir un certain nombre de clients en parts de soixante-quinze grammes de rôti de veau, sachant que pour parer la viande il devait sacrifier un dixième de déchets, et que cette dernière réduisait de trente pour cent à la cuisson. Combien lui fallait-il commander de viande brute à son boucher ? Clarmonde avait pensé avoir trouvé assez aisément la solution, avant de s'attaquer à la rédaction : « Le travail dans les champs dans nos montagnes des Pyrénées. » Un sujet sur lequel elle eût pu se montrer intarissable ! Finalement, tout s'était à peu près bien passé, et elle était rentrée plutôt confiante à Béon.

La maîtresse avait divulgué les résultats dès le lendemain matin. Et qu'elle était fière, Mlle Pouet, au moment de remettre le diplôme officiel d'obtention du certificat d'études primaires. Quatre des six élèves de sa classe ayant subi le précieux examen avaient été couronnés de succès dont une seule fille, sa petite protégée. Quel dommage que cette orpheline si douée ne pût envisager d'aller plus loin sur le chemin de la connaissance !

— Félicitations, Clarmonde !

La jeune fille s'était contentée d'un simple sourire pour apprécier le compliment.

— Ça n'a pas l'air de te faire plaisir.

— Si, si, mademoiselle… Je suis contente, mais je sais bien que ce papier ne me servira à rien dans la vie !

— Le diplôme, peut-être… mais pas tout ce que tu as appris sur ces bancs de classe ! Les connaissances acquises s'avèrent toujours utiles, un jour ou l'autre… Je sais que tu as un travail, ce qui me semble bien prématuré à ton âge, mais tu peux peut-être prétendre à mieux que de rester chambrière toute ta vie ?

— Je sais, mademoiselle, je sais…

Elle n'allait tout de même pas lui confier tout ce que lui avait fait miroiter l'intendant de l'*Hôtel des Princes* ! Par peur de se faire moquer d'elle, elle n'en avait même pas parlé à Esteban.

Esteban qui, après l'avoir longuement complimentée, lui cuisina un repas d'exception auquel il avait naturellement convié Jules.

— Mais tu es fou ! protesta-t-elle en voyant la table recouverte d'une nappe blanche, et ces assiettes à filet doré que jamais il n'avait sorties.

— Que tu le veuilles ou non, le certificat se doit d'être fêté comme il se doit ! C'est comme ça et pas autrement…

Des rillettes d'oie sur du bon pain de campagne légèrement grillé, une salade au foie gras, un magret de canard servi avec un écrasé de pommes de terre.

— Goûte donc un peu de ce vin, petite !

— Tu sais bien que je ne bois que rarement du vin…

— Eh bien, c'est l'occasion ou jamais ! D'autant plus qu'il provient d'un des plus petits vignobles de France, et même le seul en Pays basque français : un irouléguy !

Puis vint un fromage de chèvre qui changeait un peu de la traditionnelle tomme de brebis, et en dessert un gâteau qu'elle n'avait jamais vu.

— Une croustade aux pommes façon landaise ! précisa le maître de maison à la fin du repas. C'est Jules qui s'en est chargé…

— Jules ? Je ne te connaissais pas ce don de pâtissier !

— C'est le seul que je sais faire, avoua le valet. Je l'ai appris tout jeune, lorsque je suivais la transhumance d'hiver dans la plaine…

— Ne change pas de recette alors, c'est excellent !

— N'avale pas tout, Clarmonde ! prévint Esteban. Ce serait un crime sans un verre de jurançon !

— Tu veux vraiment me voir rouler sous la table ? Ce ne serait pas bien pour une fille de mon âge…

— Allons, ça ne te fera pas de mal, au contraire !

Ce repas auquel elle ne s'attendait pas n'était pas la dernière surprise pour la jeune fille. Après le café, Esteban et Jules sortirent ensemble de la pièce.

— Ne bouge pas, nous en avons pour une minute !

— Mais je…

— Une minute, je te dis !

Une minute qui lui parut tout de même longue, jusqu'à ce qu'Esteban appelât :

— Clarmonde ? Tu veux bien venir, s'il te plaît ?

Elle eut à peine franchi le seuil de la porte qu'elle s'arrêta en poussant un cri de stupéfaction : les deux hommes étaient fièrement campés face à elle, avec entre eux une magnifique bicyclette à sa taille.

— Ce n'est pas vrai ! C'est pour moi ? Je n'y crois pas ! C'est trop beau…

Elle avait si peu eu l'habitude de recevoir des cadeaux, tout au long de sa courte vie !

— Mais il ne fallait pas, vraiment !

— Allons, ce n'est qu'un vélo d'occasion… C'est notre Jules qui l'a remis en état, briqué, repeint et huilé !

— Il paraît neuf ! Oh, merci, tous les deux…

Heureuse, elle sautilla sur place avant de se hisser au cou d'Esteban, puis de Jules, en les gratifiant de sonores paires de bises. Puis elle prit une posture comique en posant les poings sur ses hanches pour affirmer avec une fausse colère :

— Mais j'aurais pu l'acheter moi-même, maintenant que j'ai un peu de sous !

Ils se mirent à rire.

— Tu t'en payeras un quand tu seras sûre de ne plus grandir, ma belle ! Sinon ce ne serait que gaspillage...

— Bien, je vais l'essayer tout de suite alors ! décida-t-elle en enfourchant l'engin.

— Fais attention à la descente ! conseilla Jules.

— Elle ira moins vite à la montée lorsqu'elle reviendra... assura Esteban.

*

* *

Les femmes de chambre affectées aux suites les plus somptueuses avaient accueilli avec un certain scepticisme cette gosse qu'on leur mettait dans les pattes ! Bien sûr, on connaissait la jeune fille de réputation, car Mme Siguier la citait volontiers en exemple lorsqu'elle constatait un manquement aux règles de propreté ou une malfaçon dans l'agencement d'une literie : « Même une gamine comme Clarmonde n'aurait pas laissé passer ça ! Vous devriez avoir honte de faire moins bien que cette gosse qui n'est ici que depuis quelques mois... » Clarmonde par-ci, Clarmonde par-là... C'était plutôt agaçant, à la fin ! Pourtant, quand on la croisait, la petite n'en faisait pas une gloriole. Au contraire, toujours polie, toujours souriante, toujours empressée, et faisant preuve d'une modestie qui n'était pas feinte, elle ne pouvait que susciter la sympathie ! Et puis oserait-on ouvertement s'opposer aux décisions de M. Mandoire ? L'intendant avait tout pouvoir sur le personnel, et il ne faisait pas bon se mettre en travers de ses volontés ! Même si parfois il avait des initiatives surprenantes…

Clarmonde n'avait mis que peu de temps à s'adapter à ses nouvelles conditions de travail. En fait, l'essentiel des tâches ne différait guère de celles qu'elle avait exercées auprès d'Émilie et de Savina, sinon que la plus extrême minutie était exigée. Le temps alloué à chaque suite était trois fois supérieur à celui qui était dévolu aux chambres classiques ! Dans les moindres recoins, il fallait traquer la poussière, ranger, disposer les objets de toilette, briquer les carrelages de la salle de bains, frotter les miroirs, lustrer et cirer les meubles, et faire en sorte que la présentation du lit soit une véritable œuvre d'art selon des règles immuables et codifiées… On redoutait après chaque remise en état l'inspection de Mme Siguier, qui passait un doigt inquisiteur sur les plus petites moulures et autour des cadres des tableaux, n'hésitait pas à se mettre à genoux pour voir sous les lits, et usait d'un mouchoir blanc pour traquer la moindre salissure… Sur son injonction, Suzanne et Philippine avaient pris en charge leur nouvelle petite collègue, et contrairement à leurs craintes s'y étaient rapidement attachées. Philippine, la plus âgée, l'arracha à son chiffon :

— Clarmonde, aujourd'hui, c'est à toi de passer « l'électrobonne » !

La jeune fille sentit son cœur accélérer ses battements : depuis qu'elle avait pris ses nouvelles fonctions, elle avait un peu peur de l'engin qu'on allait lui confier ! Avant son arrivée dans le service, jamais elle n'avait vu fonctionner un aspirateur, cet appareil bruyant qui restait un ustensile de luxe… L'appareil de marque Birum n'était pourtant pas particulièrement effrayant, avec son bidon vertical à poignée, son tuyau, son manche et son balai ventouse, mais le vacarme qu'il émettait était quelque peu terrifiant ! Raison pour laquelle, d'ailleurs, on ne l'utilisait généralement que de 11 à 14 heures, un créneau durant lequel les chambres étaient désertées au profit du restaurant. En outre, le fait de tenir en main une mécanique électrique n'était pas très rassurant. Faisant fi de cette légère crainte, Clarmonde mit en route le moteur et s'arma du manche en regrettant de n'avoir pas les mains libres pour se boucher les oreilles. Elle avait vu ses consœurs utiliser cette étrange machine, s'en servit habilement en prenant soin de n'oublier aucune parcelle de tapis ou repli de fauteuil, et elle s'acquitta de sa tâche sans mettre beaucoup plus de temps que les chambrières habituées à son maniement.

— C'est bien, Clarmonde ! la félicita Suzanne. Tu t'en es bien sortie…

— Le plus embêtant, c'est de sans cesse déplacer ce bidon. Ce serait mieux s'il était sur roues !

— Peut-être… Mais M. Mandoire doit acquérir des aspirateurs Hoover qui, dit-on, n'ont plus ce réservoir encombrant, mais qui recueillent la poussière dans un sac fixé sur le manche. Et qui font moins de bruit…

— En tout cas, ça nettoie bien !

— Heureusement, intervint Philippine. Car autrefois il fallait tirer les tapis, les battre à l'extérieur, les remonter, et ce n'était jamais parfait ! Maintenant, il ne te reste plus qu'à maîtriser la cireuse électrique pour faire briller les sols… Ce n'est pas plus compliqué, tu verras.

— Chaque chose en son temps, Philippine ! Chaque chose en son temps…

*

* *

Contrairement à ce qu'avait auguré Mme Siguier lorsque l'intendant lui avait imposé cette gamine, elle s'était vite rendu compte que le choix d'Alfred Mandoire ne s'était pas avéré qu'un simple caprice ! Cette gosse ne cessait de l'étonner par son envie de bien faire, son aptitude à apprendre, et sa faculté à se plier aux règles de la maison. Une bonne recrue, finalement, même s'il faudrait encore des années pour qu'elle occupât un poste de responsabilité dans l'établissement. Si la gouvernante pressentait qu'elle pourrait en avoir rapidement les capacités, elle savait aussi que pour s'imposer au personnel et acquérir assez d'autorité pour le diriger, il fallait attendre la trentaine d'années, faute de quoi l'obéissance devenait plus aléatoire. Clarmonde aurait-elle assez de constance pour patienter aussi longtemps ? « Si Mandoire la paye suffisamment pour l'attacher à l'hôtel, pourquoi pas ? Mais ce sera difficile... » En tout cas, pour le moment, elle donnait entière satisfaction et se montrait curieuse de toutes les autres tâches de l'établissement, avec sans doute dans l'idée d'y être confrontée un jour ou l'autre. « Ne t'inquiète pas, petite, tu n'échapperas pas à t'y frotter, fais confiance à M. Mandoire ! Et tu verras que devenir lavandière ou repasseuse, ce n'est pas de tout repos... Tiendras-tu le coup ? Seul l'avenir nous le dira ! »

La jeune fille ne se posait pas tant de questions. Pour elle, les plus durs travaux au sein de ces murs prestigieux n'étaient rien par rapport à ceux d'une ferme ! Ici, les besognes quotidiennes se faisaient au chaud, et non en plein air, avec le vent, la pluie, la neige, ou parfois en plein soleil mordant au plus fort de l'été... et elle gagnait déjà autant que des chambrières confirmées, ce sur quoi elle restait d'ailleurs discrète pour ne pas s'attirer de jalousies. En fin de compte, elle se satisfaisait bien de ce genre de vie, même si Esteban se plaignait de ne pas la voir assez souvent à Saubajot. Elle le regrettait parfois, tant elle aimait ce brave homme qui tentait au mieux de combler le vide laissé par la disparition de son grand-père. Sachant bien les réticences qu'il éprouvait quant à son choix de faire la « bonniche » aux Eaux-Bonnes, elle avait un peu honte de lui cacher à quel point on avait la volonté, à l'hôtel, de la former en sautant les étapes. Aussi, chaque fois qu'elle touchait ses gages, elle prélevait une partie de sa paye pour la mettre de côté, afin de ne poser sur la table que le salaire correspondant à celui d'une simple aide-chambrière, alors que depuis quelques mois M. Mandoire augmentait régulièrement l'enveloppe qui lui était destinée. Dans le même temps, la vieille boîte de biscuits en fer qu'elle cachait à l'écurie s'emplissait peu à peu.

— Alors, ma belle ! Tu ne te lasses toujours pas de ton antre de bourgeois au cul cousu d'or ? Tout ça pour un salaire de misère !

— J'ai tout de même un franc de plus de l'heure, et trois francs, ce n'est pas rien ! mentit-elle en sachant pertinemment qu'elle était rétribuée le double, et que ce n'était sans doute pas fini. Ici, au pays, à bientôt treize ans, on ne me donnerait que quelques sous à courir au cul des brebis ou à tourner des tommes de fromage !

— Ce n'est pas pour autant à l'*Hôtel des Princes* que tu pourras faire carrière...

De plus en plus, Esteban affichait des propos stigmatisant les riches toujours plus riches alors que d'après lui les pauvres étaient toujours plus pauvres...

— Quand tu croises ces porcs ventrus et cossus qui te regardent de haut en te méprisant, et quand tu penses que tu n'es là que pour satisfaire leurs moindres lubies en étant payée à coups de lance-pierre, comment ne te rends-tu pas compte que tu n'es qu'exploitée ?

— Exploitée, peut-être... Mais pas plus que par les fermiers du coin qui ne pourraient même pas me payer ! J'ai quand même quelques économies, maintenant...

— Sais-tu que ce qu'on te donne par semaine ne représente même pas le prix d'une de ces boîtes de cigares qu'ils s'offrent sans compter ? Que le repas d'une seule personne de haut rang qui mange au restaurant de ton gourbi de luxe coûte plus cher que ce dont on te fait l'aumône en un mois ?

Clarmonde ne s'offusquait plus de ces envolées de révolte qui occupaient de plus en plus la bouche des villageois. Bien qu'elle restât étrangère à toute considération politique, elle se rendait bien compte que la colère montait sourdement dans la région, et ce d'autant plus que les curistes d'été et les touristes d'hiver se faisaient plus nombreux chaque saison, l'indigence des uns étant exacerbée par l'opulence des autres !

— Allons, Esteban... J'ai encore le temps de voir venir pour faire autre chose, lorsque je serai plus grande ! Mais pour l'instant, c'est ce qui me rapporte le plus, pas seulement pour l'argent, mais aussi pour tout ce que cela m'apprend dans beaucoup de domaines. Plus tard, je verrai bien !

— Plus tard... Oui, c'est cela, plus tard !

Le ton de son tuteur était assez amer pour bien faire entendre qu'il en doutait déjà...

XVI

Les mois s'effilochaient aux épines des années, et Clarmonde grandissait. Au fil des saisons, sa morphologie de gamine s'était métamorphosée en une belle plante, mais qu'elle était belle, ainsi, les hanches accueillantes, les fesses rebondies, la poitrine naissante appelant le nid des paumes ! S'était-elle seulement aperçue que le regard de certains hommes avait changé, depuis qu'elle devenait femme ? Non, certes non ! Sans songer à rien d'autre, elle se contentait du sort qui était le sien et qu'elle n'eût échangé pour rien au monde... À quinze ans et demi, la jeune fille se sentait bien dans sa peau, et son travail à l'hôtel l'enthousiasmait. Sous la houlette d'Alfred Mandoire, elle se formait peu à peu à tous les métiers de l'établissement. Après le nettoyage et la tenue des chambres, elle avait été affectée durant six mois à la buanderie, une expérience dure, mais qu'elle ne regrettait pas. Malgré l'humidité ambiante et la complexité du labeur, elle y avait trouvé un enrichissement rare : après sa découverte de l'aspirateur électrique, elle avait été confrontée aux dernières innovations du monde moderne ! Qu'il était loin le temps des lavandières à la rivière armées de leur battoir ! Le local du sous-sol affecté à cette tâche disposait de plusieurs laveuses. Au tout début, elle s'était familiarisée avec la plus ancienne, une sorte de tonneau en bois monté sur un fourneau à briquettes de charbon et équipé d'un moteur électrique, principalement dédié aux petites pièces, taies d'oreiller ou serviettes de table. Un appareil à deux rouleaux de caoutchouc complétait l'ensemble pour essorer le linge en actionnant la manivelle. Manuel, un homme bedonnant au regard sombre, dirigeait ce domaine où œuvraient particulièrement les femmes, et il avait vite pris en charge Clarmonde.

— Je sais, ce n'est pas très pratique ! Il faut remplir l'eau au seau, la faire chauffer, la changer pour rincer… Mais c'est mieux que les toutes premières que nous avons eues, car on peut faire fonctionner le moteur à deux vitesses, la lente pour le lavage, la rapide pour éliminer le maximum d'humidité avant de passer le linge sous les rouleaux. Ça met beaucoup moins de temps à sécher !

Après quelques semaines à manier cet engin, la jeune employée avait été mise en contact avec l'une des trois machines de marque Miele qui occupaient l'autre secteur de la buanderie. De grande capacité et conçu pour les restaurants, les hôtels et les hôpitaux, ce type de lave-linge acceptait draps et nappes. Une étonnante machine métallique à tambour horizontal pouvant fonctionner au gaz ou au charbon, et entraînée par un moteur électrique. Bruyante, mais efficace ! Une fois le lavage terminé, l'opération était finalisée par un passage dans l'essoreuse centrifugeuse fournie avec l'imposant appareil. Si la lumière du jour lui manquait un peu, ce léger inconvénient était compensé par l'ambiance et l'esprit d'équipe qui régnait au sein du personnel. Comme partout où elle était passée, Clarmonde s'était vite fait des amies de ses camarades de travail !

— Aide-moi donc à sortir cette nappe, petite !

— Tout de suite, Linon...

Le bruit modulé de la centrifugeuse lui flanquait un peu le tournis, mais elle y trouvait une sensation un peu grisante. Quel monde à part, qu'elle n'avait jamais imaginé ! Elle revenait d'étendre des draps dans la salle chauffée munie de ventilateurs lorsque Manuel la saisit par le bras.

— Viens avec moi, Clarmonde... J'ai quelque chose à te dire !

— Oui, monsieur Fauquet. Que se passe-t-il ?

— Il se passe que « le » Mandoire veut acheter une nouvelle machine... Le dernier cri de la technique ! Une Miele, encore, mais qui fera un mouvement de bascule, cette fois... À ce qu'il m'a dit, le va-et-vient et le battage du linge permettent un meilleur lavage en moins de temps. Un engin lourd et encombrant actionné lui aussi par un moteur électrique...

— Et alors ?

— Alors il juge qu'il sera plus facile à quelqu'un de jeune de s'adapter au fonctionnement de ce nouvel appareil, et il a pensé à toi !

Devait-elle s'en inquiéter ou s'en réjouir ? Toujours fut-il qu'elle s'exclama :

— Moi ? Ça me fait plaisir, mais je ne sais si j'en serai capable.

— Jusque-là, tu as bien réussi à maîtriser les appareils qui sont ici, non ? Il n'y a pas de raison pour qu'il en soit autrement maintenant...

*

* *

L'aventure du lavage était terminée pour elle. Depuis, elle avait eu droit à un stage de repassage. Toute une brigade de femmes s'adonnait à cette tâche qui n'était pas plus ingrate qu'une autre, mais qui demandait une attention et une méticulosité accrue, tout en exigeant un maximum de rapidité. L'atelier était équipé des fers à repasser électriques les plus récents, mais ils tombaient fréquemment en panne. L'intendant les remplaçait par les derniers modèles, dont un fonctionnant à la vapeur, mais n'était pas vraiment satisfait de ces innovations. Il avait même fait essayer une repasseuse électrique à rouleaux, mais cette tentative était restée vaine.

— Un appareil qui a de l'avenir, mais qui doit encore être bien amélioré ! avait-il jugé. Nous verrons cela dans quelques années...

Clarmonde s'était donc échinée durant deux mois, le fer à la main, à lisser draps et parures de lit, tentures et nappes, serviettes et napperons. Un travail pénible pour le dos et les bras. Tout devait être plié dans les règles, et rien ne devait rester des traces de froissure sur le moindre linge.

— Le genre de détails qui fait la réputation d'un établissement de prestige, et toute la différence avec un hôtel traditionnel... clamait Alfred

Mandoire chaque fois qu'il mettait les pieds dans le service. Nos clients payent assez cher pour avoir droit à l'excellence !

Même si à chaque fois il lui fallait se remettre en question, même si le travail était souvent pénible, la jeune fille trouvait toujours du bénéfice à ces expériences si diverses. Devant les grands bacs d'évier, elle s'était ensuite livrée au nettoyage de la vaisselle, une opération principalement encore effectuée à la main. Quelles allées et venues d'assiettes, de casseroles, de plats, de couverts ! Le savon, l'eau chaude, il fallait frotter, rincer, avec les mains qui finissaient par se crevasser et par gercer. Le pire, c'étaient les verres à essuyer jusqu'à ce qu'ils fussent parfaitement translucides et sans la moindre trace ! Tout était soigneusement contrôlé et ce qui n'était pas parfait repartait au lavage.

— Personne n'a donc inventé une machine pour ça ? s'était-elle étonnée.

— Si, si… l'avait-on rassurée. Mais le résultat laisse à désirer ! On en a essayé plusieurs, ici, dont le « motolaveur » français de marque Sacam, mais la plus performante était lente et ne pouvait nettoyer qu'une douzaine d'assiettes à la fois. Mieux vaut donc faire confiance à nos mains et à nos yeux…

L'étape suivante de sa formation s'était déroulée dans les cuisines, un des fleurons de l'hôtel. Bien sûr, il n'était pas question qu'elle devînt un chef de prestige, mais ce passage était essentiel pour la carrière qu'envisageait pour elle Alfred Mandoire. Aussi avait-elle commencé par la corvée des épluchures, les tentatives d'utilisation d'éplucheuses par abrasion s'étant révélées décevantes. Que de tonnes de pommes de terre, de carottes et autres légumes n'avait-elle pas pelées, jusqu'à en avoir des crampes dans les doigts ?

— Tu as fini, Clarmonde ? Alors, aux laitues, maintenant !

Après le triage et le lavage des salades venait la préparation des sauces. La vinaigrette, d'abord, la plus simple. Puis la mayonnaise pour laquelle il fallait acquérir un bon tour de main, la béarnaise, la Béchamel, la financière, la marinière ou la Richelieu, et bien d'autres encore dont elle n'avait jamais entendu parler. Sous la conduite de Thomas, le cuisinier principal, elle s'était ensuite attaquée aux veloutés, aux roux blonds ou bruns, et aux réductions… Une fois qu'elle eut donné satisfaction en maîtrisant ce qu'on lui avait appris, elle eut le droit de se trouver derrière les fourneaux. Quelle embellie pour elle ! Mais quel affolement, aussi, lorsque les commandes arrivaient en se bousculant ! Le chef courait de l'un à l'autre, criait, houspillait, vitupérait ! Rien n'allait assez vite pour lui… C'était là l'ambiance de toutes les cuisines de gros établissements, et Clarmonde n'eut qu'à se féliciter de cette expérience, avec le plaisir d'acquérir peu à peu nombre des secrets culinaires qui régalaient les palais difficiles de la clientèle.

Quelle fierté, ensuite, de tester à Saubajot les quelques recettes qu'elle maîtrisait ! Esteban et Jules se prêtaient volontiers à goûter ces mets appréciés par la clientèle des stations thermales, mais affichaient souvent une mine sceptique quant à ces préparations si étrangères à leur palais.

— On ne peut pas dire que c'est mauvais... jugeait souvent Esteban.

Jules acquiesçait d'un mouvement de menton et, la bouche pleine, ajoutait :

— C'est même plutôt bon, finalement... mais...

— Mais ? s'inquiétait Clarmonde.

— Mais c'est un peu... particulier...

— Bon, de saveur très fine, mais il n'y a pas là de quoi bien caler l'estomac d'un homme qui travaille ! Ça ne vaut pas un bon gigot d'agneau bien juteux accompagné d'une vraie purée de pommes de terre du jardin...

Elle ne s'en offusquait même plus. Ce qu'on lui apprenait à cuisiner était tellement différent du menu ordinaire des paysans de la région ! Aussi s'en consolait-elle en se disant que ces plats faisaient le bonheur des curistes, lesquels mettaient une éternité à faire leur choix parmi ces splendeurs du menu de l'hôtel. Là-bas, au moins, on savait reconnaître les efforts qu'elle faisait tant dans le domaine culinaire que dans les autres fonctions qu'elle avait tour à tour exercées !

— Enfin, admettait Esteban, elle réussit tout de même pas mal, à son âge, avec cinq francs de l'heure !

La jeune fille souriait... Pas question qu'elle lui avouât tout de suite qu'elle était désormais rémunérée plus du double ! Un salaire sur lequel elle restait discrète devant le personnel de l'*Hôtel des Princes*, qui n'aurait pas compris que cette adolescente gagnât largement plus qu'eux qui trimaient depuis des années et des années dans la maison ! M. Mandoire n'était pas un ingrat, et il récompensait généreusement son aptitude à se plier à tous les travaux et métiers de l'établissement. Il ne tenait d'ailleurs pas à ce qu'elle fût une experte en tous ces domaines, mais jugeait qu'il fallait tout connaître des activités du moindre recoin de l'hôtel, afin de prétendre un jour avoir les qualités pour diriger une partie de ce petit personnel essentiel au bon fonctionnement de l'entreprise. Et cette Clarmonde, il l'avait perçu dès qu'il l'avait rencontrée, avait en elle tout ce qu'il fallait pour monter en grade et tenir plus tard l'un des plus hauts postes de ce palace ! « Oui, j'en ferai quelque chose, de ce petit bout de femme ! »

— Allez, bon appétit quand même !

Secrètement, même si l'argent n'était pas sa préoccupation première, elle se sentait fière de voir à l'écurie son pécule enfler jusqu'à presque déborder de la boîte dans laquelle elle le préservait précieusement, sans pour autant s'offrir ces inutilités dont raffolaient les filles de son âge !

*
* *

Depuis deux mois qu'elle se démenait face aux fourneaux de la cuisine, Clarmonde savait bien que ce bref séjour ne la transformerait pas en un cordon-bleu de luxe, mais sa curiosité naturelle s'enrichissait de jour en jour à observer travailler tout le petit monde qui s'affairait devant les poêles, les flammes et les casseroles. Consciente de n'être qu'une néophyte, elle se gardait bien de prendre la moindre initiative et obéissait sans rechigner aux ordres et injonctions du chef Thomas, qui se félicitait de son obéissance et de sa malléabilité : lorsque l'intendant lui avait imposé de prendre une fille dans sa brigade, il s'était esclaffé :

— Une gamine ? Vous n'y pensez pas ? Elle va me pourrir le boulot, toujours dans les jambes à ne pas savoir quoi faire, toujours à demander à droite ou à gauche, à s'affoler pour un rien et à nous faire gaffe sur gaffe !

— Si c'est le cas, il faudra m'en faire part, Thomas ! Mais cela m'étonnerait... Depuis des années que je la suis de poste en poste, elle ne m'a jamais déçu !

— Bien, monsieur Mandoire... Il en sera fait ainsi que vous l'entendez !

— Je n'en attends pas moins de vous...

Et puis, un matin, alors qu'elle se présentait comme toujours à l'heure dans la pièce surchauffée, le cuisinier en chef l'aborda :

— Pas la peine de prendre place devant les pianos, aujourd'hui, tu dois aller voir l'intendant. Ne me demande pas pourquoi, je n'en sais rien !

Clarmonde ne s'en formalisa pas. Depuis le temps, elle commençait à avoir l'habitude de ce genre de convocation dans le bureau de celui qui régissait l'organisation du travail et la gestion du personnel. Il allait sans doute encore lui falloir changer d'occupation ? Elle s'en trouva pourtant un peu mécontente : elle aurait bien aimé se perfectionner dans la préparation des repas !

— Ah ! Te voilà, petite ? Je crois que tu viens de franchir un nouveau stade, non ?

— Je m'estime bien loin d'être seulement une bonne aide-cuisinière, monsieur Mandoire ! Pour avoir le talent de M. Thomas, il y faudrait presque une vie…

— Rassure-toi, je n'ai jamais eu dans l'idée que tu puisses un jour le remplacer ! Mais je pense que tu as désormais l'expérience de tout ce qui se passe dans la partie cachée de l'hôtel, c'est-à-dire ce que le client ne voit jamais, bien que ce soit à tout cela qu'il doive son confort et le plaisir de loger en ces murs… Je sens qu'il est temps pour toi de passer à autre chose, mais il t'y faudra une autre tenue, ce qui te vaudra de solliciter à nouveau Mme Siguier ! Dès aujourd'hui, tu vas prendre tes fonctions à l'accueil. Il faut que tu apprennes désormais comment te comporter avec les clients, comment leur parler, les conseiller, répondre à leurs petits problèmes. Et ce n'est qu'ensuite que je pourrai envisager de te faire passer au service en salle, au restaurant. Ça aussi, ce ne sera pas une mince affaire, car c'est bien moins simple qu'on ne le pense, d'autant plus qu'il y faut les manières qui s'imposent dans le « grand monde », et le sourire même face aux exigences et aux caprices les plus surprenants de ces gens-là ! Mais nous n'en sommes pas là, et tu commenceras à l'accueil.

— Mais… je suis une femme ! Enfin, une fille encore…

— Il n'y a aucune loi, que je sache, qui impose qu'il ne règne que des portiers de sexe masculin dans le hall d'une entrée ! Je crois au contraire qu'une présence féminine serait la bienvenue : histoire d'adoucir les propos des mécontents…

— Mais comment peut-il y avoir des mécontents, avec tous les services que propose l'hôtel ?

— Tu le verras, Clarmonde ! Dans le milieu des riches, tout n'est pas si simple, et il y a même une certaine propension à systématiquement tout dénigrer pour le seul plaisir de se faire remarquer… Allez, file donc voir Mme Siguier, et ensuite Corbairan, qui ne laisserait à personne d'autre le soin de régner en maître sur son hall d'entrée !

XVII

Devant le miroir, elle se sentit un peu ridicule, dans ce déguisement si éloigné de ce qu'elle avait l'habitude de porter. Jupe longue noire, chemise blanche à manches bouffantes, gilet bordeaux à boutons dorés, coiffe à dentelle.

— Vous êtes sûre, madame Siguier ? Je n'ai jamais vu de femme à la réception !

La gouvernante éclata de rire.

— Moi non plus, rassure-toi ! C'est encore un caprice de M. Mandoire, et je crains que notre portier ne s'en offusque...

— Mais pourquoi alors ? s'affola un peu Clarmonde.

— Je ne sais... Notre brave intendant prétend qu'une touche féminine est plus accueillante pour quelqu'un se présentant à l'hôtel.

— Je ne crois pas que ce soit dans les usages ?

— Certes non ! Mais comme tu sais lire et écrire, il pense te confier l'enregistrement des clients ainsi que la mission de les renseigner et de les accompagner jusqu'à leur chambre ! Il tient absolument à ce que tu fasses ton baptême du feu auprès de nos pensionnaires, ce qui demande tenue impeccable, politesse obséquieuse, langage correct, et une humilité de circonstance à toute épreuve. Il est souvent des cas où il faut beaucoup de patience et de sang-froid, car il y a toujours des ronchons et d'éternels insatisfaits face à qui il est hors de question de s'énerver, image de marque oblige ! Et ce n'est pas toujours facile. Après avoir fait travailler tes muscles depuis que tu es ici, il va maintenant falloir forger ton mental…

Un discours qui n'était qu'à demi-rassurant… Ce fut donc un peu anxieuse que la jeune fille se présenta devant l'homme d'une cinquantaine d'années en uniforme qui se tenait debout près de la porte de l'entrée principale.

— Bonjour, monsieur Escala…

Corbairan Escala, fonction oblige, était un être au visage de marbre, imperturbable, dont les lèvres ne se fendaient que de sourires professionnels standardisés à l'intention des clients. Il faillit pourtant éclater de rire en voyant Clarmonde.

— Mais qu'est-ce que c'est que cet accoutrement ?

— M. Mandoire ne vous a pas prévenu ? Il vient de m'affecter à l'accueil sous vos ordres…

— C'est une plaisanterie, non ? Une femme à la réception, on aura tout vu ! Et une presque gamine, encore… Non, non, tu dois faire erreur !

— Je ne crois pas. C'est lui qui a demandé à Mme Siguier de me trouver une tenue adéquate…

Le portier savait se contrôler et il reprit une mine impassible. Une contrariété masquée fit tout de même vibrer sa voix lorsqu'il demanda :

— Mais que veut-il que je fasse de toi ?

Il sursauta lorsqu'on s'exclama derrière lui :

— Que tu lui inculques les bonnes manières, Corbairan !

— Ah ! Monsieur Mandoire ? Je ne vous avais pas entendu... je m'étonnais seulement de ce que...

— Que je t'encombre de cette « presque gamine », hein ? Eh bien, j'attends de toi que tu lui enseignes comment se tenir et se présenter selon les règles en cours dans la bonne société ! Je n'envisage nullement que le poste que tu occupes devienne féminin, je te rassure... Les mœurs n'y sont pas prêtes ! Dans un premier temps, elle se consacrera à la tenue du registre des entrées et des sorties, de la remise des clés et de la conduite en chambre.

— Le registre ? Mais...

— Mais elle sait lire et écrire, tu sais, et peut-être aussi bien que toi ! Elle a même réussi son certificat d'études avec un an d'avance alors même qu'elle travaillait ici une semaine sur deux ! Je ne pense pas que ce sera un problème pour elle... et ça te soulagera même de cette partie de ta charge que tu juges, je le sais, un peu rébarbative. Tu préfères accueillir les clients au sortir de leur voiture, qu'elle soit à cheval ou à moteur, leur ouvrir les portes, offrir ton bras aux dames, et établir un contact courtois et chaleureux sans jamais disconvenir aux bonnes manières... C'est là tout ton art, et je tiens à ce qu'il le reste !

— Merci de ces compliments, monsieur...

— Compliments mérités ! Mais pour en revenir à notre petite Clarmonde, comme tu ne l'ignores sans doute pas, elle a déjà fait ses preuves avec un certain brio dans presque tous les domaines d'activité qui font tourner notre hôtel. Il n'y a pas de raison pour qu'elle fasse moins bien ici.

— Je comprends, monsieur Mandoire ! Mais quel intérêt y a-t-il pour elle de…

— J'espère ensuite qu'elle pourra prendre place au service des tables, au restaurant ! Pour cela, il lui faudra acquérir une certaine classe, comment aborder les consommateurs avec politesse et élégance. Mais d'abord, il convient qu'elle ait déjà été au contact de la clientèle huppée qui nous fait vivre. C'est là ton rôle, Corbairan. Quant au reste, la démarche, la façon de tenir les plats et la manière de servir à table, ce sera l'objet de ses prochains pas au sein de l'*Hôtel des Princes*…

— Bien, monsieur… Il en sera fait ainsi que vous le souhaitez !

— Je l'espère bien ! Et je te fais confiance, Corbairan…

— Vous pouvez, monsieur… vous pouvez…

*
* *

Alors que Corbairan Escala la regardait du coin de l'œil avec scepticisme, Clarmonde attendait avec impatience le premier client, couple ou famille qui se présenterait devant l'hôtel. Impatience, mais aussi une légère appréhension : ce qu'on attendait d'elle n'était plus un simple travail manuel, mais un exercice qui lui était totalement inconnu ! Comment s'y prendre ? Comment ne pas commettre d'impair ? Le portier se précipita au-devant du coche qui venait de se positionner devant l'entrée, et il en ouvrit la porte en se courbant obséquieusement. Puis il tendit le bras pour que la femme qui en descendait s'appuyât sur son coude, avant de proposer son aide au mari qui déclina cette offre, d'un simple signe de tête.

— Madame, monsieur, bonjour.

Raide dans son uniforme impeccable, il fit un habile crochet pour devancer les arrivants et, sans leur tourner le dos, leur ouvrir en grand les battants. Les délaissant quelques secondes, il fit de même avec les secondes portes du sas, puis s'inclina lorsque le couple passa devant lui.

— Je vous fais monter vos bagages tout de suite… Bon séjour chez nous !

En voyant s'approcher devant le comptoir trop haut pour elle cet homme et cette femme d'une cinquantaine d'années, Clarmonde se figea et pâlit. Elle voulait absolument, malgré sa nouvelle tenue bien repassée, ne pas paraître comme une paysanne mal dégrossie ! D'une voix qu'elle aurait voulue plus ferme, elle se força à émettre :

— Bonjour, monsieur, bonjour, madame ! Vous… vous aviez réservé ?

— Bien sûr, voyons…

— Et vous êtes ?

— Monsieur et madame Deloisain !

La jeune fille survola les lignes du grand cahier qui trônait devant elle, prit sa plume et cocha soigneusement la ligne concernée.

— Vous avez la chambre 212… dit-elle en se saisissant d'une clé sur le tableau derrière elle. Je vais vous y conduire !

Elle remarqua à peine le regard intrigué que lança à son époux cette dame si richement vêtue qui arborait un chapeau extravagant mais devina ses pensées : « Une encore gamine qui joue les grooms, voilà qui ne s'est jamais vu ! »

— Suivez-moi, je vous prie…

D'un pas vif, elle monta les quelques marches d'escalier, puis leur tint la porte de l'ascenseur. Lorsque la cabine s'ébranla, elle se sentit gênée en présence de ces deux bourgeois qui la considéraient de haut. Devait-elle ou non prendre la parole ? Pour leur dire quoi, d'ailleurs ? Elle préféra rester muette et les précéda lorsque l'engin s'arrêta pour ouvrir la grille et la porte de l'étage. Elle trottina ensuite dans le vaste couloir :

— Chambre 212… Nous y voici !

Deux tours de clé dans la serrure, et elle s'effaça pour laisser le couple pénétrer dans les lieux.

— Bien… Vos bagages vont vous être montés d'ici cinq minutes…

N'obtenant aucune réaction, elle s'éclipsa sans ajouter un mot et redescendit vivement en préférant l'escalier à l'ascenseur. Se retrouvant face à Corbairan Escala, elle leva les yeux pour quémander son avis : nul doute que, sans en avoir l'air, il avait attentivement suivi cette première prestation. Pas un sourire. Pas un soupir. Pas une grimace… et toujours cette expression impersonnelle, ce regard impénétrable. Figé comme une statue de cire, il daigna enfin faire part de ses observations :

— Quand on reçoit un couple, il est poli de toujours commencer par saluer la femme. C'est une question de courtoisie ! Ainsi, c'est « Madame bonjour, monsieur bonjour… » Et d'une voix neutre et égale, surtout, mais forte et claire… Tu es trop timide, demoiselle !

— Je vais essayer, monsieur Esc…

— Ce n'est pas tout ! S'il est bien de leur tenir la porte de l'ascenseur, comme il n'est pas très rapide, il est préférable de monter les marches quatre à quatre pour l'ouvrir à l'étage plutôt que de rester avec les clients dans la cabine… Tu es jeune, et ça ne devrait pas te poser de problème ?

— Non, non, assura Clarmonde. Mais je ne le savais pas et on ne m'a rien dit !

— Histoire de voir comment tu te débrouilles, pour mieux corriger tes défauts après !

La jeune fille approuva de la tête. Finalement, Corbairan, derrière sa mine hautaine, ses manières hiératiques et son ton bourru, lui semblait plutôt sympathique. L'air de rien, il s'attachait à l'observer et à lui donner des conseils au compte-gouttes.

*
* *

— Alors, petite ! demanda Esteban. Comment ça se passe, ce nouveau boulot ?

— Plutôt bien, tu sais… Et c'est bien moins pénible que tout ce que j'avais fait avant !

— Je ne comprends toujours pas pourquoi ils te font sans cesse changer d'emploi, puisque à tes dires tu donnais satisfaction dans tes fonctions précédentes !

— C'est parce que l'intendant de l'hôtel, M. Mandoire, s'est mis dans la tête de me former à toutes les facettes des différents métiers grâce auxquels fonctionne l'établissement !

— Mais dans quel but, enfin ?

— Je crois qu'il voudrait que, quand je serai plus vieille, je puisse occuper un poste à responsabilités, comme celui de Mme Siguier, qui est gouvernante du petit personnel…

— Comme c'est étrange… tempéra Esteban. N'y a-t-il pas anguille sous roche ? Pourquoi t'aurait-il choisie toi ?

Clarmonde baissa le nez.

— Il m'a dit qu'il avait aimé ma volonté de travailler à mon âge, et le peu de temps que j'ai mis à me faire au métier de chambrière. Il pense que je suis douée pour apprendre, surtout depuis que j'ai obtenu mon certificat malgré mes absences à l'école…

— En d'autres termes, il s'est trouvé une pouliche à entraîner, comme sur le champ de courses de l'hippodrome ? Mais je dois reconnaître, contrairement à mes craintes, qu'il récompense tes efforts ! Tu gagnes ta vie aussi honnêtement qu'une adulte confirmée, et c'est tant mieux pour toi…

Elle fut tentée de lui avouer qu'elle ne posait régulièrement sur la table que la moitié de ce qu'on lui allouait comme salaire, mais s'en abstint : cela pouvait toujours servir, en cas de coup dur !

— Tiens, voilà Jules qui arrive ! s'écria-t-elle, soulagée de pouvoir changer de conversation.

À peine le vieil homme eut-il entrouvert la porte qu'elle se jeta dans ses bras. Elle l'aimait beaucoup, un peu comme un second grand-père, alors qu'elle considérait de plus en plus Esteban comme le père qu'elle n'avait jamais connu.

— Alors, ma petite fée ! s'exclama-t-il. Comment vas-tu ?

— Pour le mieux, mon brave Jules...

— C'est bien, alors... Tu sais que tu nous deviens un beau brin de femme ? Pas d'amoureux, encore ?

Elle rougit.

— Ne plaisante pas... J'ai bien d'autres choses à penser qu'à un garçon !

Jules lança un clin d'œil complice à Esteban.

— Cela viendra ! Cela viendra...

— Certes pas pour l'instant ! trancha-t-elle d'un ton sec.

C'était là un sujet qu'elle détestait qu'on abordât. Sans doute trop jeune encore, elle n'avait jamais ressenti le moindre élan du cœur pour un seul jeune de son âge et n'y tenait absolument pas. En fait, elle ne pensait qu'à faire ses preuves aux yeux d'Alfred Mandoire et se plier du mieux qu'elle le pouvait à ce qu'on attendait d'elle ! Un léger grattement se fit entendre à la porte et elle soupira.

— Jules... Tu as oublié de faire entrer Gaujòs !

En ouvrant le battant pour accueillir son fidèle compagnon d'enfance, elle poussa un cri de surprise en découvrant avec lui un chiot tout frétillant qui fit connaissance d'elle à grand renfort de coups de langue.

— Mais tu es qui, toi ? demanda-t-elle en distribuant caresse sur caresse aux deux animaux.

— Gaujòs se fait bien vieux, tu sais, et j'ai peur un jour ou l'autre de me retrouver bien seul, lorsqu'il ne sera plus là. Alors je songe à la relève...

Voyant que son propos attristait Clarmonde, il ajouta :

— Et, pour toi, lorsque malheureusement nous le perdrons, tu auras peut-être un peu moins de peine. Je l'ai baptisé Arrégoulic[1], car à la Hérère il reste toujours près du feu ! Mais maintenant, je l'appelle Goulic, c'est plus court...

— Qu'il est beau ! On dirait Gaujòs quand il était petit...

— C'est bien pour ça que je l'ai choisi ! Et je suis sûr qu'il ferait un bon berger... si nous avions encore des brebis...

Elle s'arracha aux cajoleries du chiot et annonça :

— Bon ! Je vous ai préparé un pâté en croûte... Et ensuite la rouelle de porc au miel et aux épices qui mijote au four !

— Du miel ? s'étonna Esteban. Avec de la viande ? Quelle drôle d'idée !

— Cela m'a étonnée moi aussi, mais je t'assure que c'est excellent.

— Nous, intervint Jules, on préfère ce qui est traditionnel, et sans tous ces chichis...

— Peut-être, mais vous êtes-vous déjà plaints de ce que je vous ai cuisiné et que vous ne connaissiez pas ?

— C'est vrai, petite... Tu viens de marquer un point, et nous goûterons volontiers à cette innovation, puisque c'est toi qui es aux fourneaux !

Clarmonde sourit. Qu'elle aimait cette ambiance familiale, en compagnie de ces deux « vieux » ! La compagnie de jeunes gens de son âge ne lui

---

1. *Frileux.*

manquait nullement, et elle adorait faire plaisir en offrant à Jules et Esteban des plats qu'ils n'avaient jamais mangés. Son stage aux cuisines de l'*Hôtel des Princes* ne lui avait pas été inutile, loin de là ! Bien sûr, ses deux convives ne se privaient pas de critiquer ces mets de bourgeois, mais ensuite leur appétit faisait plaisir à voir, et la jeune fille se régalait plus à lire la satisfaction briller dans leurs yeux que de ce qu'elle avait dans son assiette… Un pur moment de bonheur qu'elle s'accordait lorsqu'elle prenait son jour de repos. Elle était aussi heureuse, lorsque le temps le permettait, de faire une balade à vélo, même si ce dernier commençait à être trop petit pour elle. « Il faudra que je songe à m'en acheter un neuf… Et d'adulte, cette fois ! » Cela n'écornerait que peu le petit magot qu'elle s'était discrètement constitué. Et puis elle profiterait ainsi mieux des routes et chemins de cette vallée : quel bien-être à les sillonner en tous sens ! Elle allait ainsi à Bielle, Castet, puis plus bas jusqu'à Izeste et Arudy. Elle avait même poussé jusqu'à Buzy, à plus de quinze kilomètres, mais rêvait désormais d'acquérir une bicyclette plus performante afin de s'attaquer aux montées plus raides et accéder aux villages plus en altitude, comme Bilhères, ou depuis les Eaux-Bonnes grimper jusqu'à Gourette et s'attaquer aux routes de montagne : elle s'était même promis, lorsqu'elle en aurait les jambes, d'atteindre le sommet du col d'Aubisque, qui culminait à plus de mille sept cents mètres ! « Nous verrons cela plus tard… »

XVIII

IL NE FALLUT que quelques jours à Clarmonde pour comprendre ce que Corbairan lui avait dit du type d'habitués qui faisaient la réputation du palace. Oh, du temps où elle était affectée aux chambres, elle avait plus d'une fois croisé dans les couloirs des clients, mais ces derniers n'accordaient pas le moindre regard aux employés, à tel point que face à eux on avait l'impression de ne pas exister. Pas question alors de leur adresser la moindre parole, sinon un bonjour respectueux qui restait immanquablement sans réponse... Si désormais elle était appelée à les côtoyer, leur parler, leur décrire leur chambre et leur détailler les commodités de la maison, elle jugeait aussi du côté déplaisant de certains. À côté d'adolescentes à la mine affectée, habillées de blanc avec frous-frous et fanfreluches, leurs frères en costume ajusté se montraient souvent beaucoup plus aimables et souriants avec elle. Madame, bandeau dans les cheveux, avec sous sa cape une robe noire à volants et à grandes manches à plis, collier de perles, gants boa et porte-cigarettes pour lui occuper les doigts, le regard évanescent et l'air de s'ennuyer ; monsieur généralement plus âgé et bedonnant, chapeau élégant, en costume trois pièces, gilet, pantalon à pinces avec un large ourlet, luisantes chaussures de cuir noires. S'il était facile de s'accoutumer aux tenues à la mode de ces gens-là, il était plus ardu de s'habituer à leurs manières et à leurs réflexions parfois méprisantes… « Toujours faire mine de ne pas avoir entendu ! » ne cessait de lui répéter Corbairan.

Combien de fois n'avait-elle pas entendu un de ces riches rentiers maugréer sans même se soucier qu'il fût entendu :

— C'est vraiment impensable, dans un établissement de cette classe, qu'on nous octroie une gosse pour nous installer ! Nous ne sommes pas dans un claque de bas étage, non ?

Ou bien encore :

— N'y a-t-il plus ici des hommes capables de tenir leur rôle, pour qu'ils déguisent ainsi une souillon en personnel d'accueil ?

Certains se montraient même plus directs en arborant une moue de dédain :

— Allez, retourne vite jouer aux poupées, ma pauvre… Nous nous débrouillerons seuls…

Dès qu'elle s'éclipsait avec toujours la même déférence qu'on lui avait inculquée, il n'était pas rare qu'elle entendît au travers de la porte un grand soupir excédé :

— Qu'est-ce qui se passe, ici ? Une femme à ce poste serait déjà inadmissible, alors une gamine ! Je m'en plaindrai à la direction… Qu'en pensez-vous, ma chère ?

Petit rire agaçant en réponse :

— Faites donc, mon ami... Faites donc !

Oui, « toujours faire mine de ne pas avoir entendu ! » « Faire mine de ne pas avoir entendu ! » « Ne pas avoir entendu ! » Peut-être, mais que c'était vexant...

Pourtant, jour après jour, elle supportait mieux ces remarques désobligeantes, en se disant qu'elles ne reflétaient que l'étroitesse d'esprit de quelques riches parvenus n'ayant même pas la plus mince pellicule de vernis de savoir-vivre et d'éducation. « Le plus pauvre des pauvres a bien souvent plus de dignité et de richesse d'âme que vous ! » pensait-elle en ces cas. Corbairan, à sa manière froide et abrupte, la consolait parfois :

— Qu'importe ! N'oublie pas que ce sont eux qui nous font vivre !

Peut-être, mais qu'il était dur, parfois, de ne pas répliquer vertement à ces propos, cracher à la figure de ces rustres argentés ! Dur de leur rapporter les vêtements qu'ils confiaient au service de buanderie sans les lacérer à coups de couteau ! Heureusement, toute la clientèle n'était pas de cet acabit, et souvent tout se passait pour le mieux. Ce qui la dérangeait secrètement, c'étaient régulièrement ces regards insistants de certains hommes, jeunes ou moins jeunes, qui s'attardaient sur ses courbes de plus en plus visibles. Si elle n'était pas vraiment consciente de sa beauté naissante, il était de plus en plus évident que son physique ne laissait plus indifférent ! D'ailleurs, les petits gars costauds qui montaient ou redescendaient valises et bagages ne se privaient pas, en catimini, de propos grivois et d'œillades égrillardes à son égard, et elle n'hésitait plus à les remettre vertement à leur place. De la part des clients, c'était bien sûr beaucoup plus délicat, et elle se contentait d'un sourire forcé avant de prendre congé. « Faire mine de ne pas avoir vu ni entendu… »

Corbairan Escala n'avait pas mis longtemps à apprécier cette collaboratrice qu'il jugeait il y avait peu « à peine sortie de ses langes », et il trouvait sa compagnie désormais agréable. Cette « petite » était loin d'être bête, vive et dévouée, curieuse de tout et travailleuse. Il était presque touchant de la voir faire tous ces efforts pour se montrer à la hauteur de ce qu'on lui avait demandé ! Et elle y réussissait tellement bien, malgré quelques maladresses… De plus, elle tenait méticuleusement le registre des entrées et sorties, et notait soigneusement les divers suppléments que s'accordaient les pensionnaires. Corbairan en était presque jaloux, lui qui était loin d'écrire aussi bien et aussi rapidement que cette gamine. Il fallait la voir tremper sa plume dans l'encrier et remplir avec attention les lignes avec une calligraphie étudiée, en respectant les pleins et les déliés ! Contrairement à ce qu'il avait pensé lorsqu'on lui avait imposé cette collaboration forcée, il allait vraiment la regretter lorsque M. Mandoire l'appellerait à d'autres fonctions… ce qui n'allait pas tarder, car si Clarmonde ne le savait pas encore, le portier avait été discrètement informé que, dès le mois prochain, elle prendrait place au sein de l'équipe des serveurs et serveuses du restaurant ! « Enfin… La roue tourne pour tout le monde ! »

*

* *

— Eh bien, tu en as fait du chemin, depuis que l'écolière que tu étais encore avait demandé à me rencontrer ! Es-tu satisfaite, au moins ?

— Bien sûr, monsieur Mandoire ! Jamais je n'aurais cru pouvoir faire autant d'expériences et apprendre autant de choses, et je vous en remercie infiniment, monsieur…

L'intendant se mit à rire.

— Allons, Clarmonde… Quel langage obséquieux ! Corbairan aurait-il déteint ? Je ne suis pas un client, et tu peux t'adresser à moi plus naturellement : nous nous connaissons assez, maintenant !

— Bien, monsieur Mandoire !

— Je crois même que monsieur Alfred suffira, désormais… Tu sais donc pourquoi je t'ai fait appeler ?

— Je suppose que c'est pour m'arracher à l'accueil ?

— Ça n'a pas l'air de te plaire ?

— Si, si, monsieur… Mais chaque fois que je m'attache à un travail, c'est toujours un peu dur de m'en séparer, même si je suis curieuse de m'essayer à autre chose et apprendre encore un nouveau métier !

— Je te comprends… Mais tu es en âge maintenant de faire une bonne serveuse en table ! Et ce n'est pas le plus facile… Tu seras même l'une des premières qui soient originaires de la vallée d'Ossau à obtenir un tel poste !

— Ah ! Et pourquoi ?

— Parce que, même si j'aime cette région qui est devenue la mienne, les filles et les garçons qui en sont issus et qui voudraient s'essayer à ce service de table sont trop… comment dire ? Trop rustauds… Chez nous, il faut du style, un parler correct, de l'élégance, de l'amabilité et de la réactivité ! Ce qui fait que jusqu'ici j'ai été obligé de recruter ce personnel appelé à côtoyer la clientèle dans les grandes villes comme Bordeaux, Toulouse, Marseille, Lyon, et même Paris… Et il n'est pas aisé d'y trouver des gens compétents prêts à venir vivre dans nos montagnes !

— Je suis bien née ici, moi !

— C'est vrai ! Aussi ai-je pensé, en constatant ton côté volontaire, qu'en te prenant jeune il était possible de te former au mieux, et je pense avoir réussi… Tu n'as plus qu'à retourner voir Mme Siguier pour qu'elle te donne la tenue de serveuse que nous exigeons dans l'établissement ! Comme tu as bien grandi, il ne devrait pas être très difficile d'en trouver une.

— Merci, monsieur Alfred. J'y vais de ce pas…

*

* *

Le grand moment était arrivé. En ce milieu d'après-midi, Clarmonde, par les soins de Mme Siguier, fut mise en présence d'un serveur et d'une serveuse ayant pour rôle de lui enseigner les bonnes manières.

— Voici Sylvain et Marinette, qui vont te prendre en charge en profitant qu'il n'y ait pas de convives à cette heure-ci...

Un peu intimidée dans sa nouvelle tenue, jupe longue et noire à la coupe stricte, corsage ample et gilet féminin, avec un petit tablier blanc, des chaussures vernies, et aux mains des gants d'un blanc immaculé, elle salua ses deux nouveaux collègues. Sylvain devait avoir plus d'une trentaine d'années et Marinette semblait un peu plus jeune. Tout d'abord, cette dernière inspecta sa mise, rectifia quelques plis.

— Il faudra d'abord refaire ton chignon : il doit être impeccable ! Et mieux ajuster ton serre-tête...

Ah ! Ce fameux serre-tête qui glissait et qui la gênait. Un ornement de coiffure constitué d'une feuille de bronze doré courbe, finement travaillée de décors en creux et en relief, avec au centre les mêmes armoiries que s'attribuait l'*Hôtel des Princes* aussi bien sur son enseigne qu'en tête des menus.

— Maintenant, la démarche ! Il te faut bannir les grandes enjambées. Fini le temps de gravir l'escalier à la poursuite de l'ascenseur ! Des petits pas... pressés, mais des petits pas... Non, Clarmonde ! Plus droit, le torse ! Et la tête haute... Voilà, c'est mieux.

Ce n'était pas si simple, pour elle qui avait exercé tant de petits métiers qui ne demandaient pas ces précautions ! Secrètement, elle estimait même que ce n'était là qu'une sorte de théâtre et une mise en scène tout à fait futile et inutile : ce n'était pas ce genre de simagrées qui améliorait le goût de ce qui était servi dans les assiettes !

Comme s'il devinait ses pensées, Sylvain précisa :

— Ici, avec la clientèle aisée et les personnalités que nous accueillons à table, nous nous devons d'offrir de l'excellence ! Côté culinaire, bien sûr, mais aussi dans la présentation et le service… C'est pour cela aussi que ceux qui mangent dans cette salle payent le prix, il ne faut pas l'oublier !

— En d'autres termes, ajouta Marinette, ici, le client est roi, comme on dit ! Maintenant, on va te confier un plateau. Vide, bien sûr, pour commencer… Non, pas à deux mains, nous ne sommes pas dans une gargote ! Bien à plat sur ta paume droite…

Le serveur apprécia :

— Voilà, c'est bien… Mais arrête de le regarder, il doit faire partie de toi : comment veux-tu te diriger, si tu as sans cesse les yeux fixés dessus ? Oui, c'est mieux ! Essaye d'évoluer entre les tables, maintenant…

Un exercice qui s'avéra vite particulièrement difficile lorsque l'on commença à charger le plateau.

— Avec de la vaisselle de métal qui ne sert qu'à l'usage des apprentis ! affirma Sylvain.

— Ou comme test pour ceux qui se disent professionnels… surenchérit sa collègue.

Un exercice qui était loin d'être facile pour Clarmonde qui, jusqu'à cette épreuve, n'avait jamais eu à se préoccuper d'allier élégance et efficacité.

— Et encore, c'est du léger ! Tu verras lorsque les verres seront remplis à ras bord et les plats bien garnis…

Vraiment, ce n'était pas simple. Au bout de quelques tentatives, elle réussit pourtant à accompagner son plateau indépendamment des mouvements de son corps et de la longueur du trajet. Surtout lorsqu'on lui demanda de circuler dans le labyrinthe des tables et des chaises.

— Oublie ton plateau, Clarmonde ! Ton bras, ta main et ton poignet doivent le maîtriser d'instinct. Reste droite et non courbée, et arrête de le regarder. Tes yeux doivent seulement se concentrer sur ton trajet, avec pour objectif la table qu'il te faut servir…

Une dissociation des gestes qu'il s'avérait bien difficile d'acquérir ! Durant plusieurs heures, elle s'attacha à faire du mieux qu'elle le put, mais Sylvain l'arrêta soudain :

— C'est fini pour aujourd'hui, la belle ! Il faut laisser le terrain libre pour le service du soir…

Elle leva sur lui un regard interrogatif.

— Et… je vais devoir…

— Tu plaisantes, non ? Dans le meilleur des cas, tu ne seras pas prête avant au moins une semaine ! Si encore tu fais l'affaire… Pourquoi crois-tu que l'intendant vient nous recruter de si loin ? J'arrive d'un grand restaurant parisien, et Marinette d'une brasserie lyonnaise réputée. Ce qui veut bien dire qu'il ne trouve pas ici de quoi assurer un service à la hauteur de la réputation de l'établissement…

— Alors ?

Il la rassura :

— Alors j'estime qu'en quelques heures tu as fait beaucoup de progrès, mais qu'il te faudra encore quelques jours avant de prétendre servir en salle ! Mais pour toi, c'est fini pour aujourd'hui… À demain, donc !

*
* *

— Tu rentres bien tôt, aujourd'hui ! s'exclama Esteban en voyant Clarmonde repousser la porte. Tout va bien, au moins ? Elle grimaça.

— Ça va…

— Tu n'as pas l'air bien convaincue ?

— Ben… Vous servir à table, Jules et toi, lorsque je fais à manger, c'est plutôt simple, non ? Mais pour faire la même chose à l'hôtel, c'est toute une affaire ! D'après ceux qui ont pour rôle de m'y exercer, ce serait miracle que je puisse m'y atteler avant une à deux semaines…

— Comment… c'est si compliqué que ça ?

— Tu ne peux t'imaginer, Esteban ! Autant apprendre à jongler avec des œufs, ce serait peut-être plus facile…

— Tu plaisantes ?

— Non, non, je t'assure. Il me faut apprendre à march…

— À marcher ? s'esclaffa le brave homme. Il y a longtemps que c'est fait, il me semble !

— Non… À marcher avec style et élégance, tout en restant discrète, et ne déranger personne, avec un plateau sur une seule main, et se contorsionner entre les tables sans rien renverser, ce n'est pas si évident ! Et encore, c'étaient des essais à vide… J'ai un peu peur de ce qu'il en sera avec de la vaisselle fragile ! Surtout que les assiettes sont en porcelaine à dorure et les verres en cristal…

— Quelle inutilité, à mon avis ! Qu'on pose n'importe comment les plats sur la table, qu'on les serve dans de vieilles écuelles ébréchées, l'important quand on a faim, c'est bien ce qu'il y a dans l'assiette, non ?

— C'est vrai, Esteban... Mais ces gens, ils n'achètent pas seulement le repas, mais le décorum aussi et tout le rituel d'un service de luxe, attentionné, et de préférence gracieux et agréable ! Ce que justifient les notes élevées qu'ils sont prêts à payer pour cela...

Esteban soupira :

— Quand je pense que ces culs cousus d'or gaspillent à tout-va alors que des pauvres bougres partout en France crèvent de faim, ce sont des choses qui me révulsent !

— Moi aussi, ça me révulse ! s'énerva pour une fois la jeune fille. Mais ça changerait quoi si je restais ici ou là, dans une ferme de misère avec des aumônes en guise de gages ? Alors qu'à mon âge, quand d'autres ne sont que des souillons, je gagne plus que nul ne peut se l'imaginer, avec la perspective d'une belle carrière qui rapportera plus qu'ils n'imagineront jamais...

— N'empêche... Tant mieux pour toi, mais ce sont là des injustices qui me mettent mal à l'aise !

— Moi aussi, Esteban... Mais est-ce une raison pour que je crache sur ce qui me fait vivre, alors qu'aucune de mes camarades d'école n'a encore le moindre salaire décent ? Sans compter que, même si je devais un jour quitter ce boulot, j'aurais au moins été formée à faire le ménage, le lavage, le repassage, la cuisine, et tant d'autres choses qui pourront un jour me servir… Non, je ne regrette rien, et je sais que ce n'est pas inutile et que ça pourra toujours m'être utile dans l'avenir : ce qui est appris n'est plus à apprendre !

Son vieil ami et tuteur soupira et admit :

— C'est vrai, petite… Je ne voudrais surtout pas te décourager !

XIX

DEVAIT-ELLE AVOUER qu'elle s'était entraînée seule dans la grange de Saubajot à parfaire sa démarche et tenir en équilibre assiettes et verres en allant et venant, en virevoltant, s'obligeant à des arrêts brusques, des accélérations plus vives, et en réussissant à ne rien renverser ? Entraînement qui ne fut pas vain, car après deux jours Marinette et Sylvain s'en montrèrent étonnés :

— Incroyable ! Encore un peu et tu auras la maîtrise d'une vieille routière du service ! Je crois qu'on va pouvoir te mettre en salle dès demain midi…

Cette échéance proche l'inquiéta un peu.

— Non, non, je préfère m'exercer encore un peu…

— Rien ne sert de reculer quand on est prêt à franchir le pas ! décréta Sylvain. Ce sera donc demain… Et il y a bien moins de monde le midi que le soir.

— Oui ! insista Marinette. Je t'assure qu'il y en a deux ou trois qui travaillent avec nous depuis deux ans et qui ne font pas mieux ! D'ici la fin du mois, tu seras parfaite, mais il faut que tu mettes la main à la pâte…

— Bien, bien... céda Clarmonde. Puisque vous le dites !

Il n'empêcha qu'elle dormit peu la nuit suivante. La crainte de faire un impair ou, pire, de renverser un plateau de verres ou d'assiettes la hanta jusqu'au matin.

— Tu fais bien une drôle de tête ! s'inquiéta Esteban alors qu'elle rêvassait devant son bol de café. Ça ne va pas, petite ?

— Si, si, mon S'teban ! Mais j'appréhende un peu ce midi où je devrai apporter les plats à tous ces gens...

— Ne t'inquiète pas, ma belle... Si l'on t'en juge capable, c'est bien que tu le peux ! C'est bien ce que tu leur as prouvé depuis que tu as mis les pieds dans ce palace pour richards, non ?

La jeune fille partageait de plus en plus les idées de son tuteur, sans bien savoir d'ailleurs s'il épousait plus les thèses du parti radical ou du parti socialiste, mais elle se permit de répliquer :

— Ces richards ne méritent peut-être pas de l'être, mais puisqu'ils existent autant faire avec... Sans eux, notre pauvre vallée serait plus pauvre encore ! Ils font vivre les stations thermales des Eaux-Bonnes et des Eaux-Chaudes, mais aussi Laruns, et même Gère-Bélesten avec l'hippodrome. Et plus il y a de touristes et de curistes, plus ils font marcher les commerces, et plus ils offrent du travail dans toute la région pour qu'ils puissent bénéficier d'un séjour agréable !

— C'est vrai, concéda Esteban. Mais je trouve quand même outrancier l'écart qui existe entre les plus pauvres des gens du peuple qui travaillent, et l'invraisemblable fortune de ces gens-là qui passent leur temps à ne rien faire ! Le partage des richesses est bien trop inégal…

— C'est ainsi, Esteban. Aussi, autant que je profite des quelques miettes de l'argent qu'ils dépensent chez nous. L'été les curistes et touristes, et l'hiver les amateurs de nos neiges…

— C'est bien, c'est bien… Je souhaite seulement pour toi que cela dure ! Car un jour ou l'autre le peuple va finir par se soulever contre toutes ces injustices…

*

* *

Une fois dans les coulisses de l'hôtel, Clarmonde passa deux fois plus de temps à se préparer, en échangeant ses vêtements contre cette tenue qui, une fois revêtue, lui semblait un véritable carcan. Au fil des mois qu'elle avait passés ici, elle se rendait de plus en plus compte du fossé qui existait entre la vie qu'elle menait à Saubajot ou la Hérère, et cet autre aspect d'elle-même qu'elle se forçait à endosser sur les lieux de son travail. Souvent, elle se posait la question : « Est-ce ce qu'aurait souhaité pour moi papet Guilhemot ? » Elle n'en était pas vraiment sûre… Malgré tout, il lui fallait aller de l'avant !

— Bien, je suis prête…

Il y eut ensuite cette attente, en compagnie de ces serveurs et serveuses attitrés qui la lorgnaient déjà d'un œil ironique. « Sûr qu'ils attendent tous mon premier faux pas, mais je ne leur laisserai pas ce plaisir ! » Déjà, des gens s'installaient à table, et d'ici peu il y aurait animation et effervescence, tant en cuisine qu'au service. Clarmonde fit ainsi connaissance avec Léopold Briard, le chef de salle, qui avait, comme le disaient les employés, trois yeux : un sur l'occupation progressive du restaurant, un autre sur les cuisines et le dernier sur les serveurs devant assurer le lien entre les fourneaux et les clients attablés… Il attendit que les premiers consommateurs se fussent installés et eussent lu le menu pour ordonner :

— Rose, Roberta ? Allez prendre les commandes des tables 9 et 13… Ah, Sabin ! Pour toi, la 7 vient d'arriver…

Il se tourna ensuite vers Clarmonde :

— Pour toi, ce seront les prochains…

Il y avait une certaine ironie dans son intonation, comme s'il s'attendait à la voir paniquer, bafouiller et rater lamentablement sa première prestation. Depuis toujours, il s'opposait à ce que l'on embauchât du personnel inexpérimenté, un sujet permanent de polémiques entre lui et l'intendant. Certaine que le chef d'orchestre de tout ce petit monde n'attendait qu'une faute de sa part, la jeune fille respira un grand coup. « Je ne lui laisserai pas cette satisfaction ! »

— Clarmonde, c'est ton tour ! Table 21… Quatre personnes !

Oui, tous les yeux la suivaient. Oui, c'était en ces quelques minutes qu'elle allait être jugée. « Pas une raison pour m'affoler, je n'ai qu'à faire comme si ce n'était encore là qu'un exercice, un entraînement… »

— Mesdames, messieurs… Avez-vous fait votre choix ?

Surtout, rester en retrait, son carnet et son crayon à la main, sans brusquer les décisions de chacun. Il fallait laisser les gens discuter entre eux et rester patiente, en s'efforçant de rester le plus possible invisible durant tout le temps des hésitations. Le plus âgé de la tablée, un homme chauve aux moustaches blanches, tourna enfin le menton vers elle :

— Mademoiselle ? Pour mon fils, ma belle-fille et moi-même, ce sera cèpes et foie gras en entrée, puis quenelles de brochet sauce Nantua, et pour mon épouse des Saint-Jacques à la truffe blanche suivies d'un filet d'agneau sauce Périgueux… Pour le dessert, nous verrons plus tard.

— Bien, monsieur, c'est noté ! Et pour le vin ?

— Nous n'avons pas choisi…

— Je vais faire appeler notre sommelier. En attendant, nous allons vous proposer quelques mises en bouche…

Elle avait eu l'impression de transpirer et s'essuya le front, mais non, pas une goutte. D'un pas alerte, elle s'empressa de déposer sa commande en cuisine et attendit. Pas longtemps, car le chef de salle la héla :

— Clarmonde ? Voilà la bouteille de réserve des Moines de la cave Léon Rigault de Beaune pour la 21.

Elle fila aussitôt, et mania habilement le tire-bouchon ainsi qu'on le lui avait appris puis, à droite de l'homme le plus âgé de la tablée, elle tint la bouteille par son culot et versa un fond de verre… « Surtout ne pas se tromper : le petit, pour le vin ! »

Le client goûta avec attention, claqua de la langue sur son palais.

— Alors, monsieur ?

— C'est parfait, merci…

Elle s'inclina légèrement, fit un pas en arrière pour s'éloigner de la table, puis rejoignit les abords de la cuisine. Elle savait que les garçons de salle surveilleraient les verres et iraient régulièrement en compléter le niveau. Les autres serveurs et serveuses étant occupés, Léopold Briard ordonna :

— Clarmonde, la 32…

Elle se dépêcha d'aller installer les arrivants et leur présenter le menu :

— Prenez votre temps pour choisir, je suis à votre disposition…

Un bref timbre de sonnette, la voix d'un cuisinier qui annonçait :

— La 21 !

C'était pour elle. Pour les entrées, service à l'assiette. « Toujours la poser devant le client en se présentant à droite pour ne pas passer le bras devant lui… Et commencer par les dames, la plus âgée d'abord. » Elle retourna prendre la commande de la 32, puis attendit que les entrées de sa première table eussent été avalées pour débarrasser les couverts tout en se remémorant les consignes : « Pour la suite, quenelles et filet d'agneau, service à la française… Se positionner à gauche et laisser le client se servir à sa guise. Puis, le dernier convive satisfait, poser le plat sur la table en le couvrant de sa cloche. Ne pas oublier de sourire, tout en baissant les yeux par discrétion… » Elle s'acquitta de cette tâche nouvelle pour elle et, avant de s'occuper d'une nouvelle table, elle chercha le regard du maître de salle qui ne la quittait pas des yeux.

Un simple battement de cils d'approbation la rassura : apparemment, elle n'avait commis aucun impair ! Elle s'en sentit fière, mais avec une impression mitigée... Jusque-là, elle n'avait que peu côtoyé les clients, sauf à l'accueil, où ils étaient généralement assez détendus. Elle se rendait compte, maintenant qu'elle devait totalement s'effacer devant eux en se conformant à leurs moindres désirs, de cette morgue hautaine dont ils aimaient à se parer face à ceux qui les servaient : presque du dédain, comme s'ils tenaient à bien faire remarquer qu'ils n'étaient pas du même monde ! Oui, Clarmonde avait eu le sentiment d'être rabaissée, voire véritablement méprisée... « Mais pour qui se prennent-ils ? Ce n'est pas parce qu'ils ont de l'argent qu'ils valent mieux que nous, le "petit personnel", comme ils disent ! » Était-ce l'influence d'Esteban et de ses opinions politiques, elle comprenait mieux le dégoût à peine masqué qu'il entretenait envers l'élite, le peuple des riches.

— Si encore ils se montraient discrets ! rageait-il souvent. Mais non ! Faut toujours qu'ils étalent leur opulence, comme pour mieux nous faire ressentir notre indigence... Alors que leur pognon, ils le doivent à la sueur des pauvres, mais cela, ils l'oublient ! Comme pendant la Révolution, faudrait ressortir les guillotines pour faire tomber les têtes de ces parasites !

Ces pensées ne fusèrent qu'un instant, juste le temps de ternir un peu la satisfaction qu'elle éprouvait à s'être acquittée correctement de ce que l'on attendait d'elle. Un ordre de Léopold Briard l'arracha à ses réflexions :

— Clarmonde, tu rêves ? La table 9, je t'ai dit !

Avec un simple signe de tête, elle trotta pour s'occuper de ces nouveaux clients.

*

* *

Quinze jours… Quinze jours déjà qu'elle assurait le service de midi. Elle n'avait plus besoin des conseils de Sylvain et de Marinette, et le chef de salle semblait satisfait de ses prestations. M. Briard avait même souhaité qu'elle assurât aussi le service du soir, mais l'intendant s'y était refusé, arguant du fait que Clarmonde était tenue de rentrer chez elle par le train, ce que les horaires de ce dernier empêchaient si elle terminait aussi tard. Et pas question qu'elle se déplaçât à bicyclette de nuit ! La jeune fille lui en fut reconnaissante, d'autant plus que ce statut de serveuse dont elle avait si longtemps rêvé ne lui apportait pas autant de satisfaction qu'elle l'avait espéré. La façon dont ces gens se goinfraient, la manière dont ils gaspillaient les plats les plus succulents en laissant leur assiette à demi pleine, leur comportement souvent grossier, tout cela l'écœurait ! Comment composer avec leur sentiment de supériorité ? Se croyaient-ils les maîtres du monde parce que leurs portefeuilles étaient bien garnis ? Comment accepter sans broncher leurs remarques parfois aussi acerbes qu'injustes ? Enfin, c'était là l'un des inconvénients du métier ! Il n'empêchait qu'elle se sentait de plus en plus coupée et étrangère à ce milieu qui n'était pas le sien. Si certains et certaines n'avaient pour seule ambition que celle de s'élever à ce rang-là, ce n'était pas son cas : tout cela puait tellement l'argent facile, alors qu'elle en savait trop la valeur après tous les efforts qu'elle avait faits pour se constituer son petit pécule, une somme qui ne représentait sans doute qu'une ridicule peccadille pour ces bourgeois ventrus et orgueilleux !

— Clarmonde ! Le dessert pour la table 11 !

La table 11… Ce midi-là, c'était la pire de toutes ! Une demi-douzaine d'hommes qui s'exprimaient fort, sans respect aucun pour les autres convives, et qui devaient parler affaires et cours de la Bourse, stratégies et investissements. À la fin du repas, après avoir commandé deux bouteilles de champagne, ils s'étaient détendus et, changeant de sujet, s'étaient montrés de plus en plus bruyants. La jeune serveuse les servit alors que leurs rires tonitruants faisaient se retourner les autres clients. Surtout ne pas rougir de leurs grivoiseries ! Non, vraiment, comment pouvait-on tolérer de tels goujats dans un établissement de la classe de l'*Hôtel des Princes* ? Elle ne se posait même pas la question, tant elle devinait la réponse : « Ce sont ces gens-là qui nous font vivre ! »

Elle soupira. « Ce n'est pas une raison pour qu'ils nous considèrent comme des serpillières et nous traitent en esclaves ! » Au fil des jours, son enthousiasme s'émoussait, et si elle aimait encore à servir des convives sympathiques, elle avait de plus en plus de peine à juguler sa répulsion et son dégoût devant certaines tablées… Au point de regretter parfois ses précédents emplois au sein des mêmes murs.

*

* *

En ce mois de juillet, la saison d'été battait son plein et l'hôtel était presque complet. À croire que tout ce beau monde-là n'était pas touché par cette crise économique dont chacun mesurait les conséquences, avec la pauvreté croissante et la hausse des prix ! Un luxe éhonté qui choquait d'autant plus Clarmonde qu'elle se trouvait bien placée pour être témoin des gaspillages scandaleux que se permettait cette classe privilégiée. Elle assumait pourtant son travail au mieux, mais en souhaitant ardemment que M. Mandoire mît rapidement fin à cette expérience pour la diriger vers d'autres fonctions. S'occuper des inventaires et participer à l'élaboration des commandes, par exemple…

— Messieurs, voici vos fromages… Beaufort, bleu d'Achel, brie, chabichou, manchego, saint-nectaire.

Elle sursauta soudain en sentant une main se poser sur ses fesses et paniqua. Devait-elle s'offusquer en public, rabrouer cet homme qui était d'âge à être son père, rejeter le plateau de fromages et fuir en courant ? Avec une furieuse envie de gifler l'individu, les lèvres pincées et le rouge aux joues, elle se recula et contourna un autre convive pour déposer le plat sur la table et rejoindre au plus vite les autres serveurs, des larmes de rage sous les paupières. Elle se précipita en reniflant vers Marinette qui s'étonna :

— Que se passe-t-il, Clarmonde ?

— C'est… c'est ce goujat qui vient de me tripoter les fesses pendant que je servais ! Pour un peu, je lui aurais brisé le plateau sur la tête !

La serveuse sourit :

— Ce n'est que ça ? C'est vrai que tu es vraiment mignonne, maintenant. Une belle petite fée ! Mais rien ne sert de t'offusquer, c'est plutôt courant dans le métier…

— Comment cela ? Et il faut nous laisser faire ? Mais c'est ignoble !

— Tant que cela ne va pas plus loin, ce n'est pas très grave et plutôt flatteur, non ? C'est lorsque ce genre de gestes devient rare que l'on doit s'inquiéter : cela signifie qu'on a pris un sacré coup de vieux !

— Mais, mais… Non, je ne veux pas !

— Allons, tu t'y feras… Nous, les femmes, nous sommes toutes passées par là !

La désormais toute jeune serveuse cacha mal sa déception à voir sa collègue prendre la chose avec autant de désinvolture. Ainsi, il fallait considérer ces agressions comme normales ? Non, non et non… Elle n'allait pas se laisser faire comme du bétail par des individus lubriques, grossiers et peut-être pervers !

— Tu en penses ce que tu veux, insista Marinette, mais la seule chose exclue reste de faire un scandale en salle !

Clarmonde ne répondit pas. C'était la première fois qu'elle se révoltait contre la moralité de ce qui se passait entre ces murs, et sur quoi chacun semblait vouloir fermer les yeux.

XX

Depuis deux jours, ce malheureux incident avait non seulement attiédi son entrain pour le service, mais aussi son regard sur ce genre d'établissements où les clients riches pensaient pouvoir tout se permettre. Bien qu'elle y gagnât toujours plus d'argent, avait-elle encore aussi envie de se faire une place dans cet hôtel ? Après l'exaltation à apprendre une variété de métiers au sein de cet endroit prestigieux, elle prenait désormais conscience du côté plus sombre que cachait ce luxe de façade... En coulisse, tout était fait pour que chacun s'aplatisse devant les caprices et volontés des nantis ! Quelle injustice ! Quel renoncement devant ce dédain affiché...

— Clarmonde ?

Elle se retourna.

— Ah ? Monsieur Alfred ?

Avait-il été informé de ses états d'âme ? Ou bien son attitude avait-elle changé depuis qu'elle se posait toutes ces questions ?

— Tu sais, petite, que c'est la pleine saison ?

— Oui, monsieur... La salle est pratiquement pleine tous les jours !

— C'est vrai, et tous les soirs, c'est complet ! Je n'ignore pas qu'il t'est impossible de rentrer chez toi après le dernier train, mais… mais une serveuse de plus me serait d'un grand secours pour le dîner. Aussi…

— Oui, monsieur ?

— Aussi, j'ai pensé à toi ! Pas en semaine, mais au moins le samedi et le dimanche soir…

Une proposition qui la prit de court.

— Ben… je ne sais si…

— Rassure-toi, je ne te demande pas de faire des trajets de nuit, à pied ou à bicyclette ! Mais nous avons au dernier étage, sous les toits, des chambres à l'usage du personnel permanent qui ne loge pas aux Eaux-Bonnes ou aux alentours. Il en reste un grand nombre qui sont inoccupées, et où tu pourrais dormir une fois ton service achevé. Juste les nuits de samedi et de dimanche ! Bien sûr, cela s'accompagnerait d'une augmentation de ton salaire et d'une prime en rapport. Qu'en penses-tu ?

Alors que quelques jours plus tôt elle eût sauté de joie, l'idée ne l'enthousiasma pas autant qu'elle l'aurait cru. Mais M. Mandoire s'était montré si paternel avec elle, et elle lui devait tant qu'elle n'osa pas refuser.

— Je… je peux toujours essayer !

— Bien ! Je suis certain que tout se passera bien. Tu as toujours su faire tes preuves au-delà de mes espérances !

— Grâce à vous, monsieur Alfred…

— C'est bien ! Je peux donc compter sur toi pour le week-end à venir ?

— Bien sûr, monsieur Alfred !

— Parfait, parfait…

Ainsi, le sort en était jeté !

*

* *

Le soir même, une fois rentrée à Saubajot, la protégée d'Esteban ne sut comment annoncer la nouvelle à son tuteur. Tuteur ? Non : celui qui, presque de la génération de son grand-père, lui était depuis maintenant plusieurs années un véritable père… Depuis la mort de Guilhemot, il était son seul pilier familial, et Jules son seul véritable ami, malgré la différence d'âge. Esteban la connaissait assez pour bien remarquer l'embarras qu'elle s'efforçait de cacher :

— Toi, tu n'as pas trop l'air dans ton assiette… Qu'est-ce qui se passe ?

Sachant qu'il faudrait bien le lui dire, Clarmonde confessa :

— J'ai accepté de travailler au service le samedi et le dimanche soir…

— Comment ? Et comment vas-tu rentrer ?

— Il y a des chambres pour cela, à l'hôtel… Il m'était difficile de refuser. M. Mandoire a tellement fait pour moi !

Esteban réprima une colère soudaine et assena d'une voix sourde :

— Il a surtout réussi à t'asservir à ce foutu hôtel pour parvenus ! Combien de temps vas-tu te complaire à rester une esclave corvéable à merci, même si ton salaire n'est plus celui d'un serf au Moyen Âge ? Faut-il que ces pourris du portefeuille fassent de toi quelqu'un qui rampe et se soumette au seul pouvoir de l'argent ? Un argent qui te semble peut-être important, mais qui chaque mois ne représente qu'une broutille pour ceux que tu sers si civilement ! Ils dépensent le montant de ton salaire avec autant d'insouciance que l'on jette quelques centimes à un mendiant…

Le brave homme n'avait pas forcément tort, et Clarmonde en était de plus en plus consciente. Ce qui ne lui faisait pas oublier qu'elle avait promis :

— Je le sais, Esteban… Il n'empêche que j'ai appris beaucoup de choses, à l'hôtel, et qu'elles pourront me servir toute ma vie. Et puis ce poste, comme les autres, n'est sans doute que temporaire…

— Fais ce que tu veux, tu es assez grande, maintenant ! Mais je te le répète, je n'aime pas trop ça…

— Je connais tes opinions sur la question, et je ne suis pas loin de les partager ! Mais il faut bien faire quelques concessions, pour espérer une existence meilleure…

— Concession ne veut pas dire compromission ! Alors fais bien attention à toi…

— Ne t'inquiète donc pas ! Comme tu viens de le dire, je suis grande, maintenant !

— Peut-être, mais l'âge ne nous met pas à l'abri des erreurs, crois-en quelqu'un qui a déjà de l'expérience ! Surtout, n'hésite pas à m'en parler si les choses se passaient mal…

— Tu sais bien que je ne te cache rien ! mentit-elle en pensant à tout l'argent qu'elle avait mis de côté.

*
* *

Clarmonde avait repris son poste avec un certain entrain, portée par la promesse de son augmentation de salaire et la prime évoquée par l'intendant. Oh, bien sûr, les services du soir, le samedi et le dimanche, étaient bien plus durs à assumer que ceux de midi, avec plus de monde et des menus plus compliqués, mais elle arrivait à honnêtement tirer son épingle du jeu parmi des serveurs et serveuses bien plus expérimentés qu'elle. Même Léopold Briard, le chef de salle, semblait satisfait de sa prestation : cette jeune personne s'adaptait tellement vite aux travaux les plus divers ! Peu à peu, par imitation de ses collègues, elle ajoutait grâce et élégance dans ses déplacements et sa manière d'aborder la clientèle. La jeune employée devait pourtant parfois se forcer pour ignorer les regards éloquents que lui adressaient certains hommes attablés, leurs sourires entendus, et elle se doutait bien des propos lubriques qui devaient s'échanger derrière son dos ! Enfin, tant que cela n'allait pas plus loin… Elle ne s'était d'ailleurs jamais considérée très belle, comme beaucoup de filles se jugeant elles-mêmes, mais l'intérêt qu'elle suscitait chez les garçons la convainquait peu à peu qu'elle n'avait rien à envier aux coquettes de Laruns, Gère-Bélesten ou Aste-Béon ! Clarmonde se serait bien passée de l'attirance qu'elle provoquait, surtout lorsqu'elle était de service en salle. Chaque fois, cela la mettait mal à l'aise… Elle n'avait pourtant plus eu d'incident depuis cette main fureteuse qui l'avait tellement outrée, mais elle se méfiait toujours.

— Clarmonde, la dorade pour la 5 et l'escalope de foie gras poêlé pour la 17…

Elle filait vite entre les tables, désormais, et arrivait à garder son plateau stable en toutes circonstances, même quand un client reculait sa chaise au moment où elle passait. Elle se demandait parfois si certains ne le faisaient pas de façon délibérée ! Elle avait l'œil pour voir ce qu'il manquait et anticipait ce qu'on pouvait lui demander, rapporter du pain, du sel ou du poivre, proposer une nouvelle bouteille quand la précédente était vide. Oui, elle maîtrisait maintenant de manière instinctive presque tous les écueils du métier !

— Martial, les entrées pour la 9 ! Marinette, les carrés d'agneau pour la 12 ! Sylvain, les croquettes d'artichaut à la truffe et la couronne de ris de veau Pompadour pour la 14… Clarmonde le dessert de crêpes flambées pour la 8. Sylvain, le râble de chevreuil pour la 19 !

Oui, vraiment, il y avait du monde, les soirs de week-end, et Clarmonde ne se sentait nullement inutile et savait tenir sa place au sein de toute cette agitation, avec le brouhaha des conversations, les bousculades, les hurlements du chef Thomas en cuisine, les ordres du chef de salle… Vite, toujours le plus vite possible. « Comme si tous ces gens qui n'ont rien à faire de leurs journées étaient vraiment pressés ! »

— Clarmonde ? Pour la 3, la darne de saumon à la russe…

« Tout de suite, tout de suite, j'arrive ! » Il en était ainsi ces soirs de fin de semaine, durant lesquels il fallait se démener sans une minute de répit.

— Voici, messieurs... Bon appétit !

L'un des deux hommes, un quinquagénaire grisonnant à la face congestionnée, eut l'œil qui s'éclaira d'une lueur étrange. Fixant la jeune serveuse droit dans les yeux, il complimenta :

— Vous êtes charmante, demoiselle... Vraiment mignonne ! Peut-on savoir votre petit nom ?

Gênée, Clarmonde baissa le regard en rosissant. Elle détestait ces attentions particulières, mais la politesse l'obligea à répondre :

— Clarmonde, monsieur...

Puis elle se retira avec l'impression de fuir l'intérêt qu'elle avait allumé chez cet inconnu. Elle n'eut pas rejoint ses collègues de travail dans le sas séparant la cuisine du restaurant qu'une voix la fit sursauter :

— Petite, tu as l'air fatiguée !

Elle se retourna.

— Non, monsieur Briard. Ça ira, je vous assure !

Le chef de salle lui sourit.

— Allons, il est plus de minuit, et il y a moins de monde... Tu peux regagner ta chambre.

— Mais...

— Mais je tiens à ce que tu sois en forme pour demain midi ! Le dimanche est un gros jour, tu le sais...

— Bien, monsieur Léopold...

Elle avait beau eu dire, Clarmonde retrouva sa chambrette sous les toits avec satisfaction. Oh, ce n'était pas très confortable, avec le plafond en pente donnant sur une lucarne étroite. Une pièce étriquée avec pour seuls meubles un lit une place, un placard minuscule, une petite table et une chaise. Bien qu'épuisée, elle se déshabilla pour ne pas froisser sa tenue, la disposa avec soin sur des cintres, puis passa sa chemise de nuit de toile grossière. Allongée sur sa couche, elle sentait ses paupières s'alourdir lorsque l'on frappa légèrement à sa porte. « Qu'est-ce que ce peut bien être ? On a encore besoin de moi ? » Péniblement, elle se leva pour ouvrir et resta interdite en reconnaissant devant elle le client qui l'avait abordée une demi-heure plus tôt…

— Mons… monsieur ? Mais qu'est-ce que ?

— Te, te, te, ma belle… Chut !

Affolée et honteuse de sa tenue, avec les cheveux défaits, elle recula d'un pas.

— Que… que me voulez-vous ?

— N'aie pas peur ! Je ne te veux que du bien, belle Clarmonde !

Effarée, elle le vit lui brandir sous le nez une liasse de billets de mille francs, de beaux Cérès au ton ocre ourlé de bleu.

— Ne me dis pas que tu cracherais sur dix mille francs ? Pour un petit tour dans ma chambre…

Elle mit un moment à réaliser, puis le rouge de la colère lui monta aux joues. Non, mais pour qui la prenait-il ? Elle faillit hurler à en ameuter tous les étages et fit un effort surhumain pour articuler d'une voix rauque :

— Espèce de vieux cochon ! Filez tout de suite d'ici, ou je fais un scandale ! Je ne suis pas très grande, mais je peux crier à en faire se briser toutes les vitres de l'hôtel ! Allez, filez, je vous dis !

Le bonhomme hésita :

— Même si je double la mise ? insinua-t-il en remettant la main à la poche de son gilet.

Pour toute réponse, Clarmonde lui arracha les billets des doigts pour les jeter à travers le couloir, puis elle claqua violemment la porte. Un cri de douleur fusa instantanément et elle entrouvrit de nouveau le battant pour voir avec un certain plaisir l'homme retenir de son mouchoir le sang lui coulant du nez.

— Sale petite garce ! fulmina-t-il. Je vais me plaindre à qui de droit, crois-moi...

Perfide, elle répliqua :

— Faites donc ainsi que vous l'entendez, si vous tenez à assumer votre honte aux yeux de tout le monde ! Pensez-vous que l'on croira vos mensonges ? Comment expliquer votre présence dans le couloir des chambres du personnel, hein ? Ce que ne peuvent que prouver les traces de sang que vous semez derrière vous ! Foutez le camp avant que je n'alerte l'hôtel entier !

Furieuse, elle claqua encore une fois la porte avant de replonger sur son lit, secouée de sanglots convulsifs. Bon Dieu ! Au nom de la puissance de l'argent, ce genre de pervers se croyait donc tout permis ? Le salaud ! Qui entendait bien monnayer le prix de sa virginité !

— Qu'il crève en enfer !

Elle se redressa subitement.

— Il a bien fallu que quelqu'un lui confie le numéro de ma chambre ? Mais qui, et pourquoi ?

Un des garçons ou des filles de salle, sans doute ! Qui n'aura pas résisté au froissement d'un billet de mille, peut-être ? C'est dégueulasse…

Dégueulasse, sans doute, mais pouvait-elle vraiment leur en vouloir ? Quand ce petit renseignement pouvait rapporter autant ou même plus qu'un mois de salaire… À cette idée, elle cogna son matelas à coups de poing rageurs. Oui, elle aurait bien du mal à se calmer et à trouver le sommeil !

Au bout d'une heure, elle se redressa dans son lit. Devait-elle se plaindre ou non de cette odieuse intrusion ? Et à qui ? M. Mandoire, Mme Siguier, ou Léopold, le digne maître d'hôtel ? Clarmonde secoua la tête, certaine que nul ne souhaitait au poste qu'ils occupaient que l'hôtel perdît un bon client ! Ses camarades au service, peut-être ? Se rappelant avec quelle désinvolture Marinette s'était moquée de sa réaction pour un simple geste déplacé, elle y renonça :

— Je ne serais pas surprise si une ou plusieurs des filles avec lesquelles je travaille avaient déjà succombé une ou plusieurs fois à ce genre de chantage…

Ce petit sacrifice représentait de l'argent si facilement gagné pour celles qui étaient peu farouches !

— Oui, mais pas moi ! se jura-t-elle. Jamais !

À contrecœur, elle se résolut alors à n'en parler à personne, et surtout pas à Esteban.

*

* *

Ce souvenir était encore douloureux, mais commençait à s'estomper. Il y avait maintenant plus d'une semaine que ce malheureux incident avait eu lieu, et mieux valait l'oublier… Pourtant, Clarmonde se sentait de plus en plus mal à l'aise au contact de cette clientèle rupine qui affichait sans complexes une aisance outrancière ! Qui dépensait sans compter et claquait des sommes hallucinantes au casino de la petite ville thermale. Qui se permettait tout avec une sorte de mépris hautain pour les « basses classes » qui les servaient… Tout ce monde-là suscitait en elle un dégoût toujours croissant ! Tiendrait-elle le coup encore longtemps ?

Ce jeudi après-midi, elle avait terminé un peu tard et hâtait le pas pour rejoindre Laruns assez tôt afin de ne pas rater le train. « Sinon je serai obligée d'attendre celui du soir… » Elle marchait depuis environ un kilomètre sur la petite route sinueuse qui dominait le cours d'eau du Valentin. Deux voitures à cheval l'avaient dépassée sans daigner s'arrêter afin de lui proposer de prendre place sur le banc pour économiser ses jambes et ses sabots. Comme beaucoup de gens travaillant à la journée et n'habitant pas la cité balnéaire, elle comptait beaucoup sur les commerçants et autres usagers de ce trajet pour s'éviter une longue route. À l'aller comme au retour, elle avait l'habitude de souvent avoir affaire aux mêmes personnes serviables, mais le fait qu'elle eût terminé son service près d'une heure plus tard contrariait ce qui n'était ordinairement que routine. Enfin, elle avait de bonnes jambes, et ce n'était pas cinq à six kilomètres qui allaient l'effrayer, malgré les quelques côtes du parcours ! Plusieurs automobiles neuves et soigneusement lustrées avaient déjà filé devant elle, mais il ne fallait pas compter sur leurs riches conducteurs pour offrir une place à quiconque circulant à pied !

En parvenant presque à hauteur du barrage d'Assouste, construit une dizaine d'années plus tôt, elle remarqua :

— Tiens, en voici justement une de garée en bordure de la route…

Elle n'y attacha d'ailleurs aucune importance, jusqu'à ce que deux jeunes gens élégamment vêtus sortissent de leur belle Renault Monastella à bâche et capot noirs et aux portières et flancs de couleur bleu vif. Elle s'inquiéta vite en les voyant s'approcher d'elle. L'un d'eux, un grand blond aux cheveux gominés, se mit à rire :

— Tu ne voulais pas me croire, hein ? Même sans son déguisement de l'hôtel, je l'ai reconnue, moi… C'est bien la petite mignonne qui nous a servis hier ! Où vas-tu de ce pas, la belle ?

À quoi bon répondre ? Elle n'avait certes pas l'inconscience de consentir à monter dans leur voiture, surtout après avoir entendu le ton goguenard dont le jeune homme avait usé à son égard ! Le cœur battant, elle accéléra le pas, mais le compère de son interlocuteur lui barra le passage.

— Eh ! Ne file pas si vite, poupée ! Nous ne te plaisons pas, peut-être ?

Rassemblant tout son courage, elle prévint, un nœud dans la gorge :

— Laissez-moi passer, ou je crie !

Après un coup d'œil en avant et en arrière sur la route, le plus arrogant se mit à rire :

— Et qui pourrait bien t'entendre, ici ?

— Il y a quand même du passage et…

Elle ne put en dire plus, car le second compère la prit de surprise en bondissant et en la bâillonnant de la paume de la main.

— Et comme ça, tu vas crier ? rigola-t-il en la tirant en arrière jusque sous le couvert des bois qui enserraient la maigre chaussée.

Éperdue, impuissante, Clarmonde eut beau se débattre et gigoter, elle fut vivement entraînée à l'écart sous les arbres touffus, les branches mortes et les aiguilles de sapin lui meurtrissant le dos. Le premier qui l'avait abordée s'adressa alors à son camarade :

— Un morceau de choix, non ? Et je parie qu'elle est encore pucelle !

— Tu crois ? Ce serait une aubaine !

— Mais chacun son tour, alors, et c'est moi qui veux en avoir la primeur ! décréta le plus débauché des deux. En attendant, contente-toi de lui museler son gentil petit museau !

Terrorisée, la jeune fille eut beau se trémousser, elle n'empêcha pas ces mains rudes de lui trousser robe et jupon et déchirer ses dessous. En hoquetant, elle se débattit encore en se démenant à l'aide de ridicules sauts de carpe qui lui arquaient le corps et le bassin.

— Continue ainsi, tu es encore plus excitante ! apprécia le sale individu en se positionnant, jambes écartées, pour ouvrir son corsage d'un geste sec et triturer avec un plaisir malsain les jeunes seins.

Ah ! Ces doigts ignobles qui lui malaxaient la peau ! Suffoquant sous la main plaquée sur sa bouche, elle vit avec une horreur sans nom son tortionnaire se redresser pour déboutonner son pantalon et le laisser glisser au-dessous des genoux.

— Ôon... N'... ôon... tenta-t-elle de supplier.

— Tu peux toujours geindre ! Je vais te faire gémir de toute autre manière, la belle...

Les deux complices se mirent à rire, tandis que le violeur exhibait sous ses yeux dilatés son sexe raidi. Clarmonde ne connaissait pas grand-chose des hommes, mais, dans une dernière tentative, elle redressa de toutes ses forces son genou. Atteint en plein cœur des parties génitales, le jeune homme poussa un beuglement atroce et se roula au sol en se tenant le bas-ventre. Surpris, son acolyte relâcha son emprise, et la jeune fille en profita pour se remettre sur ses jambes et s'enfuir, en serrant ses vêtements contre elle. Trébuchant, zigzaguant, elle retrouva la route et fonça désespérément en espérant croiser un véhicule. Mais rien... Un coup d'œil en arrière la convainquit qu'elle n'était pas encore poursuivie, et elle crut pleurer de joie en apercevant les toits de deux fermes nichées à l'écart d'un lacet. Sans prendre garde aux aboiements féroces de deux chiens, elle déboula dans une cour et frappa à la porte.

— Ouvrez-moi ! Vite, ouvrez-moi !

XXI

Esteban venait de rentrer avec sa jument Fiérotte après être allé soigner les plaies d'un bœuf au-dessus de Béost. En pénétrant chez lui, il soupira :

— La petite a encore dû terminer après ses heures ! Elle va être obligée de prendre le dernier train du soir... *Gorrina*[1] ! Cette saloperie d'hôtel va bien finir par me la bouffer...

Une heure plus tard, une voiture à cheval s'arrêtant dans sa cour l'inquiéta quelque peu. Il était bien rare qu'on vînt le voir à Saubajot en véhicule ! Une urgence pour une bête, peut-être ? Il allait sans doute devoir intervenir de nuit, et il détestait cela. En ouvrant la porte, il eut la surprise de découvrir un paysan qu'il ne connaissait pas, qui aidait à descendre...

— Clarmonde ! s'écria-t-il en se précipitant et en constatant sa tenue. Mais que t'est-il arrivé ? Un accident ?

— On peut dire ça... répondit l'inconnu tandis que la jeune fille se réfugiait en courant dans les murs de la maison. Sur la route de Laruns, elle a

1. *Putain !*

bien failli être violée par deux fumiers de la pire espèce, mais je vous rassure, il y a plus de peur que de mal…

Une tentative de viol ? Cette seule pensée fit bouillir le vieil homme qui se retint pour ne pas laisser éclater son indignation : il fallait bien se montrer reconnaissant envers ce brave paysan qui avait pris en charge sa protégée !

— Bon, entrez donc boire un verre ! Monsieur ?

— Je m'appelle Aimelin… Aimelin Lartigues ! J'habite près du barrage sur le Valentin, où j'élève des vaches pour le lait…

— Asseyez-vous, Aimelin… Et merci pour ma Clarmonde !

— La pauvrette ! Elle est venue par bonheur cogner à notre porte dans l'état où vous l'avez vue… On lui a donné un petit remontant, mais on n'a pas voulu qu'elle prenne le train. Alors je me suis décidé à la ramener chez vous, et elle m'a guidé jusqu'ici !

— Mais qui a bien pu ?…

— Je ne sais pas ! dit Aimelin Lartigues en haussant les épaules et en avalant une gorgée de vin. Elle n'a rien voulu nous dire… Heureusement, grâce au courage de votre petite, les deux salauds qui l'ont agressée ne sont pas arrivés à leurs fins ! Et elle a l'air de bien se remettre du choc…

Esteban avala son verre d'un trait et jura :

— *Diu bibant*[1] *!* Ceux-là, ils n'ont pas intérêt à tomber sous mes mains, car je suis capable de les étriper, *Diu de Diu !*

---

1. Dieu vivant (juron traditionnel).

Clarmonde se serait bien couchée sans plus tarder, mais elle se devait de remercier ce brave homme qui lui était venu en aide. Elle changea de vêtements, remit de l'ordre dans ses cheveux, puis se força à réapparaître dans la cuisine. Son tuteur s'enquit aussitôt :

— Ça va mieux ?

— Oui, ça va, ça va…

Sa voix était encore mal assurée, mais son regard avait repris de la vigueur. Elle s'imposa un sourire de circonstance.

— Merci, Aimelin… Sans vous, je ne sais ce que je serais devenue ! Ils n'auraient sans doute eu guère de mal à me rattraper…

— N'y pense plus, la belle… Tout est mal qui finit parfois bien, n'en déplaise au dicton !

Esteban s'impatienta et, attirant Clarmonde contre lui, il grogna :

— Bon ! Raconte-moi, maintenant…

— Non, pas tout de suite, je t'en prie ! Laisse-moi souffler, si tu veux bien…

— Alors sers-toi un verre, ça ne te fera pas de mal !

— Je veux bien, accepta-t-elle alors qu'elle ne buvait généralement pas de vin.

Une fois Aimelin Lartigues reparti après force remerciements, Esteban posa les assiettes sur la table.

— Ne discute pas, il faut que tu manges !

— Je n'ai pas faim, murmura-t-elle.

— Peut-être, mais tu vas quand même prendre une louche de soupe et croquer un morceau, et surtout me raconter tout ce qui s'est passé !

Clarmonde repoussa son couvert.

— Il se passe que c'est fini ! Je ne retournerai plus travailler à l'hôtel... Oui, l'*Hôtel des Princes*, c'est bien fini...

— Dans d'autres circonstances, je m'en serais réjoui, tu sais... Mais vas-tu enfin m'expliquer ce qui s'est passé ?

C'était là un véritable calvaire pour la jeune fille, mais elle savait bien que son tuteur ne la lâcherait pas avant qu'elle se fût confiée. En se prenant la tête entre les mains et en évitant le regard d'Esteban, elle se mit à raconter cet épisode douloureux. Esteban la laissa parler tout en jugulant la colère qui bouillonnait en lui. Lorsqu'elle en eut terminé, il explosa enfin :

— Les ignobles crapules ! Et en automobile neuve, dis-tu ? Des jeunes pourris de fils de bourgeois friqués, alors ! Mais difficile de savoir qui...

Clarmonde puisa dans ses dernières ressources pour avouer :

— Ils sont fils de clients de l'hôtel... Ils faisaient partie des tables que j'ai servies hier ! J'avais seulement remarqué qu'ils ne me quittaient pas des yeux, mais ce n'étaient pas les premiers. Jamais je n'aurais imaginé que...

— Je t'ai toujours dit que la racaille ne se trouvait pas seulement dans les bas-fonds ! Il n'en manque pas également dans ce que les gens bien appellent la « haute société »... En tout cas, demain matin, tu harnacheras Fiérotte ou Masclut ! Nous irons tous deux aux Eaux-Bonnes, et tu peux croire qu'ils vont m'entendre, dans ton antre pour millionnaires ! Je t'en foutrai, des « princes », moi ! Mon cul, oui : des oisifs qui vivent dans le faste et qui n'ont que le vernis du luxe dont ils se targuent ! Il ne faut pas gratter beaucoup pour s'apercevoir de la pourriture qu'il cache…

— Ils ne sont pas tous comme ça, mais c'est vrai que depuis quelque temps la façon de faire de beaucoup m'écœurait. Il y a ceux qui cherchent à me tripoter, ceux qui me déshabillent des yeux, ceux qui m'adressent des propos malhonnêtes. Il y a même un vieux goujat qui a voulu m'entraîner dans sa chambre en ne me proposant pas moins de vingt mille francs ! Tu te rends compte ? Je les lui ai jetés à la figure… Enfin, ce que je viens de subir m'a pleinement décidée : même si l'on me changeait encore de poste, je ne veux plus y travailler. Jamais !

— C'est bien la meilleure décision que tu pouvais prendre ! Et tu peux compter sur moi pour t'appuyer si jamais on voulait t'en dissuader… Pourquoi ne m'as-tu confié ces odieux comportements ?

— Tu ne vas pas te battre, au moins ?

— Que vas-tu imaginer là ? Ces gens-là ne risquent pas de me provoquer, ils auraient trop peur de se salir les mains ! Et comme jamais je n'ai sorti mes poings le premier, ça ne devrait pas arriver…

— Bien… Mais je suis fatiguée, et je préfère aller me coucher…

— Sans manger ? grogna Esteban.

— Pour ça, je me rattraperai demain !

— Alors viens d'abord m'embrasser, espèce de sauvage, ce n'est pas si souvent que tu me fais ce plaisir…

— Menteur ! s'exclama-t-elle en se jetant dans ses bras.

*

* *

Elle essayait bien de le cacher, mais plus ils approchaient de la station thermale, plus elle ressentait une certaine appréhension. Comme s'il le sentait, Masclut ralentissait de plus en plus le trot qu'on lui imposait, et Esteban, aux abords des Eaux-Bonnes, le laissa aller à son rythme. Il laissa sa carriole face à l'établissement de prestige, ce qui fit sortir aussitôt le portier :

— Pour les livraisons, c'est par-derrière, monsieur…

— Je le sais bien ! Mais là n'est pas la question, espèce de guignol déguisé…

— Monsieur, je vous en prie… Pas de scandale !

— Si tu ne veux pas de scandale, pantin de pacotille, tu as intérêt à me faire chercher ton escogriffe d'intendant pas plus tard que tout de suite !

— Je… je ne vous permets pas de…

Clarmonde sauta à son tour du cabriolet.

— Laissez, Corbairan… Je vais moi-même chercher M. Alfred !

— Ah, c'est toi, petite ? Mais que signifie tout ce…

— Laisse-nous seulement entrer jusqu'à l'accueil, et Esteb… euh, mon tuteur se tiendra tranquille !

— Ton… Ah, ton tuteur…

Un peu radouci, mais malgré tout choqué par cette entrée en matière, le réceptionniste s'effaça pour leur laisser le passage.

— Bien, bien, mais pourras-tu m'expliquer ce qu'il se passe ?

— Plus tard, Corbairan... Je file chercher M. Mandoire !

— Tu devrais passer par l'entrée de service, voyons. Avec les clients que tu peux croiser, tu ne vas tout de même pas traverser tout l'hôtel dans cette... dans cette tenue ?

— Si, et je ne vais pas m'en priver ! rétorqua-t-elle soudainement plus combative, avant de filer par le grand escalier d'honneur.

Mme Siguier vérifiait soigneusement une pile de draps propres et repassés lorsque l'entrée en trombe de la jeune fille la fit sursauter.

— Ah, c'est toi ? Mais pourquoi n'es-tu pas encore en tenue ?

— Je cherche M. Mandoire !

— Oh ! Ça a l'air grave... Qu'est-ce qui t'arrive ?

— M. Mandoire ? insista-t-elle.

— À cette heure-là, sans doute dans le bureau du comptable, comme tous les jours. Mais...

Clarmonde détala aussitôt, laissant la gouvernante interloquée. Cette jeunette qu'elle avait connue gamine ne l'avait pas accoutumée à cette impolitesse ! Désormais portée par une énergie vindicative, la jeune fille pénétra sans frapper dans la pièce aux rayons encombrés de dossiers où régnait le préposé aux comptes. Surpris par cette irruption, Alfred Mandoire s'étonna :

— Clarmonde ? Mais qu'est-ce que signifie cette intrusion ? Tu m'as l'air dans tous tes états !

— Je venais vous dire que je ne travaillerai plus ici ! L'*Hôtel des Princes*, c'est fini pour moi…

L'intendant la considéra d'un œil perplexe. Cette gamine désormais plus qu'adolescente s'était toujours montrée si timide et respectueuse ! Et il était si fier du parcours professionnel qu'il lui avait fait accomplir depuis leur première rencontre. Une réussite ! Il s'approcha, lui posa une main paternelle sur l'épaule.

— Calme-toi… Et viens donc m'expliquer tout ça dans mon bureau.

— Non ! Mon tuteur nous attend à l'accueil, et il n'est pas très patient. Je crains qu'il ne passe ses nerfs sur ce pauvre Corbairan…

Ils sortirent tous deux de l'ascenseur et M. Mandoire s'approcha de son visiteur, dont la tenue de travail dénotait dans cet environnement de dorures. Il lui tendit pourtant la main, qu'Esteban refusa de saisir.

— Vous êtes donc le responsable de Clarmonde ?

— Esteban Nabarre, son tuteur légal depuis le décès de son grand-père, en effet. Et je tiens à vous dire que…

— Pas ici, voulez-vous ? Passons dans le petit salon…

Une fois dans cette pièce cossue au sol recouvert de tapis, aux murs ornés de tentures, et meublée de canapés et fauteuils confortables, l'intendant toisa le soigneur d'animaux.

— Alors, qu'y a-t-il pour justifier ce courroux et la volonté de votre filleule de tout abandonner ?

— Il se passe qu'elle ne mettra plus les pieds ici ! Un point c'est tout !

— Mais pourquoi ? Va-t-on enfin m'expliquer de quoi il retourne ?

Clarmonde voulut répondre, mais Esteban la précéda :

— Cette petite ne travaillera plus dans cet antre qui abrite trop de pervers que leur fortune rend intouchables ! Ces parasites ne sont que moisissure qui se nourrissent sur l'humus de la pauvreté !

— Qu'est-ce que c'est que ce délire, monsieur... monsieur Nabarre ?

— Si j'ai bien compris, depuis qu'elle a pris quelques tournures de vraie femme, elle a à subir des attouchements, des plaisanteries grivoises, des propositions indécentes indignes d'un établissement qui se veut palace ! On a même essayé de forcer l'entrée de sa chambre avec comme passe-partout des liasses de billets. Et que c'est miracle si elle n'a pas été violée et même pire par deux ignobles individus de cette race-là !

— Comment ? Dans cet hôtel ? s'indigna l'intendant.

— Non, sur le trajet de la gare ! répliqua Esteban.

— Ouf, vous me rassurez...

— Il n'empêche que cette ignominie a été perpétrée par deux de vos clients !

Alfred sembla un peu assommé par la nouvelle. Il se tourna vers Clarmonde :

— C'est vrai, tu es bien sûre ?

— Oui, monsieur Alfred. Je les avais servis la veille au soir... Et... et ils m'ont reconnue alors qu'ils me doublaient dans leur belle auto. Ils se sont arrêtés, m'ont entraînée dans le bois et… et…

Elle ne put continuer à en dire plus et son tuteur précisa :

— Heureusement, elle ne s'est pas laissé faire ! Et elle ne doit son salut qu'à un bon coup de pied dans les couilles… et à la présence d'une maison à proximité où elle a pu se réfugier.

Catastrophé par ce qu'il venait d'apprendre, l'intendant se mit à arpenter le salon. C'était un honnête homme, et en homme honnête il compatissait secrètement au désarroi de cette jeunette à laquelle il s'était progressivement attaché au fil des mois.

— Tout cela me peine, Clarmonde ! Mais as-tu bien réfléchi ? Après tous les efforts que tu as faits, et la volonté que j'ai mise à te faire passer d'étape en étape pour te former au mieux, est-ce bien raisonnable ?

— Ma décision est prise, monsieur… Même à un autre poste, je ne supporterais plus ne serait-ce que l'idée de travailler pour ce que vous appelez le « beau monde » !

— Mais que pourrais-tu bien faire d'autre, maintenant ?

— N'importe quoi, même pour des gages de misère !

Alfred soupira.

— Je te comprends, mais ta détermination me fend le cœur ! Quand je pense à tous les espoirs que j'avais mis en toi ! Toi que je voyais, une fois adulte et mûre, accéder aux plus hautes responsabilités dans cette maison ! Et avec une rémunération qui serait enviée à des kilomètres et des kilomètres à la ronde…

— L'argent ? se révolta Clarmonde. Toujours l'argent ! Si c'est pour devenir aussi égoïste et puante que les pimbêches que l'on sert ici, je préfère encore l'indigence des gens de la terre…

— Comme tu veux… céda l'intendant. Je ne peux aller contre ta volonté ! Et je sais bien que qui travaille à contrecœur travaille mal et qu'on ne peut compter sur lui ! Mais sache que, quoi qu'il arrive, demain ou dans quelques années, si tu changes d'avis la porte de cet hôtel te sera toujours ouverte…

Esteban avait été surpris par les propos humains et paternels de l'intendant, et ce fut d'un ton radouci qu'il intervint :

— N'insistez pas, monsieur… Ce qui est dit est dit ! Au revoir, monsieur… Vous me semblez un brave homme, ajouta-t-il en lui tendant la main.

— Vous aussi, monsieur Nabarre… Et toi, Clarmonde, est-ce que je peux te demander de t'embrasser ?

— Bien sûr, monsieur Alfred ! répondit-elle en lui présentant les joues sur lesquelles il déposa deux bises sonores et émues.

— Peut-être penseras-tu à venir me rendre visite à l'occasion ?

— Bien sûr, avec plaisir, monsieur… Et au revoir !

— Te, te, te ! Ne pars pas si vite… Nous ne sommes pas fâchés, et l'établissement te doit le mois en cours malgré ta démission ! Plus une prime que j'entends bien conséquente…

— Ce n'est nullement justifié ! s'étonna la jeune fille, approuvée par son tuteur.

— Au contraire ! Tu n'auras qu'à considérer cela comme un dédommagement pour les désagréments que tu as subis ici, et dont j'ignorais tout…

— Merci, monsieur Alfred !

*

* *

Esteban avait beau critiquer les puissances de l'argent, une fois remonté dans la charrette il lorgna l'enveloppe gonflée que serrait Clarmonde contre elle.

— De combien t'a-t-il fait l'aumône ?

— Je ne sais pas ! répondit-elle en comptant les billets tandis que son tuteur mettait le cheval au trot.

Bientôt, elle émit un petit rire.

— Il semblerait que ma liberté vaille plus cher que ma virginité !

— Que veux-tu dire ?

— Vingt-cinq mille francs ! Plus que ce vieux cochon voulait m'acheter pour me coucher dans son lit !

— Oho ! Oho, Masclut…

Esteban s'arrêta en bordure de la route et s'exclama, incrédule :

— Vingt-cinq mille francs ! Mais cela doit cacher quelque chose… C'est tout à fait disproportionné par rapport à ton salaire !

Clarmonde sourit.

— Il y a quelque chose que je t'ai caché, Esteban. Pour me récompenser de grimper les échelons de tâche en tâche dans tous les métiers qui font tourner l'hôtel, M. Alfred m'a régulièrement augmentée bien plus que je ne te l'ai avoué… Pour tout dire, en presque cinq ans, si je t'ai bien remis une partie de ma paye, j'ai déjà économisé plus de cent mille francs, pas pour moi, mais en cas de coup dur, tu comprends ?

— Plus de cent mille francs ? répéta Esteban.

— Cent vingt mille, je crois… Et avec ça, ça doit bien approcher les cent cinquante mille ! De quoi voir venir en attendant de me trouver un nouvel emploi…

— Petite cachottière ! Et où caches-tu ce véritable magot ?

— Dans l'écurie, bien gardé par Fiérotte et Masclut…

— Toi, tu m'étonneras toujours !

Il hocha la tête et poursuivit :

— Tout comme m'a étonné ton M. Mandoire ! Finalement, c'est un bien brave homme, et je me demande ce qu'il fout dans ce repaire de requins ?

— Il gagne sa vie, c'est tout ! répondit la jeune fille. Et il la gagne fort bien tout en se montrant juste et humain envers le personnel, même le plus humble, ainsi que j'ai pu le constater lorsque je me suis présentée devant lui sans aucune expérience, et à dix ans seulement !

— C'est bien ce que je disais… Un bien brave homme ! Allez, en route, Masclut !

XXII

Clarmonde se réveilla le lendemain plus fraîche et dispose que jamais. Sans le souci d'attraper le train à Bélesten. Sans penser à ce qu'il lui faudrait endurer encore une nouvelle journée de service en table. Avec enfin l'esprit libre ! Si elle entendait bien désormais en avoir définitivement fini avec l'hôtel, elle ne regrettait pas l'expérience qu'elle y avait acquise en quelques années. Que ce fût dans une pension de famille modeste, une auberge ou un restaurant populaire, elle savait qu'elle pourrait désormais y trouver assez aisément de l'emploi. Elle était sûre des compétences diverses qui étaient siennes grâce à l'obstination de M. Alfred à faire d'elle un de ses meilleurs éléments. Mais, pour l'instant, elle entendait bien profiter au mieux de son retour à Saubajot. Allez rendre visite à Jules, enfourcher la bicyclette qu'elle avait achetée pour six cent quatre-vingt-dix francs une année plus tôt et qu'elle n'avait que peu eu l'occasion d'enfourcher. Un modèle pour dame Hirondelle de marque Manufrance alors un peu grand pour elle, mais qui était maintenant à sa taille et dont elle pourrait user encore à l'âge adulte, car elle savait avoir à peu près terminé sa croissance. « Et puis je me suis bien juré de grimper jusqu'au sommet du col d'Aubisque, mais il faut que je m'entraîne d'abord, car ce doit être raide ! »

Quelle satisfaction de retrouver le plaisir de prendre le petit déjeuner sans avoir à regarder l'heure et sans anticiper sa journée de travail ! Esteban lui aussi semblait heureux de renouer avec ces instants privilégiés devenus trop rares :

— Que comptes-tu faire, aujourd'hui ?

— Je crois que je vais tout d'abord câliner et bouchonner Masclut et Fiérotte ! Je ne leur ai pas consacré assez de temps à mon goût depuis des mois et des mois… Ensuite, je vais me faire un plaisir de nous cuisiner un bon petit plat. Et enfin, comme le soleil est de retour, je compte cet après-midi me remettre en selle de mon vélo pour une promenade en guise de mise en jambes !

— Un beau programme…

Au fil des heures, Clarmonde eut l'impression de véritablement revivre ! Depuis longtemps, et surtout depuis qu'elle passait ses nuits des samedis et dimanches à l'*Hôtel des Princes*, elle ne s'était que peu occupée des tâches domestiques de Saubajot… Elle sourit : elle allait pouvoir démontrer qu'elle était capable de rivaliser avec les obsédées de la lutte antipoussière, les virtuoses du lavage, les maniaques du repassage, les artistes de la cuisine, ainsi que les expertes du dressage de table ! Pas question pour autant de devenir maniaque, il y avait d'autres choses, dans la vie !

Elle commença par se rendre à l'écurie et, avant même de la voir, Masclut piaffa de joie en l'entendant approcher, aussitôt imité par Fiérotte. Depuis l'enfance, la jeune fille adorait les animaux, et particulièrement le brave cheval de la Hérère. Ah ! Caresser la tête, le chanfrein, entre les oreilles, gratouiller la commissure des lèvres, flatter l'arrière-train… Puis brosser soigneusement la crinière, avant d'étriller longuement, de lustrer le poil. Durant ce temps, la jument n'entendait pas être en reste et le manifestait bruyamment en soufflant des naseaux.

— Ne t'inquiète pas, ma belle… ton tour va venir !

Elle ne se pressa pas pour autant : pour une fois qu'elle pouvait s'attarder à volonté en compagnie de Masclut et de Fiérotte !

— Allez, maintenant, quelques gourmandises ! Des croûtons de pain, de vieilles pommes… Ah, j'oubliais, mon Masclut : quelques carottes, c'est ton péché mignon ! Mais oui, Fiérotte, toi aussi… Ensuite, vous aurez droit à votre foin et votre ration d'avoine.

Après cet intermède qu'elle considérait comme une récréation, elle ressortit du hangar sa belle bicyclette, l'astiqua soigneusement, puis se mit en selle.

— Mais où vas-tu ? s'inquiéta Esteban, un peu frustré de la voir déjà repartir.

Tout en abordant le chemin, elle répondit :

— Je ne sais pas encore, mais je serai bientôt de retour !

Si, elle le savait bien, mais tenait à lui faire la surprise d'un repas amélioré, pour bien marquer qu'elle entamait une nouvelle vie. « Pas la peine de filer jusqu'à Laruns, le boucher de Gère me suffira amplement, et il doit bien avoir de l'épaule de veau… » La descente en roue libre, le virage au nez des premières maisons de Béon, le pont sur le gave, et quelques coups de pédale pour traverser Bélesten avant d'aborder Gère. « Moins de deux kilomètres… » Après la boucherie, l'épicerie…

— Tiens, Clarmonde ! Ça fait un moment qu'on ne t'avait vue… Qu'est-ce qu'il te faut ?

— Pas grand-chose, madame Macrabère… Un poivron rouge, quelques oignons, et du piment sec râpé.

— D'Espelette, bien sûr ?

— Bien sûr… Avec une bouteille de jurançon blanc ! Je pense qu'il en reste à Saubajot, mais j'aimerais opter pour le meilleur que vous ayez.

— Je pense avoir ce qu'il te faut, mais ce n'est pas donné ! Je ne le vends généralement qu'aux touristes qui viennent s'amuser au champ de courses de Monplaisir…

— Ça ne fait rien ! J'ai assez d'argent, aujourd'hui…

— C'est vrai que ça fait quelques années que tu travailles. Ça te plaît ?

— Justement, je viens de démissionner de l'*Hôtel des Princes.*

— Ah ? Quelle idée ? Il est pourtant réputé pour proposer de bonnes places, et beaucoup feraient des pieds et des mains pour y entrer tant on y est bien payé !

— Peut-être, mais il y a trop de gens infects parmi la clientèle aisée du palace ! Je ne supportais plus ce qu'ils se permettent, avec leur argent !

Elle n'avait pas l'intention d'en dire plus, mais la commerçante comprit à demi-mot ce à quoi elle faisait allusion.

— Oui, oui... tu n'es plus une gamine et tu as pris des formes propres à exciter certains appétits ! Et si les jeunes et moins jeunes de la vallée ont été élevés dans le respect et les traditions, il n'en va pas toujours de même à Paris et les grandes villes, où certains fils de riches n'ont plus aucune morale...

— C'est bien ce que j'ai constaté ! Et certains pères ne valent pas mieux, croyez-moi, madame Macrabère. Mais parlons d'autre chose : ce jurançon ?

Une fois ressortie, elle plaça ses provisions dans le panier surmontant la roue arrière de sa bicyclette.

— Maintenant, il ne me reste qu'à passer à la Hérère pour inciter ce bon Jules à nous rejoindre pour midi, et quelque chose me dit qu'il ne se fera pas prier...

Au fur et à mesure qu'elle s'élevait au-dessus du gave d'Ossau, comme chaque fois elle ressentait une intense émotion en approchant de sa maison natale. Elle n'eut pas le temps d'arriver dans la cour de la Hérère que Goulic se précipita à sa rencontre, sans aboyer, mais en frétillant de la queue et en bondissant comme un cabri. Il fut aussitôt suivi du vieux Gaujòs qui traînait la patte. Clarmonde descendit de son vélo pour les gratifier de caresses, avec un petit pincement au cœur pour Gaujòs : « Il se fait bien vieux et ne tiendra plus très longtemps, le pauvre... » Enfin, il avait tout de même eu une belle vie ! Jules apparut à la porte et s'étonna :

— Ma petite Clarmonde ! Tu ne travailles donc pas, aujourd'hui ?

— Ni aujourd'hui, ni demain, ni plus jamais à l'*Hôtel des Princes* !

— Comment ? Ils t'ont fichue à la porte ?

— Non, non, c'est moi qui ai rendu mon tablier, comme on dit ! Je t'expliquerai…

Elle claqua les joues ridées et mal rasées de deux bises sonores.

— Mais je ne reste pas. Nous t'attendons Esteban et moi ce midi pour fêter cela !

Pour fêter cela ? C'était à n'y rien comprendre ! Mais déjà la jeune fille avait de nouveau enfourché sa bicyclette et s'éloignait sur le chemin…

*
* *

Tout en discutant, Jules et Esteban avaient regardé la jeune fille tailler avec maîtrise son épaule de veau, son poivron et ses oignons en petits dés. Elle fit alors revenir sa viande sur le fourneau avec de l'huile d'olive.

— Un peu de graisse, dit-elle, et quelques feuilles de laurier. Un petit bouquet de thym, mes piments verts…

Dans une cocotte à part, elle commença à faire suer ces ingrédients, y incorpora son veau et mélangea le tout, avant d'y ajouter le piment en poudre et de laisser le tout caraméliser.

— Voilà, ça se présente bien ! se félicita-t-elle en versant dans le récipient une large rasade de vin blanc…

Elle ferma le couvercle.

— Laissons mijoter un moment avant d'ajouter le fond de veau. Ensuite, cuisson durant trois quarts d'heure environ, puis dix minutes de plus en ôtant le couvercle, et ce sera prêt…

— Mais qu'est-ce que tu nous prépares, enfin ?

— Un *axoa*[1], tout bêtement…

— Il y a une éternité que je n'en ai plus mangé ! s'exclama Esteban.

— Moi non plus… concéda Jules avec un sourire gourmand.

— Je savais bien que ça vous ferait plaisir ! Surtout accompagné de pommes de terre cuites à la vapeur…

— Je sens que tu vas nous régaler, petite !

— Comme quoi mon stage aux cuisines de l'hôtel n'aura pas été inutile.

— Tu te débrouillais déjà bien sans cela !

— Peut-être, mais j'ai beaucoup appris, avec le chef Thomas…

*

* *

Après ce bon repas que les deux hommes avaient honnêtement arrosé de quelques verres d'irouléguy, une ambiance détendue s'installa. Elle fut bientôt troublée par les aboiements de Goulic :

— Aurait-on de la visite ? supposa Esteban en ouvrant la porte. Oui, et ce doit être pour moi !

---

1. Recette traditionnelle béarno-basque (se prononce a-tch-a, le x basque devenant chà l'oral).

Sans doute un gosse qui vient me prévenir qu'on a besoin de mes services…

Il ne se trompait pas. Un garçon d'une dizaine d'années se présenta, essoufflé, et retira son béret.

— M'sieur Nabarre, c'est le Toine Bazest qui m'envoie. L'un de ses bœufs s'est blessé à une patte, et il s'inquiète pour lui.

— Ah ! Et c'est grave ?

— J'sais pas, S'teban… Ses fils n'étaient pas là, et c'est moi qu'il a envoyé ! D'habitude, je lui garde ses vaches au pré.

— C'est bien, petit… Prends ces quelques francs et ne le dis à personne, hein ?

— Merci, m'sieur…

— File lui dire que j'arrive !

— Tout de suite, S'teban ! répondit le gosse en repartant en courant.

— Que c'est beau d'avoir des jambes de son âge ! commenta avec nostalgie Jules en le regardant disparaître au bout du chemin.

Clarmonde regarda son tuteur se préparer. Esteban avait ouvert sa valisette et vérifiait qu'il ne lui manquât rien. Il jeta un regard à sa fillette et lui demanda :

— Tu veux bien harnacher et atteler Fiérotte ?

— Bien sûr ! Mais j'aimerais aussi aller avec toi…

Le guérisseur eut l'air surpris.

— Pourquoi pas ? Et nous en profiterons pour déposer Jules à Bélesten. Comme il dit, il n'a plus les jambes de ce gamin !

Excitée, Clarmonde fila à l'écurie préparer la jument. Elle avait souvent vu son tuteur se consacrer à l'élaboration d'étranges mixtures, mais ne s'y était jamais vraiment intéressée. Tout cela lui passait tellement loin de la tête ! Maintenant qu'elle avait fait son deuil de se frayer un chemin au sein de ce palace dont elle ne voulait plus entendre parler, elle se surprenait à avoir la curiosité de savoir en quoi consistait l'art d'Esteban. Il y avait bien des vétérinaires à Laruns, mais les paysans et éleveurs du canton leur faisaient moins confiance qu'à ces praticiens sans diplôme qu'ils désignaient sous le terme dédaigneux d'« empiriques ». Depuis des générations, ils savaient soigner les bêtes souvent mieux que les « vétos », avec des pratiques et des traitements plus efficaces et bien moins onéreux que le préconisaient les vétérinaires certifiés !

— Alors, on y va ?

— On y va !

*

* *

Après avoir pris congé de Jules au pied du chemin de la Hérère, alors que le cabriolet brinquebalait au gré des ornières, Clarmonde, pensive, commençait à se poser des questions. Elle s'apercevait que, sans que cela parût, son tuteur gagnait suffisamment sa vie pour l'avoir accueillie dans ses murs alors que rien ne l'y obligeait, sinon son amitié envers son grand-père Guilhemot... Pourquoi Esteban n'avait-il jamais tenté de la former à l'activité qui était la sienne ? Pourquoi l'avait-il laissée se fourvoyer dans les emplois de cet hôtel plutôt que de lui transmettre les secrets de son art ? Sa curiosité naturelle reprenant le dessus, elle avait soudain envie de surveiller la manière dont il s'y prenait pour soigner les bêtes. Elle aimait tellement les animaux ! Comment avait-elle pu jusqu'ici ignorer la façon dont Esteban arrivait à les soigner, les guérir ?

— Je saurai bien t'arracher tes manières de faire et les secrets de tes mixtures !

— Qu'est-ce que tu marmonnes ?

— Non, non, rien, Esteban… Et nous allons où maintenant ?

— Chez Antoine Bazest, une ferme au-dessus de l'hippodrome de Monplaisir.

— Pour un bœuf, c'est bien ça ?

— Eh ! Pour le moment, je n'en sais pas plus que toi, sinon que c'est une blessure.

— Et que comptes-tu faire ?

— Je ne sais pas encore… Je te dirai ça quand j'aurai vu !

Heureusement que Fiérotte avait envie de se défouler, car le chemin, bien que soigneusement empierré, s'élevait en pente raide au fil de lacets assez serrés.

— Nous y voilà ! constata Esteban en parvenant en vue de la ferme des Bazest. Allons donc nous rendre compte de visu du problème de ce bon Antoine…

Antoine Bazest était un petit homme d'une quarantaine d'années au sourire jovial, et il vint à la rencontre du guérisseur dès qu'il entendit l'approche de la carriole.

— Tiens, Esteban ! Tu viens avec du renfort, aujourd'hui ?

— Oui, ma Clarmonde voulait faire un petit tour. Qu'est-ce qui t'arrive, Toine ? Le gosse m'a parlé d'un de tes bœufs...

— Oui, mon Trimaire[1]... Avec les dernières pluies, il a glissé et s'est ouvert une patte sur le soc de l'araire. Je l'ai bien pansé, mais ça ne veut pas guérir... J'ai bien peur que ça s'infecte !

— Allons voir ça, alors...

— Tu ne veux pas avaler d'abord une lampée de *patxaran*[2] ?

— Non, pas maintenant... Mais après avoir vu ton Trimaire, ce sera volontiers.

L'éleveur possédait une vaste étable, vide, car les vaches étaient en pâture. Tout au fond, seuls demeuraient deux bœufs, dont l'un tenait relevée sa patte arrière droite.

— C'est lui, je suppose ?

Clarmonde s'approcha et regarda Esteban ôter le pansement souillé, ce qui fit frémir l'animal blessé.

— Tu as mal, hein ? Attends... nous allons essayer de te soulager, mon pauvre... C'est vrai, ce n'est pas très beau ! Toine, il me faudrait de l'eau tiède pour nettoyer tout ça.

Tandis que le paysan retournait chercher ce qu'on venait de lui demander, Esteban expliqua :

— Tu vois, petite... Il va falloir rouvrir la plaie et la désinfecter au mieux avant de la panser correctement. Sinon c'est l'infection assurée, avec tous les problèmes qui peuvent s'ensuivre ! Mais voilà

1. *Bûcheur.*

2. *Liqueur navarraise à base de macération de prunelles dans une liqueur d'anis.*

Antoine qui revient avec l'eau. Je vais utiliser du savon de Marseille, c'est le plus sain et le plus efficace… Tu vois, ça saigne à nouveau ! Toine, essaye de calmer ton bestiau pendant que j'opère… Il n'arrête pas de bouger.

Sous l'œil attentif de Clarmonde, Esteban lava soigneusement la profonde blessure à l'eau savonneuse, puis rinça abondamment.

— Et maintenant ?

Il ouvrit sa valisette et en sortit un pot.

— Du miel ? s'étonna Antoine.

— C'est le meilleur cicatrisant qui existe ! Bien plus efficace que les pommades vétérinaires… C'est un produit naturel, qui est de plus antibactérien et anti-inflammatoire.

Avec des gestes précis et doux, il referma la plaie et en badigeonna les lèvres de miel avant d'enrouler la patte d'une bande de gaze serrée. Une fois le pansement terminé, il donna ses instructions au paysan :

— Il n'y a plus à y toucher pendant une bonne semaine, sinon à humecter le pansement chaque matin à l'eau tiède.

— Ça ne risque pas de faire pourrir les chairs ? s'inquiéta Antoine.

— Au contraire ! Le pire serait que ça sèche, ce qui pourrait provoquer des nécroses.

— Je te fais confiance, Esteban… Tu as toujours eu des résultats bien meilleurs que ces blaireaux de vétos de Laruns ou d'ailleurs !

— L'expérience de plusieurs générations, ça forme mieux que n'importe quelle école ! répliqua le soigneur.

— Alors, on se le boit ce petit coup ? Allez, viens, que je te paye par la même occasion !

— J'arrive ! répondit Esteban en claquant le fessier de l'animal. Et toi, mon Trimaire, dans quinze jours ce ne sera plus qu'un mauvais souvenir...

XXIII

DURANT LE CHEMIN DU RETOUR, Clarmonde resta silencieuse. C'était la première fois qu'elle accompagnait son tuteur et qu'elle était témoin de l'exercice de son art. Elle avait vu ses gestes doux envers l'animal, son calme, et la maîtrise de son jugement. « L'expérience de plusieurs générations ! » avait-il dit. Tout au fond d'elle, elle sentait naître une étrange étincelle : l'envie de connaître mieux ce domaine dont elle ignorait tout. L'envie d'apprendre. L'envie de faire en sorte qu'Esteban fût fier d'elle ! Ils arrivaient à Saubajot quand le vieil homme remarqua :

— Tu me sembles bien songeuse ?

— Oui... Je me demandais si tu voudrais m'enseigner comment on soigne les bêtes ?

— Quelle drôle d'idée ! s'exclama Esteban en riant. Et pour quoi faire ?

— J'ai toujours aimé les animaux, tu le sais bien. Et t'avoir vu opérer m'a donné l'idée d'essayer d'en faire autant. Sauf si, bien sûr, tu veux garder pour toi tes secrets ?

— Il n'y a pas de secrets entre nous, ma petite Clarmonde ! Je veux bien dégrossir tes connaissances, mais je ne vois pas à quoi cela pourra te servir…

— Je serais si heureuse de pouvoir t'aider, lorsque l'occasion s'en présentera !

— Ce n'est pas vraiment un travail de femme, tu sais ?

— Ça veut dire quoi, un travail de femme ? Pour inciser, panser, administrer des médications, je ne vois rien que je ne puisse faire aussi bien qu'un homme !

— Tu as raison ! Mais je n'ai jamais vu encore une femme exercer ce métier. C'est une bien étrange lubie, petite…

— Non, pas une lubie… s'entêta la jeune fille. Mais une curiosité et l'envie d'acquérir les connaissances que tu voudras bien m'inculquer ! Et, peut-être, un jour, et bien que je sois une Arangou, prolonger la lignée des Nabarre dans l'exercice de cette médecine pour animaux ?

Esteban réfléchit un instant puis hocha la tête.

— Il est vrai que dans la famille ce savoir s'est transmis de père en fils, et qu'il serait de mon devoir de le transmettre à mon tour, mais je n'ai pas de descendance… Alors pourquoi pas ? Je serais enchanté que tu deviennes mon élève, en quelque sorte ! Ça me permettra de t'avoir plus souvent auprès de moi…

Clarmonde lui sauta au cou pour l'embrasser.

— Merci, mon papet Esteban ! Je suis sûre que ça va me passionner…

— Comme tout ce que tu entreprends, ma belle… repartit le brave homme, ému d'avoir entendu sa protégée l'appeler « papet » pour la première fois.

Mais ce ne sera peut-être pas aussi facile que tu le penses !

— Comme il n'était pas facile que j'assume le ménage, la tenue des lits, le lavage et le repassage, avant d'être aide-cuisinière et serveuse en salle ! Avec toi aussi, je saurai me montrer une élève appliquée…

— Je l'espère bien ! claironna Esteban d'un ton martial que démentait son œil attendri.

*

* *

Dès le lendemain, Clarmonde se rendit dans la cave voûtée que son tuteur avait transformée en véritable laboratoire. Jusqu'ici, elle ne s'y était que peu intéressée, tant il lui semblait qu'Esteban tenait à garder le secret de ses préparations. Assurée désormais qu'il était enclin à lui délivrer son savoir, elle se montrait impatiente de mieux connaître ce domaine qui lui restait étranger… Elle avait souvent mis les pieds dans cet antre mystérieux, mais sans vraiment comprendre que c'était là que résidait la réputation de ce praticien empirique de la médecine animale. Dans toute la vallée, elle savait pourtant qu'on s'arrachait de loin ses services, et ce au détriment des vétérinaires patentés ! Une ambiance étrange régnait dans cette pièce, comme isolée qu'elle était du reste de l'habitation. Des plantes sèches pendaient de la voûte, des dizaines de rayonnages couraient le long des murs, surchargés de bocaux de verre, de boîtes en fer, de bouteilles et de fioles. Sur une table dans un angle trônaient une hacheuse ainsi qu'un mortier et son pilon. Chaque récipient était paré d'une étiquette soigneusement répertoriée d'une écriture fine et régulière.

— Ortie, gentiane, passiflore, artichaut, prêle, grande camomille... Voilà à quoi il passait son temps lorsque j'étais à l'école ou que je travaillais aux Eaux-Bonnes ! Mais pourquoi ne m'a-t-il jamais emmenée avec lui pour ces récoltes ? Et comment toutes ces plantes peuvent-elles avoir un effet sur la santé des bêtes ?

Déjà, elle devinait que tout un nouvel univers inconnu s'ouvrait à elle, et qu'il lui faudrait sans doute longtemps pour un jour plus ou moins le maîtriser.

De retour dans la pièce à vivre, Esteban lui lança un coup d'œil ironique.

— Alors, ma belle ! Tu as visité ton futur royaume ?

— Oui, mais pourquoi ne m'as-tu jamais expliqué comment tu soignais ? Et à quoi pouvaient servir toutes ces plantes et ces produits ?

— Ah, ah ! Bonne question... Ma façon de soigner repose sur un savoir ancestral qui se transmet de génération en génération, mais il est d'usage de ne pas choisir celui ou celle à qui l'inculquer. Cela doit venir de la volonté du futur apprenti. Aussi, comme tu n'avais jamais montré la moindre inclination à exercer la médecine animalière, ce n'était pas à moi de t'y inciter ! Mais tout a changé depuis hier, et j'ai été fort heureux que tu me demandes de t'apprendre mon art. Ce que je sais ne disparaîtra pas avec moi, et c'est un réconfort pour mes vieux jours...

Clarmonde l'embrassa tendrement et répliqua :

— Je te préviens, je ne vais pas te laisser de répit ! J'ai tellement de questions à te poser !

— Je m'en doute, je m'en doute... Et je gage que tu seras aussi sérieuse qu'à l'école ! Tu as si bien prouvé que tu apprenais vite, quel qu'en soit le domaine...

— Je m'y efforcerai, promis !

— Je n'en attends pas moins de toi, et tu seras vite incollable sur le sujet !

— Toutes ces plantes peuvent donc guérir les bêtes ?

— Doucement, doucement... Je n'ai pas encore commencé ta formation, que je sache ! Je peux seulement te dire que malheureusement les plantes dont tu parles ne peuvent tout soigner, mais la plupart d'entre elles ont une grande efficacité dans certains cas. Je ne vais pas entrer dans le détail aujourd'hui. Je les utilise soit fraîches, soit en poudre, soit sous forme d'huiles essentielles, ce qui est connu depuis la plus haute antiquité.

— Huiles essentielles ?

— Oui, une distillation des plantes par vapeur d'eau... Après passage dans un serpentin refroidi à l'eau froide, on obtient l'huile essentielle flottant sur ce qu'on appelle de l'eau florale.

— Et tu peux faire ça, toi ?

— Du temps de mon grand-père, il y avait chez les Nabarre un alambic à cet usage. Mais de nos jours, il est plus facile d'acheter le produit fini...

— Au marché ?

— Personne n'en a sur les étals, car ça se vendrait trop peu ! Mais, en été, il y a un marchand qui propose les produits de beauté aux femmes des touristes des Eaux-Chaudes et des Eaux-Bonnes. Je lui passe commande, et il me rapporte ce dont j'ai besoin de Pau, Tarbes, Toulouse ou Bayonne… C'est plus simple ainsi, et je peux m'approvisionner en huiles de plantes qui ne poussent pas ici !

— Ça doit être cher, alors ?

— Le flacon peut paraître en effet onéreux au vu de sa petite taille, mais il faut savoir que dans la plupart des circonstances une ou deux gouttes suffisent par litre d'eau !

— Seulement ? Et ça marche ?

— Très efficace dans certains cas, mais tout est question d'un bon diagnostic…

— Explique-moi, alors !

— Eh ! Il ne faut pas mettre la charrue avant les bœufs ! Je ne peux pas tout t'apprendre en quelques heures ! Il y faudra des mois… Voire des années avant que tu puisses avoir assez d'expérience pour commencer à exercer.

— Commençons tout de suite, alors !

Esteban se mit à rire.

— Non, non, nous verrons plus tard, et à petites doses… Il te faudra assimiler peu à peu tous les principes actifs, mais aussi apprendre à reconnaître toutes les affections que tu seras un jour ou l'autre susceptible de rencontrer !

Clarmonde soupira. Elle aurait tant aimé être déjà en mesure d'exercer ! Elle savait pourtant qu'il lui faudrait encore beaucoup de patience…

*

* *

Esteban était d'une nature peu bavarde. N'ayant jamais eu d'enfant avec sa défunte femme, il avait du mal à communiquer avec la jeunesse. La cohabitation avec sa jeune protégée durant des années lui facilitait pourtant les choses, tout autant que l'étroite complicité qui le liait depuis des années à sa protégée. Bien que n'y croyant pas encore vraiment, il se surprenait à rêver que Clarmonde pût un jour prendre sa relève. « Si cela s'avère, ce ne lui sera pas pour autant facile ! Les gens d'ici ou d'ailleurs ne sont pas prêts à faire confiance à une femme pour soigner leurs bêtes… Enfin, nous n'en sommes pas là ! » Depuis deux jours, il sacrifiait chaque matin à détailler à la jeune fille les maladies et autres accidents les plus fréquents chez les chevaux, les moutons, les vaches, les chèvres, les ânes et les mulets.

— Tu vois, petite, ce qu'on redoute le plus, ce ne sont pas les blessures individuelles comme celle de ce bœuf, hier, mais les affections qui peuvent être contagieuses et affecter tout un troupeau. Ensuite, il faut bien être conscient que, pour un éleveur, la mort d'une bête est une perte sèche ! Il faut surtout être vigilant à toutes les difficultés liées à la mise bas… Et il y a une grosse différence entre perdre une brebis et perdre une vache laitière !

— Je comprends…

— Certaines épidémies peuvent anéantir tout un cheptel et se propager de ferme en ferme !

— Tu ne m'en dis pas assez, Esteban ! N'oublie pas, tu m'as promis de partager ton art…

— Oh, oh, tout doux ! Ça ne se fera pas en un jour… C'est une œuvre de longue haleine, tu sais !

— Commençons donc par ce que je connais le mieux : les brebis !

— Il me sera facile de te citer les affections les plus courantes, mais t'enseigner les multiples façons de les traiter demandera des mois, et sans doute des années !

— Je ne suis pas pressée, assura Clarmonde. Mais je sais que j'apprends vite… Alors, les brebis ?

— Comme je ne peux entrer dans le détail, car c'est plus compliqué que tu ne crois, les cas les plus fréquents qui se présentent sont, à part les plaies et blessures, les diarrhées, les mammites, les problèmes de sabots, la gale, et d'autres troubles digestifs presque toujours liés à des parasites…

— Ah ? Et comment ça se soigne ?

Esteban soupira.

— Ce n'est pas aussi simple qu'une recette de cuisine ! Et c'est là qu'il te faudra du temps pour assimiler ce que je sais, et que je considère pourtant comme tellement insignifiant par rapport à ce qu'on attend de nous… Nous ne sommes pas des faiseurs de miracles ! À notre décharge, les vétérinaires non plus !

— Mais… il y a bien des remèdes qu'il faut que tu me confies ?

Le vieil homme se frappa la tête. Comment faire entrer dans la cervelle de cette entêtée qu'elle s'embarquait dans un très long parcours, et que si elle s'avérait douée il faudrait une éternité pour que sa compétence fût reconnue ! Surtout avec le handicap d'être de sexe féminin…

— Ma petite Clarmonde… Je te confie tous les remèdes que j'ai en réserve si tu veux. Mais qu'en ferais-tu ? Il faudra d'abord que tu sois en mesure de reconnaître les symptômes, d'en déduire les causes possibles, et seulement ensuite de préconiser un traitement ! Pour cela, il te faut acquérir une multitude de connaissances et d'expériences, ce qui ne se fera qu'à force de travail, et pas d'un coup de baguette magique.

— Je m'en doute, concéda la jeune fille.

— Mais ce n'est pas fini ! l'avertit son tuteur. Car nous ne parlions que des brebis, n'est-ce pas ? Il faudra agir de même pour les chevaux, les vaches, les chèvres, les ânes et les mulets, mais aussi les porcs, les lapins, les poules… Et tu dois bien te douter aussi qu'un bœuf n'a pas le même métabolisme qu'un canard ou un agneau ! Ce qui multiplie d'autant tout ce que tu auras à ingurgiter comme savoirs différents…

— Et… les chiens ? demanda-t-elle en pensant à Gaujòs.

— Et les chiens aussi, même les chats si tu veux. Es-tu sûre d'en avoir toujours autant envie, après tout ce que je t'ai dit ?

Clarmonde se mit à rire.

— Oui, et encore plus qu'avant ! Car à partir d'aujourd'hui, chaque jour où je n'apprendrai rien de nouveau sera un jour perdu… J'ai tellement l'impression de gaspiller mon temps, lorsque le soir je ne sais rien de plus que le matin !

Esteban secoua la tête, toujours dubitatif, mais fier malgré tout de l'enthousiasme et de la volonté affichés de sa filleule.

— Enfin, nous verrons vite si ces belles résolutions résisteront à l'usure des semaines et des mois…

La presque jeune femme fit mine de ne pas avoir entendu, et elle releva le nez.

— Pour bien comprendre ce qu'est ce métier, peux-tu me promettre que désormais tu m'emmèneras chaque fois qu'on t'appellera pour quelque soin que ce soit ? En échange, je te jure que je ne te gênerai pas et que si j'ai des questions à te poser, ce ne sera qu'une fois de retour à Saubajot !

Il sourit tendrement pour accepter :

— Vu sous cet angle, je te le promets, petite !

*

* *

Au bout de deux jours seulement, Esteban commença à regretter son engagement, tant Clarmonde ne lui laissait pas un instant de répit. Levée tôt, elle le harcelait déjà de questions, lesquelles ne cessaient pas jusqu'au moment de se coucher le soir ! C'était plutôt épuisant, surtout quand elle voulait aborder d'emblée des cas qu'elle ne pouvait appréhender après seulement les quelques notions sommaires qu'il lui avait plus ou moins bien inculquées en quelques heures… Et dire que, si sa chère « petite » persistait dans cette voie, il lui faudrait se plier à ce rythme durant sans doute des années ! Ce ne fut qu'alors qu'il prit la mesure de ce que son propre père avait dû lui aussi subir lorsqu'il avait entrepris de le former à ce qu'il était devenu : un soigneur estimé et réputé à des kilomètres et des kilomètres à la ronde, sauf bien sûr par les praticiens officiels de la science vétérinaire, lesquels dénigraient systématiquement les résultats que prétendaient obtenir ces paysans sans études, qui exerçaient de façon empirique au moyen de recettes qu'ils qualifiaient volontiers de moyenâgeuses… Opinion qu'heureusement pour lui ne partageaient pas la plupart des paysans et éleveurs de la région, qui se félicitaient des services de beaucoup de ces prétendus « sorciers » ignares, qui obtenaient souvent de plus grands succès avec des méthodes infiniment moins onéreuses ! Les gens d'ici se méfiaient de plus en plus de ces médicaments « chimiques » qui s'avéraient d'après eux souvent moins efficaces que les méthodes traditionnelles, et pour un prix qui en rebutait plus d'un…

— Dis-moi, Esteban… Pour les chèvres, ce doit être un peu pareil que pour les moutons ?

— On pourrait le penser, mais ce n'est pas le cas… Les caprins ont leurs spécificités, et pas forcément le même type d'affections. Principalement des problèmes de mamelles, des difficultés respiratoires, des maladies digestives ou de la peau, sans parler des avortements ou des infections après la mise bas… Mais comme pour les bovins et autres animaux, nous verrons ça au fur et à mesure ! Tu es trop pressée, comme d'habitude…

— Je suis tellement impatiente d'en savoir autant que toi !

— Peut-être, mais ce n'est pas comme ta table de multiplication : quand tu la connais, c'est un acquis définitif… Pour soigner les bêtes, il faut sans cesse se remettre en question, et même à mon âge j'en apprends encore tous les jours !

— C'est sans doute ce qui est passionnant ! À l'hôtel, je commençais à en avoir assez de voir chaque chose apprise se transformer en routine…

— C'est bien, ma Clarmonde… Pour moi, la meilleure arme de l'intelligence, c'est la curiosité et, de ce côté-là, je suis comblé avec toi !

XXIV

Clarmonde se sentait plus que jamais motivée, et elle avait entrepris de noter ses nouvelles connaissances sur des cahiers, un par type d'animaux. Très organisée, elle s'acharnait à transcrire d'une plume élégante les symptômes, les traitements possibles et les mélanges adéquats de plantes ou d'huiles à utiliser au cas par cas. Une façon de faire tout à fait étrangère à celle d'Esteban, à qui sa longue expérience permettait depuis longtemps de juger et de soigner chaque cas en faisant uniquement confiance à sa mémoire. De temps en temps, il testait la faculté d'assimilation de sa nouvelle collaboratrice :

— Dis-moi... J'ai un veau qui se déshydrate à cause de diarrhée ! Qu'est-ce que tu préconises ?

Elle n'hésita pas :

— Infusion de thym et de laurier ! Vingt grammes de chaque dans deux litres d'eau, à administrer tiède à la place du lait, deux fois par jour durant trois à quatre jours... C'est cela ?

— Parfait, ma belle...

— Et si je me souviens bien, on peut aussi utiliser des feuilles d'ortie ou de ronces...

— Plus que parfait, alors ! Tu es une remarquable élève, et je comprends mieux l'entêtement de Mlle Pouet à vouloir te faire poursuivre tes études !

— Je préfère mille fois m'occuper des bêtes !

— Allons donc nous en occuper alors, décréta le vieil homme.

— Et où ? s'étonna Clarmonde.

— Ici même ! Avec Fiérotte et Masclut... C'est bien beau, la théorie, mais rien ne vaut la pratique ! Et pour juger des symptômes, tu dois d'abord tout connaître de l'anatomie. Par chance, nous avons à Saubajot deux chevaux pour que tu te familiarises avec...

— Depuis le temps que je les panse et étrille, je crois que je...

— Tu ne crois rien ! l'interrompit Esteban. Allez, viens, et montre-moi les points de diagnostic, comment palper l'estomac ou les intestins, inspecter les naseaux, les yeux, les oreilles, le poil, juger de l'état de santé, détecter les problèmes respiratoires, rechercher des lésions, des raideurs, des rhumatismes, vérifier les membres, les articulations... Et j'en passe !

Ils furent tous deux interrompus par l'arrivée d'un homme de forte carrure à l'air bourru, qui portait une large musette en bandoulière.

— Tiens donc, voici Francisque... Alors, mon gars, tu grimpes en forêt ?

— Oui, Esteban... Tailler les branches mortes, ramasser les fagots, couper quelques bûches ! Mais ce n'est pas ce qui m'amène ici...

— Ah ?

— Oui… Les bergers à l'estive ont sifflé un message jusqu'à la vallée, et c'est pour toi. Comme je montais aux bois, je viens t'en faire part.

— Entre donc boire un verre, alors. Et explique-moi de quoi il retourne !

— Ben… Ce sont Glaudi et Désirat, les bergers de Bilhères. Ils ont sifflé que plusieurs de leurs vaches toussent, et ça les inquiète. Ils ont demandé que tu viennes !

— Moi, en estive ? Tout dépend où ils font paître leurs troupeaux, je n'ai plus les jambes de mes vingt ans…

— Ils sont près du col de la Courade. Si tu en es d'accord, ils te laisseront un gamin dans l'un des *cujalas* les plus proches du sommet.

Tout en avalant une gorgée de vin, Esteban grimaça :

— Ce n'est pas tout près, surtout avec ce foutu chemin tout en lacets et épingles à cheveux ! Au moins dix kilomètres de montée. Mais enfin, à dos de cheval, ça peut se faire… surtout jusqu'aux rochers de Pène Hourcade. Et puis ça me donnera l'occasion de me remettre en selle, ce qui ne m'est pas arrivé depuis longtemps ! En descendant au village, je ferai siffler ma réponse…

Francisque se mit à rire.

— Si ce n'est que ça, je peux m'en charger !

— Tu connais le langage sifflé, toi ?

— J'ai appris quand j'étais jeunot, oui. Je suis d'Aas, dont c'est la spécialité !

— Moi, j'ai bien tenté, mais je n'y suis jamais arrivé ! Clarmonde, tu veux bien aller seller les chevaux ?

— Tout de suite, Esteban.

Tandis que les deux compagnons se servaient un autre verre, elle fila vers l'écurie et ne mit guère de temps à préparer Fiérotte et Masclut. Elle les prit en bride et revint dans la cour.

— C'est fait, Esteban !

— Je suis prêt ! répondit ce dernier en sortant avec sa valisette et en prenant à l'épaule deux besaces de tissu.

— Ce sont des plantes ? Donne-moi un des sacs, ce n'est pas très lourd.

— Comme tu veux !

Il se tourna face au bûcheron.

— Et merci à toi, Francisque…

— Attends ! Je vais prévenir « ceux d'en haut »…

Aussitôt, il fit face aux flancs des montagnes s'élevant de l'autre côté du gave d'Ossau et porta les doigts des deux mains à sa bouche. Après une longue inspiration, il émit dans les aigus une longue stridulation modulée à laquelle se mêlaient des intonations plus gutturales. D'un versant opposé, en prêtant l'oreille, on put alors percevoir les mêmes sons étranges en échos délités.

— Ça y est, Francisque ?

— Doucement ! Le message doit être relayé jusqu'à ses destinataires, et nous entendrons bientôt la réponse…

Il fallut un peu plus d'une minute d'écoute attentive avant d'entendre à nouveau des sifflements ténus, mais nets, provenant des prairies d'en face. Le bûcheron traduisit aussitôt :

— Ils t'attendent et te remercient…

Une fois de plus, Clarmonde s'étonna qu'on pût ainsi communiquer et se comprendre avec un si improbable langage !

*

* *

Si Esteban ne se mit en selle qu'un peu à contrecœur, Clarmonde enfourcha Masclut avec un réel plaisir. Il y avait si longtemps qu'elle ne s'était offert cette joie ! Les deux montures semblaient partager son excitation en piaffant et frétillant comme si elles appréciaient de se dégourdir les jambes. Après la descente de Saubajot, ils traversèrent le gave au pont de Béon avant de prendre la direction de la Hérère. Posté devant la cour de la ferme, Jules semblait les attendre.

— Bonjour, S'teban !

— Salut, Jules…

— Tu as fait vite ! Et tu emmènes la petite là-haut ?

— Comment sais-tu ?

— Tu oublies que j'ai joué les pâtres des années durant ! Je connais les mots sifflés, et si je n'ai plus le souffle pour émettre, j'ai encore l'oreille pour entendre… Je n'ai jamais rencontré Glaudi, mais j'ai gardé les bêtes plusieurs saisons avec Désirat. Tu le salueras de ma part !

— Promis, Jules…

— Tu boiras bien un verre, non ?

Esteban hésita.

— Non, mon ami… Plutôt au retour ! Ce soir ou demain.

— Tu penses passer la nuit là-haut ?

— On ne sait jamais ! À tout hasard, j'ai pris des couvertures pour Clarmonde et moi-même.

— Tu as bien fait. On a beau être début juin, à plus de mille trois cents mètres, les nuits sont frisquettes !

Esteban et sa jeune équipière se remirent en route après avoir fait leurs adieux au vieux berger. C'était un trajet que Clarmonde connaissait bien. Combien de fois n'avait-elle pas grimpé ces pentes, au fil des bois et des prairies ? Mais jamais elle ne s'était assez écartée de la maison familiale pour atteindre les sommets. Le chemin, bien que caillouteux et plus ou moins raviné par les eaux, restait au début assez carrossable, mais dès le premier lacet, à proximité de la fontaine Paradis et de la vallée de l'Arrigast, il était impensable d'y circuler en voiture à cheval. Esteban, en habitué de la montagne, tempéra l'ardeur de Fiérotte et lui imposa un rythme lent pour économiser les forces de l'animal. Ils progressèrent ainsi doucement sur le parcours sinueux qui s'élevait en se contorsionnant au creux des bois accrochés au relief escarpé. Le petit équipage longea ensuite les prés des granges de Bélesten avant de s'enfoncer plus haut dans les bois du même nom. La sente fut bientôt si étroite et malaisée que le guérisseur, imité par la jeune fille, préféra poursuivre à pied en tenant sa monture en bride.

— Tu comprends, petite, le terrain se prête plus aux mules et mulets qu'à un cheval. Je ne tiens pas à ce que l'un ou l'autre se blesse…

Après un long passage sous un couvert arboré, ils retrouvèrent les pâturages au niveau du Plaa d'Houègue et continuèrent leur ascension avec pour but les quelques bâtisses sommaires qui se devinaient à proximité de l'orée de la forêt.

— Ce sont les granges de Gère, et nous allons y laisser Masclut et Fiérotte. Nous finirons à pied ! Normalement, il devrait y avoir du fourrage pour eux… Et puis, avec ce vent, le garçon qui doit nous guider a bien dû s'y réfugier.

Il ne se trompait pas. À leur approche, un adolescent un peu plus jeune que Clarmonde sortit d'une des granges et leur fit de grands signes de bras. Lorsqu'il arriva à sa hauteur, Esteban le reconnut :

— Eh ! Mais tu serais pas Sadornin ? Le p'tit gars d'Urban Estrezou de Gère ?

— Si, m'sieur Nabarre…

— Appelle-moi donc Esteban, comme tout le monde ! Ainsi, tu veux faire le pasteur ?

— Ben oui… Vous laissez les chevaux ici, je suppose ?

— Bien vu, mon gars ! Et si tu veux bien, occupe-toi d'eux et donne-leur à manger. Moi, j'ai le dos en miettes, après cette grimpette…

Le vieil homme porta les mains à ses reins et sourit.

— Quels beaux paysages que les nôtres !

— C'est vrai ! confirma Clarmonde en laissant courir son regard sur le vaste panorama qui s'offrait à eux.

De l'endroit où ils se trouvaient, ils ne pouvaient voir ni Bélesten ni Béon, mais au profit du creux d'une ravine, elle put reconnaître Gère et Aste, tout en bas, et surtout, de l'autre côté et face à eux, le spectacle majestueux du massif montagneux crevassé de vallées abruptes, le vert sombre des forêts, celui plus tendre des prairies qui montaient à l'assaut des roches torturées. Les crêtes crénelées qui se découpaient sur le bleu du ciel. Le vertige à l'envers des cimes des pics dénudés qui se fondaient à l'horizon. Qu'elle se sentait encore plus petite que jamais devant cette immensité rude et sauvage ! Quelle beauté, aussi, tout autour d'eux, que cette herbe jeune et drue constellée de fleurs multicolores ! Avec le vent revigorant, et ces odeurs végétales et minérales...

Une fois que Sadornin se fut acquitté de sa tâche auprès de Masclut et de Fiérotte, il proposa, le visage souriant :

— Alors je vous monte à l'estive, maintenant ?

— Bien sûr, nous sommes là pour ça, garçon !

Près d'un kilomètre encore sur ce sentier qui contournait un dernier sommet et ils parvinrent au faîte du col de la Courade avant de basculer sur l'autre versant. Un vaste pacage en lisière des sapins les y attendait au pied de la crête de Bouhaben, et une trentaine de vaches y broutaient paisiblement. Sadornin porta le pouce et l'index à sa bouche et il émit un bref coup de sifflet, attirant l'attention des deux bergers qui agitèrent les bras en signe de bienvenue. Le petit groupe les rejoignit quelques minutes plus tard, et Glaudi et Désirat l'accueillirent avec joie. Au cœur de l'isolement auquel ils étaient livrés, toute rencontre se traduisait par une volubilité qui eût pu paraître incongrue pour quiconque n'ayant jamais vécu, durant des semaines, sans voir autre être humain que son compagnon de travail et ce gosse destiné à suivre leur voie. Lorsqu'ils eurent fini de parler de tout et de rien et de s'informer des derniers événements de la vallée, Esteban en vint au motif qui justifiait sa présence au cœur de cette nature farouche :

— Alors, ces bêtes ?

— Oui, quatre vaches qui se sont mises à tousser depuis trois jours...

— Aïe ! grimaça Esteban. Et vous les avez isolées ?

— Bien sûr, assura Désirat, le plus âgé des deux bergers. Je connais mon métier ! Je les ai mises à l'écart dans cette échancrure de clairière herbue, là, juste en dessous... Et, pour la traite et pour la nuit, depuis hier, je ne les laisse plus au-dehors, mais dans une grange à part, la plus proche du col.

— C'est bien, allons voir ces bêtes...

Deux chiens de berger accompagnés d'un chiot en apprentissage les accompagnèrent en gambadant, sautant et en allant et venant de toute la vitesse de leurs pattes pour bien montrer leur joie à rencontrer des nouveaux venus. Glaudi haussa la voix :

— Esberit[1], Capborrut[2], filez ! Au boulot !

Esteban constata :

— Ah ! Voici ces pauvrettes... Des blondes des Pyrénées bien de chez nous !

— Oui, approuva Désirat. Et dire qu'on veut nous faire croire que ce ne sont pas de bonnes laitières

---

1. *Fringant.*

2. *Têtu.*

et qu'elles n'ont vocation qu'à la viande ! Ceux qui prônent ça n'y connaissent rien…

— Sans doute encore des intérêts d'argent ? supposa Esteban avant de s'adresser à sa filleule : Bien, Clarmonde… Par où commencerais-tu ?

Elle n'hésita que peu.

— À mon sens, prendre leur température, non ?

— Excellent réflexe ! La fièvre est le premier indicateur d'une infection… Mais il faut se méfier d'une bête malade. Comme selon les affections elle est volontiers irritable, mieux vaut se tenir de côté. Regarde : bien tenir la queue pour dégager son *cuu*[1], et maintenir le thermomètre bien en contact avec les muqueuses durant au moins une minute. De combien serait sa température normale ?

— De trente-huit à trente-neuf degrés, je crois ?

— Parfait, Clarmonde… Moi, j'ai presque quarante et un, ce qui est trop !

La jeune fille observa attentivement la suite des opérations. Esteban se posta face au museau de la vache et commenta :

— Difficulté respiratoire, c'est vrai. Les voies sont bien encombrées… Un peu de morve aux naseaux…

Passant le bras sous la tête, il palpa la trachée de l'animal, qui se mit aussitôt à tousser…

— Toux sèche…

Il se positionna de trois quarts arrière et expliqua à la jeune fille :

— Tu vois, je vais observer les mouvements du creux du flanc et des dernières côtes, voir s'ils

1. *Cul, bien sûr !*

sont réguliers ou non, s'ils dépassent les quinze à trente-cinq battements d'une vache adulte saine, si l'inspiration est à peu près égale à l'expiration.

Plaçant ensuite la main sous la région du cœur, il demanda :

— Quel est le rythme normal ?

— Je... je ne sais pas...

— Soixante à quatre-vingts par minute.

Au bout d'un temps, et tout en regardant sa montre dans l'autre main, il conclut :

— Soixante-dix, rien de grave de ce côté-là. Ce qui signifie ?

Clarmonde eut un petit rire gêné.

— Je suis encore trop ignorante pour le savoir, voyons ! Tout ce que je peux dire, c'est que je pense que ce n'est pas aussi grave qu'une pneumonie ou une pleurésie...

— Bien vu, nous parlerons donc d'une trachéite ou d'une bronchite...

— Ah ! Je crois que tu m'as indiqué quelques remèdes...

Tandis que Glaudi surveillait le troupeau, Désirat interpella Esteban :

— Qu'est-ce que ça veut dire ? Tu t'es mis en tête de former cette gamine ?

Le vieux guérisseur sourit.

— Disons plutôt que c'est elle qui s'est mis ça en tête !

— Mais c'est insensé ! Une femme ? Personne ne voudra lui confier la moindre bête !

— Qu'importe, pour le moment, ce n'est que de la curiosité. Mais parlons plutôt du traitement, veux-tu ? Qu'en penses-tu, Clarmonde ?

— D'après le peu que je sais, je crois qu'on pourrait leur administrer du pas-d'âne ?

— Bravo, ma belle ! Son vrai nom est le tussilage. On pourra l'associer au plantain lancéolé. Comme huiles essentielles, j'utiliserais celle de cyprès et celle de thym…

— Bon, Désirat, descendons maintenant à votre *cujala* pour préparer tout ça… Ce doit être celle d'où s'échappait un peu de fumée que nous avons vue près du col ?

— Oui, oui. À cinq minutes à peine…

— Eh bien, allons-y !

*
* *

Dans la semi-pénombre de la cabane en pierres sèches qui accueillait la nuit les deux bergers et le petit pâtre, Esteban ranima le feu et fit bouillir une douzaine de litres d'eau. Puis il commenta à voix haute ses actions à l'attention de sa nouvelle élève :

— Vu le poids de ces bêtes qui doivent bien faire dans les six cents kilos, il va falloir cinquante grammes de tussilage et autant de plantain. Pour les quatre vaches, on va donc multiplier par quatre, puis par trois, car il en faut pour trois jours, dit-il en ouvrant sa grande besace pour en sortir plusieurs sacs dûment étiquetés et emplis de plantes séchées et hachées.

— Voyons… *Hedera helix* ou lierre grimpant. *Arctum lappa* ou grande bardane. *Primula veris* ou primevère. Ah ! *Plantago lanceolata*… Et là

Tussilago farfara… Nous y sommes ! À faire infuser une quinzaine de minutes…

En attendant que la préparation fût prête, il expliqua à Clarmonde :

— Sachant qu'il s'agissait d'un problème de respiration et de toux, je n'ai apporté que ce qui traite ce genre de cas. Tu comprends, sans la carriole, je ne pouvais trop m'encombrer, surtout avec les quantités à administrer…

— Et ce sera tout ?

— Non, qu'est-ce que je t'ai dit tout à l'heure ? Une fois que ce sera refroidi, il faudra…

— Ah, oui ! Huiles essentielles de thym et de cyprès…

— C'est cela ! Une trentaine de gouttes de chaque par jour, mélangée à de l'huile de cuisine. Nous ajusterons cette quantité pour les deux jours à venir et l'ajouterons à la mixture une fois que je l'aurai filtrée avec du coton.

En attendant que le tout refroidisse, il continua à expliquer les vertus de chaque plante et la façon de les administrer. Puis il s'adressa à Désirat :

— Il va me falloir un autre récipient pour faire boire à tour de rôle chacune de ces quatre vaches. Trois ou quatre litres d'eau auxquels nous ajouterons un litre de cette préparation. Tu as compris, Désirat ? Je ne serai pas là demain ni après-demain, il te faudra faire de même… Et il faut bien battre le liquide pour l'émulsifier, car l'huile s'incorpore difficilement à l'eau.

— Ne t'inquiète pas, j'ai compris… Et ce sera tout ?

— En principe, il n'y paraîtra plus dans deux jours ! Mais, comme j'ai remarqué qu'il y avait du plantain en bordure du pré près de la forêt, à ta place j'enverrais Sadornin en cueillir de bonnes brassées à la serpe, pour ajouter à leur ration de foin pour les deux nuits qu'elles passeront encore à l'abri. Ensuite, elles pourront réintégrer le troupeau ! Tu sais reconnaître le plantain, au moins ?

— Oui, bien sûr ! On l'appelle aussi l'herbe à cinq coutures, non ?

— C'est bien ça… Tu peux maintenant amener tes bêtes une par une pour leur faire boire ce breuvage. En règle générale, elles ne rechignent pas à l'absorber jusqu'à la dernière goutte !

Lorsque ce fut fait, le guérisseur décida :

— Maintenant, il va nous falloir songer à redescendre, Clarmonde. Je n'ai pas envie de rentrer de nuit par ces chemins, et j'aime autant ne pas avoir à dormir à l'estive…

— Les jours sont parmi les plus longs de l'année ! le rassura Désirat. Et puis vous mangerez bien un morceau.

— Juste un bout de fromage, alors… accepta Esteban. Nous nous calerons mieux l'estomac à la Hérère, avec ce bon Jules !

— Jules ? Il se porte bien, au moins ? J'ai fait plusieurs saisons avec lui, autrefois…

— Il va bien, même s'il s'ennuie un peu de ne plus pouvoir monter…

— En tout cas, merci de t'être déplacé jusqu'ici ! Il n'y a pas un vétérinaire de la région qui l'aurait fait… Pour nous faire payer bien cher des médicaments qui n'ont pas un meilleur effet que tes mélanges ! Ah, pour te faire payer, justement : ce sera avec les propriétaires des bêtes au retour de la transhumance…

— Je sais, je sais… Comme d'habitude ! Je te demanderai seulement de me faire tenir au courant des résultats de ce traitement d'ici trois jours, en sifflant comme tu sais si bien le faire. On me transmettra la traduction !

— Je sais, je sais… Comme d'habitude, ainsi que tu dis…

XXV

Les jours qui suivirent furent d'un enrichissement des connaissances précieux pour Clarmonde qui, contrairement aux craintes d'Esteban, ne se lassait pas d'acquérir l'art thérapeutique qui était celui de ce protecteur qu'elle aimait désormais tout autant que son grand-père disparu. Elle maîtrisait déjà les recettes simples, comme extraire le jus de persil bouilli par pressage, un fortifiant ayant de très bons résultats pour redonner de la vigueur aux chevaux, vaches, chèvres ou brebis faibles et anémiées. Pour soulager les jambes d'Esteban, c'était elle qui allait cueillir les plantes à faire sécher pour continuer à gonfler le stock dans lequel le soigneur devrait puiser en fonction des cas auxquels il était susceptible d'être confronté. Peu à peu, elle savait reconnaître la plupart des espèces des végétaux dont usait son « maître » et mémorisait en les amassant dans sa besace leurs vertus et leurs bénéfices médicaux… En ce début juillet, elle peinait à remonter la pente, chargée qu'elle était d'un grand sac empli des écorces de chêne qu'elle avait prélevées dans les bois. C'était tout de même plus lourd que l'herbe ! En faisant une pause, elle sourit :

— Je parie qu'Esteban va me demander en quelles occasions s'en servir ! Mais je le sais… Il arrive qu'une vache fasse des diarrhées sanguinolentes, ce qui peut lui être fatal ! Alors qu'avec ces écorces macérées dans de l'eau froide, elle se rétablit souvent en quelques jours.

La semaine précédente, elle avait déjà fait une énorme provision de fleurs de sureau. « En infusion et appliquées en cataplasmes, comme les feuilles de consoude, elles favorisent la cicatrisation des plaies. » Elle aimait ainsi parcourir bois et prairies au fil des montées et des descentes de ces chemins qui formaient son univers, et s'était même acheté un livre illustré de botanique pour ne pas se tromper dans ses récoltes : elle était encore loin de savoir comme Esteban reconnaître à coup sûr toutes les herbes, plantes et fleurs qu'elle croisait ! À cette époque de l'année, elle pouvait faire ses réserves d'ortie, de marrube blanc, d'achillée millefeuille, de serpolet, de bouillon-blanc et autres plantes essentielles aux médications du soigneur de bêtes. Aussi, après avoir consacré ses matins à se nourrir des instructions de son tuteur, elle prenait plaisir à récolter toutes ces espèces, avec pour unique but celui d'apprendre à s'en servir un jour aussi bien que son maître en la matière…

À peine fut-elle arrivée à Saubajot qu'Esteban l'appela :

— Je suis descendu au village, ce matin, et j'ai un cheval à aller voir à Béost. Voudrais-tu m'accompagner ?

— Bien sûr ! Et qu'est-ce qu'elle a, cette pauvre bête ?

— Rien, si ce n'est qu'il est un peu âgé, mais son maître ne veut pas le vendre pour la boucherie. Il espère s'en débarrasser à la foire de Béost de la Saint-Michel fin septembre, mais aimerait bien le requinquer un peu… Pour en tirer un meilleur prix. Aurais-tu l'idée d'un remède ?

Clarmonde n'hésita que peu :

— Ben… Je crois qu'on ne peut rien dire sans l'avoir vu et ausculté !

— Tu as tout à fait raison, c'était une question piège. Il nous faut tout d'abord juger de son état général… Pendant que je rassemble quelques plantes pouvant éventuellement nous être utiles, va donc atteler Fiérotte !

— Plutôt Masclut, alors : il y a un moment qu'il n'est plus sorti…

— Comme tu veux !

Par la route suivant la rive droite du gave d'Ossau, le trajet n'était pas très long jusqu'à Béost. Pour être à l'abri des crues, la voie courait à la base des premiers contreforts des pentes. Après avoir traversé le village, qui conservait quelques vieilles maisons séculaires, l'attelage grimpa sur la gauche une chaussée en lacets menant au hameau de Bagès au travers de bosquets touffus, puis Esteban contourna un large massif boisé et emprunta un chemin longeant des prairies. Après plusieurs virages, il s'en écarta en bifurquant sur la droite.

— Voici, c'est juste au bout, à Angousteig… Le père Estarezou doit nous attendre !

Simonet Estarezou était un sexagénaire alerte à l'embonpoint conséquent. Il sortit de sa grange et porta un index à son béret.

— Bonjour, Esteban ! Il ne fallait pas te presser autant, il n'y a pas d'urgence…

— Ce qui est fait n'est plus à faire, comme disait mon père…

— Bien, bien… Comme ça, on sera plus nombreux ! J'attends aussi Gaston, qui doit venir ferrer mes deux juments… Je croyais d'ailleurs que c'était lui qui arrivait !

— Ah ! Gaston Baylauch ? Le maréchal de Béost…

— Oui, oui… Il m'a dit qu'il passerait dans l'après-midi.

— Comment ? D'ordinaire, on lui descend l'animal au village…

— Oui, mais pour ceux qui ont une forge, comme moi, le maréchal accepte de se déplacer…

— En attendant, allons voir ton vieux canasson…

— Ce brave Coratge[1]… Il aura bientôt fait son temps, à mon avis, et je n'ai pas trop le goût à le voir mourir ici. Pas plus qu'à le vendre pour la viande !

— Et quel âge a-t-il ?

— Dix-huit ans passés…

— Ce n'est pas encore trop ! Elle est bien finie, l'époque où l'on prétendait qu'un cheval de ferme était vieux après quinze ans…

— Ça ne fait rien, je suis décidé ! Je ne veux pas le voir vieillir et décliner d'année en année…

En entrant dans l'écurie où étaient enfermés deux chevaux et deux juments, Esteban repéra d'emblée celui pour lequel il s'était déplacé :

1. *Courage.*

— Alors c'est toi, Coratge ? Mais tu as encore de beaux restes, on dirait ! Faut dire que tu es de belle race : le mérens, c'est du costaud...

Après avoir flatté l'animal, il le fit sortir de la stalle.

— Viens, mon beau... Seulement quelques pas à l'extérieur pour juger de ton allure.

Une fois dans la cour, il s'adressa à Clarmonde :

— Quelles sont tes observations, ma belle ?

Un peu intimidée par le regard intrigué de Simonet, la jeune fille répondit :

— Ben... Un peu efflanqué, mais pas trop, le dos un peu creux et les os du garrot et du bassin quand même saillants. C'est vrai qu'il n'est pas tout jeune, et ça se voit ! Mais il a l'air encore assez vif, à mon avis.

Esteban prit le relais en s'approchant de l'animal pour lui ouvrir la bouche et lui examiner les dents.

— Canines émoussées, mais pas trop, incisives en avant, émail un peu décharné autour des gencives, mais le palais reste relativement sain. Comme tu dis, il n'est plus tout jeune, mais loin de vivre ses derniers jours ! Je te rassure, Coratge, tu as encore quelques belles années devant toi...

— Il a tout de même bien maigri, depuis deux ans, objecta son propriétaire.

— Pas comme toi, Simonet ! plaisanta le soigneur. Plus l'âge avance, plus tu prends du ventre... Mais pour ton cheval, je constate surtout qu'il est un peu raide des jambes arrière. Un début d'arthrose, sans doute, c'est classique...

— Alors ? s'informa le paysan.

— Alors, si les miracles ne sont pas de mon ressort, je pense pouvoir lui redonner un peu de jeunesse. Et, si tu veux vraiment t'en séparer, faire en sorte que tu le vendes mieux et à un bon prix. Il reste près de trois mois avant la foire de la Saint-Michel !

Une fois Coratge lâché dans le pré clos jouxtant la ferme, Esteban accepta le verre que lui proposa Simonet Estarezou. Assis devant l'antique table de la cuisine d'Angousteig, il déclara :

— Pour la nourriture, d'abord… Éviter la paille et un excès de luzerne, et préférer du foin de bonne qualité, du son de blé, et y ajouter des graines de lin. Et comme sa denture n'est pas trop atteinte, inutile de lui hacher le foin ! Le plus embêtant, c'est l'arthrose… Que peut-on y faire, Clarmonde ?

Heureusement qu'elle avait une bonne mémoire ! Esteban avait évoqué le sujet au moins quinze jours auparavant…

— Reine-des-prés, ortie, prêle…

— C'est bien ! Et en huiles essentielles : menthe poivrée et eucalyptus, trente gouttes de chaque dans une cuillerée d'huile végétale, de tournesol par exemple… Et, une semaine avant la foire, tous les jours une bonne poignée de graines de compagnon rouge dans sa ration d'avoine, ce qui lui donnera un véritable coup de fouet et le rendra plus fringant que jamais ! Voilà pour le principal…

— Le compagnon rouge ?

— Oui, il y a le rouge et le blanc. En termes de savant : *Silene dioica*… Fleurs rose foncé avec le calice en forme d'outre. Ça pousse en lisière de forêt, sur les prés abandonnés et les bords de chemin en terrain humide. On se servait aussi des racines pour obtenir une mousse savonneuse…

— Ah, oui, je vois ! dit Simonet.

— Ne t'inquiète pas, je t'apporterai ça, j'ai ce qu'il faut en réserve…

— Merci pour tout, Esteban… Mais si ça marche aussi bien que tu le dis, je me demande finalement si je vais le vendre. Tant pis pour l'argent, ce bon vieux Coratge a bien mérité une retraite paisible !

Esteban approuva de la tête.

— Ça fait plaisir de voir des gens qui aiment leurs bêtes plus que leur portefeuille. C'est rare ! À tel point que je ne te demanderai rien pour ces soins…

— Il n'y a pas de raison, voyons !

— Si… Ne serait-ce que pour prouver à ma filleule que l'amour du métier passe avant des considérations plus matérielles… contrairement aux pratiques de certains hôtels que je ne nommerai pas !

— Pourquoi ? Tu penses sérieusement à la former aux soins du bétail ? Je n'ai jamais vu une seule femme exercer dans le domaine !

— Et pourquoi pas ? La petite a un cerveau qui fonctionne bien, et je ne vois pas pourquoi elle apprendrait moins bien qu'un garçon, d'autant plus qu'elle en a vraiment envie !

— J'ai bien peur que les éleveurs soient plus que réticents à faire confiance à une femme, tu sais…

— Ce sera donc à Clarmonde de se faire une réputation ! Avec de bons succès, le bouche-à-oreille fera le reste…

— Puisque tu le dis… Mais écoute : je crois bien que c'est le maréchal-ferrant qui arrive !

— Il y a longtemps que je n'ai revu ce bon Gaston…

La charrette s'arrêta à côté de celle d'Esteban, et le maréchal en descendit en compagnie d'un jeune homme qui ne devait pas avoir atteint la vingtaine d'années. Reconnaissant le soigneur de bêtes, Gaston s'écria :

— Tiens ! S'teban ? Quel hasard, ça fait longtemps que…

— C'est bien ce que je viens de dire ! C'est ton gosse ?

— Oui, répondit Gaston en se tournant vers son fils. C'est bien mon Garmon…

— *Diou !* Je ne l'aurais pas reconnu… Il a bien poussé, depuis gamin que je ne l'avais vu !

— Dix-huit ans quand même… Je lui apprends le métier !

— Ah ! s'exclama Simonet. C'est le jour des apprentis, alors…

Le maréchal regarda Clarmonde d'un air surpris.

— Elle ? Pour guérir les animaux ? Je veux bien, mais c'est une drôle d'idée pour une fille !

Esteban haussa les épaules.

— Pas plus que d'apprendre ton art à ton Garmon ! C'est bien beau de ferrer les chevaux, mais j'ai bien peur que d'ici dix ou vingt ans voitures et tracteurs ne remplacent ces braves compagnons…

— Dans nos montagnes ? Avec les pentes et les mauvais chemins ? Ce n'est pas demain la veille, à mon avis ! Ne sois donc pas si pessimiste…

— On verra, on verra…

Clarmonde baissa les yeux, un peu gênée par la présence de ce garçon bien découplé. Elle n'avait pas été sans remarquer que, sous son aspect gauche et timide, il l'observait avec insistance, mine de rien, avec de furtifs regards de côté. Ce n'était pas la première fois, entre son expérience hôtelière et ses sorties au village, qu'elle suscitait l'attention de jeunes gens de son âge ou même plus âgés, mais elle y était toujours restée insensible… jusqu'à cet instant précis ! Oh, bien sûr, jamais elle ne l'aurait avoué et elle s'efforçait de ne pas le montrer, mais elle s'en trouvait singulièrement émue…

— C'est pas tout ça ! décida Gaston. Tu as mis ta forge en route, au moins ?

Simonet acquiesça.

— Bien sûr… D'ailleurs, on papote, on papote, mais faudrait bien que je remette du charbon et que j'y redonne quelques coups de soufflet ! Mais c'est à température, ne t'inquiète pas…

— Alors au boulot, mon gars… Va donc chercher Pimparella[1]. Ou Margalida[2], comme tu veux…

Clarmonde avait souvent été témoin de cette opération. Profitant de ce qu'Esteban accompagnât Simonet jusqu'à sa forge, elle s'assit pour regarder la manière de procéder de Gaston Baylauch, chaque maréchal ayant son tour de main particulier.

Garmon réapparut avec une jument en longe.

— Ah ! Tu as choisi Margalida… Fais-lui donc faire quelques pas, qu'on juge de sa démarche.

---

1. *Pâquerette.*
2. *Marguerite.*

Le garçon obéit, puis examina l'équidé de face, de profil et de dos, avant de conclure :

— Belle bête, avec un bon aplomb… Mais elle est un peu « sous elle du derrière », on dirait ?

— Oui, apprécia son père. Les jarrets un peu coudés, en effet, mais si ça favorise les glissades en avant sur la boue, c'est aussi un avantage pour de bons porteurs, qui peuvent plus aisément se tirer d'un terrain lourd. Vérifie les fers, maintenant.

— Antérieur droit plus usé sur l'extérieur que le droit. Cette jument a perdu le fer postérieur gauche, et le droit est très mince…

— Alors mets-la à l'attache, et montre-moi comment tu déferres…

Garmon passa son tablier de cuir à jambières, se mit à contresens de la jument et coinça le membre antérieur entre ses cuisses. Puis il s'attaqua à dériver chaque clou à l'aide de la mailloche, du dérivoir, du brochoir et de la tricoise, une sorte de grosse pince. Une fois qu'il eut procédé de même pour les autres jambes, son père lui intima :

— Laisse, maintenant ! Je vais m'occuper moi-même du parage…

— Mais…

— Ne t'inquiète pas, je te laisserai faire sur Pimparella. Mais sous haute surveillance, hein ? Regarde bien une fois de plus la meilleure manière de s'y prendre…

Sur ce, il se mit en position et commença le parage d'un premier sabot : nettoyer la sole avec une rénette, enlever l'excès de corne à la mailloche, au rogne-pied et à la pince à parer, régulariser la surface à la râpe. Gaston choisit soigneusement quatre fers dans la multitude de ceux qu'il avait apportés dans sa charrette, les compara à la forme de chaque sabot puis, Margalida en bride, il s'approcha de la forge de la ferme, où attendaient Simonet et Esteban. Durant un temps, il actionna le soufflet jusqu'à ce que le premier fer devînt rouge vermillon. Le retirant alors avec des pinces spéciales, il le présenta sur le sabot avant droit, puis se reporta sur l'enclume pour le battre au marteau, et les chocs métalliques vrillèrent les oreilles. Après deux ou trois essais, la courbure lui paraissant correcte, il s'arma d'une tricoise et il appliqua le fer chaud sur la corne qui se ramollit en fumant avec une odeur âcre. Satisfait, il plongea le fer dans le seau d'eau pour le refroidir, avant d'entreprendre de le clouer fermement.

— Bien ! Il ne me manque plus qu'à mater les têtes de clou, les couper à ras, les river, resserrer les pinçons. Un dernier coup de râpe et je pourrai passer à l'autre jambe.

Esteban hocha la tête et estima :

— Il en a bien pour presque une heure encore avec cette bête… Si nous rentrions, Clarmonde ?

Ne lui laissant pas le temps de répondre, Simonet protesta :

— Pas question ! N'oublie pas que tu as promis de boire un verre en compagnie de Gaston. Cela lui fera l'occasion d'une pause entre les deux juments…

La jeune fille en fut soulagée. Elle aimait beaucoup voir ainsi travailler le maréchal, même si ses yeux s'égaraient parfois sur Garmon sans s'expliquer vraiment pourquoi ce garçon l'intéressait tant. Peut-être parce que, comme elle, il s'adonnait à apprendre un métier qui le passionnait ? Elle essaya d'oublier ces fugaces questions et reporta son attention sur le travail du maréchal-ferrant…

XXVI

Depuis des semaines, Clarmonde ne se lassait pas d'apprendre toujours plus des lèvres d'Esteban, ni de parcourir vallées et montagnes pour y cueillir les plantes dont elle ne finissait pas de découvrir les vertus, aussi bien pour les animaux que pour les hommes. Les faire sécher, les hacher ou les réduire en poudre, ou bien encore les préparer en onguents et emplâtres, parfois aussi en macérations alcooliques. Peu à peu, ses cahiers s'emplissaient des secrets de son maître, et chaque soir elle relisait ses notes jusqu'à s'en imprégner et les connaître par cœur. Bien sûr, il lui restait beaucoup de chemin à parcourir pour prétendre diagnostiquer et guérir elle-même. Elle savait que des années y seraient nécessaires, mais cela ne la décourageait nullement. Esteban s'en réjouissait autant qu'il s'en étonnait, et ne ménageait pas son temps pour assouvir cette soif de savoir…

— Dis-moi, petite… Tu ne veux pas te détendre un moment et laisser un peu ces plantes ? C'est à peine si tu as daigné participer aux fêtes de la transhumance et du 15 août de Laruns !

— Je t'assure que j'ai grand plaisir à me consacrer entièrement à essayer d'assimiler ce que je peux de ton art de soigner ! répliqua-t-elle. Et je brûle de l'impatience d'être assez experte pour l'exercer un jour seule, même si je suis loin d'y être prête…

— Si tu persistes à te montrer aussi impliquée que tu l'as été jusqu'ici, ça viendra, un jour… ça viendra ! D'ailleurs, nous allons bientôt avoir beaucoup plus d'occupation, avec la descente prochaine des troupeaux : l'automne n'est plus loin, tu sais… Il va y avoir des bêtes affaiblies, d'autres blessées. Les vaches seront de retour dans la vallée fin août, les brebis à la mi-septembre. Après, ce seront les agnelages, en deux phases, automne et printemps. Printemps durant lequel s'ajouteront les vêlages. Tu vois, après cette période plutôt calme, c'est une saison bien chargée qui s'annonce pour moi…

— Pour nous, tu veux dire ! corrigea-t-elle en riant.

Elle avait déjà assisté à plusieurs interventions d'Esteban sur diverses propriétés de la région, mais pour des problèmes finalement mineurs : plaies aux pattes justifiant d'avoir recours après nettoyage aux vertus cicatrisantes de l'achillée millefeuille ou de l'aigremoine, la jusquiame noire et l'ail macéré dans l'huile pour les entorses, la renouée des oiseaux contre la diarrhée du porc, l'huile de thym pour la maladie du gros ventre du lapin, appelée coccidiose, lui avait dit le vieux guérisseur. Quelques incisions d'abcès, aussi, avec usage d'argile dans la composition des cataplasmes…

— Dis-moi, Esteban… Il y a de plus en plus de grosses propriétés et d'éleveurs qui se sont raccordés au réseau téléphonique. Peut-être serait-ce le moment d'en faire autant, non ?

— J'ai bien assez d'ouvrage sans cela, ma pauvre !

— Peut-être, mais en cas d'urgence cela gagnerait du temps et pourrait sauver des bêtes, non ?

— C'est sans doute vrai, mais ce n'est pas d'actualité…

— Pourquoi ? À cause du prix de l'installation et de l'abonnement ? N'oublie pas que j'ai une cagnotte bien remplie qui pour le moment ne me sert à rien !

— Il n'est pas question que tu y touches, voyons ! Saubajot n'est pas à toi, mais à moi, et si je devais acquérir cet appareil, ce serait à moi de le payer…

— Tu me fais de la peine, à me considérer comme une étrangère à ce foyer, répliqua-t-elle d'un ton boudeur. Même adoptée, je croyais faire un peu partie de ta famille…

— Mais tu en fais partie, ma belle ! Et plus que tu ne le penses… T'avoir près de moi sous ce toit m'a redonné un regain de jeunesse ! Mais il serait totalement incongru qu'une telle dépense soit le fait d'une jeune fille encore gamine.

— Et si je te disais que ce serait investir pour mon avenir, pour quand je serai tout autant guérisseuse que toi, et grâce à toi ?

Un sourire attendri.

— Alors je te répondrais que j'ai encore bien du temps devant moi !

Elle s'avança et l'enlaça de ses bras.

— Je te dois tant, mon petit papet ! Comment ne pourrais-je avoir l'envie de te rendre un tant soit peu tout ce que tu m'as apporté et m'apportes encore ? Je t'aime tant, Esteban !

Le vieil homme s'arracha à cette étreinte et se retourna en bougonnant pour cacher les larmes qui tentaient d'envahir ses paupières : de mémoire, ce n'était que la seconde fois, durant toutes ces années, que Clarmonde l'appelait papet, ce terme normalement réservé à un grand-père…

— Bon… J'y réfléchirai !

— Promis ?

— Oui, promis…

*
* *

Comme Esteban l'avait annoncé, dès que les bovins et chevaux redescendirent d'estive, on sollicita son aide et son avis dans nombre d'exploitations de la vallée. Pour lui, ça n'aurait pu être que de la routine, mais il tenait à examiner chaque cas avec une attention particulière.

— Un train peut en cacher un autre ! disait-il souvent. Il ne faut pas forcément se fier, à l'examen, à ce qui paraît le plus évident…

Certaines vaches revenaient boiteuses ou affaiblies, parfois fiévreuses, et demandaient des soins accrus.

— Tu vois, Clarmonde, les bergers savent intervenir dans la plupart des cas. Ils n'hésitent pas à curer les plaies, inciser et soigner les abcès, et connaissent les premiers soins à donner ainsi que beaucoup de plantes en cas de problèmes. Ce qui fait que les bêtes qui nous attendent sont souvent des cas ayant dépassé leurs compétences, qu'il faut donc aborder avec le plus grand sérieux…

La jeune fille accompagnait avec enthousiasme toutes les sorties d'Esteban, d'autant plus qu'il lui laissait désormais traiter seule les affections les plus simples. Elle avait déjà eu l'occasion de laver, aseptiser et panser des blessures aux pattes, de réaliser des emplâtres, des collyres pour les yeux, des préparations à appliquer sur le poil et la peau pour soigner les pathologies cutanées dues aux teignes ou autres parasites.

Le vent venu des montagnes fraîchissait les matins de ce début septembre. Esteban avait décidé de se rendre en cabriolet à Arudy, pour y faire quelques courses, et surtout récupérer les huiles essentielles qu'il avait commandées au pharmacien en utilisant le téléphone public. Clarmonde en profitait pour élaborer les mélanges de plantes et alcools dont on aurait besoin dans les semaines et les mois à venir. Elle préparait un émollient en faisant un cataplasme de graines de lin moulues lorsqu'elle entendit un crissement dans la cour : « Une visite ? » Elle abandonna sa mixture et s'empressa d'ouvrir la porte avant de rester un moment interdite.

— Garmon ? s'étonna-t-elle en voyant le jeune homme descendre d'une antique bicyclette.

Elle ne l'avait rencontré qu'une seule fois, mais se souvenait qu'elle avait apprécié son calme, sa force, et la franchise qui émanait de son regard.

Un peu gauche et timide, peut-être, mais vraiment attachant.

— Oui, mademoiselle… dit-il en baissant la tête.

— Mademoiselle ? Mademoiselle ? pouffa l'apprentie soigneuse. Appelle-moi donc Clarmonde, ça sera mieux ! Que t'arrive-t-il ?

— Ben… Je venais voir Esteban, de la part du père Estarezou.

— Pas de chance, il est parti pour Arudy, et je ne sais pas à quelle heure il reviendra… Vous avez un problème, à Angousteig ?

— Ben oui, mais…

— Il s'agit de Coratge, peut-être ?

— Non, non, Simonet l'a gardé, et il ne s'est jamais aussi bien porté !

— Alors ?

— C'est son Cohet[1]… Le plus jeune de ses chevaux. Depuis deux à trois jours, il lui fait du souci !

Elle s'approcha de lui et le prit par la main.

— Entre, et explique-moi tout. Je nous fais un café !

— Mais je…

— Entre, te dis-je !

Devant le bol fumant, Garmon consentit enfin à parler :

— Cohet a cinq ans, et il ne lui a jamais posé de problèmes. Le Simonet, il a labouré une parcelle, et il nous a dit que Cohet n'avait pas l'air bien, trop vite fatigué. Il est costaud, pourtant. Puis il a remarqué qu'il respire difficilement. Parfois

1. *Diable.*

même, il tousse un peu… Enfin, c'est ce qu'il a dit à mon père !

— Je vois, je vois… Bon ! Je vais chercher ce qu'il faut, et je te suis à vélo, décida-t-elle.

— Mais… Esteban ?

— Rassure-toi, je vais seulement faire un premier diagnostic. Si c'est plus compliqué que ce que je pense, ça lui facilitera quand même la tâche, non ?

— Bien… accepta Garmon. Mais je ne sais pas ce qu'en pensera le père Estarezou !

— Nous verrons bien…

*
* *

Simonet Estarezou vit arriver avec surprise le jeune Baylauch accompagné de Clarmonde, et il s'inquiéta :

— Esteban suit, au moins ?

La jeune fille s'arrêta à sa hauteur.

— Esteban a dû s'absenter ce matin, monsieur Estarezou. Je viens voir si je peux faire quelque chose, ou tout au moins dégrossir et définir le problème de Cohet…

— Toi ? Mais tu es bien trop jeune et…

— Et je suis une fille, je sais ! l'interrompit-elle. Et mon tuteur et maître me fait confiance pour ne pas outrepasser les limites de mes connaissances, tout autant que Gaston le fait pour confier vos chevaux à ferrer à son fils Garmon !

— Ce n'est pas pareil ! Lui, c'est un…

— Un garçon, je sais ! Mais je suppose que me permettre de seulement examiner votre cheval ne peut pas faire de mal à cette pauvre bête, n'est-ce pas ?

Comment refuser ? Cette gamine était si serviable, même s'il doutait de ses capacités.

— Bon, bon... Mais tu n'y touches pas, hein ?

— Je ne ferai rien sans que vous ne m'y autorisiez, ne vous inquiétez pas !

Bien que vexée par ce peu de considération, elle fut heureuse d'accéder à l'écurie. Elle flatta d'abord Pimparella et Margalida, passa un peu plus de temps auprès du vieux Coratge qui se montrait effectivement alerte et pimpant, avant de s'approcher de Cohet, qui semblait tranquille dans sa stalle.

— Alors, mon brave petit diable ! On est malade ? Allez, mon beau... Montre-moi ce qui ne va pas...

Elle avait un rapport de confiance inné avec les animaux, et elle lui flatta gentiment l'encolure et le chanfrein.

— Viens donc faire quelques pas avec moi...

Nul besoin de bride. Avec seulement la main pour lui tenir la crinière, elle le guida jusqu'à la cour, où la luminosité favorisait une inspection plus précise. Le père Estarezou gardait les yeux froncés, mais il la laissa faire. Une fois face à l'animal, elle continua à le cajoler, communiant avec lui des yeux et de la parole :

— Ah, oui ! J'entends bien que tu as du mal à respirer : ce bruit de sifflement lorsque tu inspires prouve bien ton mal-être. Et tu es au repos. Ce doit être bien pire quand tu fournis des efforts, hein ?

Dilatation des naseaux, un peu de suppuration aussi... Tiens, je parie que tu tousses quand on te fait trop travailler, non ?

Intrigué par cette approche, Simonet ne put qu'affirmer d'un mouvement de menton affirmatif. Clarmonde conclut ce premier examen en disant :

— C'est ce qu'on appelle le cornage, mon Cohet. Le son anormal de ton souffle, et surtout lorsque tu es soumis à des travaux de force, non ? Ne me dis pas que tu en as assez de tirer la charrue, je ne te croirais pas, mon brave !

— C'est vrai qu'il peine quand il est attelé aux champs, admit le maître d'Angousteig. Alors que l'année dernière, on ne pouvait pas tempérer sa vigueur...

— Je suppose qu'il s'essouffle facilement et qu'il tousse dès que l'effort demandé lui semble trop important.

— Oui ! reconnut Simonet, de plus en plus stupéfait des connaissances dont semblait faire état cette gosse en pleine adolescence.

Clarmonde se tourna face à Garmon, les mains sur les hanches, et elle l'apostropha vertement :

— Comment alors se fait-il que ton père et toi, qui connaissez bien les races aussi bien équines que bovines, ne puissiez déduire de ces symptômes que ce pauvre Cohet est affecté de « pousse » ? En d'autres termes d'un emphysème qui obstrue ses voies de respiration profondes ! Vous avez dû en croiser beaucoup d'autres dans son cas, mais comme vous ne vous intéressez qu'aux sabots, cela vous est resté inaperçu, n'est-ce pas ? Tu vois bien que ce cheval peine à expirer l'air, que pour cela il contracte en spasmes ses muscles abdominaux ?

— Bon, admettons… Et alors ? demanda Simonet.

— Mon papet Esteban dit qu'il en restera toujours des séquelles, mais qu'avec quelques précautions il ne subsistera que peu de gêne pour la bête. Un peu comme un asthme léger chez les humains, surtout lorsqu'il sera amené à faire de gros efforts, mais sans plus. Le reste du temps, il sera tout aussi vaillant et efficace qu'il l'a été jusqu'ici…

Impressionné par cette assurance, ce fut presque malgré lui que Simonet Estarezou lui demanda :

— Admettons. Et, selon toi, que pouvons-nous faire ?

Elle se força à adopter une fermeté de ton qui n'était pas de son âge :

— C'est une infection des poumons qui peut avoir diverses causes. Souvent due à du foin poussiéreux ou un peu moisi. Je vois que ce n'est pas le cas ici, mais c'est à surveiller. Premièrement, nettoyer et balayer soigneusement son environnement lorsqu'il est à l'écurie. Humidifier les lieux pour éviter la suspension de poussières qui agressent ses poumons, et qui peuvent aussi déranger la respiration de Coratge et des deux autres juments…

— Dis tout de suite que c'est sale chez moi ! s'énerva le propriétaire des lieux.

— Mais non ! Mais il y a des animaux plus sensibles que d'autres à ce genre de choses, et d'autres plus résistants. De plus, cette « pousse » peut se déclarer d'un coup après des travaux trop épuisants pour la bête.

Simonet secoua la tête, encore peu convaincu.

— Mais qu'est-ce que tu en sais ? On dirait que tu exerces depuis des années et des années, ce qui n'est évidemment pas le cas !

Plus agressive qu'elle ne l'aurait voulu, elle répliqua :

— Celui qui m'a appris le peu que je sais l'a fait de la meilleure des façons, et j'ai la chance de bénéficier de son expérience qui, elle, ne date pas d'hier !

— Et pourrait-on savoir ce que tu préconiserais, à part le balai ?

Clarmonde n'eut pas à réfléchir très longtemps. La description faite par Garmon des troubles du jeune cheval avait été assez explicite pour qu'elle apportât ce qu'elle estimait susceptible de soulager l'animal :

— Je pense d'abord lui administrer dans son eau de boisson des macérations d'hysope, de lierre terrestre, de plantain et de tussilage.

— Et c'est tout ?

— Non ! Pour désencombrer ses voies respiratoires, je crois primordial de lui faire respirer les huiles essentielles les plus actives pour ce genre de cas.

— Non, non, sans l'avis d'Esteban, je ne vais pas te laisser lui faire avaler n'importe quoi !

— Je n'ai pas dit avaler, mais respirer… Je peux essayer, non ? Juste des odeurs… ça ne peut pas l'empoisonner !

— Bon… Si tu veux, mais sans que tu lui imposes rien à absorber, hein ?

— Ce ne sera pas nécessaire... J'ai apporté une préparation secrète que m'a confiée Esteban et qui est tout à fait indiquée pour ce cas. Elle est composée d'un gramme d'anhydride d'arsenic, d'un gramme de carbonate de potassium, de trois grammes d'alcool de mélisse, de l'alcool à quatre-vingt-dix degrés, le tout pour un décilitre d'eau distillée.

— Tu ne vas pas lui faire boire ça ?

— J'ai déjà dit non. Pas tout de suite ! Pour le moment, on va préparer un mélange à lui faire respirer ! Seulement respirer...

— Alors d'accord...

Satisfaite d'avoir été entendue, Clarmonde s'empressa d'aller chercher le panier qu'elle avait attaché sur le porte-bagages de son vélo.

— Garmon ! Il me faudrait un seau, pas trop lourd...

— Je vais en chercher un !

La jeune fille demanda ensuite une casserole d'eau, y jeta des feuilles sèches de guimauve, des pousses de pin, du thym, des copeaux de racine de réglisse, puis s'empressa de faire bouillir le tout dans la cuisine de la ferme, avant de ressortir et d'y ajouter un savant mélange d'huiles essentielles d'hysope, d'eucalyptus, origan, térébenthine, lavande et romarin. Elle y ajouta la mixture d'Esteban, noua une sangle à une articulation du seau, puis s'adressa à Garmon :

— Peux-tu m'aider ? Attache Cohet à cet anneau du mur. Voilà, c'est ça... Maintenant, il faut lui mettre le museau dans le seau, mais sans qu'il se brûle au mélange chaud qui est au fond ! C'est bien… Sage, Cohet ! Sage… Maintenant, Garmon, passe la sangle sur l'encolure et accroche-la à l'autre boucle du seau. Maintenant, on va lui passer sur la tête ce plaid dont on doit généralement le couvrir lorsqu'il est en sueur après le travail…

Elle se recula alors et se contenta de flatter le cheval en lui murmurant à l'oreille pour le calmer afin qu'il ne s'agitât pas.

— Voilà ! En inhalation, ce devrait être efficace, dans un premier temps. On va lui laisser respirer ces vapeurs une dizaine de minutes. Une fois que le liquide sera froid, ce sera inutile. Regarde : il sent que ça lui fait du bien, car il ne cherche même pas à sortir la tête du seau ! Il est même bien plus calme que je ne l'aurais cru…

Un quart d'heure plus tard, le cheval libéré se montra d'emblée plus alerte. Cette séance de soins devait être loin de lui avoir semblé désagréable ! Clarmonde le caressa longuement, puis l'écouta respirer.

— Cela a suffi pour le désengorger ! On n'entend plus ce sifflement, et les inspirations et expirations sont régulières. Provisoirement, on va dire qu'il va mieux…

— Provisoirement ? grogna Simonet.

— Oui… En principe, quels que soient les traitements, il pourra avoir de nouvelles crises. Mais comme c'était la première et que ça a été pris à temps, il est possible que ça ne se reproduise pas en lui donnant quelques suppléments de plantes dans sa nourriture. Et surtout en le faisant sortir tous les jours au pré : il lui faut de l'air, car être confiné dans l'écurie quand il ne travaille pas n'arrange en rien les choses… Ah ! Et puis mouiller un peu le foin qu'on lui donne à manger.

Simonet s'approcha à son tour de son cheval et constata à son tour l'amélioration spectaculaire obtenue par la jeune fille en quelques minutes seulement.

Clarmonde en profita pour ajouter :

— Un peu d'ail, du thym, de la levure de bière, et du vinaigre de cidre, voilà ce qu'il lui faut pour retrouver l'énergie de son jeune âge. Et si vous le voulez, je reviendrai demain et après-demain pour renouveler cette inhalation afin que l'amélioration soit durable…

— Merci, petite… Je ne croyais pas que tu étais déjà aussi savante dans l'art de soigner les chevaux !

— Je suis loin d'avoir les connaissances d'Esteban, mais je commence à savoir maîtriser les curations de certains maux… répondit-elle.

— J'aimerais tout de même avoir l'avis d'Esteban sur tes recommandations !

— Je suis sûre que demain il sera avec moi pour revenir voir Cohet ! Mais je dois retourner à Saubajot, maintenant, pour lui faire à manger quand il reviendra d'Arudy. Tu redescends avec moi, Garmon ?

— Bien sûr, Clarmonde !

Elle ne remarqua pas la lueur d'admiration qui brillait dans ses yeux. Il semblait ressentir plus de fierté qu'elle-même de la manière dont elle avait assumé seule sa première intervention de soigneuse de bête sans l'aide de son tuteur…

XXVII

CELA NE DEVAIT SANS DOUTE rien au hasard, mais Clarmonde et Garmon se rencontraient de plus en plus souvent, à l'occasion d'un marché, à Béon, Béost, Gère ou Bélesten, ou plus ou moins fortuitement au fil de leurs déplacements. Les mois avaient passé, et elle devenait une belle jeune femme au caractère bien trempé, douce et énergique. Fini la jeune fille, la « petite », la gamine… Son intérêt pour l'art de son tuteur n'avait pas faibli, et c'était avec beaucoup plus d'assurance qu'elle diagnostiquait les problèmes des animaux et préconisait les solutions adaptées à chaque cas. Si Esteban était avare de compliments, secrètement il était fier de sa protégée et envisageait désormais sérieusement qu'elle pût à son tour acquérir la même maîtrise que lui pour les soins du bétail. L'intérêt de Clarmonde pour l'activité qu'il exerçait depuis toujours ne s'était pas révélé qu'un simple passe-temps, ainsi qu'il l'avait pensé tout d'abord. Oui, elle avait peut-être un bel avenir dans ce domaine, tant son œil était sûr, ses observations précises et ses prescriptions appropriées. Un bel avenir avec une seule ombre au tableau : les éleveurs de la région feraient-ils un jour confiance au jugement d'une femme ? Allait-on oser confier la vie d'une bête aux mains d'une orpheline, fût-elle l'élève du meilleur soigneur empirique de la région ? « Non, ce n'est pas gagné, loin de là ! »

— Ne prépare rien pour midi, Clarmonde. Aujourd'hui, il nous faut nous rendre à Castet, chez le Bastian Mourlane, aux Gléras. Nous mangerons à sa table.

— Et qu'est-ce qui lui arrive, à ce Bastian ?

— Plusieurs brebis montrent des signes d'un agnelage proche. Et comme les deux dernières années il a eu droit à plusieurs mises bas difficiles, comme il a perdu trois brebis et des agneaux mort-nés, il aimerait bien être aidé si ça devait se reproduire…

La jeune femme savait que si généralement agneaux et chevreaux naissaient normalement et sans aucun problème, dans de rares cas il y avait des complications pouvant amener la mort du petit, de la mère, et parfois des deux, ce qui représentait une perte sévère pour un éleveur. À plusieurs reprises, lorsque la brebis faisait des efforts sans résultats depuis plus de trois quarts d'heure, Esteban l'avait entraînée à vérifier la position de l'agneau. La première fois, elle avait eu de l'appréhension à introduire la main et le bras dans le vagin de l'animal, mais le vieil homme l'avait rassurée :

— C'est un avantage pour la brebis, tu sais… Un bras menu, une petite main, c'est quand même plus pratique que mes grosses pognes, non ?

Cette intrusion contre nature lui avait procuré une étrange sensation, mais jusque-là elle n'avait constaté qu'à deux reprises une présentation anormale de l'agneau à naître. C'était ensuite Esteban qui avait pris les choses en main pour délivrer la brebis. « La prochaine fois que cela se produit, ce sera à toi d'intervenir ! » lui avait-il dit. Depuis, elle attendait ce moment avec autant d'impatience que de crainte : allait-elle se montrer à la hauteur ?

Castet était un petit village pas plus gros qu'Aste et Béon réunis, à seulement deux kilomètres de Saubajot, le long du gave d'Ossau. La ferme Mourlane se situait à l'écart du bourg, en bordure d'un massif pentu couvert de forêts, au sein de parcelles herbues délimitées par des bosquets et des haies boisées. Ils furent accueillis par Bastian et son épouse Joana avec soulagement :

— Bonjour, Esteban ! Ça fait plaisir de recevoir un homme de parole…

Clarmonde ne s'offusqua pas de n'être point saluée à son tour. Elle en avait l'habitude, dans ce monde masculin rural qui considérait souvent la femme comme entité mineure : tout juste bonne à faire le ménage, la cuisine, tenir la maison et participer aux corvées des champs et de la ferme !

— Je n'arrive pas trop tard ?

— Non, non… Depuis hier, j'ai eu deux nouveaux petits agneaux, et tout s'est bien passé ! Mais j'ai deux autres brebis qui semblent être prêtes à « pondre »… Ça ne devrait pas tarder, car elles se sont déjà isolées des autres, elles ont les mamelles dures, et leurs voies naturelles commencent à se relâcher.

— Tu veux dire les lèvres de la vulve qui se congestionnent ?

— Ce n'est pas dans mon langage, mais c'est bien ce que j'observe...

— Eh ! Il faut bien appeler un chat un chat, comme on dit. C'est vrai, ce devrait être imminent.

Esteban fit alors le tour du troupeau, examinant chaque bête avec attention.

— À mon avis, tu devrais avoir encore trois ou quatre agnelages dans les deux à trois jours qui viennent. Pour les autres brebis, ce sera plus tard !

— Mais... je pourrai quand même compter sur toi ?

— Tu ne crois pas que nous allons coucher ici durant des semaines, non ? Ça pourrait durer plus d'un mois, au moins !

— Bien sûr que non, Esteban ! Mais je serais tout de même plus rassuré si tu étais là pour surveiller...

Clarmonde s'enthousiasma :

— Moi, je veux bien venir tous les jours, à vélo, et même rester de nuit si la mise bas est imminente !

Bastian fronça les sourcils et leva le menton face à Esteban.

— Elle ? Mais que pourrait-elle faire, s'il y avait de nouveau des problèmes ?

— Ne t'inquiète pas, je lui fais confiance pour agir au mieux ! De toute façon, s'il y avait un agnelage compliqué, je suis sûr qu'elle saura mieux intervenir que toi ! C'est bien pour cela que j'essaie de la forger à ma main...

L'éleveur jeta un œil noir en direction de la jeune femme, assez peu convaincu.

— Bon, puisque tu le dis... céda-t-il dans un soupir.

Bastian leva le regard vers le ciel et estima :

— Bon... Nous avons le temps de boire un ou deux verres avant que ma Joana ne nous serve à manger !

Clarmonde s'y attendait. Rares étaient les fermes où l'on ne recevait pas un visiteur sans lui proposer le café ou du vin, selon l'heure ! Tandis que les deux hommes s'isolaient dans la cuisine, elle préféra faire le tour de tous les animaux des Gléras, porcs, poules, oies, lapins, vaches au pré, un cheval, ainsi que deux chiens qui la suivaient en frétillant de la queue. Une petite balade qui n'avait rien d'une inspection : seulement pour le plaisir de côtoyer les bêtes ! Il en était ainsi depuis son plus jeune âge, et plus encore depuis qu'elle assistait Esteban.

Joana Mourlane avait préparé un repas simple, mais savoureux. Pour faire honneur à Esteban, elle avait cuisiné une volaille bien qu'on fût en semaine. Ils en étaient au fromage lorsqu'une gamine entra en trombe dans la pièce :

— Maman, p'pa...

— Qu'est-ce qui se passe, Pauleta ?

— Ça y est ! Y a la brebis qui fait son petit !

Sans qu'Esteban le lui demandât, Clarmonde se leva de son banc.

— Je vais voir ça, Esteban. Je t'appellerai quand ce sera le moment...

Sans plus tarder, elle entra dans la bergerie. Seules quatre brebis s'y trouvaient, les autres broutant dans un pré voisin. Elle s'approcha de l'une de celles qui étaient isolées et repéra tout de suite celle qui était prête à agneler.

— Alors, la belle... Tu vas nous faire ton petit ?

Sans déranger l'animal, elle observa à quel stade de parturition elle en était. « Déjà quelques contractions, et le mucus blanc évacué par la vulve… Oui, elle est prête ! » La brebis s'agita, se coucha, se releva, fouetta de la queue et se mit à bêler tragiquement. Connaissant depuis longtemps le processus, elle ne s'inquiéta pas : elle savait qu'entre ces premiers signes et le moment crucial il pouvait s'écouler plusieurs heures. Aussi retourna-t-elle auprès de Joana, Bastian et Esteban.

— Elle commence juste… Il y en a encore pour un moment !

Il n'empêchait que le maître de maison, déjà échaudé par la saison dernière, se montra vite inquiet et qu'il préféra rejoindre sa bergerie. Au bout de deux heures d'attente à regarder la brebis bouger en tous sens, Esteban constata :

— Ah ? Ça y est, la première poche a cédé : elle fait ses eaux… La seconde membrane devrait bientôt apparaître !

En effet, elle lâcha un liquide plus épais, et Clarmonde s'exclama :

— On voit déjà sortir les deux sabots de l'agneau !

Esteban objecta :

— Et ça ne t'inquiète pas ?

— Si ! On devrait apercevoir aussi son museau, mais non ! Enfin, on peut déjà dire qu'il ne naît pas par le siège… Il faut attendre un peu, mais il est possible que la tête soit bloquée.

— C'est tout à fait ça ! Il va falloir la « fouiller » pour s'en assurer.

Sans rien dire, sachant combien était importante l'hygiène en de tels cas, Clarmonde s'enfuit vers la cuisine pour se laver les mains au savon, et elle revint avec un seau d'eau tiède. Elle n'hésita pas et, tout en rassurant la bête en la caressant de la main gauche, elle lava soigneusement le pourtour de la vulve, puis glissa l'autre main avec précaution à l'intérieur du vagin. Délicatement, elle tâta au sein de ce milieu chaud et humide et, après cette inspection, elle constata :

— Je sens bien la tête, mais elle se présente par le front…

— Tu sais alors ce qu'il faut faire ?

— Oui, mais c'est la première fois que j'ai à le faire…

— Il faut toujours une première fois, tu sais !

Bastian jeta un regard outré à Esteban.

— Mais… mais ce n'est pas toi qui…

— Et pourquoi ? Il faut bien qu'elle apprenne ! Ne t'inquiète pas, je suis là… et puis je suis certain qu'elle va bien se débrouiller, avec ses petites mains.

S'efforçant de ne pas entendre la réticence du maître de ferme, elle poussa de la paume avec précaution sur le front, pivota la main, puis releva le menton de ses doigts. Elle n'eut pas plus tôt retiré son poignet qu'aux poussées suivantes de la brebis apparut le museau entre les deux pattes.

— Voilà, il est en bonne position, et tout devrait bien se passer, maintenant.

La brebis continuant ses efforts, l'agneau commença à être expulsé, les pattes antérieures en premier suivies de la tête. Les choses se passant dès lors normalement, il n'y avait nul besoin d'aider la nature en tirant sur le nouveau-né au risque de déchirer la matrice de la mère. Dès que l'agnelage fut terminé, Clarmonde se pencha sur le nouveau-né, lui dégagea les narines, puis constata qu'il n'en sortait aucun souffle. Sans plus réfléchir, elle le prit par les pattes arrière, puis lui plongea la tête moins d'une seconde dans l'eau froide d'un seau qu'elle avait apporté à cet effet, ce qui déclencha aussitôt le réflexe de respiration. Elle le reposa aussitôt à terre pour permettre à la mère de le lécher soigneusement. Tout en essayant de ne pas la gêner, elle coupa le cordon à cinq centimètres et le désinfecta à la teinture d'iode. La naissance étant toujours un moment magique, tout le monde s'attarda à voir l'agneau se mettre difficilement sur ses pattes tremblantes et chercher à téter sa mère.

— C'était parfait, Clarmonde, apprécia Esteban.

— Oui, mais ce n'est pas tout ! Dès que le petit aura cessé ce premier repas, il me faut encore fouiller la mère pour m'assurer qu'il n'y a pas un autre agneau, et si la matrice n'est pas déchirée. Et, dans deux ou trois heures, vérifier que le placenta aura bien été expulsé... Mais pour l'instant, il convient de ne pas les déranger.

— C'est vrai ! Allons fêter cela devant un autre verre. Et tu vas boire un coup avec nous, hein ? Tu l'as bien mérité !

— J'ai quand même eu un peu peur, avoua-t-elle.

— En cas de présentation anormale de l'agneau, c'était l'intervention la plus simple. Mais tu connais tout de ce qu'il faut faire en d'autres circonstances, non ?

— Oui, je crois... Arrivée par le siège, ou une ou deux pattes repliées, la tête de côté, les coudes accrochés, ces jumeaux quelquefois emmêlés. Mais je sais maintenant comment aider au moyen de la main ou d'une cordelette.

— Le plus triste et le moins agréable, pour sauver la mère, c'est quand il faut découper un agneau mort-né dans la matrice pour l'extraire sans abîmer les organes... Mais nous verrons ça plus tard !

— En attendant, clama Bastian, c'est l'occasion de sortir ma bouteille de patxaran. Et pas question que ta charmante Clarmonde refuse : je ne l'aurais jamais cru, mais après l'avoir vu agir je lui fais entièrement confiance. À la tienne, ma fille !

La jeune femme esquissa un sourire contraint en se saisissant du petit verre. Mais, après tout, pour une fois, elle pouvait bien se forcer...

*
* *

Durant tout l'hiver, malgré le vent glacial, la neige et le verglas, Clarmonde et Esteban firent de leur mieux pour satisfaire les demandes des éleveurs.

— Malheureusement, avec les congères et les fermes souvent isolées, nous ne pouvons contenter tout le monde ! regretta une fois de plus le vieil homme. Et j'ai toujours un peu d'amertume, ensuite, quand j'apprends la mort d'une vache, d'une brebis ou d'un veau à cause de ça...

— C'est vrai que c'est dur. Mais que pouvons-nous y faire ?

— Pas grand-chose, en effet !

Auprès d'Esteban, la jeune femme montrait chaque jour plus d'assurance. Les rares fois où un agnelage avait nécessité une intervention humaine, c'était elle qui avait eu la charge de s'en occuper, et elle s'en était bien sortie. Elle n'avait eu à déplorer que la perte d'un seul agneau, mort-né dans l'utérus de la brebis, mais elle était arrivée à sauver la mère. Quelle épreuve que de manipuler la scie-fil à l'intérieur même des entrailles pour en extraire le fœtus par lambeaux ! Nettoyer et aseptiser la matrice. Trouver le traitement le plus propice à rétablir la brebis… Plus impressionnant encore lui avait semblé l'aide qu'il avait fallu apporter à une vache, à Izeste, pour une mise bas compliquée, le veau étant mal positionné. Qu'il lui avait été difficile, les bras huilés, de le retourner et de le présenter de façon correcte, lui cercler la tête d'une corde en la passant derrière les oreilles et la mâchoire, arriver à lier les pattes une à une, puis tirer doucement au rythme des poussées de la mère. Une fois les pattes et la tête sorties, il avait fallu des bras d'hommes pour accompagner la mise bas, de manière forte, mais mesurée pour ne pas déchirer la bête. Enfin, tout s'était bien passé, au grand plaisir d'Esteban qui l'avait laissée diriger les opérations.

— Pourquoi n'ont-ils pas une vêleuse dans chaque étable ? s'était-elle étonnée.

— Parce qu'on mesure plus mal la force à appliquer, ce qui peut être irrémédiable pour la survie de la vache et de son veau.

— Oui, oui, je comprends…

Elle comprenait surtout que jamais elle ne ferait marche arrière dans cette voie qu'elle s'était choisie.

Outre le bonheur de rendre un service important à l'éleveur, elle se délectait de la satisfaction de voir un chevreau, un agneau, un veau ou un poulain se redresser sur ses pattes malhabiles, chercher le pis ou la mamelle, et téter goulûment le lait maternel ! Chaque fois, la jeune femme en ressortait avec des étoiles dans les yeux… Si Esteban ne le montrait pas, elle savait bien à son petit sourire qu'il partageait cette même joie à la vue d'une petite vie naissante !

XXVIII

UN BEAU MATIN, Clarmonde ouvrit la porte et s'écria :

— Esteban ! C'est enfin le redoux...

Il était tôt, mais les stalactites de glace qui pendaient un peu partout perlaient en gouttes de diamant dans les reflets de l'aube, et les restes de neige sale entassée sur les bords du chemin et de la cour commençaient à ruisseler d'une eau qui serpentait dans la pente et emplissait le creux des ornières.

— C'est le printemps qui s'annonce, ma belle !

Étant nés ici, ils étaient accoutumés aux rigueurs du climat, mais la perspective de l'arrivée de températures plus douces avait de quoi réjouir les cœurs. Bientôt, la vie serait plus facile ! Plus gaie aussi, en attendant un été toujours trop bref... Subitement plus vive, la jeune femme contempla un moment les brumes montant de la rivière qui s'irisaient sous les rayons timides du soleil levant. Oui, ce matin, il y avait toutes les raisons de se montrer plus optimiste !

— Ferme donc cette porte ! intima le chef de maison. Ce n'est pas pour autant qu'il fait chaud au point de laisser rentrer les courants d'air !

Comme chaque matin, ils prirent plaisir tous deux à se retrouver à la même table pour avaler une tasse de café tout en mangeant des tartines de pain beurré. Puis Esteban proposa :

— Il me faut aller au marché de Laruns... Veux-tu venir avec moi ?

Clarmonde faillit accepter en envisageant de s'arrêter à la forge de Béost pour y rencontrer son ami Garmon, mais elle secoua négativement la tête.

— Non, j'ai laissé s'imbiber toute la nuit de la menthe sèche dans du rhum blanc, et il faut maintenant que j'en fasse un alcoolat pour obtenir de la teinture mère !

— Je sais que cette méthode par percolation donne un produit plus efficace, mais souvent une macération de deux semaines donne aussi de bons résultats.

— Sauf qu'en macération la plante perd une partie de ses vertus, et lorsque le cas se révèle grave, il vaut sans doute mieux utiliser le meilleur produit qui soit, non ? Si la percolation est plus délicate et compliquée, elle s'obtient en seulement quelques heures...

— Tu as raison... Mais pour la plupart des problèmes courants, la macération suffira ! C'est beaucoup moins de soucis pour l'obtenir...

— De toute façon, comme j'ai commencé, il me faut bien finir !

— Comme tu veux, ma belle ! Quant à moi, je vais atteler Fiérotte... Tu aurais quelque chose à acheter, au marché ?

— Non, non, j'ai tout ce qu'il me faut...

Malgré les incitations du vieil homme, Clarmonde ne ressentait nullement le besoin d'avoir dans son armoire nombre de vêtements, comme se plaisaient à en acquérir les jeunes femmes de son âge, et elle ne faisait aucun effort de toilette. Elle avait même pris en horreur ces superflus qui lui rappelaient trop les « perruches » nanties de la clientèle de l'*Hôtel des Princes* !

— À tout à l'heure, papet Esteban !

— À tout à l'heure, ma fillote…

*

* *

La veille, Clarmonde avait pris soin de broyer les plantes de menthe séchées au moulin à café, puis avait humidifié la poudre obtenue avec du rhum blanc. Seulement imbibée, car trop arrosée une macération aurait débuté, et il ne le fallait surtout pas !

Dans son appentis, elle dosa ce mélange pâteux pour bien calculer la quantité d'alcool adéquate, puis disposa un linge fin en guise de filtre dans une bouteille à bouchon à vis et au fond découpé. Elle tassa ensuite raisonnablement cette mixture et la recouvrit d'un autre filtre, avant de verser la dose de rhum qu'elle avait préparée. Au bout d'un temps, elle dévissa légèrement le bouchon et cala ce récipient improvisé sur le rebord d'un bocal de verre, et le liquide commença à perler goutte après goutte. Laissant le processus continuer, elle entreprit de mouliner du pissenlit sec pour mettre en route une nouvelle teinture mère. Ce faisant, elle n'entendit pas les roues crisser à l'extérieur et sursauta lorsque la porte s'ouvrit soudain.

Elle se retourna.

— Garmon ? Mais que t'arrive-t-il ?

Le fils du maréchal-ferrant de Béost tenta de reprendre son souffle.

— Tu ne devrais pas grimper si vite ! Allez, assieds-toi…

— Non, non… C'est… c'est Esteban.

— Quoi, Esteban ? s'inquiéta-t-elle aussitôt.

— Au marché de Laruns… Il… enfin… un chien fou lui est passé entre les jambes et… et il a glissé sur le pavé verglacé.

Clarmonde porta la main à sa poitrine, subitement oppressée.

— Et ? parvint-elle seulement à articuler.

— Et il s'est brisé une jambe, apparemment… Les gens l'ont transporté à la pharmacie, ils ont appelé le Dr Lescoupe, qui n'a pu que le soulager. Il a fait téléphoner pour qu'une ambulance vienne le chercher.

La jeune femme se laissa retomber sur sa chaise, le cœur battant, prise d'une immense lassitude.

— À… à l'hôpital ?

— Oui, à Pau…

— Et… comment as-tu su ?

— Je suis arrivé sur le marché peu après l'accident, et tout le monde en parlait. Alors j'ai fait au plus vite pour venir te prévenir !

Elle lui sourit tristement.

— C'est gentil, tu sais…

Passant derrière elle, il lui posa les mains sur les épaules.

— Tu sais bien que tu peux compter sur moi.

Elle ne répondit pas, se releva et appliqua deux bises chastes sur les joues du jeune homme qui se mit à rougir, embarrassé. S'éclaircissant la gorge et ne sachant quelle attitude adopter, il bégaya :

— Et... et que... que comptes-tu faire... maintenant ?

Elle soupira.

— Il faut que je le voie, bien sûr ! Je vais descendre à Pau...

— C'est tout de même à une quarantaine de kilomètres, et avec la neige et les routes glissantes, je ne sais si...

— Pas à bicyclette, bien sûr ! Mais par le chemin de fer... Si le train transporte ouvriers et touristes d'hiver, il peut bien me transporter aussi ! Merci d'être passé si vite...

— Tu me tiendras au courant, au moins ?

— Bien sûr, Garmon... Et merci encore !

*

* *

Elle ne prit pas la peine de changer de vêtements et se contenta de passer sur ses épaules sa chaude cape d'hiver, puis descendit sans plus tarder jusqu'à la gare de Bélesten, où elle dut attendre près d'une heure le train électrifié. Garmon avait beau eu se montrer rassurant, elle se faisait quand même du souci : Esteban n'était plus tout jeune ! Aussi le trajet lui parut-il interminable, et elle se retrouva un peu perdue sur ce quai de gare, en bordure du gave de Pau et du ruisseau de l'Ousse. C'était la première fois qu'elle se retrouvait au seuil de la capitale du Béarn, et elle se sentit un peu intimidée. Au hasard, elle suivit les passagers qui se dirigeaient vers le départ du funiculaire, lequel évitait, avec une montée à trente pour cent, d'emprunter un raide chemin en lacets pour atteindre le niveau de la place Royale et de l'agglomération. Ce fut pourtant avec une certaine appréhension que, pour quelques centimes seulement, elle pénétra dans la voiture en bois, vite bondée, pour un étrange parcours de cent dix mètres, pas plus, dans le vacarme de la mécanique et des roues de métal. Effarée par cette expérience nouvelle, elle hésita. Elle connaissait l'animation des marchés des villages de sa vallée natale, même ceux de Laruns et de Buzy, mais la cohue qui régnait ici lui donnait le tournis. Tous ces gens pressés, les voitures à cheval et les automobiles, les camions et les bicyclettes, ces bousculades devant les commerces, ce tumulte permanent ! C'en était presque effrayant, et il lui fallut distinguer, au loin, ces sommets enneigés des montagnes qui lui étaient si familières pour se rassurer un peu.

— Oui… Mais où aller, maintenant ?

Avec timidité, et méfiante des voitures qui allaient et venaient en tous sens, elle suivit une portion du boulevard des Pyrénées, puis s'approcha d'un policier qui régentait la circulation au cœur d'un carrefour important.

— Excusez-moi, monsieur l'agent…

L'homme à petites moustaches et à képi, engoncé dans son uniforme sombre à boutons brillants, la regarda avec un sourire amusé et un peu condescendant.

— Qu'y a-t-il, petite ?

Clarmonde se rendit bien compte que sa tenue et sa démarche hésitante trahissaient la paysanne noyée dans un univers qui n'était pas le sien, et elle répondit :

— Je cherche ma route pour rejoindre l'hôpital...

— Bien... Ce n'est pas très loin ! Un petit kilomètre seulement. Tu prends cette rue sur la droite, et tu vas voir un square. Tu le longes jusqu'au bout, puis tu prends sur ta droite, et la troisième rue à gauche te conduira jusqu'à ce que tu cherches...

— Merci, merci monsieur !

Grâce à ces conseils, elle n'eut pas à errer et, après s'être de nouveau renseignée auprès d'une passante, elle se retrouva devant les murs austères de l'établissement hospitalier. Les jambes soudain bizarrement faibles, elle s'y aventura et se retrouva au sein d'un vaste hall, et repéra vite une sorte de comptoir en bois.

— Ce doit être les renseignements...

Effectivement. Mais il lui fallut encore hésiter au sein de ces murs trop grands pour elle, ces travées d'escaliers, ces couloirs froids où se croisaient visiteurs, infirmiers et médecins. « Une véritable usine ! » s'étonna-t-elle. Incommodée par les odeurs médicamenteuses qui régnaient partout, elle poursuivit sa recherche : comment s'y retrouver, avec toutes ces portes semblables ?

— Ah ! 117... Ce doit être là !

Une grande salle carrelée, aux murs blanchis, avec de hautes fenêtres ternes et une trentaine de lits métalliques alignés de part et d'autre de la pièce. Une infirmière se tenait à une table à l'entrée et surveillait les patients. Clarmonde s'adressa à elle d'une voix timide :

— Je... je voudrais voir M. Nabarre. Heu... Esteban Nabarre. Il est arrivé ce matin avec...

— Oui, l'interrompit cette femme à l'aspect sévère, avec sa tenue et sa coiffe blanches.

Elle vérifia sur ses fiches serrées dans une boîte en bois.

— Oui, lit numéro 29... Vers le fond, à gauche !

Retrouvant aussitôt un peu d'assurance, elle trottina vers le lit en question, et son approche ne passa pas inaperçue aux yeux du vieil homme blessé, qui lui adressa un sourire las.

— Fallait pas te déplacer pour ça, ma belle... Je ne suis pas à l'agonie ! Juste une guibole hors service.

Heureuse de le voir l'œil vif et la plaisanterie aux lèvres, elle se contenta de lui prendre la main pour la caresser avec tendresse.

— Tu m'as fait peur, Esteban...

— Comment cela ? Je n'étais même pas avec toi !

— Arrête de te moquer de moi, allons... Alors, cette jambe ?

— Il faut attendre qu'elle se répare. Regarde !

Rejetant le drap blanc, il lui montra, sous la longue chemise de nuit, le plâtre qui le tenait jusqu'à mi-cuisse.

— Le fémur pété ! Et tout ça à cause d'un sale clébard... Moi, j'aurais mis des attelles, à l'ancienne, mais maintenant faut qu'ils vous plâtrent.

— Et ils vont te garder longtemps ?

— Quelques jours seulement, le temps de voir si tout se passe bien. Ensuite, je pourrai retourner à Saubajot. Avec des béquilles, bien sûr, parce que j'en ai bien pour deux à trois mois…

— Mon pauvre papet… C'est vraiment pas de chance ! Mais comment vas-tu rentrer ?

— Oh ! On me conduira bien jusqu'à la gare… Ensuite, le train, puis un coup de charrette, et le tour sera joué.

— J'ai une bien meilleure idée ! s'exclama Clarmonde.

— Ah, oui ? Et peut-on savoir ?

— Un taxi sera bien plus confortable ! Et il te conduira de l'hôpital au seuil de la maison, avec bien moins de tracas, sans secousses et sans bousculades…

— Le taxi ? s'indigna le vieil homme. Quarante kilomètres aller, quarante kilomètres retour, ce serait une forte dépense inutile !

— Eh ! Je n'ai presque pas entamé mon petit pécule…

— Il n'en est pas question, cet argent est à toi, et je ne vois pas pourquoi tu…

— Oui, il est à moi ! le coupa la jeune femme. Et c'est justement la raison qui fait que je peux en disposer ainsi que je l'entends…

— Non, non, ce ne serait que gaspillage !

— Je considère que je te dois bien plus que ma petite cagnotte, Esteban ! Non seulement tu m'as élevée depuis mon enfance comme ta propre petite-fille, mais encore tu me dispenses tout ton savoir sur les plantes et l'art de soigner les bêtes… Je te dois tout, et jamais je ne l'oublierai !

— Allons, n'exagérons rien…

— Nous verrons, nous verrons…

Que se dire de plus, entre deux êtres qui se connaissaient si bien, malgré la différence d'âge ? Deux êtres habitués au peu de paroles que l'on s'échange en milieu rural, surtout lorsqu'on n'aime guère faire état de ses sentiments. Et puis il ne fallait pas que Clarmonde ratât son train !

— Bien… Je repasserai te voir après-demain.

— Ce n'est vraiment pas utile, petite !

— Si, si, comme ça, nous pourrons rentrer ensemble, si tu tiens toujours à prendre le train.

— Ce n'est pas utile, je te dis !

— Si l'on ne faisait que des choses utiles, dans la vie, ce serait bien triste, non ?

Sur ces mots, elle l'embrassa sur le front avec une telle tendresse que les yeux d'Esteban s'embuèrent.

— À bientôt, ma belle… articula-t-il d'une voix étranglée.

*
* *

Quel soulagement d'avoir découvert son tuteur l'œil vif et le sourire aux lèvres ! Jusqu'au bord de son lit, elle avait craint que les choses fussent plus graves que ce qu'en avait dit Garmon. Bien sûr, elle se doutait que le vieil homme avait dû lui masquer sa souffrance, car son fémur brisé devait quand même le faire souffrir… Mais elle était désormais pleinement rassurée, et le trajet en train lui parut plus court qu'à l'aller. Elle descendit en gare de Bélesten alors que le jour commençait à décliner, puis hésita : il était bien tard pour grimper à Saubajot, prendre sa bicyclette et filer à Béost pour rendre compte à Garmon et à ses parents de l'état de santé d'Esteban, mais elle ne tenait nullement à rouler de nuit. Aussi préféra-t-elle monter à la Hérère pour une visite à Jules, qu'elle aimait beaucoup : l'ancien berger avait toujours fait partie de son environnement, depuis sa naissance jusqu'à ce qu'elle quittât la maison familiale après le décès de son grand-père pour vivre auprès d'Esteban. Il n'empêchait qu'elle ressentait toujours la même émotion en approchant des murs de cette ferme au sein desquels elle avait passé les meilleurs jours de son enfance. Elle regretta que le vieux Gaujòs fût mort l'an passé, mais s'en consola vite face à l'accueil enthousiaste de Goulic, qui manifesta sa joie en lui bondissant dans les jambes tout en émettant des couinements de plaisir. Jules parut alors sur le pas de la porte, l'air inquiet :

— Je me demandais si j'allais enfin avoir des nouvelles. Tu es sans doute allé le voir ?

— Ah ! Tu es donc au courant ?

— Tu sais, les ragots courent vite, de hameau en hameau, mais ils se transforment aussi vite, si bien qu'il est difficile de faire le tri du vrai et du faux ! Alors ?

— Alors c'est bien une jambe fracturée au niveau du fémur, mais pas le col, heureusement. Aucun autre bobo, je t'assure…

— Tant mieux ! J'étais vraiment inquiet…

— Il en sera quitte pour attendre deux à trois mois que ça se consolide, et c'est sans doute ce qui lui sera le plus difficile !

— C'est vrai, Clarmonde… Mais entre donc, et viens manger la soupe avec moi.

— C'est que… je ne voulais pas rentrer de nuit à Saubajot !

— La belle affaire ! Personne ne t'y attend ? Et tu peux fort bien dormir ici, comme autrefois… Ça me rappellera le bon vieux temps, et ça me réjouit le cœur de te revoir ici !

— Si c'est ainsi, alors d'accord…

XXIX

NE TENANT NULLEMENT à ce que « son » blessé ne la devançât en prenant le chemin de fer ainsi qu'il en avait l'intention, Clarmonde se rendit de nouveau à Pau le surlendemain de l'accident en sautant dans le premier train du matin. Elle arriva donc tôt dans la grande ville et n'eut pas à emprunter le funiculaire. Plusieurs taxis étaient arrêtés devant la gare à disposition des voyageurs, et elle s'approcha de l'un d'eux à la grande surprise d'un chauffeur à casquette qui se demanda pourquoi cette jeunette à l'allure paysanne venait à sa rencontre.

— Monsieur… Vous… vous êtes libre ?

— Bien sûr, puisque j'attends le client ! Qu'est-ce que tu veux, petite ?

— Vous transportez bien des gens jusqu'aux Eaux-Bonnes ou aux Eaux-Chaudes ?

— Cela m'arrive en effet… Pourquoi cette question ?

— Ce serait pour un trajet plus court : jusqu'à Béon, vous connaissez ?

— Bien sûr, mais ne ferais-tu pas mieux de prendre le train ? Ce serait sans doute plus raisonnable pour ton budget ?

— Ne vous inquiétez pas, j'ai de quoi payer ! assura-t-elle. Il s'agirait de transporter mon grand-père de l'hôpital à la maison... Il a une jambe cassée, vous comprenez ?

Après tout, elle avait bien dit la vérité, à part le fait qu'Esteban n'était pas vraiment son grand-père. L'homme la toisa un instant, et l'attitude polie et l'air sérieux de la jeune femme le convainquirent de sa bonne foi.

— Bon, c'est d'accord ! Montez, mademoiselle, direction l'hôpital...

C'était la première fois qu'elle prenait place dans une automobile, et celle-ci était intimidante, avec son long capot, ses quatre portes vitrées et sa peinture lustrée. Elle sursauta lorsque le chauffeur mit le moteur en route, puis se cala sur les sièges tandis que l'engin s'ébranlait. Le véhicule s'engagea sur un pont franchissant l'Ousse, rejoignit le boulevard des Pyrénées par la montée de la gare, laissa passer un des autobus qui remplaçaient depuis peu les tramways électriques, puis s'engagea dans les rues de la ville. Un parcours de quelques minutes seulement.

— Je vous attends, mademoiselle...

En descendant de voiture, elle sourit : depuis que le bonhomme l'avait prise au sérieux, il lui donnait du « mademoiselle », alors qu'il l'avait tout d'abord appelée négligemment « petite » !

— Merci ! Le temps d'aller chercher grand-père...

Elle n'avait aucune autorité pour disposer de la conduite à tenir de son tuteur ni aucun pouvoir légal, mais elle demanda à rencontrer le gestionnaire des entrées et des sorties. De derrière son bureau, l'employé la considéra d'un œil suspicieux. Clarmonde n'avait rien oublié des manières qu'elle avait acquises au palace des Eaux-Bonnes, et elle plia un peu le genou en abaissant la tête pour s'exprimer dans ce langage qui n'était pas le sien et dont elle n'usait plus depuis sa démission de l'hôtel :

— Monsieur, excusez ma démarche impromptue, mais je viens régler les formalités de sortie de M. Nabarre, Esteban de son prénom, lequel est hospitalisé depuis avant-hier dans vos services pour une fracture du fémur, conséquence d'une mauvaise chute… Il occupe le lit 29 de la salle 117.

Étonné par cette entrée en matière de la part d'une jeune femme à peine sortie de l'adolescence et n'ayant rien d'une citadine, il la fixa par-dessus les montures de ses lunettes.

— Et vous êtes qui, mademoiselle ?

— M. Nabarre est mon tuteur depuis le décès de mon grand-père il y a sept ans, et le médecin estimait qu'il pouvait rentrer chez lui dès ce jour même. Je suis là pour effectuer les démarches nécessaires afin de lui permettre de regagner notre foyer. Un taxi nous attend dans la rue.

— Bien, bien… Je vais envoyer quelqu'un se renseigner auprès de l'infirmière de ce service. Mais il faudra l'accord du patient en personne, et c'est lui qui devra signer l'ordre de sortie.

— Merci, monsieur. Et s'il y a des frais annexes à régler, je le ferai dans l'instant…

*

* *

Durant tout le voyage, Esteban n'avait que peu décroché les mâchoires, bien que Clarmonde fût certaine qu'il appréciait de fuir ces murs trop blancs et cette atmosphère trop aseptisée. Elle devinait qu'il se sentait vexé de n'avoir pas décidé lui-même de ce départ, même s'il éprouvait un véritable bonheur à retrouver son chez-lui. Les odeurs de suie et de fumée, le parfum des meubles en bois, l'air de ses montagnes, et ce sentiment viscéral de se sentir là où il se devait d'être… Respirer ce pays qui était le sien. Entendre le souffle de la bise sous le filtre des sapins, les bêlements lointains, les meuglements, et les chevaux qui piaffaient dans l'écurie. Et surtout la présence fusionnelle de cette gosse qui n'était pas de lui ni de sa famille, mais qui lui était entrée dans le cœur. Il y avait malgré tout cette fierté d'homme qui l'empêchait de la féliciter de son initiative : Esteban ne voulait dépendre de personne, et surtout pas de ce petit bout de femme qui resterait toujours pour lui « sa » gamine… Il attendit pourtant que le taxi eût fait demi-tour dans la cour de Saubajot pour se caler sur ses béquilles et râler :

— Je t'avais bien interdit cette folie, il me semble ?

— La folie aurait été au contraire de clopiner ou essayer de grimper dans un autobus jusqu'à la gare, de te faire bousculer dans le train, et de subir les cahots d'une charrette pour rejoindre la maison ! Tout a été plus simple ainsi, et nous revoilà chez nous, comme avant...

— Pas tout à fait comme avant : je marche comme un cloporte !

Un sourire vint tempérer cette apparente mauvaise humeur, et il remercia la jeune femme d'un regard éloquent. Souriante elle aussi, elle approcha le vieux fauteuil Voltaire qu'elle avait récupéré dans le débarras attenant à la grange et qui n'avait pas servi depuis des décennies. Sans un mot, le vieil homme clopina sur ses béquilles jusqu'au siège et s'y installa avec précaution en grimaçant. Il soupira :

— Ce qui me gêne le plus, c'est que d'ici que je sois sur pied, je ne vais rien pouvoir faire ! Je me sens déjà tellement inutile, et j'ai horreur de l'inaction...

Clarmonde s'agenouilla devant lui et ficha son regard dans les yeux pâles de son tuteur.

— Tu m'as prise en charge lorsque j'étais jeune et vulnérable, Esteban. C'est à moi de te rendre la pareille ! Et je vais prendre les choses en main... Ta santé, d'abord. Je connais pour les fractures les plantes qui aident à une guérison plus rapide : la prêle, l'ortie, la menthe poivrée et le romarin, par exemple. Et les huiles essentielles de marjolaine, de laurier noble et de géranium. Mais si pour les moutons, les chèvres, les vaches et les chevaux je sais comment les doser, j'ignore tout des proportions dont il faut user pour les humains ! Ce sera à toi de me le dire...

— Je vois que mon enseignement a bien porté ses fruits ! répliqua Esteban. Tu as parfaitement assimilé les vertus des plantes que tu as dites... Et c'est tout à fait ce qu'il me faudra pour me remettre sur pied au plus vite. Je te donnerai les doses à respecter.

— Bien, en attendant, je vais nous préparer à manger... Car je suppose que le menu à l'hôpital ne devait pas être fort appétissant...

— C'est le moins que l'on puisse dire !

Ils terminaient tous deux ce repas improvisé, et la jeune femme attendit le moment du fromage pour aborder le sujet de conversation qui lui tenait à cœur :

— Je crois que c'est le moment ou jamais que je prenne le relais, lorsqu'on aura besoin de tes services...

— Tu n'y penses pas ? Tu n'es pas encore prête et tu le sais !

— Peut-être, mais ce sera mieux que rien, et on ne peut laisser des bêtes souffrir ou mourir... ni leurs propriétaires subir des pertes que l'on pourrait éviter !

— Dans la vallée, je ne suis pas le seul à soigner les animaux à l'aide de méthodes ancestrales qui ont fait leurs preuves, tu sais ?

— Oui, mais je sais aussi que tu es considéré comme le meilleur dans tout le canton et même au-delà !

— Ce n'est pas pour autant que cette réputation va retomber sur toi, qui débutes seulement dans cet art si complexe...

— Sans doute ! Mais j'estime qu'en fonction des symptômes que l'on nous exposera, tu pourras me guider et me conseiller utilement avant que je me déplace pour exercer, histoire de dégrossir le problème, non ?

— C'est peut-être jouable, admit Esteban. Tu as déjà appris tellement de choses ! Mais ce sera une autre paire de manches de convaincre les paysans d'ici de tes talents précoces…

Clarmonde redressa le menton.

— Tant pis pour eux ! S'ils ne veulent pas de moi et préfèrent laisser leurs bêtes crever, c'est leur affaire, après tout…

— Bon… Je vois que je ne te ferai pas changer d'avis, et je me doutais bien un peu que tu profiterais de cette malheureuse occasion pour essayer de voler de tes propres ailes. Sache seulement que ce ne sera pas facile !

— Face à un animal et un éleveur en détresse, aucune décision n'est jamais facile !

— C'est vrai, c'est vrai… Malgré nos réussites, nous ne sommes pas des magiciens, loin de là !

*

* *

Dès qu'ils eurent terminé de manger, Clarmonde prétexta le besoin de faire des courses pour s'absenter de Saubajot. Ignorant les protestations d'Esteban qui avait peur de s'ennuyer dans son inaction et sa solitude forcées, elle passa sa capeline et enfourcha sa belle bicyclette. Elle avait autre chose en tête, une idée qui la travaillait depuis longtemps.

Elle résista à l'envie de s'arrêter à la forge de Béost pour y rencontrer Garmon et poursuivit sa route en direction des Eaux-Bonnes. La route n'était pas très pratique, avec encore de la neige sur les côtés et des montées assez raides, mais elle avait de bonnes jambes. Il lui fallut tout de même près de trois quarts d'heure pour parcourir cette dizaine de kilomètres. Hors d'haleine et en sueur, elle prit le temps de reprendre son souffle avant de franchir la porte de l'*Hôtel des Princes*. Corbairan Escala, toujours impeccable et fier dans sa tenue de portier, ne put s'empêcher d'avoir une expression de surprise en voyant pénétrer la jeune femme dans le grand hall d'accueil du palace. Il ne s'offusqua nullement de ses vêtements plus qu'ordinaires dans un tel lieu et s'exclama :

— Clarmonde ? Te revoici donc parmi nous ?

— Pas exactement ! répondit-elle en riant. Je voulais seulement voir M. Mandoire.

— Bien, bien… Je vais le faire prévenir !

— Inutile, je sais bien où est son bureau.

— Ça fait plaisir de te revoir, tu sais ? Ton parcours au sein de cet hôtel a étonné tout le monde, et on a beaucoup regretté ton départ. L'intendant a bien tenté de renouveler l'expérience, mais personne ne s'est encore adapté à la diversité de tâches que tu as accomplies dans ces murs. Voudrais-tu par hasard reprendre du collier ?

— Non, non, Corbairan… Loin de moi cette idée !

— Et puis-je savoir ce que tu fais, maintenant ?

— Je soigne les animaux ! répliqua-t-elle abruptement.

Cela était tellement loin des codes en usage dans un établissement de luxe que l'employé de réception en resta ébahi.

— Des études de vétérinaire ? s'étonna-t-il. Pour une femme !

— Pas vétérinaire, mais seulement soigneuse dans les traditions, ce qui n'empêche nullement d'avoir des résultats qui n'ont rien à envier à ceux des praticiens diplômés, pour un coût bien inférieur pour la bourse des éleveurs…

— Ah ! Ces pratiques empiriques contre lesquelles ils ne cessent de se battre en les considérant comme du pur charlatanisme…

— Si cet art était vraiment du charlatanisme, il y a longtemps que les exploitants n'y auraient plus recours, Corbairan ! Ce qui signifie bien que nos méthodes ont une efficacité certaine…

— Puisque tu le dis… Allez, file, à condition de venir me dire au revoir en repartant !

— Bien sûr, Corbairan. Je n'ai pas que des mauvais souvenirs, ici !

Elle frappa fermement à la porte du bureau, en souriant au souvenir de sa timidité et de ses craintes lorsqu'elle faisait le même geste quelques années plus tôt.

— Entrez !

En découvrant le visage de sa visiteuse, Alfred Mandoire se leva de son bureau avec un grand sourire aux lèvres.

— Clarmonde ? Mais qu'est-ce que tu as grandi !

Sans plus de façon, il s'approcha et la serra contre lui comme si elle faisait partie de sa famille.

— Pourquoi n'es-tu pas revenue nous voir, depuis tout ce temps ? Tu nous as bien manqué, tu sais ?

— J'ai beaucoup aimé travailler ici, monsieur Alfred, mais j'avais trop de mauvais souvenirs de la part des clients de l'établissement.

— Je sais, je sais… Pour certains qui considèrent que l'argent peut leur permettre n'importe quelle inconvenance, et je le regrette. Mais qu'est-ce qui t'amène, dis-moi ?

— J'ignore si vous pourrez faire quelque chose pour moi, mais c'est à vous que j'ai pensé pour un problème assez particulier.

— Tu as bien fait, ma fille ! Des ennuis d'argent, sans doute ?

— Non, non ! s'offusqua-t-elle. Jamais je n'aurais osé vous demander de l'aide pour ça…

— En quoi tu aurais eu tort, d'ailleurs… De quoi s'agit-il, alors ?

Elle se décida :

— Voilà… Esteban, enfin, mon tuteur, vient de se casser une jambe. Cela fait longtemps que je lui dis de se faire installer le téléphone, mais il s'y refuse. Aussi, je juge que c'est le moment ou jamais de l'y obliger, mais…

— Mais ?

— Mais je ne sais comment procéder… Je suis toujours mineure, vous comprenez ? Jamais on n'acceptera que je fasse les démarches nécessaires, et je ne sais comment m'y prendre.

— En quoi le téléphone est-il si important pour toi ?

— Esteban est guérisseur de bêtes, et ce serait plus pratique pour ceux qui font appel à lui, et ce d'autant qu'il y a de plus en plus de fermes qui sont reliées au réseau…

— Guérisseur de bêtes, tu dis ? La bête noire des vétérinaires !

— Cela vous choque, monsieur Alfred ?

— Non, certes non ! J'ai beau avoir trouvé ma voie dans le commerce d'hôtellerie de luxe, je suis pourtant fils de paysans, et j'ai bien le souvenir de ces soigneurs, qui se montraient souvent plus compétents que leurs soi-disant confrères ayant suivi des études officielles pointues… Venons-en plutôt au fait : qu'attends-tu de moi ?

— Ben… Je sais que pour l'hôtel vous ne cessez d'améliorer la téléphonie, autant pour les appels de l'extérieur que pour les communications intérieures, et je suppose que vous avez des contacts pour faire intervenir rapidement les services concernés. Moi, je ne saurais pas…

— Il n'empêche qu'il faudra bien que ton tuteur signe lui-même les documents nécessaires, non ?

— Une fois mis devant le fait accompli, il ne pourra reculer !

— C'est un peu tordu, ton histoire… Pourquoi tiens-tu tant à relier la ferme de ton Esteban au réseau téléphonique ?

— Parce que j'envisage de prendre sa suite…

— Comment ? Être au cul des vaches et des brebis, toi ? Pour jouer les faux vétérinaires ! En étant une fille, en plus !

— Oui, m'sieur Alfred. Depuis des mois que je m'y exerce, j'ai beaucoup appris auprès de mon tuteur, et je soigne déjà bien des maux…

— Tu crois vraiment que c'est là ta vocation, avec tout ce que représentent les hostilités des praticiens officiels qui font tout pour mettre ces pratiques d'un autre âge à l'index ? Il y a déjà eu des procès, tu sais ?

— Sans doute… Mais qui empêchera jamais un éleveur de choisir ce qu'il estime la meilleure solution pour ses bêtes et lui-même, s'il juge les performances vétérinaires beaucoup plus chères et bien moins efficaces que les méthodes d'antan ? Alors, vous voudrez bien m'aider ?

— C'est bien parce que c'est toi… Mais je ne promets rien ! Je vais essayer de contacter les services concernés et te dépatouiller au mieux… Même si je regrette encore que tu ne veuilles plus faire partie des nôtres ! Ce n'est pas ce que j'avais envisagé pour toi…

— Merci, m'sieur Alfred ! Est-ce que je peux vous embrasser ?

— Mais bien sûr, petite… Comme la dernière fois où l'on s'est vus, hein ?

Elle lui sourit.

— J'espère bien que ce n'est pas cette fois la dernière…

— Moi aussi !

Sans savoir quoi dire de plus, il ouvrit les bras pour y recevoir ce petit bout de femme qui, sans qu'il sût vraiment pourquoi, arrivait à l'émouvoir autant que si elle était la fille qu'il n'avait jamais eue…

XXX

L'INTENDANT de l'*Hôtel des Princes* avait vraiment le bras long ! Et Clarmonde se félicita d'être présente à Saubajot lorsqu'une équipe de la compagnie téléphonique s'y présenta. Du fond de son fauteuil, Esteban s'apprêtait à la chasser de chez lui lorsqu'elle intervint juste à temps pour lui couper la parole :

— Non, non, allez-y… Je suis au courant !

Le vieil homme lui jeta un coup d'œil incendiaire.

— Tu ne vas pas me dire que c'est toi qui…

— Mais si ! lui assena-t-elle en profitant du fait qu'il était cloué sur son siège. Et il ne faudra pas longtemps pour que tu t'en félicites ! Depuis des mois et des mois que je te disais que c'était absolument nécessaire…

— Et tu décides pour moi comme ça ? Sans rien m'en dire ! Tu me déçois, à me prendre ainsi par traîtrise…

— Et moi, répliqua-t-elle, j'estime en avoir besoin ! Et je peux disposer de mon argent comme je l'entends…

Esteban se buta dans la seconde. Le sourcil froncé, il éructa :

— Pas question ! Tu n'es pas majeure, et ces démarches n'ont aucune justification légale… Aussi, tu peux déjà leur dire, à ces clampins, que jamais je ne signerai cette intervention à laquelle je m'oppose formellement !

Clarmonde pâlit. Son tuteur avait tellement l'air déterminé qu'elle doutait soudain de pouvoir lui arracher cette signature pour approbation des travaux et acquittement de la somme qui serait demandée. Énervée, elle sortit en claquant la porte pour s'approcher du camion des ouvriers :

— Ne faites pas attention à mon grand-père ! Il refuse tout ce qu'il peut y avoir de nouveau dans sa vie… Ça ne va pas être facile de le lui faire accepter !

Le plus âgé des employés éclata de rire.

— Pas besoin de vous inquiéter, demoiselle. Nous n'avons aucun besoin de son accord…

— Comment, cela ?

— Non, non, tout est en ordre, je vous assure… Tout est même réglé d'avance, ce qui est fort rare : d'habitude, l'administration a toutes les peines du monde à se faire payer !

— Mais… l'abonnement à la ligne, les communications ?

— Tout ce que je peux dire d'après mes documents, c'est que les frais actuels ainsi que l'usage de ce téléphone seront à la charge d'un tiers, mais son nom n'apparaît pas sur ces feuilles… Il faudrait se renseigner aux bureaux !

Alfred Mandoire ! Ce ne pouvait être que lui… Mais cette générosité eut l'art de mettre la jeune femme en rage. « Je n'ai jamais demandé l'aumône !

C'est à moi d'assumer toutes les charges de cette installation. Non, il va falloir que je le rencontre à nouveau pour lui dire ma façon de penser... » C'était tellement humiliant de se sentir redevable, après toutes les économies qu'elle avait faites ! Comment concilier la reconnaissance qu'elle éprouvait envers ce brave homme et le sentiment cruel d'être blessée dans son amour-propre ? « Non ! Il faudra à tout prix que je le rembourse... » Elle sursauta en entendant la voix d'Esteban, plus sèche et dure que jamais :

— Vas-tu enfin m'expliquer pourquoi ils ne sont pas repartis ? De toute façon, je ne paierai pas, et je saurai bien t'empêcher de le faire : je suis officiellement ton tuteur et j'ai tout pouvoir pour gérer ton argent au mieux !

Elle susurra, un peu moqueuse :

— Celui que je t'ai effectivement remis lorsque je travaillais à l'hôtel, peut-être... Mais celui de ma cagnotte ? Officiellement, comme tu dis, il n'existe pas, non ?

— D'où qu'il vienne, cet argent, personne ne pourra l'encaisser si je te l'interdis ! Et il faudra bien qu'on se plie à la loi. C'est encore moi le maître, ici...

Clarmonde soupira.

— Les ouvriers reviendront demain, car ils n'auront pas fini aujourd'hui... Mais ça ne changera rien, Esteban : quand ils partiront, nous ne leur devrons rien, parce que tout est déjà payé !

— Comment cela ? Jamais personne dans l'administration n'aurait permis à une mineure de monter un tel dossier, pas plus que d'en accepter de l'argent sans la présence de quelqu'un légalement responsable d'elle, qui aurait en outre dû cosigner les actes. Tout ce que tu as manigancé dans mon dos est donc nul et sans aucune valeur juridique !

— Bon ! Puisque tu veux tant savoir, je peux bien t'avouer que je n'ai entrepris aucune démarche et que je n'ai rien signé...

— Co... comment ? Mais vas-tu enfin t'expliquer, bon Dieu ?

— Plus tard, peut-être... Mais quand tout sera fini ! Et je n'en dirai pas plus parce que je ne méritais pas d'être rabrouée comme tu viens de le faire ! Aussi je préfère sortir de cette maison et m'octroyer une balade à vélo. Au moins, je serai sûre que tu ne pourras pas me suivre pour continuer à critiquer tout ce que je fais !

Après cette fausse colère, elle quitta la pièce pour en effet retrouver la selle de sa bicyclette sans pouvoir réprimer un sourire. Elle s'attendait bien à une réaction de cette sorte, mais ne l'avait pas imaginée aussi virulente. Il n'empêchait qu'elle s'estimait fière d'avoir réussi à ce que le téléphone fût enfin installé à Saubajot, et ce malgré les réticences d'Esteban. La seule chose qui la chiffonnait demeurait qu'elle n'avait jamais demandé à M. Mandoire de financer cette opération... « Seulement de s'occuper des papiers de la demande ! » En même temps, elle se trouvait touchée et émue que cet homme, qu'elle avait sans doute déçu en mettant fin à son emploi au sein de l'hôtel, lui gardât une telle affection paternelle... « Comment pourrai-je un jour le remercier ? »

*

* *

Il ne fallait pas des milliers de coups de pédale pour parvenir à Béost, et ce fut avec un certain plaisir qu'elle abandonna sa bicyclette contre le mur de la forge, près de l'abreuvoir en pierre. Elle aimait ce lieu traditionnel à chaque village, le bruit du marteau frappant en cadence sur l'enclume, l'odeur de la fumée et du fer chaud. L'activité de Gaston Baylauch ne se limitait pas à ferrer chevaux, mules et bœufs, et le vacarme de cet atelier ne cessait pratiquement pas du matin au soir. En homme de l'art, le maréchal fabriquait et réparait aussi les pièces en fer des charrues, les outillages nécessaires aux travaux des champs ou les outils des artisans des environs. Il forgeait également les objets de la vie domestique, de la cuisine aux trépieds de la cheminée. En pénétrant dans cet antre toujours un peu inquiétant, Clarmonde apprécia une fois de plus cet univers étrange, avec la forge dans l'angle et son grand soufflet, l'établi, les dizaines d'outils pendus aux murs noircis, les collections de fers de toutes dimensions… Elle s'aperçut d'emblée que Gaston n'était pas là et que l'homme qui s'affairait sur l'enclume à grands coups de marteau à boule n'était autre que Garmon. Elle le regarda travailler un instant avant de lui effleurer le bras. Il sursauta et lui fit face avec le sourire.

— Ah, c'est toi ?

À l'aide de sa pince, il trempa la tige de fer qu'il était en train de façonner dans le baquet d'eau à portée de main, puis tendit la joue à son amie en demandant :

— Alors, notre Esteban n'est pas trop pénible ? Je l'imagine mal contraint à ne rien faire de ses journées…

— Tu as raison, il ne cesse de râler ! Et aujourd'hui plus que jamais…

— Et pourquoi ?

— Parce que je suis en train de faire installer le téléphone à Saubajot et qu'il n'en voulait absolument pas !

— Le téléphone ? Mais comment t'es-tu débrouillée pour ça ? Il paraît qu'il y a plein de démarches à faire, et que ce n'est pas si simple…

— Je te dirais bien que c'est là mon petit secret, mais je peux bien te confier qu'un ami m'a fortement aidée dans cette affaire.

— Un ami ? répéta le jeune homme, subitement plus sombre.

— Oui, le rassura Clarmonde. M. Alfred, l'intendant de l'*Hôtel des Princes* où j'ai travaillé durant plusieurs années…

— Et pourquoi ?

— Sans doute parce qu'il m'aime bien… répondit-elle d'un air énigmatique.

Elle laissa planer un silence pour mieux savourer la présence de ce garçon fort, beau et tranquille, si discret qu'il en était attendrissant. Oui, elle se sentait si bien auprès de lui… Elle devinait aussi qu'elle lui plaisait, et trouvait assez émouvant qu'il eût la pudeur de s'efforcer de ne pas le montrer. Gaucherie ? Timidité ? Elle préférait supposer qu'il ne s'agissait là que de la forme d'une marque de respect.

— Ton père n'est pas là ?

— Non ! Il est allé livrer des outils du côté d'Aas…

— On a donc le temps de discuter un peu ?

— Bien sûr ! Ce chenet peut bien attendre un peu… Ainsi, tu es arrivée à faire installer ton foutu téléphone chez Esteban !

— Ce devrait être terminé avant demain soir, d'après les ouvriers…

— Mais crois-tu que ce sera vraiment utile ? On s'en passait bien, jusque-là…

— Peut-être, mais à quel prix ? Des déplacements inutiles, du temps perdu, des rendez-vous manqués… Maintenant que de plus en plus de particuliers sont abonnés, il n'y a plus beaucoup de hameaux où l'on ne puisse téléphoner depuis la maison d'un voisin, en cas d'urgence. Tiens, par exemple : tu n'aurais pas été obligé de pédaler jusqu'à Saubajot pour me prévenir de l'accident d'Esteban !

Il lui jeta un bref coup d'œil empli de tendresse avant de baisser la tête.

— Je crois que je serais quand même venu. Je préfère te voir et te parler en vrai !

Clarmonde le remercia d'une moue amusée et poursuivit :

— Avec le temps qu'il faut pour nous envoyer un petit messager lorsqu'il y a un problème pour une bête, souvent nous arrivons trop tard pour la sauver ! Grâce au téléphone, c'est le genre de choses que l'on pourra éviter plus souvent.

— Tu tiens toujours autant à suivre le même chemin que ton brave vieux Nabarre ?

— Plus que jamais… Tu ne peux savoir la joie que j'éprouve à voir naître un veau, le voir se redresser sur ses pattes, le voir téter sa mère, alors que sans une intervention de notre part il serait mort, et peut-être sa mère aussi ! C'est ce genre de victoire sur le mauvais sort qui me pousse à toujours apprendre pour faire de mieux en mieux… et pour devenir un jour l'égale d'Esteban…

— Toi, quand tu as décidé quelque chose !

Un peu embarrassée par le silence qui suivit cet échange, la jeune femme préféra changer de conversation :

— Dis-moi… Après le printemps, aux beaux jours de l'été, est-ce que ça te dirait qu'on fasse une balade à vélo, tous les deux ?

— Bien sûr ! s'enthousiasma aussitôt Garmon. Mais pour un long parcours en montagne, je te préviens, ma bicyclette n'a rien à voir avec la tienne… Ce n'est qu'un vieux riblon, même si elle me rend bien service.

— Ne t'inquiète pas pour ça. Qu'importe la balade, après tout ? Je n'y vois pour bonheur que le plaisir d'être ensemble. Et toi ?

Il se troubla. Bien sûr, depuis qu'il l'avait rencontrée pour la première fois, il avait été attiré par cette fille étrange, à la fois si fragile et si volontaire, qui réussissait tout ce qu'elle entreprenait. Bien sûr, elle était belle malgré son peu de goût pour se montrer élégante, et plus belle encore au fil des années qui passaient. Bien sûr, il eût aimé avoir le culot d'être plus entreprenant ! Pourtant, jamais il n'avait osé le lui avouer aussi directement qu'elle venait de le faire, non pas tellement par timidité, mais parce que Clarmonde l'impressionnait. Pour lui, le seul fait d'imaginer qu'elle pût un tant soit peu s'intéresser à lui relevait du domaine du rêve… Écarlate, le nez rivé sur la pointe de ses sabots, il avoua :

— Cela me ferait une joie dont tu n'as aucune idée…

Ils étaient si proches, tous les deux, leurs visages se frôlant presque. Il osa envers elle un petit mouvement d'approche vite réprimé, mais la jeune femme le compléta en s'emparant d'autorité de sa bouche avec des lèvres brûlantes. Un baiser bref. Un baiser volé. Son premier baiser… Elle, qui n'avait jamais prêté une grande attention aux garçons de son âge, avait toujours ressenti un bien-être qu'elle ne s'expliquait pas dès qu'elle se trouvait en présence de Garmon et de son calme rassurant. Et l'élan qui l'avait poussée à l'embrasser ainsi, presque par surprise, n'avait nullement été prémédité, mais lui était monté du plus profond d'elle. Un baiser d'instinct dont la saveur sur ses lèvres la bouleversait. Après quelques secondes d'hésitation, le jeune maréchal-ferrant laissa ses ultimes réticences s'évanouir, et ce fut lui qui attira sa belle amie pour l'étreindre de la force de ses bras de forgeron pour chercher à nouveau ses lèvres avec fougue. Clarmonde s'y abandonna avec l'impression de se liquéfier de l'intérieur et des étoiles tourbillonnantes dans les yeux. Au bout de quelques secondes au goût d'éternité, ils se séparèrent et Garmon détourna le regard, comme honteux de cette initiative. Relevant la tête, il se heurta aux pupilles brillantes de félicité de la jeune femme et, ni l'un ni l'autre ne trouvant rien à dire, ils se contentèrent d'un sourire partagé et radieux qui valait toutes les paroles du monde...

*

* *

Oublieuse de la feinte mauvaise humeur de son tuteur, Clarmonde afficha malgré elle un visage rayonnant au retour de cette brève escapade. Esteban, bien que mesurant les facilités que pouvait apporter cette nouvelle installation, ne put pourtant s'empêcher de râler encore un peu. Il n'allait pas abdiquer aussi facilement !

— Espèce de petite *gorrina*[1] ! Tu as bien profité de mon handicap pour manigancer tout ça, et ce n'est pas loyal ! Et pourquoi m'as-tu dit que tout était payé ? Encore un mensonge, sans doute, car à ton âge tu n'es aucunement habilitée à mener de telles transactions !

Elle s'assit près de lui et se saisit tendrement de cette main ridée qui tapotait nerveusement sur l'accoudoir du fauteuil.

— Allons, mon papet... Ne t'énerve pas ainsi, je vais tout te dire. Je me suis adressée à M. Mandoire. Tu sais ? L'intendant de l'hôtel des Eaux-Bonnes grâce auquel j'ai appris tant de choses... Je lui ai seulement demandé de s'occuper des formalités pour l'installation, mais je ne m'attendais

---

1. Synonyme de puta, pèth. Ce terme signifiant putain n'est pas forcément péjoratif, mais peut exprimer divers sentiments, de la colère à l'étonnement, de la joie à l'énervement...

nullement à ce qu'il la prenne en charge ainsi que l'abonnement ! Et je compte bien le rembourser sur mes économies...

Le vieil homme fronça les sourcils.

— Et pourquoi ferait-il ça, alors qu'en quelque sorte tu as trahi tous les espoirs qu'il avait mis en toi en abandonnant l'hôtel ? Aurait-il des vues sur toi ?

Elle éclata de rire.

— Que vas-tu imaginer là ? Je crois seulement qu'il était fier de m'avoir formée à tous les métiers d'hôtellerie dans lesquels il m'a poussée, et qu'il me considère un peu comme... comme sa fille, en quelque sorte.

— Mouais...

Devait-il avouer qu'il n'était pas si mécontent de cette pointe de modernisme qui entrait chez lui ? Que sa filleule avait raison et qu'il serait désormais plus pratique d'être prévenu à temps, de se faire décrire à distance les symptômes afin de choisir plus judicieusement les traitements susceptibles de convenir à l'intervention ? Que malgré ses récriminations il admirait l'initiative de sa protégée ? Il préféra couper court et changer de sujet :

— Ce n'est pas tout ça ! Qu'est-ce que tu vas nous préparer à manger, aujourd'hui ? Je commence à avoir faim, moi...

XXXI

Le téléphone était installé. Enfin ! Un boîtier mural en bois veiné, avec son combiné accroché sur un côté, un écouteur supplémentaire sur l'autre côté, et son cadran circulaire numéroté. Un appareil un peu mystérieux quand même qui détonnait dans cet intérieur rustique. Sans vraiment le vouloir, Clarmonde et Esteban se surprenaient souvent à porter leur regard sur cet élément nouveau et insolite dans le cadre de la cuisine de Saubajot. Le vieil homme ne vitupérait plus contre cet « intrus », sachant bien au fond de lui que c'était là un objet qui pouvait se révéler malgré tout très utile.

— Il faudra que j'écrive des affichettes avec ton nom et le numéro de téléphone, proposa la jeune femme. Je les mettrai en place chez les commerçants des villages alentour. Et je le transmettrai aussi dans toutes les fermes où j'aurai à intervenir…

— Bonne initiative, opina Esteban. Puisque tu nous as imposé cet ustensile, il faut bien que les gens sachent que nous sommes reliés au réseau, si nous voulons être contactés…

Ce ne fut pourtant pas grâce à cette nouvelle ligne téléphonique que se manifesta dès le lendemain le besoin d'une intervention urgente, mais par l'intermédiaire d'une gamine à bicyclette qui abandonna son vélo dans la cour pour se présenter essoufflée sur le seuil de la porte. De son fauteuil, le soigneur de bêtes s'exclama :

— Je te reconnais, toi ! Tu serais pas Jordiéta, la petiote du Seuvèstre Cazabat ?

— Si, m'sieur… C'est papa qui m'envoie !

— C'est bien, petite… Clarmonde, fais-lui donc chauffer un peu de lait pour un cacao, elle a le bout du nez tout gelé ! Alors, quel est le problème ?

La gosse expliqua de façon volubile :

— Presque tous les chevreaux qui sont nés de l'année ne se portent pas bien. Ils bougent peu, et ils font des crottes molles. Même que p'pa a dit qu'ils ont de la fièvre… Il ne sait plus quoi faire, et moi, j'ai peur qu'ils meurent tous ! Vous allez venir pour les guérir, hein ?

— Allons, Jordiéta… Tu vois bien que je ne peux pas marcher !

— Ils vont mourir, alors ?

— Mais non, mais non… Clarmonde saura bien me remplacer ! N'est-ce pas, ma belle ?

— Oui, oui… Si j'ai bien compris, ce devrait être un genre d'indigestion qui explique cette diarrhée, si l'on peut appeler ainsi les crottes molles.

— Et alors ? la testa le vieil homme.

— Argile en poudre, infusion de pissenlit, réglisse et mélisse…

— À quoi tu peux même ajouter de la gentiane. Aucun problème pour faire absorber cette médication par les chevreaux avec une seringue dans la bouche, ils en adorent le goût !

— Bon… Va vite dire à ton père que j'arrive ! annonça Clarmonde à la petite.

Une fois seule avec Esteban, elle se renseigna :

— Et où il habite, ce Seuvèstre ?

— À Bielle, sur les bords de l'Arrioubeigt… Tu sors du village par la route du col du Porteigt, et tu verras sur la gauche le chemin de Bernet qui rejoint Bilhères. Première exploitation à droite !

— À mon sens, je n'ai pas besoin d'emporter des dizaines et des dizaines de plantes et d'huiles essentielles, car les symptômes me semblent assez clairs. Aussi, pas besoin d'atteler le cabriolet. Il me suffira de seller Masclut, il sera heureux de cette balade !

Contrarié de ce que son état ne lui permît pas d'officier lui-même, Esteban se sentit plus inutile que jamais à cause de son infirmité temporaire. Heureusement qu'il pouvait faire confiance à Clarmonde, qui venait une fois de plus de lui prouver ses compétences. Il ne put pourtant s'empêcher d'ajouter :

— Et surtout, n'oublie pas de vérifier le diagnostic ! Ce que remarquent les éleveurs n'est pas toujours avéré, et s'en tenir là peut amener à des conclusions fausses…

— Allons, Esteban ! C'est la première chose que tu m'as enseignée !

Masclut n'était que peu sorti durant l'hiver, aussi trottait-il avec aisance et fierté en bordure de la route. Les talus avaient perdu leur blanc sale de cette fin d'hiver, sauf dans les virages mal exposés au soleil, et les fossés roulaient avec force l'eau de fonte dévalant des versants. Indiscutablement, le printemps étalait jour après jour son emprise sur la région ! Bizarrement, la jeune femme ne ressentait aucune appréhension à l'idée de se retrouver seule pour cette intervention, mais elle ne s'enthousiasmait pas pour autant. Elle savait qu'il ne lui fallait jamais s'estimer trop sûre d'elle avant même d'avoir étudié chaque cas pouvant se présenter : une erreur ne pardonnait souvent pas ! Après avoir traversé Bielle, elle repéra vite le chemin dont lui avait parlé son tuteur et la ferme qui était son but. À son approche, la petite Jordiéta qui guettait le chemin se précipita vers elle en criant :

— P'pa, p'pa ! C'est la dame d'Esteban !

Seuvèstre Cazabat sortit aussitôt à sa rencontre. Un homme à carrure de géant qui se renfrogna en voyant la cavalière.

— Comment cela ? Le père Nabarre ne deviendrait-il pas un peu fou ? M'envoyer une jeunette !

Clarmonde descendit de cheval et s'approcha de l'éleveur :

— Esteban est un peu mon grand-père, et c'est lui qui m'a élevée, monsieur Cazabat.

— Ce n'est pas une raison pour que je confie mes bêtes à quelqu'un qui pourrait être la sœur de ma Jordiéta !

— Il ne peut se déplacer, avec une jambe cassée ! Et jamais il n'aurait accepté que je le remplace s'il n'avait une entière confiance en moi : cela fait des années qu'il m'enseigne son art, et ce n'est pas la première fois qu'il me laisse soigner seule, vous savez !

— Ben moi, ça me plaît pas trop, surtout de la part d'une *hilha* !

Un peu agacée, elle releva le nez.

— Si vous attachez autant d'importance au jugement d'Esteban quant à vos chèvres, vous devriez en faire autant pour son jugement quant à moi, non ? S'il ne m'en avait pas jugé capable, il vous aurait conseillé de vous adresser à quelqu'un d'autre ou à un vétérinaire ! Alors, comme je suis là, soit vous me laissez examiner vos chèvres, soit je rentre à Béon sans plus tarder...

— Bon, bon... céda le paysan. On peut toujours voir. Mais c'est bien par respect pour le père Nabarre ! C'est toujours lui qui nous a soigné le bétail, déjà du temps de mon père...

Les chevreaux malades, au nombre de six, avaient été gardés dans la chèvrerie, les autres bêtes broutant déjà la jeune herbe fraîche et verte libérée par les neiges, sous la surveillance du frère aîné de Jordiéta. Clarmonde s'approcha d'un premier jeune animal et s'agenouilla dans la paille pour l'examiner.

— Pas très vif, hein ? constata-t-elle. Ah, le cœur bat aussi trop vite. Il doit avoir de la température.

Le thermomètre le lui confirma bientôt.

— Un peu plus de quarante degrés, presque quarante et un ! C'est un à deux degrés de plus que la normale...

Elle palpa ensuite précautionneusement le ventre, ce que ne sembla pas apprécier son patient à poil.

— Douleur abdominale... signe d'inconfort digestif. Je suppose qu'ils n'ont plus aucun appétit ?

— C'est exact.

— Et, comme vous l'avez constaté, des petites crottes molles…

Par précaution, elle ausculta deux autres chevreaux qui confirmèrent son diagnostic. Seuvèstre, un peu rassuré par la manière dont la jeune femme avait mené son examen, précisa :

— Et contagieux, avec ça ! C'est pourquoi j'ai isolé ces six-là…

Clarmonde se redressa.

— Non, ce n'est pas contagieux ! Ce serait plutôt dû à l'alimentation. Vous les avez sans doute mis au pré lorsque cela a été possible, ce qui fait qu'ils ont mangé moins de foin et plus d'herbe fraîche ?

— Bien sûr, c'est dans l'ordre des choses !

— Une fois sevrés, les chevreaux sont plus sensibles à ce changement : dans un premier temps, ils digèrent souvent mal, mais ce n'est pas très grave.

— Je n'ai pas eu ce problème les autres années, pourtant !

— Cette année, la neige a fondu plus tôt que d'habitude, et ceci explique sans doute cela : ces jeunots étaient sans doute encore un peu fragiles pour brouter à l'extérieur avec leurs mères… Mais ce n'est pas bien grave !

— Tu crois, gamine ?

Sans se vexer de cette appellation trop familière qui traduisait toujours une certaine méfiance envers ses capacités, Clarmonde demanda :

— Maintenant, il me faudrait utiliser votre fourneau pour préparer mes « tisanes »…

— Tisanes ?

— Mes infusions et décoctions, si vous préférez !

Devant sa casserole, elle dosa consciencieusement la quantité d'eau et de chaque plante séchée avant de porter le tout à ébullition.

— C'est pas toxique, au moins ?

— Mais non... La gentiane pour stimuler la rumination, la mélisse pour calmer le système digestif, le pissenlit pour augmenter les sécrétions de l'estomac, le noyer pour agir sur les selles, les spasmes abdominaux et les éventuelles infections, tout comme la réglisse... Ce traitement peut aussi s'appliquer contre la grippe des chèvres.

Seuvèstre Cazabat ne s'attendait pas à la voir faire étalage de telles connaissances, et ce fut plus gentiment qu'il demanda :

— Et... il en faut beaucoup ?

— Non, non, assez peu... Lorsque ce mélange aura infusé et refroidi, je vais l'administrer à chaque animal directement dans la bouche avec cette seringue seulement emplie au quart. Je vous la laisserai, et vous renouvellerez le traitement ce soir, demain matin et demain soir. En ces deux jours à peine, tout devrait rentrer dans l'ordre.

— Et... c'est tout ?

— Oui, en principe. Je conseillerai seulement de laisser à leur portée de l'argile de kaolin en poudre. Je vous en ai apporté. D'instinct, les chevreaux devraient en absorber pour apaiser leur estomac. Sinon, une cuillerée à soupe matin et soir durant trois jours, et vous serez tranquille...

Après avoir agi ainsi qu'elle l'avait dit, elle accepta le bol de café que Seuvèstre et son épouse Flòra lui proposèrent. Le maître de maison hocha la tête en arborant un sourire perplexe.

— Ainsi, l'Esteban s'est mis en tête de former une fille pour soigner les bêtes ! C'est vraiment une drôle d'idée…

— Et pourquoi ? s'indigna Flòra Cazabat. Je ne vois pas pourquoi une femme en serait moins capable qu'un homme !

— Ben… disons que c'est plutôt… inhabituel !

Clarmonde précisa :

— En fait, ce n'est pas vraiment une idée d'Esteban ! C'est moi qui l'ai voulu. Au départ, il était assez réticent, d'ailleurs. Mais comme il n'a pas d'héritier à qui transmettre son savoir, il a fini par céder. Je ne suis pas encore aussi bonne que lui, mais j'arrive maintenant à soigner aisément les affections les plus courantes. Et je peux compter sur ses conseils pour des cas plus compliqués.

— Eh bien, bonne chance, petite !

— Si vous avez encore besoin de mes services, ou de ceux d'Esteban quand il sera rétabli, je vous laisse le numéro de téléphone qui vient d'être installé à Saubajot. Il doit bien y avoir des gens abonnés près d'ici, non ?

— Oui, bien sûr… Chez le Piarrot, par exemple. Mais… mais je n'ai jamais utilisé ce genre d'engin !

— Votre Piarrot saura bien le faire, lui…

*

* *

Dans les jours qui suivirent, Clarmonde eut beaucoup de déplacements à faire dans les fermes alentour. Souvent des diarrhées, d'ailleurs, surtout de la part des veaux. Les nouvelles allant vite, la sonnerie aigrelette du téléphone avait déjà retenti plusieurs fois dans la cuisine de Saubajot, et Esteban commençait à s'en féliciter : c'était tellement plus pratique ! En outre, grâce aux renseignements fournis au bout du fil par les éleveurs, il pouvait discuter des traitements les mieux appropriés pour chaque cas avec sa jeune élève. C'était tout de même mieux que les symptômes plus ou moins justement décrits par les petits messagers qu'on lui envoyait !

— Je t'avais bien dit que le travail ne manquait pas, en début d'année ! Il n'y a que pendant l'estive et les transhumances que c'est beaucoup plus calme : les pâtres savent se débrouiller à peu près seuls, en montagne. Ce qui n'empêche pas quelques pertes, bien sûr…

— Ce qui m'étonne, c'est que les propriétaires agissent parfois en dépit du bon sens, surtout avec les veaux. Comme s'ils ne savaient pas les accompagner dans les premiers jours de leur vie !

— C'est qu'il est difficile de faire changer les traditions… Ils procèdent comme le faisaient leurs père et grand-père, ceux-ci ayant fait de même avec leurs père et grand-père, et ainsi de suite !

— Quand même, quand je vois le nombre de veaux atteints de diarrhée à cause de circonstances qui pourraient être évitées !

— Je sais, je sais, ma belle ! Lorsqu'ils voient un nouveau-né qui n'est pas capable de se dresser rapidement sur ses pattes, qui ne trouve pas la tétine de sa mère ou qui n'arrive pas à téter, beaucoup n'ont pas le réflexe de traire immédiatement la vache pour alimenter le petit au biberon…

— Alors que c'est dans les deux heures suivant la naissance qu'il est important qu'il boive au moins deux litres de lait maternel pour être fort face aux maladies !

— C'est ce qu'on appelle acquérir les défenses immunitaires…

— Et, souvent, ils s'obstinent à garder les veaux en étable trop longtemps, alors que même en continuant à téter leur mère ils peuvent brouter dès les premiers jours, ce qui est bien meilleur pour leur santé ! C'est ce que je me tue à leur dire, mais ils y sont toujours réticents.

— Rassure-toi, cela fait longtemps que je prêche moi-même dans le désert ! Dehors, l'air est plus sain qu'en étable, il y a moins de problèmes de mouches, le veau s'y donne plus d'exercice, et trouve au printemps une herbe de qualité. Tout ce qui est bon pour lui, en quelque sorte…

— Oui, j'ai déjà eu plusieurs cas où le veau reste couché, sans force, qui se déshydrate, et tout cela parce qu'on n'a pas compensé à temps le fait qu'il n'arrivait pas à téter sa mère dans les premières heures après sa naissance. Et ce n'est pas facile de les remettre sur pied après un si mauvais départ dans la vie !

— C'est vrai… Je vois que le métier commence à t'entrer dans la peau, hein ?

*

* *

Durant les quelques semaines qui suivirent, la jeune femme enchaîna les interventions. À croire que le téléphone neuf attirait les appels ! Le bouche-à-oreille devait fonctionner, et là où l'on hésitait à envoyer un gosse courir des kilomètres pour solliciter Esteban, on ne tergiversait pas autant pour avoir recours à lui à la moindre inquiétude. Oh, bien sûr, Clarmonde avait encore à affronter le scepticisme des éleveurs à cause de son sexe et de sa jeunesse, mais sa réputation ne cessait de croître : après tout, elle était bien l'élève de son maître, lequel bénéficiait depuis des décennies de la meilleure réputation qui fût ! En fin de compte, le plus dur pour elle était de parfaire ses connaissances, le soir, après une journée souvent éreintante, en abreuvant de questions son tuteur, en révisant ses notes, en essayant d'assimiler les enseignements apportés par ses derniers soins.

— Finalement, lui dit un soir le vieil homme toujours handicapé dans son fauteuil, tu as jusqu'ici été confrontée à tous les cas les plus courants, et même à des situations bien plus critiques, mais tu t'en es sortie aussi bien que moi ! J'en suis très fier, tu sais ?

— J'en suis très contente aussi, avoua-t-elle. Mais il me faut étudier plus encore pour être capable de faire face à des cas extrêmes ou beaucoup plus délicats…

— Dans ce genre de situation, même les plus aguerris ne sont pas des sorciers, et bien souvent l'échec est inéluctable ! Mais il arrive aussi que nous réussissions là où les vétérinaires et toute leur science ont abdiqué… N'empêche, on ne peut gagner à tous les coups !

— Je m'en souviendrai, Esteban. Depuis que je te remplace, je n'ai vu mourir qu'une vache et son veau, ainsi qu'une brebis et un chevreau. Et je m'en sentais triste, en me demandant si je n'aurais pas pu faire mieux que je n'ai fait…

— Il ne faut plus y penser, ma belle ! Mieux vaut que tu te souviennes de combien de vies tu as sauvées quand l'absence de soins aurait inévitablement conduit à la mort de l'animal…

— Tu as raison, mon papet… Comme toujours !

XXXII

Oui, Clarmonde aimait de plus en plus l'activité qu'elle exerçait, même si elle se sentait de plus en plus fatiguée au fil des semaines. En carriole ou à dos de cheval, de hameau en ferme et de ferme en hameau, elle finissait par connaître les moindres chemins de la région. Enfin, ceux qui amenaient à une exploitation, fût-elle isolée au plus secret des pentes montagneuses... Ovins, équins, bovins, caprins, il ne se passait pas de jour sans qu'on fît appel à ses services. Si elle en tirait déjà une certaine fierté, elle pestait souvent contre le fait qu'il lui était difficile de trouver le temps d'aller cueillir les plantes nécessaires à la préparation de ses médicaments, d'autant plus que c'était au printemps qu'il fallait faire provision de la plupart des essences et fleurs entrant dans la composition de ceux-ci. L'ortie, le plantain, la camomille, le pissenlit, la gentiane, la prêle, le sureau, la sauge, et tant d'autres espèces. Heureusement, tout en claudiquant, Esteban se chargeait de les faire sécher, de préparer les teintures mères, d'élaborer des alcoolats. La jeune femme essayait de gérer au mieux ses réserves de plantes et de médications, et elle passait régulièrement commande des huiles essentielles lui étant indispensables à la pharmacie d'Arudy. Enfin, elle s'en sortait ! Ce qui l'inquiétait bien plus restait le fait que son tuteur et ami n'arrivait toujours pas à marcher normalement bien que son fémur se fût consolidé : non seulement il continuait à boiter, mais encore il souffrait le martyre dès qu'il devait faire quelques pas.

— Je t'avais bien dit qu'il te fallait attendre plus longtemps avant de vouloir trottiner comme si tu étais encore gamin, mais tu n'en as fait qu'à ta tête et voilà le résultat ! Tu veux vraiment rester infirme jusqu'à la fin de ta vie ?

— Ne t'inquiète pas ainsi, ma Clarmonde… Les Nabarre, c'est du solide !

Le mois de juillet naissant n'avait pourtant apporté aucune amélioration à son état, et les cataplasmes de chou comme les autres mixtures concoctées par la jeune femme étaient restés sans véritable effet. Juillet… La majeure partie des bêtes d'élevage paissait désormais aux abords des cimes, et la jeune femme pouvait enfin profiter d'un peu de loisirs. Oui, elle pouvait désormais penser un peu à elle !

Ce vendredi, elle jubilait à l'avance de la surprise qu'elle avait préparée à Garmon, qu'elle avait invité à passer le matin même, profitant de ce que le travail à la forge se trouvait lui aussi ralenti. Le jeune homme arriva d'ailleurs alors qu'elle finissait à peine son café matinal en compagnie d'Esteban. Dès son entrée, elle l'embrassa discrètement avant de proposer :

— Tu prendras bien toi aussi du café ?

— Non, non, c'est déjà fait !

— Un bout de pain et de saucisson, alors ?

— Bon… puisque tu insistes !

Esteban Nabarre, si taciturne depuis qu'il se trouvait handicapé par sa jambe, avait pour une fois l'œil coquin et le sourire aux lèvres. Il savait bien ce que sa filleule avait en tête, et ne doutait plus de l'attirance réciproque des jeunes gens.

— Toujours partant pour une randonnée à vélo ? demanda-t-elle innocemment.

— Bien sûr, depuis le temps que tu m'en parles !

— Ne partons pas trop tard, alors… J'ai toujours rêvé de gravir le col d'Aubisque !

Garmon eut un mouvement de recul.

— Tu n'y penses pas ? Avec ma bécane, je n'arriverai même pas au tiers de la grimpée !

Clarmonde se mit à rire et se leva du banc pour s'approcher de la porte.

— Tu es bien défaitiste ! Allons, suis-moi…

— Sans même prendre un casse-croûte pour midi ?

— Plus tard. Allez, viens, je te dis…

Elle l'attira vers la grange et se colla contre un pilier de bois en le prenant par la main et en l'attirant vers elle pour gober avidement ses lèvres. Subjugué, le jeune homme répondit à son élan. Lorsqu'ils se désunirent, il la regarda avec une expression d'adoration.

— Ainsi, c'était pour ça que tu voulais que l'on soit à l'écart des yeux d'Esteban ? Nous aurions tout aussi bien pu attendre la tranquillité de la nature, au cœur des bois…

— Non, tu n'as pas compris ! Je voulais seulement te féliciter pour ton nouveau vélo…

Il se recula, l'air ahuri.

— Mais quel v…

— Celui-ci, grand benêt ! s'exclama-t-elle en s'écartant pour lui montrer l'engin neuf calé contre un tas de foin.

— Ça ? Mais ce n'est pas à m…

— À partir de cette minute, si, c'est à toi !

Il sembla ne pas saisir, puis s'approcha de la bicyclette étincelante sans oser y toucher.

— Modèle luxe Hirondelle de Manufrance, comme le mien, mais pour homme. À quatre vitesses ! précisa-t-elle.

— Mais… quoi ? Que ?

— C'est à toi, je te dis !

Il recula comme si ce vélo neuf qu'il allait toucher pouvait lui brûler les doigts.

— C'est insensé ! Je ne peux pas accepter… Et pourquoi d'abord ?

— Pour que nous passions plus de temps ensemble, bien sûr.

Garmon roula des yeux effarés.

— C'est de la folie ! Et je ne veux pas de cadeau…

— Même de ma part ? susurra-t-elle.

— Mais… mais… Ce n'est pas possible ! Et ça doit coûter une fortune !

— Qui te parle de prix quand je te parle d'un plaisir commun ? J'ai tellement fait d'économies aux Eaux-Bonnes que je peux bien me le permettre sans me ruiner !

— Mais c'est… c'est très gênant… Il n'en est pas question, je te dis !

— Je n'aime pas le gaspillage, mais si tu n'en veux pas, je le donne au premier chemineau venu !

— Tu ne ferais pas ça ?

— On parie ?

Encore indécis, il s'empara du guidon, puis hésita de nouveau.

— Jamais mon père n'acceptera !

— Ton Gaston de père ? Mais ce n'est pas à lui que je l'offre ! Et puis il n'est pas censé le savoir : tu n'auras qu'à le laisser à Saubajot et n'en user que quand nous serons tous les deux…

N'osant encore se mettre en selle, il tomba dans les bras de son amie, des larmes dans les yeux, en s'exclamant :

— Tu es vraiment incroyable, toi !

Pour toute réponse, elle le bâillonna d'un long baiser gourmand avant de décider :

— On se prépare un casse-croûte et on y va ?

— On y va !

À leur entrée dans la grande pièce, Esteban ironisa :

— Alors, Clarmonde ? Il lui a bien fallu du temps pour accepter ton petit caprice !

— Pas plus que toi pour accepter le téléphone ! répliqua-t-elle.

*
* *

Après avoir réglé la selle à sa hauteur, Garmon étrenna avec un plaisir non dissimulé cette bicyclette inespérée, tout en ressentant une certaine honte d'avoir accepté ce présent. Clarmonde le suivait, ayant contre toute décence enlevé sa coiffe pour aller cheveux au vent. Qu'il était agréable de filer ainsi, libre et heureuse, en compagnie de ce compagnon auquel elle était de plus en plus attachée. Était-ce cela, l'amour, ce bien-être auprès d'un ami cher ? Oui, plus qu'un ami, sans doute ! Jusqu'aux Eaux-Bonnes, elle connaissait bien le trajet, somme toute assez aisé malgré qu'elle ne se fût guère entraînée sur ses pédales depuis longtemps. Mais le plus dur restait à faire… Après avoir dépassé le jardin Darralde, ils contournèrent au prix de quelques lacets une butte dans une tranchée profonde et à pic, avant de monter en pente douce et traverser le Valentin. Délaissant la cascade du Gros-Hêtre qui coulait sur la droite, la route se déroula ensuite sur le flanc nord de la vallée. La côte, bien qu'un peu éprouvante, s'élevait de façon régulière et les deux cyclistes, sachant que le plus éprouvant n'était pas fait, ménageaient leurs forces en adoptant un rythme lent qui leur permettait d'admirer les paysages traversés. Quel bonheur de découvrir au hasard des virages les escarpements du pic de Ger qui se dressaient au sud ! Longer le plateau de Ley et la belle cascade de Laressec, puis aborder la plaine de Gourette à la sortie de laquelle se dressaient quelques rares cabanes en pierre. La pente se fit ensuite de plus en plus raide, et les deux amis commencèrent à zigzaguer. Monter, encore monter, avec des courbes plus ou moins serrées, admirer au passage les ravins qui balafraient la forêt. Grimper, encore grimper, avec les arbres qui se raréfiaient. Plus haut encore ne se devinaient plus que des troncs rabougris dépassant à peine des blocs de pierre épars qui constellaient des prairies à l'herbe de plus en plus chétive au fil de l'altitude. D'ici, les hauteurs du pic de Ger prenaient l'aspect d'un plateau ondulé dominé par des rochers bizarres. Il n'y eut bientôt plus qu'une végétation rase parsemée d'arbustes laissant la rocaille à nu. Quelques virages encore, et enfin le sommet du col.

En sueur, essoufflés, ils s'arrêtèrent et mirent pied à terre pour se dresser l'un face à l'autre avec les jambes encore flageolantes de l'effort fourni. Les yeux brillants, Clarmonde ahana :

— Seule, je crois que je n'y serais jamais arrivée…

Garmon lui adressa un regard d'adoration.

— Je n'y serais jamais arrivé non plus avec mon vieux vélo !

Quelques automobiles étaient stationnées en bordure de la route, et près d'elles leurs occupants admiraient le paysage, la main pointée sur l'horizon pour reconnaître les différentes cimes, les vallées, l'emplacement des villages.

— Nous n'avons pourtant été doublés que par une seule voiture ?

— Oui ! reconnut le jeune homme. Celles-ci sont sans doute parvenues ici en venant d'Argelès-Gazost.

Ils se turent, saisis par la majesté du panorama qui s'offrait à eux, sur cette crête de landes arides. Abandonnant leurs vélos, ils s'approchèrent des personnes qui discutaient tout en restant à distance pour ne pas être indiscrets, mais en les écoutant ils purent identifier plusieurs des cimes encore enneigées qui se découpaient. Le pic de Ger, bien sûr, et à sa gauche le Pène Médaa, le pic Pambassibé, et le pic Sanctus. Sous eux, le moutonnement des croupes des massifs, les roches et les précipices, les vallées encaissées, les pâturages verdoyants où paissaient vaches et brebis, puis plus bas, dans le flou de l'air vibrant, les forêts sombres s'étirant en étages jusqu'à Bagnères-de-Bigorre et plus loin encore…

— C'est beau !

— Oui, c'est beau…

Sans souci aucun des regards qu'on pouvait porter sur eux, ils s'enlacèrent étroitement et communièrent dans la fusion de leurs lèvres, de leur souffle partagé, de la salive échangée, avec cette lutte de deux langues embrasées. Quelle impression d'ivresse ! Quelle sensation de fondre de l'intérieur comme neige au soleil ! Ils s'écartèrent l'un de l'autre et Garmon s'inquiéta :

— Mais… tu pleures ?

Elle renifla, sourit.

— Oui ! Mais de bonheur…

Se ressaisissant, elle le prit par la main.

— Allez, viens ! Après cette dure grimpette, il serait temps de nous caler l'estomac, non ?

*
* *

Ils ne se pressèrent pas pour rejoindre Laruns et Béon, se contentant de se laisser rouler au gré de la pente. Une dernière montée pour parvenir à Saubajot et Clarmonde s'insurgea en voyant le maître des lieux apparaître dans l'encadrement de la porte en pesant sur sa canne :

— Esteban ! Ce n'est guère prudent ! Même avec tes béquilles, tu as du mal à te déplacer...

Le vieil homme haussa les épaules.

— J'ai déjà fait péter ce maudit plâtre au mois d'avril après l'avoir supporté près de deux mois. Je ne vais pas attendre autant pour bouger un peu ! Alors au diable ces béquilles, ma canne me suffira bien...

— Justement ! Tu as dû enlever ce plâtre trop tôt, et c'est la raison pour laquelle tu as encore des difficultés à marcher... Je me demande même parfois si tu ne vas pas traîner la patte jusqu'à la fin de tes jours !

— C'est mal me connaître, petite !

— En tout cas, tu ne m'as pas appris à soigner les bêtes aussi mal que tu te soignes ! Si ce n'est pas trop tard, tu ferais bien de faire mieux attention à toi, si tu ne veux pas rester définitivement infirme...

— Voilà-t-il pas que ma filleule adorée veut me faire la morale ? Allez... Rentrons donc nous désaltérer un peu et manger un bout. Votre périple à bicyclette a dû vous creuser l'estomac, non ? À ce propos, où êtes-vous allés, tous les deux ?

— Nous sommes allés voir le paysage au-delà de nos montagnes en montant jusqu'au col d'Aubisque...

Esteban émit un sifflement étonné.

— Eh ! Ce n'est pas tout près... Et ça grimpe dur, hein ? Croyez-moi, il fait bon être jeune !

Une fois tous trois assis autour de la table rustique sans doute plusieurs fois centenaire, ils attaquèrent cet en-cas avec appétit. Une lueur malicieuse dans le regard, le vieil homme demanda d'une voix un peu narquoise :

— Alors, mon garçon… Cette mécanique à deux roues te plaît-elle ?

Garmon se troubla.

— Oh, c'est une merveille ! Mais je suis vraiment honteux d'avoir dû accepter ce cadeau que je ne mérite nullement…

— Comment cela, jeune impertinent ! Parce que tu crois que ça ne compte pas, de rendre heureuse ma Clarmonde ? Elle qui n'a jamais eu d'amis ? Elle qui pense depuis des mois à toi, même si elle a longtemps essayé de me le cacher ? Mais je ne suis pas dupe et je ne suis pas plus aveugle : vous vous entendez si bien que je gage que vous êtes déjà plus qu'amis, non ?

— Ben… oui… non… enfin si ! Mais…

— Mais quoi ? Quand est-ce que tu vas la marier, ma petite ?

Bien que le ton fût à la plaisanterie, Clarmonde protesta :

— Oh, Esteban… Je n'ai pas encore dix-sept ans !

— Ton envie d'offrir ce vélo à ton ami prouve bien que tu l'aimes plus que tu ne veux bien le dire ! Que tu l'aimes, tout simplement… Et j'ai quelques raisons de penser que ce sentiment est bien partagé, non ?

Écarlates, les deux jeunes gens ne surent que répondre, et Esteban ajouta :

— Il n'y a pas lieu de vous troubler ainsi, les enfants ! C'est tout ce que je vous souhaite… À mon sens, il y a trop d'unions qui se font sans que les mariés aient le moindre sentiment réciproque !

Des mariages forcés, avec pour seul motif l'argent et les intérêts familiaux... Alors vous avez bien de la chance si vous roucoulez comme pigeon et pigeonne !

— Arrête, papet... Tu vois bien que ça nous gêne de parler de ça !

Esteban Nabarre resta un moment silencieux. Puis ce fut d'un ton plus calme qu'il reprit :

— Vous devriez être au contraire contents que l'on puisse en parler sous mon toit ! Parce qu'à des lieues à la ronde, je doute qu'il y ait une ferme ou une maison dans lesquelles on puisse aborder le sujet de cette façon. On sépare le garçon ou la fille qui font preuve de trop de sentiments réciproques, et on organise des mariages arrangés en se moquant comme d'une guigne de former ainsi des couples malheureux...

Clarmonde s'énerva :

— Tu exagères, Esteban ! Même si tu avais raison, c'est bien trop tôt pour évoquer le mariage... Je suis trop jeune et Garmon n'a que deux ans de plus que moi !

— Calme-toi, ma belle... Je le sais ! Mais c'est pour ton galant, que je cause...

— Mon galant ? C'est bien la meilleure, ça !

Le guérisseur se tourna vers le jeune homme, subitement plus sérieux encore :

— Mon garçon... Si je me permets de vous apostropher tous deux ainsi, ce n'est pas sans raison. Car, si comme je le pense en vous regardant vivre depuis quelques mois il y a quelque chose de sérieux entre vous, il n'est pas dit que ton père et ta mère prennent les choses aussi bien que moi !

Aussi, si tu ne veux pas qu'ils se mettent un jour en travers de votre bonheur, il va te falloir les préparer en douceur, dès maintenant, même si ce projet n'est susceptible d'aboutir que dans deux ou trois ans, et même plus… Tu comprends ?

Très grave, Garmon acquiesça de la tête.

— Ce que vous dites est très juste et très beau… Merci, monsieur Nabarre !

— Monsieur Nabarre ? Monsieur Nabarre ? Tu ne peux pas m'appeler Esteban, comme tout le monde ? Allez, approche-toi que je t'embrasse… Moi, j'ai du mal à le faire, à cause de cette fichue guibole !

Clarmonde avait assisté à cet échange sans en croire ses oreilles. Bien qu'elle connût parfaitement Esteban, elle ne s'attendait pas à lui découvrir une telle ouverture d'esprit, une telle sensibilité, et une telle placide bienveillance ! Écrasant les larmes qui lui perlaient les paupières, elle prit conscience d'aimer ce brave homme qui l'avait recueillie encore plus qu'elle le croyait possible. Sans un mot, elle enlaça elle aussi Esteban avec plus de ferveur qu'elle ne l'avait jamais fait…

XXXIII

Des mois et des mois s'étaient égratignés sur les crocs des cimes des Pyrénées, et Esteban Nabarre ne marchait toujours pas normalement. Si sa connaissance des plantes lui permettait d'estomper les douleurs, à coups de feuilles de chou et d'huiles essentielles, s'il pouvait le plus souvent se passer de sa canne, il ne s'en déplaçait pas moins avec difficulté.

— Ne viens pas te plaindre, maintenant ! lui reprochait souvent Clarmonde. Tu as voulu brûler les étapes en enlevant prématurément ton plâtre, en posant trop vite ton pied à terre, et voilà le résultat !

Le résultat ? Il était que, depuis l'accident de son tuteur, la jeune femme assumait seule les interventions sur le terrain ! Elle ne s'en plaignait pas, tant elle aimait ce métier non reconnu qu'elle exerçait avec passion, mais ses journées étaient fréquemment longues et épuisantes. Elle trouvait pourtant le temps, le soir, de parfaire ses connaissances auprès d'Esteban, mais aussi d'étendre ses compétences en étudiant des livres à destination des vétérinaires. Oh, il lui avait été difficile de les trouver, ce genre de littérature n'encombrant pas les rayons des librairies de Pau où elle s'était rendue pour les acquérir, mais elle avait pu en commander plusieurs dans lesquels elle se plongeait dès qu'elle avait quelques minutes de libres.

— Mais que vas-tu chercher dans ces bouquins emplis de termes incompréhensibles ? la critiquait systématiquement le guérisseur. Ces gens-là jouent les savants, mais ils échouent souvent, là où nous réussissons en faisant confiance à un art de soigner qui a des siècles d'expérience !

Plus tolérante que lui, la jeune femme tempérait :

— Il faut dire que les paysans ne les appellent souvent qu'en dernier recours, quand les remèdes traditionnels n'ont eu aucun résultat !

— Si leurs services et leurs soi-disant médicaments n'étaient pas aussi ruineux, ils auraient peut-être plus de demandes. Et s'ils avaient prouvé la supériorité de leurs traitements, ça se saurait, non ? Les éleveurs ne sont pas fous et, s'ils préfèrent avoir recours à nos services plutôt qu'aux leurs, ce n'est pas sans raison !

— C'est vrai… Mais il faut reconnaître aussi qu'en cas d'épidémies majeures et souvent mortelles, ils ont à leur disposition des molécules modernes capables d'agir là où nos plantes et huiles ne parviennent pas à juguler le mal…

— Ce sont là des cas exceptionnels, et leurs injections chimiques ne font pas de miracles non plus ! Le plus souvent ils font abattre et brûler les bêtes malades pour tenter d'éradiquer le problème…

— Je sais, je sais... Mais ça ne m'empêche pas d'avoir la curiosité de savoir comment ils procèdent !

— Enfin, comme tu veux... si tu as du temps à perdre !

Si dans les premiers temps Clarmonde avait eu du mal à se faire accepter comme remplaçante de son tuteur, la façon dont elle avait exercé sa charge avait convaincu la clientèle d'Esteban qu'elle était bien la digne élève de son maître. Plus personne ne critiquait son sexe ou sa jeunesse, et sa réputation n'avait progressivement rien à envier à celle du vieil homme. Depuis longtemps, elle ne s'effrayait plus devant la diversité des cas à traiter, tant il lui fallait s'impliquer dans des domaines divers. Vaincre la colique d'un cheval ne demandait pas les mêmes soins que pour un porc ou un ovin ! Bien sûr, la variété de ses « patients » animaux exigeait des connaissances pointues de leur anatomie et de leur métabolisme, mais elle avait une bonne mémoire et savait s'en servir. Son quotidien était désormais fait de mammites, de parasites internes et externes, de diarrhées et de boiteries, de plaies plus ou moins graves, de mises bas plus ou moins délicates, mais elle dispensait aussi de nombreux conseils d'hygiène et d'alimentation pour préserver au mieux la santé du bétail. Et, souvent, elle se prenait à éprouver plus d'affinités avec les bêtes qu'elle soignait qu'avec leurs propriétaires ! À dix-huit ans, elle eût pu se complaire de la renommée acquise, mais n'en tirait pourtant aucune gloriole : elle vivait d'un métier qui la comblait, et cela lui suffisait amplement...

À dix-huit ans, elle avait aussi d'autres aspirations plus personnelles. Plus que jamais, elle s'arrangeait pour partager son peu de loisirs avec Garmon, et se languissait de plus en plus de pouvoir envisager une vie de couple auprès de lui. Comme l'avait pressenti Esteban, Gaston Baylauch et sa femme Loïsa ne s'étaient pas montrés très enthousiastes à voir leur fils s'éprendre de la « petite Arangou ». Après tout, ce n'était qu'une fille de rien, une orpheline, même si elle possédait une ferme déserte de toute brebis, et des terres, des bois et des prés laissés à l'abandon. Pourtant, peu à peu, au fil des semaines, ils avaient appris à la connaître mieux : douce, gentille, intelligente et courageuse… De plus, loin d'être sans le sou, depuis que toute la vallée s'arrachait ses services ! Et puis ces deux-là s'adoraient, c'était évident… Enfin, depuis l'adolescence Garmon ne s'était guère montré attiré par les filles, trop réservé, trop timide, peut-être. Alors, pour une fois qu'il se disait amoureux et qu'une si belle femme s'intéressait sérieusement à lui ! On avait donc fini par convier Clarmonde à la table de la maréchalerie, et ses manières de faire avaient vite séduit le couple, qui avait accepté en retour de manger à Saubajot en compagnie d'Esteban. Les invitations s'étaient ensuite croisées, et des liens solides s'étaient tissés entre la jeune femme et son tuteur et la petite famille du maréchal-ferrant. Des deux côtés, on en était désormais sûrs, un mariage aurait lieu, avec autorisation parentale, avant que les deux tourtereaux eussent atteint la majorité de vingt et un ans !

*
* *

Clarmonde venait d'examiner plusieurs agneaux et agnelles qui semblaient vraiment frappés d'une apathie inquiétante. Inric Pescamou, l'éleveur, affichait une mine sombre.

— Ils ont pris « la » maladie, hein ?

— Doucement, doucement, monsieur Pescamou… Il me faut analyser les symptômes ! Ainsi, les brebis et les animaux plus âgés ne sont pas touchés ?

— Heureusement, non… Pourquoi ? Ça peut se transmettre ?

La jeune femme réfléchit à voix haute :

— Amaigrissement important, manque d'appétit, faiblesse dans les membres, crottes molles… En soulevant la paupière, on peut voir le fond de l'œil rouge. C'est une infection parasitaire ! Un strongle, comme disent les vétos.

— Et alors ?

— Je crois que c'est pris à temps pour juguler la chose et rétablir ces jeunots en deux à trois jours seulement. Ensuite, en grandissant, ils seront immunisés !

— Ah ?

— Oui… De l'ail frais pilé, de la santoline, de l'achillée, quelques gouttes d'huiles essentielles, et ce devrait être réglé en deux à trois jours ! Peut-être moins, d'ailleurs…

— Vrai ?

— On n'est jamais sûr de rien, mais c'est un cas classique qui ne devrait pas poser de problèmes…

La routine, quoi ! À force de remplacer Esteban, elle avait déjà été confrontée à la plupart des accidents, affections et pathologies qui affectaient chevaux, vaches, bœufs, moutons, chèvres et porcs. Elle avait aussi soigné des chiens de berger, des ânes ou mules, mais aussi des volailles ou des lapins… Sa principale récompense résidait dans la joie de savoir que les animaux qu'elle avait traités se retrouvaient vifs et bien portants, et pour elle cette satisfaction passait avant les félicitations dont on n'était guère avare à son sujet. Elle détestait d'ailleurs que l'on parlât autant d'elle dans le milieu des éleveurs, non qu'elle fît mieux que son maître Esteban, mais surtout parce que c'était bien la première fois que l'on voyait une femme se livrer à cette activité particulière, jeunette et mignonne par-dessus le marché ! « Enfin… Je crois que cela finit par entrer tout doucement dans les mœurs. » Depuis longtemps, elle avait constaté que les suspicions et la méfiance qui avaient accompagné ses premières prestations s'étaient évanouies, et la qualité de ses soins était désormais reconnue par presque tous les éleveurs de la région, qu'ils eussent ou non eu recours à son art. Si Esteban ne s'en étonnait plus, il s'avouait plus intrigué par le fait que sa filleule ramenât à la maison plus d'argent que lorsqu'il exerçait lui-même.

— Mais comment fais-tu ? On dirait que les billets pleuvent sur ta jolie frimousse comme si un nuage de banque avait crevé au-dessus de toi !

— N'exagère pas, voyons… C'est sans nul doute parce que le téléphone me facilite beaucoup les choses ! C'est quand même plus judicieux de regrouper les visites dans des fermes plus ou moins proches, lorsque nous sommes prévenus à temps…

— Peut-être aussi parce qu'un éleveur bourru préfère maintenant avoir devant les yeux une belle poupée comme toi plutôt qu'un vieux birbe comme moi, non ? Nul doute qu'il est plus enclin à te payer d'emblée, alors que moi, on me faisait attendre souvent plusieurs mois. Tu ne peux imaginer le nombre de soins qui ne m'ont jamais été réglés !

— Peut-être de pauvres gens ?

— Détrompe-toi, ce sont les plus modestes qui paient rubis sur l'ongle ! À tel point que j'avais des scrupules à leur annoncer le prix normal et que je leur demandais toujours moins… Quant aux éleveurs les plus riches, ils se faisaient tirer l'oreille pour me régler mon dû : il me fallait les relancer à de multiples reprises pour arriver à récupérer les sommes qu'ils me devaient, souvent après plusieurs mois d'attente !

En parvenant au sommet de la côte de Saubajot, elle s'étonna de voir une voiture garée devant la porte de la ferme. Une belle automobile Citroën noire aux flancs de couleur bordeaux. « Ce bon Alfred aurait-il encore changé de voiture ? » Depuis que l'intendant avait tenu à financer l'installation du téléphone, Clarmonde ne s'était pas privée de lui rendre visite à l'*Hôtel des Princes*, et M. Mandoire avait plus d'une fois accepté l'invitation à un repas au domicile d'Esteban Nabarre. Esteban qui s'était d'ailleurs offusqué de cette initiative de sa jeune protégée :

— Lui ? Un homme de sa classe, dans ma pauvre masure ? Lui qui vit dans un palace pour milliardaires ? Tu n'y penses pas !

— Il m'a confié être natif de la campagne et fils de paysans. Je suis certaine que cela lui fera plaisir de se retrouver dans l'ambiance d'une ferme. Ça le changera du luxe qui l'entoure dans son quotidien, et qui doit souvent le lasser !

Tout en remisant Masclut à l'écurie en compagnie de Fiérotte, elle fit une moue :

— Alfred Mandoire ne vient jamais à l'improviste et sans téléphoner à l'avance ! Mieux vaut que j'aille voir… Désolée, Masclut, mais je t'enlèverai ton harnachement plus tard.

Elle entra dans la cuisine d'un pas conquérant puis s'arrêta, interdite. Trois hommes en costume se tenaient debout, face à Esteban assis dans son fauteuil, l'œil sombre.

— Que se passe-t-il ? Des huissiers ?

— Demande donc à ces paltoquets accoutrés dans leur complet veston ! Si je n'étais aussi handicapé et avec quelques années de moins, je te les aurais sortis de chez moi par la peau du cul !

Alarmée par le ton excédé de son tuteur, elle fit face à ces inconnus à la mise trop citadine :

— Allez-vous m'expliquer ? Et d'abord, qui êtes-vous ?

Les trois hommes se regardèrent, puis l'un d'eux se décida et fit un pas dans sa direction.

— Je me présente, mademoiselle. Jean-Baptiste Artoingt, vétérinaire à Laruns ! David Parentignat, également vétérinaire à Laruns. Et Clément Tourzelle, vétérinaire à Arudy…

Sentant venir des ennuis, Clarmonde releva un nez volontaire pour interroger sur un mode agressif :

— Et que me vaut l'honneur ?

— Eh bien voici : il s'avère que nous constatons depuis trop longtemps dans ce canton des pratiques que nous ne pouvons ni ne voulons tolérer ! Vos prétendues prestations auprès des éleveurs de la région sont une atteinte intolérable à notre profession et s'apparentent à une pratique illicite de ces soins des animaux dont nous avons le monopole.

Se félicitant d'avoir lu nombre d'ouvrages sur la question, la jeune femme se mit à rire.

— Comment cela, monopole ? D'après ce que je sais, si votre statut remonte à la fin du siècle dernier, votre diplôme ne vous reconnaît que l'apanage de l'exercice de la médecine vétérinaire contre les maladies contagieuses des animaux. Je dis bien « contagieuses »... Et la loi de 1923 n'a fait qu'institutionnaliser ce diplôme qui vous donne le statut de « docteur » vétérinaire ! Non, que je sache, le monopole ne vous est pas acquis pour les affections qui ne relèvent pas d'épidémies...

Surpris que cette jeune paysanne s'exprimât avec autant d'aisance et fût au courant des lois régissant leur profession, les trois hommes échangèrent des regards emplis de perplexité. Le praticien d'Arucy prit à son tour la parole :

— Il est vrai que les lois et décrets sont encore flous, mais le monopole que nous demandons depuis des années est en bonne voie d'être voté d'ici un ou deux ans !

— Ce qui veut dire que je ne suis actuellement pas dans l'illégalité, n'est-ce pas, monsieur Tourzelle ? Aussi, je vous prie de sortir de cette demeure et de nous fiche la paix !

David Parentignat s'avança à son tour :

— Nous n'avons rien de personnel contre vous, mademoiselle… Mais il est de notre devoir de lutter contre les méthodes empiriques surannées dont vous usez, qui vont à l'encontre de toute logique scientifique ! Jusqu'ici, nous tolérions ces pratiques, sachant que ceux qui les exercent sont de l'âge de M. Nabarre ici présent. Il est logique de présumer qu'ils ne pourront sévir des décennies encore à propager auprès de gens crédules leurs inepties. Mais nous avons eu vent que vous preniez la relève et nous ne pouvons plus admettre d'être spoliés par une nouvelle génération de charlatans !

— Comment cela, charlatans ! s'indigna Esteban en se relevant brusquement, ce qui lui arracha une grimace. Comment cela ? Vous vous glorifiez d'un bout de papier appelé diplôme au bout de quelques années d'études, alors que nous, les charlatans, comme vous dites, bénéficions d'un savoir enrichi de génération en génération depuis des siècles et des siècles !

— C'est cela… grogna le vétérinaire Artoingt. Autant parler de superstitions moyenâgeuses !

Le vieil homme reprit en haussant le ton :

— Dites plutôt que vous êtes jaloux des succès de celle que je considère comme ma petite-fille, qui réussit avec ses remèdes d'un autre âge là où vous échouez bien souvent malgré vos substances de laboratoire ! Il est vrai que la santé des bêtes vous intéresse moins que l'argent que vous rapportent ces remèdes que vous appelez de synthèse, et que vous vendez à prix d'or sans honte aucune de ruiner peu à peu les paysans qui vous font vivre !

— Monsieur Arangou, je ne vous permets pas !

— Je suis chez moi et je me permets ce que je veux ! Mais les gens ne sont pas bêtes. Aussi ne vous étonnez pas s'ils renoncent à faire appel à vous, quand nous pouvons soigner la plupart des cas pour dix ou vingt fois moins cher que vous, et avec des résultats tangibles, ce dont vous ne pouvez vous vanter ! Maintenant, « docteurs », débarrassez le plancher avant que je ne me mette en colère pour de bon !

Les trois hommes affichèrent une mine pincée et obtempérèrent de mauvaise grâce. Sur le seuil, le vétérinaire d'Arudy se retourna :

— Inutile de jubiler ! Dès que la loi nous accordera le monopole, ce qui ne saurait tarder, nous traînerons en justice tous les attrape-nigauds de votre espèce, cette gamine y compris !

— Filez, je vous dis !

XXXIV

L'incident était oublié depuis longtemps, et Clarmonde filait le parfait amour avec Garmon, qui avait perdu toute sa timidité envers celle qui emplissait ses rêves. Gaston et Loïsa Baylauch ne s'y trompaient pas et se doutaient bien que les jeunes gens n'attendraient pas le mariage pour franchir le pas. S'ils savaient depuis des mois inéluctable le jour où leur fils et Clarmonde se mettraient en ménage, ils souhaitaient désormais que cela se fît au plus vite. Quelle honte si leur fils devait passer bague au doigt à sa femme déjà enceinte ! C'était une hypothèse qu'ils refusaient d'envisager, et ils étaient décidés à s'entretenir avec Esteban des formalités de ce mariage, les principaux concernés étant encore mineurs aux yeux de la loi. La seule chose qui les dérangeait restait que Clarmonde avait été élevée par son grand-père Guilhemot dans l'athéisme le plus complet. Une union civile leur paraissait impensable, car c'eût été une première peu glorieuse chez les Baylauch ! Face à ces hésitations, la jeune femme avait éludé la question en riant :

— Ce n'est que ça ? Nous irons donc à l'église ! Comme aurait dit Henri IV, Garmon vaut bien une messe !

— Mais… tu n'es pas baptisée ?

— Si, si… Ma mère m'a portée sur les fonts baptismaux peu après ma naissance. Ce n'est qu'après sa mort et celle de mon père que mon grand-père a banni toute religion de notre vie, et je ne m'en porte pas plus mal, d'ailleurs !

— Bien, bien… Nous verrons ce qu'en pense Esteban.

Il n'empêchait que cette entrevue ne semblait pas si urgente aux parents de Garmon, car ils n'avaient toujours pas entamé cette démarche auprès du tuteur de Clarmonde. Elle n'y pensait d'ailleurs que peu, occupée qu'elle était à doser les ingrédients de ses huiles essentielles, lorsque le téléphone se mit à sonner :

— Ne bouge pas, papet ! Je vais décrocher…

Elle se précipita. « Sans doute encore une bête à soigner ! » Sans attendre plus, elle décrocha :

— Allô ? Ah ! Monsieur Alfred… Il y a bien deux mois que nous ne nous sommes vus. Vous savez, ça me ferait plaisir si vous reveniez manger à Saubajot. J'ai beaucoup appris, dans vos cuisines, et je vous concocterai un bon repas. Non ! Comment ça, non ? Ah ! Vous avez besoin de moi ? Pas pour reprendre du service à l'hôtel, au moins ? Il s'agit d'un cheval ? Alors j'arrive… Mais ça ne vous empêchera pas de venir manger à la maison, hein ! Promis ? Eh bien d'accord.

— C'était ton fameux intendant Mandoire, si j'ai bien compris ?

— C'était lui, papet.

— Et que te voulait-il ?

— Il a des soucis avec un cheval, et c'est pour ça qu'il fait appel à moi.

— Un cheval ? À l'*Hôtel des Princes* ? C'est bizarre, il n'y a que des gens en automobile, là-bas !

— Non, non, pas uniquement. Il y a des clients riches qui détestent les voitures à moteur. Pour eux, il y a à l'hôtel un beau fiacre à coussins de luxe ainsi qu'un cabriolet très élégant. Entre autres…

— Eh bien, vas-y tout de suite, je me ferai bien à manger seul ! Ne fais pas attendre M. Mandoire, c'est un brave homme…

— Je vais m'y rendre à bicyclette avec le strict nécessaire, dans un premier temps. Histoire de me rendre compte de l'état de cette pauvre bête. M. Alfred m'a seulement dit que c'était grave. J'y retournerai avec ce qu'il faut si la situation l'exige…

*

* *

Dans le hall d'entrée du palace, elle interpella l'inamovible Corbairan qui trônait comme une statue en haut des marches. Il s'anima pourtant à la vue de la jeune femme.

— Clarmonde ! Ça fait bien un moment qu'on ne t'avait vue…

— C'est vrai, c'est vrai ! Mais j'ai eu tellement à faire, ces derniers temps.

— Ah, oui : les animaux, hein ? Si l'on m'avait dit qu'un jour tu finirais par soigner du bétail, toi qui avais acquis une telle classe pour servir notre clientèle la plus huppée !

— Pff... Ce n'était qu'un autre genre de bétail, en quelque sorte !

— Chut ! On pourrait bien t'entendre, petite sotte !

— Et alors ? Je n'ai plus de comptes à rendre dans cet établissement... D'ailleurs, c'est M. Mandoire qui m'a demandé de venir à cause d'un cheval...

— Oui, cette pauvre Muguette ! Mais je crains bien qu'il n'y ait plus grand-chose à faire...

Il ne fallait pas en dire plus pour attiser la détermination de Clarmonde. Même si le cas de cette Muguette était désespéré, elle entendait bien se battre jusqu'au bout contre l'inéluctable ! Elle aimait les défis et ferait tout pour relever celui-ci...

Elle trouva l'intendant dans son bureau et l'embrassa gentiment ainsi qu'elle en avait pris l'habitude.

— Tu as fait bien vite, Clarmonde !

— Vous m'avez dit que c'était grave, non ?

— Oui, cette malheureuse Muguette. Elle me fait bien de la peine !

— Je ne savais pas que vous pouviez être aussi attaché à un animal.

— Bien que vivant dans cet environnement de luxe depuis des années et des années, je n'ai pas oublié mes origines paysannes, même si leurs racines sont en Auvergne ! On ne le dirait pas, mais je suis né dans une pauvre ferme perdue au bout de nulle part...

— Bien... Allons donc voir cette brave bête !

La jeune femme suivit l'intendant jusqu'à la rue.

— Je ne crois pas que tu saches où se trouve notre écurie ? dit Alfred Mandoire.

— Si, si… Corbairan m'avait montré. Elle est un peu à l'écart, parce que la falaise qui est derrière empêche qu'elle puisse être attenante à l'hôtel. Ce n'est qu'à une centaine de mètres…

— C'est bien ça !

En entrant sous le couvert du bâtiment, elle vit d'abord la calèche, le fiacre et quelques autres véhicules hippomobiles richement appareillés. Puis, plus loin, plusieurs stalles vides avant d'en découvrir d'autres abritant quatre chevaux. Elle repéra d'emblée l'un d'eux lamentablement couché, et se heurta à ses yeux éperdus de souffrance.

— C'est toi, Muguette ? C'est vrai que tu ne parais pas trop fringante, c'est le moins que l'on puisse dire !

Précautionneusement, elle se mit à genoux et flatta le chanfrein de l'animal.

— Oh, oh ! Tu es bien grosse, toi… Une importante surcharge de poids. Je parie que ton problème vient d'une fourbure. Fais voir le pied qui est atteint… À voir ta position inconfortable, ce doit être l'antérieur gauche… Oui, c'est ça : le pied est anormalement chaud. Et Muguette respire vite et elle transpire.

À l'attention d'Alfred Mandoire, elle expliqua :

— La fourbure est une inflammation du pied du cheval qui entraîne une lésion des lamelles qui assurent l'adhésion de la phalange distale à la paroi du sabot.

— Phalange distale ?

— Oui, l'os du pied qui correspond aux deux dernières phalanges de notre index. On peut dire que le cheval marche sur un doigt de chaque jambe !

— Et pour Muguette, qu'est-ce que tu en penses ? Je l'aime bien, et je passais souvent lui offrir une petite gourmandise…

— Gourmandises dont elle n'avait pas besoin, étant donné son poids ! Bien que ce ne soient pas quelques carottes qui en sont la cause…

Avant de répondre à l'intendant, Clarmonde s'empara avec précaution du pied malade et conclut :

— Je peux sentir le pouls trop rapide au niveau du paturon, alors qu'il n'est presque pas détectable à ce point précis pour un cheval en bonne santé. Cette jument reste couchée parce qu'elle souffre trop de cette fourbure. Elle doit avoir du mal à se déplacer, et se tenir debout lui est insupportable. C'est là le plus inquiétant, car un cheval couché est exposé à des complications qui peuvent être fatales, par exemple des coliques ou des infections généralisées.

La jeune femme réfléchit une minute puis décida de la marche à suivre. Préoccupée, elle marmonna à voix haute :

— Dans le cas d'une fourbure, il faut intervenir au plus vite, et visiblement ce n'est pas le cas. Il aurait fallu m'appeler dès les premiers signes !

— Je dois t'avouer qu'avant que je fasse appel à toi, le palefrenier qui s'occupe de l'écurie a eu recours à un des deux vétérinaires de Laruns, qui a prétendu qu'il était trop tard pour intervenir. Puis à un second qui a prétendu que la jument n'était plus bonne que pour l'abattoir…

— Ah ! Ces messieurs Parentignat et Artoingt ?

— Tu les connais ?

— Pas vraiment ! Mais ils ont une dent contre moi, peut-être parce qu'ils sont jaloux du charlatanisme qui me permet de guérir bien souvent mieux qu'eux…

Cette découverte l'incitait plus que jamais à sauver la jument, avec la perspective de pouvoir ainsi prouver que ces gens qui se faisaient appeler docteurs, si fiers de leur science, n'en étaient pas moins faillibles…

— Bien, décida-t-elle. Je vais commencer par atténuer ses douleurs afin qu'elle puisse se remettre debout. Si elle restait couchée encore plus de quarante-huit heures, ce serait dramatique et pratiquement sans plus aucun espoir. Dans un premier temps, un cataplasme s'impose. Mais pour cela, il me faut rejoindre la cuisine de ce bon Thomas pour concocter une recette qu'il ne connaît pas et qui ne ferait pas le régal des convives de l'hôtel !

Sa besace en bandoulière, devant les fourneaux et sous l'œil intrigué du chef cuisinier, elle mêla une poignée d'argile verte à de la farine de lin à l'aide de vinaigre, et prépara à part une décoction de belladone et de jusquiame noire. Elle lia ensuite le tout et le fit réduire à feu doux jusqu'à obtenir une consistance pâteuse.

— Nous pouvons y retourner maintenant, ce qui me permettra d'administrer cet emplâtre encore chaud, mais pas brûlant…

Avec des gestes infiniment précautionneux, elle appliqua son cataplasme autour du pied douloureux et le maintint en place à l'aide d'une bande de toile. Puis elle ajouta dans de l'huile végétale quelques gouttes d'huile essentielle de grande camomille, de menthe poivrée et de reine-des-prés, et fit absorber ce traitement d'urgence à la jument en le lui injectant au fond de la bouche à l'aide d'une seringue.

— Avec ces antalgiques puissants, tu devrais moins souffrir, ma belle. Maintenant, m'sieur Alfred, il faudrait m'appeler la personne qui s'occupe de ces bêtes…

— Ah ! Josèp, le palefrenier ? Je vais te le chercher… Mais je reviens avec lui, hein ? Parce que je veux savoir, pour cette jument à laquelle je tiens.

En l'attendant, Clarmonde s'attacha à rassurer l'animal en lui murmurant à l'oreille et en le caressant longuement. Elle savait que ce lien de confiance était important pour un meilleur effet de ses médications et ne doutait nullement que Muguette comprenait ce qu'elle lui disait. D'ailleurs, elle crut percevoir, au fond des yeux ternes et abattus, comme une étincelle plus vive de reconnaissance. En entendant des pas, elle se redressa et fit face au jeune paysan qui accompagnait l'intendant.

— Je suppose que c'est vous, Josèp ? Je vais vous donner des instructions précises pour soigner Muguette.

Il haussa les épaules, rabattit son béret sur le front et fixa le sol pour grogner d'un ton bourru :

— À quoi bon ? Les vétos ont dit que c'était foutu…

— Vétérinaires de Laruns, c'est une chose. Bien sûr, ils ont fait des études que je n'ai pas, mais ça ne m'empêche pas d'affirmer que tout n'est pas perdu. Alors tu vas suivre à la lettre tout ce que je te dis !

Josèp leva un œil interrogateur vers Alfred Mandoire, qui lui signifia d'un regard qu'il lui fallait accepter.

— D'abord, enlever ce foin et cette litière, bien nettoyer et lui confectionner une couche de sable. Pour peu qu'elle veuille rester encore couchée, cela limitera des risques de complications. Pendant vingt-quatre heures, on va la laisser à la diète hydrique. C'est-à-dire aucune nourriture, mais de l'eau à volonté. Uniquement de l'eau ! Sauf des orties qu'il faut aller faucher dans l'heure et laisser flétrir au soleil pour qu'elles ne soient pas urticantes. J'y ajouterai un peu d'orties sèches que j'ai dans mon sac, cela lui fera le plus grand bien ! Il faudra lui présenter cela en hauteur, afin que la faim l'oblige à se remettre sur jambes lorsque la douleur de son pied aura diminué. Et je repasserai demain pour voir l'évolution.

— C'est tout ? demanda Josèp, toujours aussi sceptique.

— Non, je te laisse cette seringue avec ce qu'il reste de mon mélange. Tu lui en feras ingérer la moitié ce soir, et le reste demain matin.

— Tu as bien compris, Josèp ? demanda l'intendant. Je compte sur toi !

— Oui, monsieur…

*

* *

Le lendemain, la jeune femme se leva très tôt et, après avoir échangé avec Esteban ses points de vue sur le traitement de Muguette, elle sella Masclut pour se retrouver aux Eaux-Bonnes de fort bonne heure. Sans même s'arrêter à l'hôtel, elle se rendit sans plus tarder à l'écurie, l'inquiétude au ventre. Dans la chétive lueur de l'aube, elle vit aussitôt que la jument s'était redressée sur ses jambes, tout en évitant de faire reposer son poids sur le pied malade. Elle l'en félicita en la cajolant et en lui disant des mots doux et rassurants.

— Allez, ma belle… Encore quelques heures à ne boire que de l'eau. Après, tu pourras manger, mais je vais te changer ton menu. Il te faut faire sinon la diète, tout au moins un régime maigre. Tu es bien trop grosse, et c'est de là que provient essentiellement ton mal… Mais je te préviens, même si tout se passe bien, contrairement au jugement de ces messieurs vétérinaires, tu en as pour un bout de temps avant d'être bien rétablie ! En attendant, je vais te changer ton cataplasme et renouveler ton traitement.

Après une bonne heure de soins, elle promit à la jument :

— Demain matin, je remplacerai ce cataplasme par des massages aux huiles essentielles. Ensuite, l'après-midi, ce ne sera sans doute pas pour toi une partie de plaisir, et il te faudra bien du courage ! Mais c'est essentiel pour que tu aies une chance de guérir vraiment… Je vais aller en informer M. Alfred, avec des consignes à l'intention de ce Josèp. Je repasserai demain, et tu verras que dans deux jours tu iras nettement mieux ! Enfin, j'espère...

C'est avec l'impression que Muguette avait compris tout ce qu'elle avait dit qu'elle quitta à regret l'écurie. Ce jour même, dans la foulée, elle avait deux autres interventions à faire... Mais avant, il lui fallait absolument s'arrêter à la forge de Gaston, non pour y voir son fils, mais pour solliciter ses services.

*

* *

Elle avait incisé, curé et appliqué un onguent à base de plantes sur un vilain abcès d'une mule, soigné la mammite d'une vache et sans doute sauvé *in extremis* la vie d'une brebis, mais ses pensées n'avaient cessé de s'aimanter sur le cas de la jument chère à Alfred Mandoire. Il fallait absolument qu'elle réussisse, pour son ami intendant d'abord, mais aussi pour rabattre le caquet des sieurs Artoingt et Parentignat ! Toute la nuit durant, elle avait eu un sommeil agité, et c'était avec soulagement qu'elle avait retrouvé Muguette, toujours faible, mais qui arrivait à se tenir debout. Elle lui massait délicatement le pied et le paturon avec une nouvelle préparation à base de reine-des-prés, de scrofulaire et de jusquiame noire, lorsqu'elle perçut l'approche de quelqu'un dans l'écurie.

— Monsieur Mandoire ? Si tôt ?

— Je tenais à me rendre compte de l'état de Muguette...

— Vous semblez beaucoup y tenir, hein ? Je vous rassure un peu. Elle a réussi à se lever et me paraît assez forte pour ne pas se recoucher. C'est plutôt bon signe ! Mais il va lui falloir être plus forte encore cet après-midi.

— Et pourquoi ?

— Il faut absolument lui ôter ses vieux fers, enlever le surplus de la paroi de sabot pourrie, et essayer de la ferrer à nouveau à l'avant. À l'arrière, il suffira de parer les sabots sans avoir besoin de fers.

— C'est si important que ça ? Cette histoire de ferrage ne peut pas attendre qu'elle aille mieux ?

— Au contraire, c'est essentiel, et c'est justement cette opération qui contribuera à ce qu'elle se sente mieux ! Il faudrait d'ailleurs mettre la forge en route.

— Ne me dis pas que tu sais aussi jouer au maréchal-ferrant ?

— Non, non, répondit-elle en pouffant. J'ai fait appel dès hier à celui de Béost et à son fils, qui m'est un ami proche.

— Je te remercie de te donner tant de mal, Clarmonde !

— C'est mon rôle de soigner, monsieur Alfred ! Et puis ce serait plutôt à moi de vous remercier de tout ce que vous avez fait pour moi... Mais je ne serai pleinement tranquille au sujet de Muguette que d'ici un mois.

— Je te fais entièrement confiance, ma petite...

XXXV

Oui, elle était fière d'elle ! Et heureuse pour son M. Alfred que la belle Muguette eût pleinement récupéré de cette mésaventure qui eût pu lui être fatale. Ça n'avait pas été sans mal, au début ! Elle se souvenait encore des difficultés qu'avaient eues Gaston et Garmon pour lui ferrer les antérieurs. Malgré les doses de plantes et d'extraits qu'avait administrées la jeune femme à la jument, celle-ci avait énormément souffert de l'opération. À chaque coup de marteau sur les clous, elle avait semblé vouloir s'arracher la jambe pour échapper à ce supplice ! Pourtant, dès le lendemain, elle avait pu s'appuyer plus franchement sur son pied. Clarmonde avait alors confectionné une mixture conseillée par Esteban et constituée de deux parts d'huile d'olive, d'une part de térébenthine et de camphre râpé fin. Le vieil homme lui avait confié qu'avec ce mélange appliqué deux fois par jour au pinceau sur le sabot, la corne poussait deux fois plus vite, ce qui s'était révélé exact. Après avoir enlevé la pourriture de la corne au bout de trois semaines seulement, on avait pu procéder à un second ferrage que Muguette avait bien supporté.

Et voici qu'au bout de deux mois la corne était enfin réparée et que la jument pouvait se remettre à trotter.

— Vous voyez, monsieur Alfred, que nous y sommes arrivés !

— Que tu y es arrivée ! rectifia le brave homme en la serrant contre lui.

— Maintenant, après un troisième ferrage, elle sera comme avant, mais il faudra surveiller le moindre soupçon de récidive : intervenir à temps est une intervention bénigne, alors que trop tard ça peut être irrémédiable ! Là, c'était plus que limite, et il ne faudrait pas que ça se reproduise...

— Je te promets que j'y veillerai !

— Mais maintenant qu'elle va mieux, il ne faudrait pas la laisser inactive. J'ai donné des instructions à Josèp pour sa nourriture, les plantes à ajouter à ses rations pour prévenir des rechutes, améliorer sa santé et l'empêcher de trop grossir, mais je crois que la monter de temps à autre lui ferait le plus grand bien !

Alfred Mandoire avait sauté sur l'occasion :

— Il y a trop longtemps que je m'encroûte dans ces murs, et bien aussi longtemps que je ne me suis pas remis en selle ! Je crois que je prendrai beaucoup de plaisir à refaire des promenades régulières sur le dos de Muguette.

— Je crois aussi que cela lui fera tout autant plaisir !

— Bravo, ma petite Clarmonde ! Tu auras bien mérité l'enveloppe que je t'ai préparée...

La jeune femme s'était offusquée :

— Il n'en est pas question ! Cela me permettra enfin de régler la facture de la ligne téléphonique : je n'aime pas avoir de dettes !

— Il ne s'agissait nullement d'une dette, mais d'un cadeau !

— Alors permettez-moi de vous faire ce cadeau à mon tour ?

— Bien, d'accord... À condition que tu me dises quelle preuve de reconnaissance je pourrais bien te fournir.

La jeune femme n'avait que peu hésité pour répondre :

— Il y aurait bien une chose, si vous le voulez bien...

— Je t'écoute, ma fille.

— Que... que vous soyez témoin à mon mariage !

— Un mariage, petite cachottière ? Et pourrais-je savoir quel est l'heureux garçon qui aura la chance d'avoir une si belle et gentille épouse ?

— Garmon Baylauch !

— Ah ! Le jeune maréchal-ferrant de Béost ? Ça m'a l'air en effet d'être un gars honnête et attentionné... C'est donc d'accord, et ce sera un honneur pour moi de te conduire à la mairie en compagnie d'Esteban !

*
* *

La température, bien que fraîche, se révélait encore relativement clémente en ce début d'automne. Dans le soir qui tombait, allongés sur la paille de la grange, Garmon et Clarmonde regardaient les dernières lueurs du soleil friser de teintes rosâtres les dents de la montagne qui leur faisait face, alors que le crépuscule assombrissait de minute en minute l'horizon indécis. Minutes précieuses, la main dans la main, à se fondre dans le bonheur d'un même silence, à s'écouter respirer. Immobiles. Perdus dans les mêmes pensées... Et puis ces mots de velours à peine chuchotés, ces yeux qui se cherchaient, et ces baisers trop longtemps retenus. Ils le savaient tous deux, jamais ils n'auraient la patience d'attendre... d'attendre la date du mariage ! D'attendre ce dimanche 29 septembre, choisi car il tombait le même jour que la grande foire aux bestiaux de Béost. Pas la patience d'attendre, avec cette exigence des corps, cet instinct primal qui leur torturait les entrailles, ces tourbillons qui tempêtaient sous leur crâne l'espace de la folie d'un baiser...

— Garmon...

— Clarmonde...

Nul besoin d'en dire plus, le ton de la voix et la gorge nouée suffisaient à les convaincre qu'ils étaient prêts, là, tout de suite ! Sans réfléchir. Sans interdit... Ils roulèrent l'un sur l'autre, fiévreux, le souffle court et l'âme en charpie. Les doigts sous le tissu qui cherchaient la peau, les doigts qui s'évertuaient à l'aveugle sur les boutons, les doigts qui se brûlaient au contact de la chair tiède... Et puis le galop des corps qui s'emballaient, les vêtements épars rejetés à la hâte, les mains qui exploraient, pétrissaient, caressaient et se perdaient au labyrinthe des sens. Les bouches voraces qui se cherchaient. Plaqués l'un contre l'autre jusqu'à ne faire qu'un, ils ne sentaient pas les brins de paille qui piquaient ni le plancher noueux qui meurtrissait les genoux. Plus rien n'existait que cette tornade qui les brassait en fusionnant dans une même folie sensuelle cette gorgée de sentiments et de découverte charnelle. Puis les vagues incontrôlées de cette danse charnelle s'atténuèrent. Ils se cherchèrent des yeux sans se voir, à l'orée de cet instant sacré, puis le jeune homme se présenta à l'orée de cette fleur carnivore qui semblait vouloir l'absorber par le pivot de son être, et Clarmonde se sentit investie avec un bonheur sans pareil par la raideur ardente qui prenait possession d'elle. Un léger va-et-vient, si doux qu'il lui faisait chavirer le cœur, cette résistance qui soudain cédait dans un bref éclair de souffrance, puis ce bien-être à se laisser aller à ce mouvement sans cesse réinventé depuis la racine des siècles. Elle émit des cris étranglés sous la houle de sensations inouïes qui l'envahissaient, et Garmon se mordit les lèvres pour ne pas en faire autant tout en s'épanchant au plus profond d'elle. Il retomba sur le corps pantelant, épuisé, réinventa de l'index le visage aimé, puis s'inquiéta :

— Tu pleures ?

— Oui, je crois… Je pleure de bonheur !

Elle ferma les yeux afin de tenter d'emprisonner pour toujours cette extase qui l'embrasait tout entière. Elle était femme, désormais… Véritablement femme !

Qu'elle avait de la chance de vivre un mariage d'amour, alors que tant d'unions ne se faisaient qu'en fonction de tractations de dot et de fortune des familles ! Oui, un mariage d'amour…

Elle murmura :

— Tu es sûr que tes parents ont enfin admis que nous fassions de la Hérère notre foyer ?

— Oui, d'autant plus que Jules s'est aménagé grâce à toi un logement à part dans l'ancienne aile du bâtiment.

— J'aimerais qu'un jour Esteban ait lui aussi sa place auprès de nous, mais il se refuse à quitter Saubajot.

— Je le comprends ! De toute façon, pour continuer à soigner les bêtes, tu seras bien obligée de passer tous les jours chez lui, tant pour savoir si l'on a téléphoné pour des soins que pour préparer tes médicaments et mixtures !

— Et toi… tu veux toujours monter ta propre forge à la Hérère ? Il y a de la place, dans l'ancienne bergerie !

— Je ne sais pas… Mon père semble plutôt s'y opposer.

— Comment ? Gaston devrait être fier de voir son fils choisir la même voie que lui !

— Bizarrement, il tente de m'en dissuader, depuis quelque temps. Il prétend que les automobiles, les camions et la mécanisation des campagnes feront qu'au fil des années on aura de moins en moins besoin de maréchaux-ferrants, et que ce métier est voué à la misère et condamné à disparaître.

— Il n'a peut-être pas si tort que cela, tu sais…

— Mais je ne sais rien faire d'autre, moi !

— Tu n'as qu'à faire comme moi : apprendre.

— Apprendre quoi ?

— J'ai bien ma petite idée.

— Dis-moi !

— Pourquoi la bergerie de la Hérère ne redeviendrait-elle pas bergerie, et la fromagerie fromagerie ? Je suis certaine que M. Mandoire serait heureux d'acheter à nouveau toute la production de fromages pour l'*Hôtel des Princes*.

— Tu crois ?

— J'en suis sûre…

Garmon respecta un moment de silence. Oui, il y avait là de quoi réfléchir ! Et, finalement, l'idée d'élever des brebis et de confectionner des fromages ne lui déplaisait pas. C'était tellement moins pénible que de manier du matin au soir le marteau sur l'enclume !

— On verra, on verra…

*

* *

Quelle animation, dans les quelques rues de Béost, en ce jour de la Saint-Michel ! Tous les prés alentour regorgeaient de vaches, de brebis, de chevaux, d'ânes et de mules proposés à la vente. Certains de ces animaux étaient voués aux bouchers pour finir dans les assiettes, d'autres pour agrandir les troupeaux des éleveurs. Une ambiance de fête régnait partout, et cette foire attirait de toutes parts une foule de paysans et de curieux. Si Clarmonde et Garmon eussent préféré un mariage discret, Gaston et Loïsa Baylauch avaient insisté pour qu'il se fît dans les traditions. Le matin avait donc commencé par un copieux petit déjeuner offert aux invités et agrémenté de chants. Le futur marié arborait le costume de la vallée, béret brun, gilet blanc, veste rouge vif, culotte noire en velours, chausses montantes blanches et sabots vernis. Sa belle amoureuse portait deux jupes, celle du dessous du même rouge que le gilet de Garmon, celle du dessus bleue, relevée sur le devant et pendante par-derrière. Elle avait revêtu un corsage noir avec un foulard de soie brodé et s'était coiffée d'un capulet écarlate en drap doublé de soie. Ce fut pourtant sobrement qu'ils procédèrent au mariage civil à la mairie, avec la seule présence des parents de Garmon, deux de ses amis comme témoins, d'Esteban et, pour témoins de Clarmonde, Jules et M. Mandoire.

— Au nom de la loi, je vous déclare unis par les liens du mariage…

Ouf, voilà qui était fait ! Pour Clarmonde, le plus dur l'attendait, mais elle était déterminée à s'y soumettre de bonne grâce. Selon la coutume, les amis du garçon l'accompagnèrent en cortège devant l'église. Elle se plia docilement au rituel de la cérémonie nuptiale sans arriver vraiment à occulter son manque d'habitude en matière religieuse et ne fut soulagée qu'en se retrouvant sur le parvis. À cause de la foire, il fut ensuite difficile de trouver un coin de place libre pour entamer les danses qui accompagnaient chaque union depuis des générations et des générations, un exercice dans lequel la jeune femme était loin d'exceller, ce qui arrangeait bien Garmon qui n'était pas plus doué qu'elle pour le branle ou la gavotte !

D'ordinaire, la suite des festivités se déroulait avec un repas de noce dans la maison des parents du marié. Autrefois, étrangement, les époux récemment unis ne mangeaient pas ensemble, mais chacun dans son propre domicile familial. C'était un peu absurde, mais c'était ainsi ! De toute façon, toutes ces coutumes étaient de moins en moins suivies, et Alfred Mandoire en avait profité pour convaincre tant Esteban que les parents de Garmon d'accepter qu'il organisât lui-même ce banquet privé à l'*Hôtel des Princes* :

— Garmon ne fait-il pas un beau prince, et Clarmonde une belle princesse ?

L'intendant avait bien fait les choses. En l'honneur de Clarmonde, il avait tenu à ce que ce fût Muguette qui tirât le cabriolet où avait pris place le jeune couple. Derrière, ce fut dans le somptueux fiacre que s'installèrent les parents du marié ainsi que Jules et Esteban, lequel dans l'excitation du moment avait failli oublier sa canne. Alfred Mandoire, quant à lui, ouvrit la route au volant de sa belle Citroën en roulant à allure modérée jusqu'aux Eaux-Bonnes.

Si Clarmonde ne s'étonna pas des plats servis tant elle avait en cuisine été à la tâche pour préparer ce genre d'événements lorsqu'elle était employée dans ces murs, les autres convives, gênés par le luxe environnant, s'extasièrent devant ces mets d'exception sous l'œil amusé de l'intendant. Nul ne s'attendait à une telle avalanche de plats ! Jambon à la gelée, aspic de foie gras aux truffes et aux pistaches, asperges en branche, vol-au-vent financière, truite meunière, pigeons aux petits pois, gigot d'agneau aux pommes, salade... Sans parler des desserts, du champagne et des vins ! Un repas mémorable dont chacun se souviendrait longtemps ! Mais un repas outrageusement long qui s'éternisait un peu trop au goût des nouveaux mariés. Depuis combien de temps Garmon et Clarmonde communiaient-ils du regard à partager la même impatience de se retrouver tous les deux seuls dans leur lit tout neuf, à la Hérère ? Mais ils savaient aussi qu'il était d'usage de s'amuser à les taquiner en repoussant toujours le moment de les laisser dans l'intimité ! Comment en vouloir à tous de ce petit jeu ? Ce qui était incontestable demeurait que cette journée resterait à jamais une belle journée… La plus belle de leur vie !

*

* *

La neige était de retour, et la vie s'organisait, à la Hérère. Clarmonde et Garmon, après quelques jours passés dans le tourbillon des sens, s'étaient attelés à remettre en état la bergerie et la fromagerie.

— Il nous faudra moderniser tout ça, n'est-ce pas Garmon ?

— Et pourquoi donc ? Tout allait très bien ainsi, lorsque tu étais gamine !

— Peut-être, mais les temps changent, et nous devrons nous montrer plus productifs. Quand tout sera prêt, il nous faudra acheter une trentaine de brebis pour commencer, mais ce serait bien d'arriver ensuite à doubler ce nombre. Mais pas plus ! Car après, ça devient difficilement gérable…

Lâchant leurs outils, ils s'embrassèrent pour la énième fois de la journée, puis se séparèrent, les yeux étincelants.

— Je veux faire de cette ferme un nid d'amour pour nous et un royaume de rêve pour le petit ou la petite que nous aurons !

— Doucement, doucement, nous n'en sommes pas là. Et puis n'oublie pas que, même si tu ne prends pas sa suite, il faut bien que tu aides ton père à la forge de Béost !

— Oui, madame Baylauch… répondit-il en riant.

Et dire que certains prétendaient qu'il n'y avait pas de mariage heureux !

XXXVI

Le printemps était là, de nouveau, et la vie suivait son cours à la Hérère. Après toutes ces années où elle n'avait connu que la discrète présence de Jules, la vieille ferme semblait renaître, avec de nouveau ces bêlements, ces caquètements, ces abciements et ces hennissements. Ce matin-là, en sortant sur le pas de sa porte, Clarmonde repéra immédiatement, sur la colline de l'autre côté de la vallée, le drapeau rouge qui flottait sur le mas accolé à la ferme de Saubajot. Selon le code qu'ils avaient établi, cela signifiait qu'Esteban l'informait qu'il avait reçu un appel téléphonique la concernant.

— Garmon, il faudra que tu te charges de la traite des brebis tout seul, le devoir m'appelle ! Sans doute encore une vache qui a des problèmes au vêlage, c'est la saison… Je file à bicyclette !

— À plus tard, ma douce…

Comme d'habitude, il ne lui fallut que guère de temps pour, après avoir franchi le gave, rejoindre la ferme perchée des Nabarre. Esteban pouvait désormais se passer de canne, mais il boitait toujours et sans doute serait-ce à vie. Il enlaça tendrement sa filleule, qui demanda ensuite :

— Où faut-il que je trotte, aujourd'hui ?

— Aux Eaux-Bonnes, ma belle ! C'est ton M. Mandoire qui a besoin de toi. Ce doit être grave, car il aimerait bien que je t'accompagne. Il n'a rien voulu me dire de plus…

— Il en a de bonnes, l'Alfred ! s'agaça-t-elle aussitôt. S'il ne dit rien, comment veux-tu que je sélectionne ce qu'il me faut emporter ? On ne sait même pas quel animal on va devoir soigner !

— C'est vrai… Mais à part des chevaux, je ne vois pas quelle autre bête peut avoir des problèmes dans son hôtel.

— Je ne sais pas, moi… Le chien ou le chat d'un de ces pensionnaires pourris d'argent, peut-être ? Il faut s'attendre à tout dans ce genre d'endroits !

— Enfin, nous verrons bien. Va donc atteler le cabriolet, pendant que je prépare ce qu'on peut avoir de plus propice à une urgence dont on ne sait rien.

*

* *

Aux Eaux-Bonnes, ils eurent la surprise de voir qu'Alfred Mandoire les attendait dans le hall d'entrée tout en devisant avec Corbairan. Il s'avança vers eux, et Clarmonde s'inquiéta d'emblée :

— C'est encore Muguette qui a des malheurs ?

— Non, non ! Muguette va fort bien, et je pense qu'elle t'en remercie autant que moi.

— Alors qu'y a-t-il ? Une urgence ?

— Non, non, rassure-toi. Il fallait seulement que je vous voie, tous les deux…

Quelle étrange entrée en matière ! Que voulait bien leur faire entendre cet intendant qui était devenu leur ami ?

— Venez, suivez-moi ! reprit le responsable de l'hôtel. J'attends deux autres personnes qui ne devraient pas tarder à arriver, et je nous ai fait préparer une petite collation matinale.

Sur les pas d'Alfred Mandoire, ils pénétrèrent dans la salle où se prenaient les petits déjeuners, suscitant les regards intrigués des quelques pensionnaires attablés : le directeur des lieux, qui se permettait de prendre place dans ce salon cossu en compagnie de ce vieil homme boiteux et de cette jeunette, tous deux nippés de la plus horrible façon ? Qu'avaient à faire ces deux êtres qui détonnaient dans ce cadre réservé à une élite ? Cette intrusion amena d'ailleurs des chuchotements que Clarmonde imaginait déjà : ces paysans devaient sentir la bouse ou le crottin, bien sûr ! Et ils pouvaient bien porter puces et poux ! Connaissant désormais bien l'intendant, elle le soupçonna d'avoir volontairement voulu déranger ainsi cette clientèle huppée qui le faisait vivre. Une sorte de revanche, en quelque sorte, au nom de la ruralité dont il était issu…

— Tiens, voici mes invités, dit-il soudain alors qu'Esteban finissait son café dans un bol de faïence fine qu'il n'osait presque pas toucher de ses mains épaisses tant il semblait fragile.

Quant à Clarmonde, elle faillit s'étouffer en ingurgitant la dernière bouchée de son croissant en découvrant les nouveaux venus.

— Quoi ? C'est eux que nous attendons ? s'exclama-t-elle d'une voix étranglée.

Jean-Baptiste Artoingt et David Parentignat, les deux vétérinaires de Laruns avec lesquels elle avait eu maille à partir à Saubajot ! Tandis que les deux hommes s'installaient à leur table en les saluant, elle se tourna vers Alfred Mandoire :

— Mais… qu'est-ce que cela signifie ?

— Il m'a semblé que cette petite entrevue s'imposait, répondit Alfred d'un ton calme et avec une lueur amusée au coin de l'œil. Il se trouve que j'ai un peu provoqué ces messieurs en caracolant sous leur nez au dos de ma brave Muguette, qu'ils avaient tous deux condamnée, je le rappelle. Bien sûr, ils ont voulu savoir à quoi tenait ce « miracle », et j'ai bien été obligé de leur révéler que la survie de ma jument n'était due qu'à l'art de soigner d'une jeune femme sans diplôme, en l'occurrence Clarmonde Arangou, ici présente…

— Cela nous a surpris et même choqués, avoua Jean-Baptiste Artoingt, assez gêné de le reconnaître. Mais cela nous a aussi interpellés…

— Oui, confessa à son tour son confrère. Tout au long de nos études, on nous a tellement ressassé que la médecine empirique des campagnes ne reposait que sur des superstitions et des pratiques d'un autre âge, aussi farfelues qu'inefficaces, que nous en étions sincèrement convaincus. Les succès dont se vantaient ces guérisseurs sans diplômes, dont certains ne savent même pas lire, ne pouvaient qu'être dus au hasard ou à la faculté du bétail à se soigner lui-même.

— Mais la jument de M. Mandoire nous a prouvé le contraire, reprit le Dr Artoingt. Il nous faut bien reconnaître que tout n'est pas charlatanisme dans vos façons de curer les maux du bétail !

— Et alors ? grogna Esteban, le visage toujours fermé.

— Alors nous aimerions mieux connaître vos démarches, et l'intérêt de vos traitements et médications.

— Comment ? s'indigna le vieil homme. En d'autres termes, vous voudriez nous voler nos recettes et les utiliser à nos dépens ! Voilà bien qui met en évidence vos lacunes en la matière, ce qui ne justifie en rien de nous spolier de nos secrets...

Après un silence lourd, Alfred tempéra :

— Je crois que ce n'est pas vraiment le but de nos deux vétérinaires, affirma-t-il. Dis-moi, Clarmonde : tu m'as bien dit que tu avais acheté des livres destinés aux élèves des écoles de vétérinaires pour mieux connaître leurs pratiques ?

— C'est vrai ! J'avais même eu brièvement l'idée de suivre ces cours à l'école vétérinaire la plus proche, celle de Matabiau à Toulouse, mais il y faut le baccalauréat et ensuite au moins cinq ans d'études. Et puis les femmes y sont particulièrement absentes, et il y en a peu qui y soient parvenues. C'est dommage, car je pense que dans beaucoup de cas le meilleur de nos deux disciplines pourrait cohabiter pour parvenir à de meilleurs résultats.

Si Esteban esquissa une grimace dubitative, David Parentignat se permit un sourire.

— Je suis tout à fait d'accord ! Et n'en déplaise à M. Nabarre, il n'est pas dans nos intentions de lui arracher ses secrets ancestraux. Nous croyons qu'il serait plus utile d'arriver à une certaine coopération.

— C'est-à-dire ?

— Là où vos médications se révèlent généralement impuissantes, particulièrement pour lutter contre les épidémies majeures et mortelles, nos médicaments et nos vaccins ont largement prouvé leur utilité. Il serait donc opportun que les « panse-bêtes » de votre espèce, si je puis dire, nous en alertent pour que nous puissions intervenir à temps. En revanche, lorsque nous estimerons que la curation par les plantes serait plus adéquate que nos traitements modernes, nous ne nous y opposerions plus comme nous le faisions jusqu'ici, et conseillerions même à nos clients de faire appel à vos services.

— Ce serait une belle avancée, concéda Clarmonde. D'autant plus que même lorsque vos poudres et gélules de synthèse sauvent des animaux, notre connaissance des plantes et de leurs besoins contribuerait à les rétablir beaucoup plus rapidement ! Cela vaut le coup d'y réfléchir sérieusement…

— Nous n'en demandons pas plus ! affirma Jean-Baptiste Artoingt en se levant de son siège. Je propose que nous nous rencontrions d'ici peu pour en convenir, alors ?

— Je n'y suis pas opposée, répondit la jeune femme. Si cela peut ramener un peu de paix entre nos deux conceptions, qui ne sont finalement pas si opposées, puisqu'elles ont le même but : la santé de notre bétail…

Une fois les deux praticiens ressortis de la salle, l'intendant arbora un grand sourire.

— Je crois que cette petite réunion n'était pas inutile, non ?

Esteban soupira.

— Je ne voyais pas cela d'un très bon œil, mais si ça peut faire avancer les choses, pourquoi pas ?

— En tout cas, merci, m'sieur Alfred ! s'exclama Clarmonde en se levant pour l'embrasser. J'en avais plus qu'assez de cette guéguerre…

Alfred Mandoire lui sourit.

— Dis-moi, petite… Tu veux vraiment me faire plaisir ?

— Bien sûr, voyons.

— Alors arrête de me donner du monsieur Alfred. Nous nous connaissons assez pour que tu puisses m'appeler « oncle Alfred », non ? Même si je ne suis pas ton oncle.

— D'accord, « tonton ». Après tout, j'appelle bien Esteban « papet » alors qu'il n'est pas mon grand-père ! Mais je suis pressée d'apprendre à Garmon ce qui s'est dit ici aujourd'hui… Je ne sais ce qu'il va en penser.

Son nouvel oncle se fendit d'un petit rire rassurant.

— Je suis sûr qu'il sera très fier de sa si gentille « panse-bêtes », comme dirait ce bon Dr Parentignat !

Dans la même collection

Imprimé en France par CPI
en août 2021
N° d'impression : 2057390
Dépôt légal : novembre 2021
ISBN : 978-2-8129-2899-4
ISSN : 1627-6779
www.deboree.com
livres@centrefrance.com